O DESAFIO DA HERDEIRA

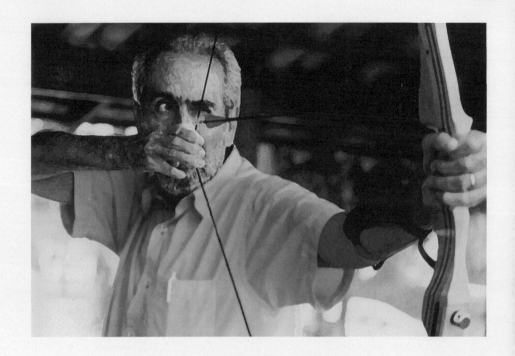

O Arqueiro

GERALDO JORDÃO PEREIRA (1938-2008) começou sua carreira aos 17 anos, quando foi trabalhar com seu pai, o célebre editor José Olympio, publicando obras marcantes como *O menino do dedo verde*, de Maurice Druon, e *Minha vida*, de Charles Chaplin.

Em 1976, fundou a Editora Salamandra com o propósito de formar uma nova geração de leitores e acabou criando um dos catálogos infantis mais premiados do Brasil. Em 1992, fugindo de sua linha editorial, lançou *Muitas vidas, muitos mestres*, de Brian Weiss, livro que deu origem à Editora Sextante.

Fã de histórias de suspense, Geraldo descobriu *O Código Da Vinci* antes mesmo de ele ser lançado nos Estados Unidos. A aposta em ficção, que não era o foco da Sextante, foi certeira: o título se transformou em um dos maiores fenômenos editoriais de todos os tempos.

Mas não foi só aos livros que se dedicou. Com seu desejo de ajudar o próximo, Geraldo desenvolveu diversos projetos sociais que se tornaram sua grande paixão.

Com a missão de publicar histórias empolgantes, tornar os livros cada vez mais acessíveis e despertar o amor pela leitura, a Editora Arqueiro é uma homenagem a esta figura extraordinária, capaz de enxergar mais além, mirar nas coisas verdadeiramente importantes e não perder o idealismo e a esperança diante dos desafios e contratempos da vida.

O DESAFIO DA HERDEIRA

Os excêntricos · 2

Courtney Milan

Título original: *The Heiress Effect*

Copyright © 2013 por Courtney Milan
Copyright da tradução © 2022 por Editora Arqueiro Ltda.

Todos os direitos reservados. Nenhuma parte deste livro pode ser utilizada ou reproduzida sob quaisquer meios existentes sem autorização por escrito dos editores.

tradução: Caroline Bigaiski
preparo de originais: Camila Fernandes
revisão: Camila Figueiredo e Mariana Bard
capa e diagramação: Miriam Lerner | Equatorium Design
imagem de capa: © Alexey Kazantsev / Trevillion Images
impressão e acabamento: Lis Gráfica e Editora Ltda.

CIP-BRASIL. CATALOGAÇÃO NA PUBLICAÇÃO
SINDICATO NACIONAL DOS EDITORES DE LIVROS, RJ

M582d

Milan, Courtney
    O desafio da herdeira / Courtney Milan ; tradução Caroline Bigaiski. - 1. ed. - São Paulo : Arqueiro, 2022.
    368 p. ; 23 cm (Os excêntricos ; 2)

Tradução de: The heiress effect
Sequência de: O segredo da duquesa
Continua com: A conspiração da condessa
ISBN: 978-65-5565-389-2

1. Romance americano. I. Bigaiski, Caroline. II. Título. III. Série.

22-79525

CDD: 813
CDU: 82-31(73)

Meri Gleice Rodrigues de Souza - Bibliotecária - CRB-7/6439

Todos os direitos reservados, no Brasil, por
Editora Arqueiro Ltda.
Rua Funchal, 538 – conjuntos 52 e 54 – Vila Olímpia
04551-060 – São Paulo – SP
Tel.: (11) 3868-4492 – Fax: (11) 3862-5818
E-mail: atendimento@editoraarqueiro.com.br
www.editoraarqueiro.com.br

Para Bajeeny.

Esperei muito tempo para lhe dedicar um livro, minha irmã mais próxima. Queria um que fosse perfeito para você, mas vou me contentar com um em que não tenha dado seu nome acidentalmente para a heroína. Agora olhe para a data. Tum!

Capítulo um

Cambridgeshire, Inglaterra, janeiro de 1867

A maior parte dos números que a Srta. Jane Victoria Fairfield já havia encontrado na vida não tinha lhe feito mal algum. Por exemplo, a costureira que ajustava o vestido dela a espetara sete vezes enquanto enfiava quarenta e três alfinetes no tecido, mas a dor não demorara a passar. Sim, era verdade que os doze buracos no espartilho de Jane eram malévolos, mas era um mal necessário. Sem eles, ela jamais teria conseguido reduzir a medida da própria cintura de noventa e três centímetros para setenta e oito; ainda estava acima do estipulado pela moda, mas um pouco menos.

Dois não era um algarismo terrível, mesmo quando descrevia a quantidade de irmãs Johnson que estavam atrás de Jane, observando a costureira ajustar o vestido no corpo dela, também diferente do que ditava a moda da época.

Nem quando tais irmãs tinham soltado não menos do que seis risadinhas nos últimos trinta minutos. Esses números eram meras irritações – moscas que podiam ser espantadas com o abanar de um leque folheado a ouro.

Não, a culpa de todos os problemas de Jane residia em dois números. *Cem mil* era o primeiro deles, e era veneno puro.

Jane respirou o mais fundo que conseguiu e inclinou a cabeça para as Srtas. Geraldine e Genevieve Johnson. Aos olhos da sociedade, as duas nunca faziam nada errado. Naquele momento, trajavam vestidos diurnos quase idênticos – um de musselina azul-clara, o outro num tom pálido de verde. Seguravam leques iguais, ambos decorados com cenas de ociosidade bucólica pintadas à mão, e exibiam uma beleza convencional como bonecas de porcelana, com seus olhos azul-celeste e cabelos loiríssimos anelados em cachos grandes e lustrosos. A cintura de ambas media menos que cinquenta centímetros. A única forma de distinguir uma da outra era que Geraldine Johnson tinha uma pinta perfeitamente natural e perfeitamente posicionada na bochecha direita, enquanto Genevieve tinha uma pinta igualmente perfeita na bochecha esquerda.

As duas haviam sido gentis com Jane nas primeiras semanas de convivência.

Ela desconfiava que as moças até sabiam ser agradáveis quando não eram levadas ao limite. Jane, porém, pelo visto, tinha talento para forçar até as jovens mais simpáticas a serem cruéis.

A costureira enfiou um último alfinete no vestido.

– Prontinho – falou. – Agora olhe no espelho e me diga se quer que eu altere alguma coisa. Talvez mudar a posição da renda, ou usar menos.

Pobre Sra. Sandeston. Ela disse aquilo do jeito que um homem prestes a ser enforcado falaria sobre o clima – com melancolia, como se a ideia de usar menos renda fosse um luxo, algo que só seria possível graças a um indulto extraordinário e improvável.

Jane foi até o espelho e observou o efeito do vestido novo. Nem precisou fingir sorrir – a expressão se espalhou por seu rosto como manteiga derretida numa broa quentinha. Meu Deus, aquele vestido era horroroso. Total e completamente horroroso. Nunca tanto dinheiro tinha sido gasto em um serviço de tamanho mau gosto. Jane piscou para seu reflexo, extasiada. A moça no espelho, com seus cabelos e olhos escuros, retribuiu o flerte, assanhada e misteriosa.

– O que acham, moças? – perguntou Jane, virando-se. – Será que preciso de mais renda?

Aos pés dela, a Sra. Sandeston soltou um gemido sofredor.

E não foi sem motivo. O vestido já estava sobrecarregado com três tipos diferentes de renda. Tiras grossas e onduladas de renda azul em ponto de gaze tinham sido enroladas na saia, metros e metros do tecido ofensivamente caro. Um pedaço velado de cetim belga decorava o decote, e uma renda chantili preta estampada com flores desarmônicas adornava as mangas com barras escuras. O tecido era de seda, com uma bela estampa. Só que ninguém a veria por baixo de toda aquela decoração espalhafatosa.

O vestido era uma abominação rendada, e Jane adorou.

Uma amiga de verdade, ela supôs, teria lhe dito para se livrar de todo aquele exagero.

Genevieve assentiu.

– Mais renda. Sim, concordo plenamente que precisa de mais renda. Que tal um quarto tipo?

Meu Deus! Jane nem imaginava onde ia enfiar mais renda.

– Que tal um engenhoso cinto rendado? – sugeriu Geraldine.

A amizade que tinha com as gêmeas Johnson era de um tipo curioso. As duas eram conhecidas pelo bom gosto infalível. Consequentemente, nunca recusavam a chance de levar Jane para o mau caminho. Mas faziam isso de um jeito tão doce que era quase um prazer ser motivo da risada delas.

Já que Jane queria ser levada para o mau caminho, recebia as dicas das gêmeas com alegria.

As duas mentiam para ela e vice-versa. Como ela queria ser alvo do ridículo, dava muito certo para todas as envolvidas.

Às vezes, Jane se perguntava como seria se as três tivessem sido sinceras umas com as outras em algum momento. Quem sabe as Johnsons pudessem ter se tornado suas amigas de verdade, em vez de inimigas belas e educadas.

Geraldine avaliou o vestido de Jane e assentiu com convicção.

– Sim, insisto na ideia de acrescentar um cinto de renda. Vai dar a esse vestido aquele ar de dignidade indefinível que está faltando.

A Sra. Sandeston soltou um som sufocado.

Era só de vez em quando que Jane imaginava ser amiga das duas irmãs. Na maior parte do tempo, só pensava nos motivos pelos quais *não podia* ter amizades verdadeiras. Todos os 100 mil motivos.

Então, simplesmente aceitava as sugestões terríveis das Johnsons.

– O que acham daquela refinada fita de renda maltesa que vimos mais cedo? Aquela dourada com rosetas?

– Com certeza – disse Geraldine, assentindo. – A maltesa.

As irmãs se entreolharam por cima dos leques – uma troca de sorrisos sagazes que dizia, com toda a clareza: "Vamos ver o que podemos convencer a Herdeira de Penas a fazer hoje."

– Srta. Fairfield. – A Sra. Sandeston juntou as mãos numa imitação inconsciente de uma oração. – Estou implorando. Não esqueça que se obtém um efeito muito mais refinado usando menos enfeites. Um pedacinho de uma bela renda, sim, é o destaque de um vestido magnífico, que deslumbra por ser simples. Mas quando usamos renda demais...

Ela deixou a voz morrer enquanto girava o dedo de maneira sugestiva.

– Quando se usa renda de *menos* – corrigiu Genevieve com calma –, ninguém sabe quanto a pessoa vale. Ora, Geraldine e eu só valemos dez mil libras cada, então nossos vestidos devem refletir isso.

Geraldine segurava o leque com força.

– Ai de nós – lamentou.

– Já a Srta. Fairfield tem um dote de 100 mil libras. E precisa ter certeza de que as pessoas vão saber disso. Nada expressa melhor a riqueza do que renda.

– E nada expressa melhor a renda do que... mais renda – acrescentou Geraldine.

Elas voltaram a se entreolhar com cumplicidade.

Jane sorriu.

– Obrigada – falou. – Não sei o que eu faria sem vocês duas. São tão bondosas comigo, me ensinam tudo que preciso saber. Não tenho a menor ideia do que está na moda, nem da mensagem que minhas roupas transmitem. Sem vocês para me ajudar, quem sabe as besteiras que eu faria?

A Sra. Sandeston fez um som engasgado no fundo da garganta, mas não disse mais nada.

Cem mil libras. Um dos motivos para Jane estar ali, observando aquelas jovens belas e perfeitas trocarem sorrisos maliciosos que achavam que ela não compreendia. As duas aproximaram a cabeça uma da outra e sussurraram entre si – suas bocas escondidas recatadamente atrás dos leques –, e depois, olhando para Jane, soltaram uma risadinha. Achavam que ela era uma idiota, sem a menor noção de bom gosto, bom senso e discernimento.

Isso não incomodava Jane nem um pouco.

Não a incomodava saber que as duas a chamavam de amiga enquanto buscavam expor sua insensatez para todos que conheciam. Não a incomodava que a incentivassem a sempre ir além – com mais renda, mais joias, mais miçangas – por pura diversão. Não a incomodava ser motivo de chacota para toda a população de Cambridge.

Nada disso podia incomodá-la. Afinal, a própria Jane tinha escolhido esse caminho.

Ela sorriu para as gêmeas como se as risadinhas fossem amostras sinceras de amizade.

– Então vamos com a maltesa.

Cem mil libras. Havia fardos piores do que o peso de 100 mil libras.

– A senhorita precisa usar esse vestido na próxima quarta – disse Geraldine. – Foi convidada para o jantar do marquês de Bradenton, não é? Nós insistimos que a convidassem.

Aqueles leques subiram e desceram, subiram e desceram.

Jane abriu mais um sorriso.

– Mas é claro. Eu não perderia esse jantar por nada no mundo.

– Vai haver um cavalheiro novo por lá. Filho de um duque. Infelizmente, ilegítimo, mas reconhecido mesmo assim. É quase tão bom quanto se fosse um duque de verdade.

Droga. Jane detestava conhecer novos homens, e o filho bastardo de um duque parecia ser o tipo mais perigoso de todos. Teria a si mesmo em alta conta e a carteira em baixo nível. Era justamente o tipo de homem que pensaria nas 100 mil libras de Jane e decidiria que era capaz de ignorar a quantidade de renda transbordando do vestido dela. Aquele tipo de homem ignoraria muitos e muitos defeitos se isso significasse que o dote de Jane entraria na conta bancária dele.

– É mesmo? – disse ela, evasiva.

– O Sr. Oliver Marshall – informou Genevieve. – Eu o vi na rua. Não parece...

A irmã lhe deu um cutucão, e Genevieve pigarreou.

– Quer dizer, parece ser bem elegante. Os óculos dele são muito distintos. E os cabelos são bem... lustrosos e... acobreados.

Jane conseguia imaginar muito bem esse espécime impedido de alcançar o ducado. Seria barrigudo, usaria coletes ridículos e teria um relógio de bolso para o qual olhava o tempo todo. Teria orgulho dos próprios privilégios e rancor do mundo que o condenara por nascer fora do casamento.

– Ele seria perfeito para você, Jane. Perfeito – disse Geraldine. – É claro que, com nossos dotes inferiores, nós seríamos... desinteressantes para ele.

Jane abriu um sorriso forçado.

– Não sei o que eu faria sem vocês duas – falou, com certa sinceridade. – Se não estivessem aqui para cuidar de mim, talvez eu...

Se as duas não estivessem tentando transformá-la numa boba da corte, talvez um dia – apesar de seus muitos esforços – Jane conseguisse conquistar a atenção de um homem. E *isso* seria um desastre total.

– É como se fossem minhas irmãs, com todo o carinho que me dão – acrescentou ela.

Talvez as meias-irmãs bem horripilantes de um certo conto de fadas.

– O sentimento é mútuo. – Geraldine sorriu para ela. – É como se a senhorita fosse nossa irmãzinha.

A quantidade de sorrisos naquele cômodo era quase igual à de renda no vestido de Jane. Ela se desculpou em silêncio pela mentira.

Aquelas mulheres não eram *nada* parecidas com a irmã dela. Só o fato de dizer isso era um insulto ao nome da irmandade, e, se existia alguma coisa sagrada para Jane, era isso. Tinha uma irmã – uma irmã pela qual faria qualquer coisa. Por Emily, ela mentiria, trapacearia, compraria um vestido com quatro tipos diferentes de renda...

Cem mil libras não era um fardo tão pesado assim. Mas, se uma jovem queria ficar solteira – se *precisava* ficar com a irmã até que esta atingisse a maioridade e pudesse sair da casa do tutor das duas –, esse número se tornava uma impossibilidade.

Quase tão impossível quanto 480 – a quantidade de dias pelos quais Jane precisava continuar solteira.

Quatrocentos e oitenta dias até que Emily chegasse à maioridade. Em 480 dias, a irmã poderia largar o tutor delas, e Jane – que tinha permissão para ficar naquela casa sob a condição de se casar com o primeiro homem aceitável que lhe fizesse o pedido – poderia parar com toda aquela falsidade. Ela e Emily finalmente estariam livres.

Jane seria capaz de sorrir, vestir toneladas de renda e chamar o próprio Napoleão Bonaparte de irmã se isso garantisse a segurança de Emily.

Em vez disso, a única coisa que precisava fazer pelos próximos 480 dias era procurar um marido – procurar com dedicação, mas não se casar.

Quatrocentos e oitenta dias durante os quais não ousaria se prender ao matrimônio e 100 mil libras para o homem que se tornasse seu marido.

Aqueles dois números descreviam as dimensões da prisão em que ela vivia.

Por isso, Jane sorriu de novo para Geraldine, grata pelos conselhos, grata por ser levada para o mau caminho mais uma vez. Ela sorriu, e até foi um sorriso verdadeiro.

Alguns dias depois

O Sr. Oliver Marshall detestou ter que abrir mão do sobretudo quando entrou na casa do marquês de Bradenton. Conseguia sentir o frio cortante entrando pelas luvas, o vento de inverno fazendo as vidraças estremecerem. A armação de arame dos óculos presa nas orelhas dele parecia feita de gelo. Mas era tarde demais.

Bradenton, o anfitrião, foi até ele.

– Marshall – disse em tom agradável. – Como é bom ver você de novo.

Oliver entregou as luvas e o sobretudo pesado e apertou a mão do marquês.

– É bom vê-lo também, milorde. Faz muito tempo.

As mãos de Bradenton também estavam frias. Ele havia engordado nos últimos anos e os cabelos finos e escuros haviam dado lugar à calvície na testa, mas o sorriso que abriu para Oliver ainda era o mesmo: amigável e frio ao mesmo tempo.

Oliver reprimiu um calafrio. Não importava quanto carvão os criados empilhassem nas lareiras nem o quanto o fogo fosse alegre, aquelas casas antigas e elegantes sempre pareciam ser habitadas por um frio invernal. Os tetos eram altos demais, o chão de mármore parecia gelado mesmo através da sola dos calçados. Para onde quer que Oliver olhasse, via espelhos de vidro, metais e pedras – superfícies frias que se tornavam ainda mais frias devido aos espaços vastos e vazios que as rodeavam.

Ficaria mais quente quando eles saíssem da entrada da casa, Oliver disse a si mesmo. Quando mais pessoas chegassem. Por enquanto, havia apenas Bradenton, Oliver e dois homens mais jovens. Bradenton pediu que eles se aproximassem.

– Hapford, Whitting, este é um velho colega de escola. Marshall, esse é meu sobrinho, John Bloom, o novo conde de Hapford. – O marquês de Bradenton indicou um homem pálido e com aparência diligente ao seu lado. – E o Sr. George Whitting, meu outro sobrinho. – Ele indicou um cavalheiro com um tufo de cabelos claros e costeletas igualmente desgrenhadas. – Cavalheiros, este é Oliver Marshall. Eu o convidei para ajudar a completar sua educação, por assim dizer.

Oliver os cumprimentou com um meneio de cabeça.

– Fui encarregado de cuidar da apresentação de Hapford – explicou Bradenton. – Ele estará com os lordes no mês que vem, e ninguém esperava isso.

Hapford tinha uma faixa preta ao redor do braço, e suas roupas eram escuras. Talvez houvesse um motivo para a casa parecer tão fria e lúgubre.

– Sinto muito por isso – disse Oliver.

O novo conde endireitou as costas e olhou de soslaio para Bradenton antes de responder.

– Obrigado. Farei o melhor que puder.

Aquele olhar, aquela deferência com que se referiam ao outro homem... era por *isso* que Oliver estava ali, não para reatar uma amizade da época da escola que havia amornado com o passar dos anos. Bradenton era o tipo de homem que preparava novos membros do Parlamento. Ele os instruía e depois fazia de tudo para que os lordes continuassem no seu círculo de amizades. Àquela altura, já tinha uma bela coleção.

– Eu gostaria de ter um pouco mais de tempo para preparar você, mas está se saindo bem. – Bradenton apertou o ombro do sobrinho, num gesto de aprovação. – E não é nada mau fazermos isso em Cambridge. É uma miniatura do mundo lá de fora. Você vai ver, o Parlamento não é muito diferente.

– Uma miniatura do mundo?

Oliver duvidava. Ele nunca tinha visto um minerador de carvão em Cambridge.

Mas Bradenton não entendeu o que ele quis dizer.

– Sim, a gentalha está em todos os lugares por aqui.

Ele olhou para Oliver, que não disse nada. Para homens como Bradenton, *ele* fazia parte da gentalha.

– Mas a gentalha normalmente consegue se virar sozinha – continuou Bradenton. – Esse é o objetivo de uma instituição como Cambridge. *Qualquer um* pode sonhar em estudar em Cambridge, então, todos que querem isso decidem começar por aqui. Se fazem um bom trabalho, no momento em que os mais ambiciosos terminam a graduação, eles já se tornaram iguais a nós. Ou, pelo menos, querem tanto fazer parte dos nossos escalões que, quando nos damos conta, toda a ambição deles foi incorporada à glória maior.

Ele assentiu na direção de Oliver com ênfase.

No passado, Oliver teria ficado irritado com um discurso como aquele.

A insinuação furtiva de que ele não pertencia àquele lugar, a insinuação ainda mais furtiva de que ele havia *incorporado* os objetivos de Bradenton em vez de simplesmente pensar por conta própria...

Quando tinha 13 anos, Oliver tinha dado uma surra em Bradenton por cometer justamente aquele pecado. Mas, depois, passara a entender. Bradenton o lembrava um fazendeiro velho, que percorria o perímetro de sua propriedade todo santo dia para testar as cercas e olhar com desconfiança para os vizinhos, garantindo que o lado *dele* e o lado dos *outros* estivessem delineados com clareza. Oliver levara anos para aprender que o melhor era ficar quieto e deixar homens como Bradenton testarem as cercas. Não adiantava bater de frente – e, se a pessoa fosse cuidadosa, chegaria o dia em que teria condições de comprar toda aquela fazenda.

Então, Oliver mordeu a língua e sorriu.

– As moças devem chegar em breve – disse Bradenton. – Então, se vocês quiserem começar com um uísque...

Ele indicou o corredor da entrada.

– Uísque – concordou Whitting, decidido, e o grupo foi para um cômodo ao lado.

Bradenton tinha reservado uma sala inteira só para isto – um aparador com copos e uma garrafa de líquido cor de âmbar. Mas pelo menos esse cômodo era menor e, portanto, mais quente. O marquês serviu doses generosas nos copos.

– Vocês vão precisar – falou, entregando os copos primeiro aos sobrinhos, depois a Oliver.

Oliver aceitou a bebida.

– Muito obrigado, Sr. Bradenton. E, falando sobre fevereiro que vem, tem algo que preciso discutir com o senhor. A lei da reforma eleitoral, da próxima sessão do Parlamento...

Bradenton soltou uma risada e virou o copo.

– Não, não – interrompeu. – Nada de falar de política por enquanto, Marshall.

– Pois bem. Talvez possamos conversar depois, então. Amanhã ou...

– Ou no outro dia ou no outro – completou Bradenton com um brilho nos olhos. – Primeiro precisamos ensinar Hapford *como* fazer as coisas para depois ensinar a ele quais coisas fazer. Agora não é a hora.

Essa atitude, pelo jeito, não era compartilhada por todos. Hapford tinha erguido os olhos com interesse quando Oliver começara a falar. Com a recusa do tio, ele franziu a testa e virou a cabeça.

Oliver poderia ter insistido. Mas então...

– Como quiser – concordou com leveza. – Fica para depois.

Um homem como Bradenton precisava receber deferência; precisava que o vizinho parasse a um metro e meio do cercado em vez de ousar atravessar os limites da propriedade. Oliver já tinha influenciado o homem antes e sabia como fazer isso. Bradenton podia ser manipulado, contanto que ninguém acabasse com a ilusão de que ele estava no comando.

Então, em vez de insistir, Oliver deixou que a conversa se dirigisse para um assunto amigável: a saúde do irmão de Oliver e sua esposa. Por algum tempo, puderam fingir que aquele era um ambiente acolhedor e íntimo. Mas então Bradenton, que estava de pé ao lado da janela, ergueu a mão outra vez.

– Terminem as bebidas – disse ele. – A primeira moça chegou.

Whitting olhou pela janela e soltou um gemido.

– Ah, meu Deus, por favor, não. Não me diga que o senhor convidou a Herdeira de Penas.

– Culpe o seu primo. – Bradenton arqueou uma sobrancelha. – Hapford quer uns minutinhos a sós com a noiva dele. E, sabe-se lá o motivo, a Srta. Johnson insistiu para que a moça fosse convidada.

– Falando nisso – disse Hapford, com uma dignidade discreta que não combinava com o semblante juvenil dele –, eu gostaria que não falássemos mal das amigas da minha noiva.

Whitting bufou. Considerando a expressão sombria no rosto dele, Oliver teria imaginado que o jovem acabara de ser condenado a três anos de trabalhos forçados.

– Estraga-prazeres – murmurou, depois se virou para Oliver. – Acho que seria bom avisar a você – acrescentou.

– Avisar sobre o quê?

O homem se inclinou para a frente e sussurrou dramaticamente:

– A Herdeira de Penas.

– A riqueza dela vem de... plumas de gansos?

– Não. – Whitting não olhou para ele. – Originalmente, vem de navios transatlânticos, se quer saber. Ela é chamada de Herdeira de Penas porque ficar perto dela é como ser espancado até a morte com penas.

Ele parecia estar falando completamente sério. Oliver balançou a cabeça, exasperado.

– Não dá para espancar alguém até a morte com uma pena.

– Você é especialista, é? – Whitting ergueu o queixo. – Isso mostra quanto você sabe. Imagine que alguém começa a espancá-lo com uma pena. Imagine que a pessoa nunca para, até que, um dia, a irritação constante das penas de ganso leva você ao limite. Na fúria do momento, acaba esganando a pessoa que o estava espancando. – Ele fez uma demonstração, torcendo as mãos. – Então, você é enforcado por assassinato. Assim, meu amigo, você foi espancado até a morte por penas.

Oliver bufou.

– Ninguém é tão ruim assim.

Whitting levou a mão à cabeça e esfregou os sulcos na testa.

– Ela é pior.

– Hã, hã – fez Bradenton, levantando um dedo. – Ela está quase entrando. Não é assim que se faz, *cavalheiros*.

Ele enfatizou a última palavra e pousou o copo de uísque. Um gesto e os sobrinhos o seguiram de volta para a entrada. Oliver foi atrás deles.

Sim, Oliver sabia como se fazia. Ele fora alvo daquele tipo de insulto velado vezes demais. Os bons modos da classe alta demonstravam crueldade não pelas palavras que eram ditas, mas pela duração do silêncio que as seguia.

Um criado abriu a porta e duas mulheres entraram. Uma, trajando camadas de lã escura salpicada pela neve, claramente era uma dama de companhia. Ela tirou o capuz pesado da cabeça, revelando cabelos grisalhos cacheados e uma boca franzida.

A outra...

Se havia uma mulher que queria anunciar para todos que era uma herdeira, era aquela. Ela não havia poupado esforços para ostentar a riqueza. Vestia uma capa forrada com pele, branca e fofa, e luvas de pelica com arminho nos punhos. Balançou a cabeça, depois abriu o fecho no pescoço – um fecho que cintilava com um brilho dourado. Quando ela se mexeu, Oliver viu algo reluzir nas suas orelhas, algo com o resplendor de diamantes e prata.

Os homens se aproximaram para cumprimentá-la ao mesmo tempo.

– Srta. Fairfield – disse o marquês de Bradenton, inclinando a cabeça para a moça.

O tom de voz dele estava agradável, com uma cordialidade familiar.

– Milorde – respondeu ela.

Oliver se aproximou com o restante do grupo, mas ficou paralisado quando ela tirou a capa. Ela era...

Ele a encarou e balançou a cabeça. Ela *poderia* ser bonita. Os olhos eram escuros e brilhantes. Os cabelos estavam presos num emaranhado lustroso de cachos que caíam artisticamente nos ombros. Os lábios eram rosados e carnudos, inclinados num sorrisinho recatado, e o corpo dela – o pouco que ele conseguia ver – era exatamente do tipo que ele gostava, macio e volumoso, com curvas que nem o mais determinado espartilho conseguia esconder. Sob quaisquer outras circunstâncias, Oliver se pegaria observando a moça de soslaio a noite toda.

Mas olhar para ela era como pegar um pêssego exuberante e descobrir que metade estava mofada.

O vestido era medonho. Não havia outra palavra para descrevê-lo, e até essa palavra fazia pouco jus ao arrepio de puro terror que Oliver sentiu.

Um pouquinho de renda estava na moda. Decorando a ponta das mangas, talvez, ou alguns centímetros na barra. Mas todo o vestido da Srta. Fairfield era coberto de renda – camadas e mais camadas dos estilos feitos à mão mais complexos que existiam. Renda preta. Renda azul. Barra de renda dourada. Era como se alguém tivesse entrado numa loja, encomendado trezentos metros das rendas mais caras do mundo e enfiado cada centímetro num único vestido.

Não era uma questão de enfeitar demais algo que já estava bom. Se havia algo de bom ali embaixo, tinha se estragado havia tempo.

Todos pararam de andar quando a moça tirou a capa, paralisados enquanto contemplavam, sem palavras, um figurino que fazia a palavra "espalhafatoso" soar como algo bonito e modesto em comparação.

Quem se recuperou primeiro foi Bradenton.

– Srta. Fairfield – repetiu.

– Sim, o senhor já me cumprimentou.

A voz dela era bem bonita. Talvez se Oliver fechasse os olhos... ou talvez se apenas a olhasse do pescoço para cima...

A moça seguiu em frente, avançando tanto que Bradenton até teve que dar dois passos para trás. Isso levou os brincos dela – que eram de prata, cravejados de enormes diamantes – até bem perto dos olhos de Oliver.

Somente um daqueles brincos bastaria para comprar três fazendas como a dos pais dele.

– Muito obrigada pelo convite – disse ela.

Enquanto falava, ela dobrou a capa.

Um dos criados com uniforme cinza deveria ter se oferecido para pegar o traje das mãos da moça. Mas eles, como todos os outros, estavam atordoados pelas roupas hediondas dela.

A Srta. Fairfield não parecia ter notado a reação dos outros. Sem nem olhar para o lado – sem nem notar a presença de Oliver –, entregou a capa para ele. Os dedos dele seguraram a peça antes que ele percebesse o que a moça tinha feito. Ela lhe deu as costas e cumprimentou Hapford e Whitting, com um tom de voz agradável, enquanto os cachinhos na nuca dela provocavam Oliver.

Ela havia lhe entregado a capa. Como se ele fosse um criado. Um lacaio veio e pegou o fardo indesejado com um pedido de desculpa, mas já era tarde demais. Oliver viu o sorriso horrorizado no rosto de Whitting, expressão que o rapaz parecia incapaz de conter. Bradenton também lançou um sorriso divertido para Oliver.

Já fazia tempo que ele não se irritava com ofensas pequenas, e aquela nem tinha sido proposital. Mas, meu Deus, a moça era um desastre. Quase sentia pena dela.

Bradenton apontou para Oliver.

– Srta. Fairfield – falou –, há outro convidado aqui que ainda não lhe apresentamos.

– É mesmo? – A Srta. Fairfield se virou e finalmente pousou os olhos em Oliver. – Minha nossa! Nem o vi quando entrei.

Ela o tinha visto, sim. Só que pensara que fosse um criado. Um erro inocente, nada mais.

– Srta. Fairfield – disse Oliver, sem se deixar abater. – Muito prazer.

– Srta. Fairfield, este é o Sr. Oliver Marshall – informou Bradenton.

A moça inclinou a cabeça para o lado e olhou para Oliver. Ela *era* bonita. Uma parte bem irritante do cérebro dele não conseguia parar de prestar atenção nisso, mesmo com toda a extravagância com que ela havia se vestido. Bonita para quem gostava daquele tipo de mulher, com uma beleza inglesa saudável e radiante. Normalmente, Oliver gostava.

Ele se perguntou quando a moça ia perceber o que tinha feito. Ela semicerrou os olhos, olhando-o bem, e ao franzir o rosto uma covinha apareceu no queixo dela.

– Mas já nos conhecemos – disse ela.

Não era isso que Oliver esperara que ela percebesse. Ele piscou, confuso.

– Tenho certeza de que já nos conhecemos – continuou ela. – O senhor tem um semblante familiar. Tem alguma coisa... Algo... – Ela bateu com um dedo nos lábios, balançando a cabeça. – Não – concluiu com tristeza. – Não. Me enganei. É que o senhor tem uma fisionomia tão mediana, com esses cabelos e os óculos, que o confundi com outra pessoa.

Ele tinha uma fisionomia *mediana*?

Outra mulher que proferisse uma ofensa daquela magnitude teria enfatizado a palavra, apenas para garantir que ninguém se equivocasse quanto à sua intenção. Mas a Srta. Fairfield não agiu como se pretendesse humilhá-lo. Ela falou como se estivesse comentando o número de filhotes numa ninhada.

– Perdão? – disse Oliver.

Ele percebeu que estava com as costas levemente mais empertigadas, olhando para ela com certa frieza na expressão.

– Ah, não precisa pedir perdão – respondeu ela com um sorriso. – A sua fisionomia não é culpa sua, sei disso. Eu nunca usaria isso contra o senhor.

Ela assentiu para Oliver, graciosa como uma rainha, como se estivesse fazendo um grande favor para ele. Então, franziu a testa.

– Perdão, mas pode repetir seu nome?

Oliver fez a reverência mais rígida que conseguia.

– Sr. Oliver Marshall. A seu dispor.

Não literalmente, ele quase acrescentou.

Ela arregalou os olhos.

– Oliver? Será que, por acaso, seu nome é uma homenagem a Oliver Cromwell?

O sorriso nos lábios de Oliver *sem dúvida* não era genuíno. Sua capacidade de fingir quase cedeu sob a pressão.

– Não, Srta. Fairfield, meu nome não é em homenagem a ele.

– Não é uma homenagem ao antigo Lorde Protetor da Inglaterra? Ora, a meu ver ele seria um bom exemplo do caminho que seus pais teriam gostado que o senhor seguisse. Ele nasceu plebeu como o senhor, não foi?

– Meu nome não implica nada tão grandioso – respondeu Oliver, forçando as palavras a saírem. – Era o nome do pai da minha mãe.

– Talvez o nome *dele* tenha sido...

– Não – interrompeu Oliver. – Ninguém na minha família estava esperando que eu sofresse execução póstuma, acredite em mim.

Ele quase achou que a moça sorriu ao ouvir aquelas palavras, mas a inclinação no canto dos lábios sumiu antes que Oliver tivesse certeza de que a vira. Com isso, a conversa morreu.

Um, dois, três...

Quando criança, Oliver tinha transitado entre dois mundos – os patamares da classe alta, tão friamente bem-educada, e o mundo mais animado dos trabalhadores, no qual seus pais viviam. Havia um silêncio gélido que Oliver associava a momentos desconfortáveis da classe alta. Era aquele momento em que cada homem por perto fazia um cálculo com base nos bons modos e decidia guardar suas ideias para si mesmo em vez de falar em voz alta e arriscar ser rude. Oliver fora alvo de tais silêncios com bastante frequência quando era garoto. Sempre vinham quando ele admitia que passara o verão fazendo trabalho braçal, quando se referia à antiga profissão do pai como pugilista... Na verdade, durante os primeiros anos de convivência, até aprender as regras, praticamente toda vez que Oliver abria a boca, a resposta que recebia era o silêncio.

Por mais que aquele silêncio supostamente fosse fruto de bons modos, era cortante. Oliver fora alvo dele vezes suficientes para saber a profundidade daqueles cortes. Ele olhou para a Srta. Fairfield.

... quatro, cinco, seis...

Os lábios dela estavam com uma expressão calma de aceitação serena. O sorriso era aberto e sincero. Não havia sinal de que ela sequer houvesse notado a tensão.

– Quem mais vai se juntar a nós hoje à noite? – perguntou ela. – Cadford? Willton?

– Não, hum... – Hapford olhou ao redor. – Willton, não. Ele está... indisposto.

– Isso por acaso é algum... Como é que chamamos aquela coisa que falamos para evitar dizer a verdade? – A Srta. Fairfield balançou a cabeça, sacudindo seus brincos de diamante. – Está na ponta da língua. Consigo até sentir o gosto. É um... um... – Ela ergueu o queixo de repente, com olhos radiantes. – Eufemismo! – Estalou os dedos. – É um eufemismo, não é? Diga, ele só está zonzo por causa de ontem à noite, não é?

Os homens se entreolharam.

– Certo – disse Hapford devagar. – Srta. Fairfield, se me permite acompanhá-la…

Ele a levou pelo braço para longe.

– Pobrezinho – comentou Whitting. – Ele costumava caçoar dela, mas a Srta. Johnson o fez parar. Agora não tem mais graça ficar perto dele, está apaixonado demais.

Geralmente, Oliver não gostava que caçoassem das pessoas pelas costas. Era um ato covarde e cruel, e ele sabia por experiência própria que nunca era tão sutil quanto as pessoas responsáveis pela zombaria achavam.

Pobre Srta. Fairfield. Tinha o oposto do talento para conversar e o oposto de bom gosto. Eles iam acabar com ela, e Oliver teria que assistir.

Capítulo dois

O jantar foi ainda mais doloroso do que Oliver esperava.

A Srta. Fairfield falava alto demais, e as coisas que dizia...

Perguntou a Whitting sobre os estudos dele e, quando o rapaz fez um comentário irônico sobre preferir concentrar os próprios esforços no estudo de líquidos, ela o encarou.

– Que surpresa! – Os olhos dela estavam bem arregalados. – Nunca achei que o senhor tinha capacidade intelectual suficiente para estudar física!

Whitting a fitou por um tempo.

– O que a senhorita...

Ele parecia estar controlando o próprio espanto com grande dificuldade. Um cavalheiro nunca perguntaria diretamente a uma dama se ela tivera a intenção de chamá-lo de tolo. Whitting respirou fundo várias vezes antes de se dirigir à Srta. Fairfield de novo.

– Pois é. Não faz parte da minha personalidade gostar de estudar física. Quanto à minha capacidade... – Ele deu de ombros e abriu um sorriso forçado para ela. – Devo ter entendido errado.

No linguajar dos cavalheiros ingleses – a linguagem de eufemismos e falsa cortesia –, esse era um dos insultos mais ardentes. "Devo ter entendido errado" normalmente queria dizer "cale a boca". Oliver juntou as pontas dos dedos e tentou olhar para qualquer direção que não fosse a dos dois.

A Srta. Fairfield não pareceu nem um pouco incomodada.

– O senhor não me entendeu bem? – perguntou com um tom solícito. – Sinto *muito*. Eu devia ter percebido que a construção da frase era complexa demais para sua capacidade.

Ela se inclinou na direção dele, desta vez erguendo a voz e pronunciando as palavras bem devagar, como se estivesse falando com um avô idoso.

– O que eu quis dizer é que não acho o senhor inteligente. Por isso o estudo do mundo físico seria difícil.

Whitting ficou vermelho.

– Mas… isso é…

– Talvez eu tenha me enganado – acrescentou ela com alegria. – O senhor *gosta* de estudar o mundo físico?

– Bem, não, mas…

Ela deu tapinhas na mão dele, confortando-o.

– Não precisa se preocupar – confidenciou ela. – Nem todo mundo tem essa capacidade. Sua gentileza compensa qualquer falta de intelecto.

Whitting se recostou na cadeira, abrindo e fechando a boca.

Vindo de qualquer outra mulher, uma ofensa como aquela seria imperdoável. Se a Srta. Fairfield tivesse mostrado qualquer indício de que estava sendo tão devastadoramente terrível de propósito, teria virado uma pária. Mas, do jeito que agia, dando tapinhas na mão de Whitting e confortando-o em relação à estupidez dele, realmente parecia sentir pena do rapaz.

Ela perguntou se Hapford ia fazer aula de oratória e, quando ele disse que não, se apressou para assegurá-lo de que ninguém importante usaria seu tom de voz tão baixo contra ele.

– Suco de limão – comentou ela, dirigindo-se a Oliver do outro lado da mesa – seria ótimo para as suas sardas. Já pensou em tentar?

– Sabia que minhas tias dizem a mesma coisa? – murmurou ele. – Mas nunca tentei.

– Ah, é claro. – Ela pareceu horrorizada. – Que falta de bom senso da minha parte! Imagino que seja difícil comprar limões, especialmente para alguém da sua posição.

Oliver não perguntou que posição ele supostamente ocupava.

Depois disso, ela elogiou o corte do casaco do marquês de Bradenton, garantindo que os lamentáveis ombros caídos dele "quase passavam despercebidos".

E quando ele gaguejou uma resposta e virou o rosto, ela pousou o guardanapo.

– Não fique com vergonha – falou. – Não há problema em deixar a conversa morrer. Nem todo mundo é inteligente o bastante para pensar no que responder na hora.

Os lábios de Bradenton formaram uma linha fina.

– E o senhor é marquês – acrescentou ela. – Talvez *tenha* certa dificuldade de compreensão, mas ninguém vai notar contanto que sempre faça questão de se apresentar como marquês antes de tudo.

As narinas de Bradenton se dilataram, mas a moça já havia se virado de novo para Oliver.

– Sr. Cromwell – disse ela. – Me conte o que faz no dia a dia. O senhor é… contador, se me lembro bem do que me falaram.

A verdade era bem mais complicada. Além disso, não importava o que ele respondesse, uma mulher capaz de fazer comentários como aqueles dificilmente ia se importar com sutilezas.

– Estudei Direito em Cambridge – respondeu ele afinal. – Mas não preciso trabalhar como advogado, então…

– Ah, então é como se o senhor fosse um procurador? Talvez possa me explicar uma coisa. Qual é a diferença entre um procurador e um contador? Sempre achei que os dois fossem farinha do mesmo saco.

Não, Oliver não ia reagir.

– Um procurador…

– Porque a única coisa que meu procurador faz é isso – acrescentou ela, com um tom inocente. – Cuidar das minhas contas. O senhor faz algo além de cuidar de contas, Sr. Cromwell?

Oliver correu os olhos pela mesa até o rosto sincero da Srta. Fairfield, com aqueles brincos de diamante que refletiam a luz dos candelabros, e admitiu a derrota. Não havia como explicar nem mesmo as coisas mais básicas do mundo para alguém que vivia tão fora da realidade, e ele não tinha vontade nenhuma de insultá-la ao tentar.

– Não, Srta. Fairfield – respondeu, educado. – Acho que a senhorita entendeu mais ou menos como funciona.

Ele desviou o olhar para longe.

Mas a moça deve ter visto a careta no rosto dele, pois se inclinou para a frente.

– Ah, pobre Sr. Cromwell – falou em um tom gentil. – Está sentindo dor?

Oliver quase não conseguiu voltar a olhar para ela, mas seria falta de educação ignorá-la. Ele se virou, muito devagar, imaginando o que mais ela diria.

A Srta. Fairfield estava olhando para ele com grande preocupação.

– Esse som que o senhor fez me lembrou do nosso jardineiro. Ele tem lombalgia. Faço um cataplasma para ele nos piores dias. O senhor gostaria que eu lhe desse a receita?

– Eu não tenho lombalgia.

As palavras saíram da boca dele um pouco secas demais.

– Nosso jardineiro também diz isso, mas, depois do cataplasma, ele sempre se sente bem melhor. Me permita lhe mandar a receita, Sr. Cromwell. Não é incômodo algum. O senhor realmente parece jovem demais para ter lombalgia, mas, já que trabalha, enfermidades como essa devem aparecer mais cedo que o comum.

Ele engoliu em seco. Pensou em contar para a moça que o pai dele não tinha lombalgia apesar de ter trabalhado na fazenda por anos. Pensou em explicar. Talvez até tivesse caído na risada, mas isso a teria feito passar vergonha.

Então, em vez disso, ele apenas inclinou a cabeça.

– Vou adorar receber a receita, Srta. Fairfield. Por favor, encaminhe para meu endereço de Londres, aos cuidados de Oliver Cromwell, na Torre, Londres, Inglaterra.

Por um mero instante, ela fez uma pausa. A mão dela parou a meio caminho de pegar a colher. Ela o fitou com olhos bem arregalados, depois virou a cabeça.

– Bem – falou. – Não seria adequado me corresponder com um cavalheiro. Talvez o senhor tenha razão. Não é mesmo uma boa ideia.

Por mais que Oliver detestasse admitir, jantar com a Srta. Fairfield realmente era como ser espancado até a morte com penas. Ele esperava, para o bem dela, que seu dote fosse enorme e que, em algum lugar da Inglaterra, houvesse um homem que precisasse de uma fortuna. Alguém que estivesse perdendo a audição, para que não precisasse ouvi-la falar.

Era extraordinário. Ficava claro que a moça tinha boas intenções, mas ainda assim…

O jantar acabou. Os cavalheiros se retiraram para tomar um vinho do Porto e fumar charutos, gratos por pelo menos aquele alívio temporário.

Depois que se acomodaram na biblioteca, não houve nenhuma pausa desconfortável.

– Ela é tão ruim quanto eu disse, não é? – perguntou Whitting a Oliver.

– Por favor, cavalheiros – disse Bradenton, balançando a cabeça. – É indecoroso insultar uma dama.

– É mesmo – concordou Hapford.

Whitting se virou com um protesto na ponta da língua, e viu que o marquês estava com um sorriso duro e maldoso no rosto.

– Essa é boa – disse Whitting. – Meu Deus, se não pudermos insultar a moça, qual é a graça?

Hapford suspirou e olhou para longe.

Oliver mordeu a língua. Ela *era* horrível. Mas... ele achava que ela não sabia *não* ser.

E houve um tempo em que era ele quem dizia todas as coisas erradas, falando quando deveria ficar calado, dizendo para homens como Bradenton que ele só era respeitado por causa do título de nobreza – por Deus, essa era quase a pior coisa que a Srta. Fairfield poderia ter dito para o marquês. Se Bradenton cuidava das cercas de seus privilégios com tanto zelo, a moça tinha passado por cima dos esforços dele e pisoteado os campos.

– Ela é tão irritante – declarou Whitting – que é quase como se eu tivesse uma reação alérgica à presença dela.

Não importava quanto a Srta. Fairfield era irritante. Oliver tinha sido alvo de comentários maliciosos como aqueles com frequência demais para agora proferi-los de bom grado.

Em vez disso, ele se serviu de um copo de uísque e ficou perto da janela.

Não prestou atenção, não riu e não tomou parte na conversa, mesmo que Bradenton direcionasse alguns comentários a ele.

Depois, quando se reuniram às damas, ele se sentiu verdadeiramente aliviado.

Mas a situação não melhorou. Whitting olhava para Oliver depois de cada frase que a Srta. Fairfield dizia, esperando que ele também participasse da ridicularização. Os outros homens se revezaram no lugar ao lado dela, atraindo seus comentários em pequenas remessas. Isso incomodou Oliver, incomodou *muito*.

Havia uma pequena bandeja de bolinhos na mesa dos fundos. Oliver colocou vários deles no prato e se afastou para observar através da janela, mas não havia como escapar. Ela abandonou os outros homens e foi até o lado dele.

– Sr. Cromwell – disse de modo acolhedor.

Ele assentiu para ela, e a moça começou a falar.

Não era tão ruim se ele se concentrasse apenas no tom de voz dela, se evitasse assimilar as palavras que dizia. A entonação dela era agradável – calorosa e musical – e sua risada era gostosa de ouvir.

Ela o chamou de Sr. Cromwell. Lamentou com ele as tribulações da contabilidade. Comentou – três vezes – quanto respeitava pessoas como ele, que precisavam trabalhar para viver. Não era tão ruim assim, depois que Oliver já tinha se preparado para a força devastadora e tempestuosa da conversa dela.

E então, enquanto ele estava ali ao lado dela, sorrindo e tentando ser educado, ela pegou um bolinho do prato dele. Nem pareceu perceber que tinha feito isso. Apenas sorriu, segurando o bolinho entre os dedos e o balançando de um lado para outro enquanto falava.

O que significava que todo mundo podia ver o que ela havia feito.

Às costas dela, os outros exibiam sorrisos enviesados. Whitting fez um comentário em voz alta sobre porcos comerem de qualquer cocho. Oliver rangeu os dentes e sorriu com educação. Ele *se recusava* a se render. Também haviam rido dele.

– Então – dizia a Srta. Fairfield. – Tenho certeza de que o senhor sabe lidar muito bem com números. Esse é um talento magnífico, que lhe garantirá uma boa posição no futuro. Com certeza qualquer empregador o veria dessa forma.

Ela pegou outro bolinho enquanto falava.

– É um milagre que tenham achado renda suficiente para enrolá-la dos pés à cabeça – disse Whitting às costas dela.

Se Oliver conseguia ouvi-lo, isso significava que a moça também conseguia. Mas ela não reagiu. Nem um lampejo de sofrimento passou pelos olhos dela.

Ele havia se enganado. Ela ia *forçá-lo* a se render. Não porque fosse péssima; a moça tinha boas intenções, pelo menos, e isso compensava muita coisa. Mas porque Oliver não conseguia ficar parado ali, só ouvindo.

Isso o fez se lembrar de uma tarde, vinte anos antes, quando ainda morava na casa dos pais. Alguns garotos tinham chamado Laura, a irmã com a idade mais próxima da dele, de bezerra gorda, e a seguiram até em casa mugindo. Isso aconteceu na época em que Oliver podia resolver os problemas com os próprios punhos.

A Srta. Fairfield não era irmã dele. Nem sequer parecia ter notado os comentários. Mas podia ser a irmã de *alguém*, e Oliver não gostava do que estava acontecendo com ela.

Ele fora até ali para tentar falar com Bradenton sobre a reforma, para fazer os outros mudarem de ideia. Não para ver alguém ser alvo do ridículo.

Então, ficou calado.

E, quando ela esticou a mão para pegar outro bolinho, ele entregou o prato todo para ela.

Os olhos da Srta. Fairfield se arregalaram por um momento. Ela ficou imóvel, encarando-o, e ele lembrou – temporariamente – que, quando a moça mordia a língua e quando ele era capaz de esquecer a monstruosidade que ela estava vestindo, ela na verdade era bem bonita. Havia uma covinha no braço dela, perto do ombro, do tipo que fazia Oliver querer esticar a mão e explorar as dimensões do buraquinho. Ela o fitou com olhos que brilhavam de uma forma adorável.

– Perdão – disse ele. – Eu estava segurando isso para a senhorita, mas preciso ir... falar com um dos cavalheiros.

Ela piscou, aturdida. Ele curvou a cabeça e se afastou dela.

– Qual é o problema dele? – ouviu Whitting perguntar.

Era simples: Oliver não gostava de zombar de ninguém. Sempre via muito de si mesmo no alvo da diversão dos outros. E, embora muita coisa tivesse mudado desde sua infância, *isso* jamais mudaria.

⌇

Jane fechou a porta do quarto da irmã e soltou a respiração numa única exalada longa. O rosto dela doía por causa do esforço para sorrir. Largou a capa em cima de uma cômoda e alongou os ombros para a frente e para trás, relaxando os músculos petrificados de tensão. Era como se ela estivesse se tornando uma pessoa de verdade outra vez, alguém que tinha sentimentos e desejos próprios no lugar de uma imitação que falava qualquer besteira que fosse necessária.

Era bom poder ter sentimentos de novo. Especialmente quando a razão daquela farsa desesperadora estava sentada na beira da cama à sua frente, vestindo uma camisola.

– E então? – perguntou Emily. – Como foi? O que aconteceu?

De certo modo, retribuir o sorriso de boas-vindas da irmã não parecia usar os mesmos músculos que ela estivera exercitando a noite toda.

Elas não pareciam irmãs. Emily tinha cabelos macios e loiros, com cachos naturais, enquanto os de Jane eram castanho-escuros. As feições de Emily eram delicadas, um desenho artístico de sobrancelhas delineadas e arqueadas e belos cílios. Já Jane… Bom, nada nela jamais fora *delicado*. Não era o tipo de mulher que as pessoas costumavam chamar de comum. Era razoavelmente bonita, de um jeito roliço.

No entanto, quando ela e a irmã ficavam lado a lado, Jane sentia como se fosse um cavalo de tração. Do tipo que, quando passava na rua, fazia as pessoas o avaliarem enquanto sussurravam entre si: "Aquele animal deve ter um metro e noventa e três na cernelha, creio eu. E pelo menos uns 950 kg."

Jane achava que se pareciam com seus respectivos pais. E *isso* era parte do problema dela.

– E então? – insistiu Emily. – O que o rapaz novo achou de você?

Algumas pessoas confundiam a energia de Emily com entusiasmo infantil, mas Jane conhecia bem a irmã. Ela estava sempre em movimento – correndo quando era permitido, andando quando não era. Caso fosse obrigada a ficar sentada, sua perna balançava impacientemente.

Nos últimos tempos, a perna dela vivia balançando.

Jane pensou como responder.

– Pelo menos ele é alto – disse ela afinal.

Ele *era* alto – tinha, talvez, uns dois centímetros a mais do que Jane, que estava usando sapato de salto. Isso era um feito raro num homem.

– Também é inteligente. – Ele nem sequer tinha parado para pensar antes de soltar aquele gracejo sobre a Torre de Londres. – Mas, por sorte, eu consegui cansá-lo no fim da noite.

Ela abriu um sorriso fraco ao olhar para a porta enquanto falava. Ah, o gosto agridoce da vitória. O homem realmente a tinha impressionado. Ele tentara com todas as forças ser gentil com ela e o dinheiro dela.

– Como você conseguiu?

– Tive que pegar comida do prato dele – admitiu Jane.

– Mas que maravilha! Você usou o meu truque. – Emily abriu um sorriso brilhante, balançando a perna contra a colcha rosa. – Achei que você tivesse dito que estava guardando para uma ocasião especial. Vou ter que pensar em outra coisa.

– Eu *estava* guardando esse truque para uma ocasião especial. – Jane piscou os dois olhos. – Ele estava bem determinado a ser gentil comigo e ainda era engraçado. Se eu o deixasse continuar falando, ia acabar me fazendo rir. Precisei fazê-lo se render antes que isso acontecesse.

Naqueles últimos minutos em que conversaram, a expressão dele tinha sido tão estranha, solene e melancólica, como se ele quisesse desesperadamente gostar dela e estivesse aborrecido consigo mesmo por ter falhado. E as feições do rapaz eram tão belas que Jane não teria achado que ele fosse capaz de esboçar uma expressão tão taciturna. Eram os olhos que tinham feito a mágica – aqueles olhos claros e perturbados, ligeiramente escondidos pelas lentes dos óculos.

– Vamos precisar de outro truque especial – disse Emily, coçando o queixo.

Precisariam mesmo. Jane não se sentiria a salvo até que Marshall estivesse realmente rindo com os outros. Ela quase lamentava ter que acabar com ele. O homem tinha sido *gentil*.

Mas ela não lhe dera nenhum motivo para ser bom com ela. Nenhum além dos 100 mil motivos que qualquer outro homem tinha, e isso fazia com que, no final das contas, ele não fosse nem um pouco gentil. Jane balançou a cabeça, dispersando todo e qualquer pensamento a respeito de homens com olhos simpáticos e cabelos lustrosos, e se voltou para a irmã.

– Tenho um presente para você.

Ela voltou a pegar a capa que tinha largado na cômoda e procurou nos bolsos até achar o que queria.

– Ah! – Agora, Emily havia se sentado com as costas retas. – Ah, faz uma eternidade desde o último.

– Achei hoje de tarde, mas Titus disse que eu não podia perturbar sua soneca, então...

Ela ofereceu o livro.

O rosto de Emily se iluminou enquanto ela aceitou o presente, ansiosa, segurando-o com um suspiro reverente.

– Obrigada, obrigada, obrigada. Eu vou amar você para sempre. – Passou a mão delicadamente na capa. – Espero que a Sra. Blickstall não tenha resmungado muito.

Jane apenas abanou a mão, descartando a preocupação da irmã. Ela e a dama de companhia tinham um acordo. Fora o tio delas quem havia escolhido a Sra. Blickstall para acompanhar Jane, mas era a fortuna dela que pagava o salário da mulher. Então, contanto que Jane incrementasse os pagamentos trimestrais da Sra. Blickstall, ela estava disposta a alterar os relatórios que entregava para o patrão... e a permitir um artigo de contrabando ou outro de vez em quando.

Artigos como romances. No caso de Emily, romances *horríveis*.

– *A Sra. Larringer e os moradores da Terra de Vitória* – disse Jane. – Pelo amor de Deus, Emily! Onde fica a Terra de Vitória?

Uma expressão sonhadora havia tomado os olhos da irmã, que segurou o livro com mais força.

– É a terra de gelo e neve no Polo Sul. No final do último livro, aquele em que a Sra. Larringer foi sequestrada pelos baleeiros portugueses e virou refém, ela os convenceu a libertá-la. O capitão do navio, num acesso de maldade, a largou nas margens geladas da Terra de Vitória.

– Entendo – disse Jane, duvidosa.

– Tive que esperar dois meses inteiros para saber o que acontece com ela.

Jane apenas fez um meneio de cabeça.

– Não sabia que havia gente vivendo na Terra de Vitória. Sempre achei que um lugar sem solo seria um ambiente hostil demais para seres humanos.

– Tem pinguins e focas e sabe Deus o que mais. É da *Sra. Larringer* que estamos falando. Ela escapou da morte na Rússia depois de provar que era inocente do assassinato do cão de caça de estimação da czarina. Acabou sozinha com uma revolta armada na Índia. Enganou os exércitos tanto do Japão quanto da China, e só então foi capturada pelos baleeiros.

– Todos os governos do mundo – murmurou Jane. – Todos querendo acabar com a mesma mulher. Duvido que *todos* estejam errados.

Emily soltou uma risada.

– Você só não gosta dela porque ela se parece demais com você.

– Ah, então eu sou como uma mulher de 58 anos?

Jane botou a mão no quadril, fingindo estar indignada.

– Não – disse Emily, atrevida. – Mas você é mandona e gosta de discutir.

– Mentira.

– Aham.

Emily ergueu o livro para cheirar as páginas recém-cortadas. Ao fazer isso, a manga da camisola deslizou até o ombro e revelou duas cicatrizes redondas e brilhosas.

– Mandona ou não, esse livro é ridículo – disse Jane.

Mas um nó se formara em sua garganta, e ela cerrou o punho. Achava que nunca perdoaria Titus por aquelas cicatrizes.

Se Emily notou a mudança no tom de voz da irmã, não comentou.

– Nada como o cheiro de um livro novinho em folha, que acabou de ser impresso e nunca foi lido. E este aqui... é educativo. De que forma vou aprender sobre outros países senão assim?

Não havia nada a dizer sobre as cicatrizes de Emily, e o fato de existirem não a deixava imune a zombarias de Jane. Então, empurrou o ombro da irmã caçula e adotou um tom de voz severo.

– Você sabe que essas histórias são fictícias, não é? Que cada uma delas provavelmente foi escrita por um homem diferente, que nunca pôs os pés fora de Londres? Não são *educativas*. É tudo *inventado*, e imagino que os habitantes de verdade da Rússia, da China e do Japão ficariam bem incomodados com o que a suposta Sra. Larringer tem a dizer sobre eles.

– Sim, mas...

A porta do quarto se escancarou sem aviso, interrompendo a discussão. Emily deu um salto e enfiou o livro por baixo da camisola. Jane se posicionou na frente da irmã. Mas o estrago já estava feito.

Titus Fairfield correu os olhos de Jane para Emily e depois as olhou de novo, mais devagar. Ele balançou a cabeça com tristeza.

– Ah, garotas – lamentou.

Tio Titus estava ficando careca e tinha uma papada grossa. Isso, combinado com a voz grave e soturna, lhe dava uma aparência perpétua de severidade e desaprovação – uma aparência que, sem dúvida, o agradava muito. Jane desconfiava que o tio praticava aquela expressão carrancuda no espelho.

Ele provavelmente pensava que um certo ar de morosidade o fazia parecer mais inteligente.

– Vocês não me enganam – disse ele.

Jane olhou para Emily, que retribuiu seu olhar.

– Tio Titus! – disse Emily. – Como é bom ver o senhor.

O tio estendeu a mão e bateu na palma com um dedo da outra. Emily soltou um suspiro e, lentamente, se levantou e tirou o livro de baixo da camisola. Tio Titus avançou e o arrancou dela.

– É uma obra de aprimoramento – disse Emily. – Uma história bem moralista sobre...

– A Sra. Larringer e... – Um som triste saiu da boca dele. – A Terra de Vitória. – Ele pronunciou as últimas palavras como se estivesse a contragosto recitando o nome de um bordel. – Jane, querida, o que eu lhe disse sobre levar sua irmã para o mau caminho com romances?

Jane teria adorado que Emily parasse de ler sobre a Sra. Larringer e as várias façanhas improváveis e ridículas dela. E não precisaria de muita coisa para distraí-la – bastava permitir que saísse e conhecesse pessoas. Até deixá-la sair da casa por mais do que dez minutos por vez daria conta do recado.

Ela tentara convencer o tio disso muitas e muitas vezes.

– Ah, mas veja bem, tio – insistiu Emily –, é uma história educativa, cheia de... pontos geográficos interessantes.

– Um romance.

Emily cerrou a mandíbula, determinada.

– Uma história verdadeira, recoberta pelo fino véu da ficção para proteger a identidade de inocentes.

Titus Fairfield abriu o livro, virou algumas páginas e começou a ler em voz alta:

– "Após convencer as focas a puxarem minha jangada e pescarem para mim, só me restava descobrir uma forma de treinar a voz dos pinguins." – Ele olhou para cima. – Uma história verdadeira, recoberta pelo fino véu da ficção?

Pois é. Nem Titus era tão fácil de enganar assim.

Emily tapou as orelhas com as mãos.

– O senhor está estragando tudo. Não me conte o que vai acontecer.

Titus a encarou.

– Se é isso que terei que fazer para que você pare... Você me desobedeceu, e a desobediência tem consequências. – Ao dizer isso, ele folheou o livro lentamente até o fim. – Você não pode desfrutar da sua teimosia. Se não quer ouvir o final, então... – Ele inclinou a cabeça para a frente e começou a ler: – "Capítulo vinte e sete. Depois que os tubarões vieram..."

– Lá lá lá – cantarolou Emily, abafando as palavras dele. – *Lá lá lá lá.*

Titus parou e fechou o livro com uma expressão ainda mais sombria.

– Emily, querida. Quem ensinou você a mentir? A desrespeitar a autoridade dos mais velhos? A falar enquanto seu tutor está falando?

Você, pensou Jane. *A necessidade.*

Mas o tio, pelo jeito, tinha outra opinião. Os olhos dele recaíram em Jane. Ele não a fitou com um olhar acusatório. Não havia uma única gota de sangue cruel no corpo dele. A expressão que pateticamente tomara conta de seu rosto era apenas triste. Ele se sentou ao lado de Emily e lhe deu tapinhas nos ombros.

– Veja bem, Emily – falou baixinho. – Sei que você quer ser uma garota honesta. E sei que tem muita afeição pela sua irmã.

Ele não conhecia Emily. Nem um pouco. Nunca havia se dado o trabalho de conhecer nenhuma delas.

– Isso é normal – continuou Titus, como se Jane não estivesse no quarto. – Mas você não pode esquecer que sua irmã tem problemas de caráter e ética.

Jane se recusava a reagir. Todas as vezes que ela discutira, gritara ou chorara nunca deram em nada. Qualquer reação apenas reforçava o que o tio já achava dela.

Mas Emily fez que não.

– Não estou gostando do que o senhor está dizendo. Não é verdade.

– Eu entendo, eu entendo – disse o tio com aquela voz lenta e triste. – Não vou pedir que você odeie sua irmã. Não seria natural para nenhuma moça, muito menos uma com as suas fragilidades.

Jane conseguia ver as mãos de Emily cerradas sob a camisola. As duas podiam não parecer irmãs, mas as aparências enganavam. E Emily era incapaz de deixar qualquer ofensa a Jane passar sem resposta.

Não diga nada, Emily. Só abane a cabeça e deixe-o ficar divagando.

– Está errado – retrucou Emily.

– Você está emotiva demais. – Titus pegou o romance e o enfiou em um dos bolsos volumosos. – E acho que sei de quem é a culpa. Se você precisa de algo para ler, querida Emily, há várias opções no meu escritório. Basta pedir.

Emily o olhou nos olhos.

– Várias opções no seu escritório? Mas é só um monte de livros velhos sobre Direito.

– Muito instrutivos – disse Titus.

– Qual devo ler hoje à noite, então? *Um tratado sobre a arte de transferência de bens* parece ser bem promissor, mas como eu poderia ler esse quando tenho *As relações legais de pais, bebês e crianças* ao meu dispor?

Jane fez um pequeno gesto com as mãos. *Pare, por favor, pare.*

Mas Emily ainda não tinha terminado.

– Ah, lembrei agora – acrescentou. – Já li todos esses. Porque vivo trancada neste quarto, sem permissão para sair com ninguém, sem permissão sequer para ler sobre pessoas de verdade...

Ou inventadas.

Titus se levantou.

– Srta. Emily – falou –, está agitada demais. Vai à igreja, como toda jovem decente deve fazer. E a Sra. Blickstall a acompanha em caminhadas adequadas para seu estado de saúde todas as manhãs. – Ele franziu o cenho para ela. – Não é do seu feitio ser tão emotiva assim. Houve alguma... situação hoje?

– Uma situação? – ecoou Emily. – Mas é claro. A primeira situação do dia foi quando eu acordei.

Titus franziu a testa.

– Minha jovem. Você sabe muito bem que não usei a palavra nesse sentido.

Emily lançou um olhar feroz para o homem.

– Então diga o que realmente quis dizer.

– Você teve... Quer dizer, infelizmente você foi... Por acaso foi vítima de...

Emily cerrou a mandíbula.

– Eu tive uma convulsão.

A preocupação no rosto do tio era verdadeira. Ele colocou a mão no ombro de Emily.

– Pobre, pobre criança – sussurrou. – Não surpreende estar tão exausta. Deveria dormir.

– Mas Jane ainda não me contou sobre a noite dela.

Titus desviou os olhos de Emily para contemplar Jane. Ela queria conseguir odiá-lo. Queria odiar os votos de melhora dele, as ideias que tinha e a determinação obstinada de curar a sobrinha. Mas ele não era um homem mau. Só cansado e preguiçoso.

Ele soltou outro suspiro longo e terrível.

– Emily, sua irmã...

Emily deu uns tapinhas na mão dele.

– Como posso convencer Jane a fazer o que é certo se nunca tenho permissão para falar com ela?

Titus suspirou.

– Pois bem. Pode conversar com sua irmã por mais um tempo. Mas, Emily... Incentive Jane a se casar. Vai ser o melhor para todos nós.

Ele não queria mais Jane em sua vida. Ela imaginava que parte da culpa era dela mesma. Das escolhas que fizera. Não era surpresa nenhuma ele achar que Jane era uma má influência para a irmã, mas não havia nada que ela pudesse fazer para levá-lo a mudar de ideia. O tio sabia que Jane não era filha de verdade do pai dela, e isso... *isso* fazia com que todo o resto fosse imperdoável. Ela podia se magoar tentando fazê-lo mudar de ideia, mas tinha que proteger seus sentimentos por Emily.

– Farei o melhor que puder, tio – prometeu Emily.

– Você é uma inspiração para todos nós, minha querida – disse Titus e, com outro sorriso triste, saiu do quarto.

Emily esperou até que o eco dos passos dele sumisse no fim do corredor antes de fechar os punhos.

– Eu odeio esse homem – falou, se levantando e se virando para a cama. – Odeio. Odeio. Odeio. – A cada palavra, ela deu um soco no travesseiro. – Odeio a cara pesarosa dele e os olhos grandes e preocupados. *Odeio!*

Jane foi até a irmã e colocou o braço ao redor dela.

– Eu sei.

– Pelo menos *você* tem a chance de sair por aí – disse Emily. – Eu tenho 19 anos, e, pelo amor de Deus, ele não me deixa ir a lugar algum... com medo de que eu passe por uma *situação* lá fora. Será que ele realmente acha que é melhor para mim ficar largada neste quarto, como uma princesa num conto de fadas que não tem nada para fazer além de ler sobre ética e acordos legais?

Jane já tinha desistido de entender o que Titus realmente pensava fazia bastante tempo. As *intenções* dele eram boas. Um médico, certa vez, lhe disse que os ataques de Emily eram agravados por exercício físico e agitação, portanto Titus tinha colocado Emily num regime de abatimento insosso desde então. O fato de Emily ficar tanto tempo confinada nos próprios aposentos significava que *ele* via as convulsões com menos frequência, e, por isso, nada o convencia de que essa sentença não funcionava.

A última coisa que Titus queria era ter se tornado o tutor das duas garotas. Especialmente quando uma delas não era sua parente de sangue e a outra sofria de crises inexplicáveis.

Jane suspirou e puxou a irmã para perto.

– Faltam só quinze meses – comentou. – Daí vou completar 21 anos e vamos nos livrar dele. Vamos poder ir embora e viver com o meu dinheiro, e lhe prometo, você vai ler todos os romances que quiser. Vai dançar em todas as festas. Ninguém vai impedi-la. Ninguém vai se atrever.

Emily soltou um suspiro.

– Quero saber como a Sra. Larringer escapa da Terra de Vitória.

Jane pensou – por um breve momento – em continuar a caçoar da irmã, mas aquela noite já tinha causado angústia o bastante. Então, em vez disso, ela cruzou o quarto até a capa e pegou mais um livrinho fino do bolso.

– Como ele sempre acha os livros… comprei dois exemplares.

Emily emitiu um som gutural e agarrou o livro.

– Eu te amo. – Ela abriu a capa e passou os dedos com ternura no frontispício elaborado. – Não sei o que eu faria sem você.

Jane também não sabia. Emily não precisava de um tutor; na verdade, muito pelo contrário. Ela precisava do oposto de um tutor, de alguém que impedisse Titus de interferir tanto na vida dela. Alguém que afastasse aquele fluxo interminável de médicos. Alguém que encontrasse uma forma de aliviar a frustração insuportável dela. Alguém que lhe desse uma ocupação, ainda que tudo que pudesse fazer fosse contrabandear romances terríveis para ela ler.

– Titus não ia gostar disso – comentou Jane. – Era para você estar me incentivando na minha busca por um marido.

Emily fechou os olhos.

– Nunca – falou. – Nunca me abandone, Jane.

Esse era o ponto crucial de tudo aquilo. Jane era fruto do pecado da mãe. Gostava de discutir, era rude, não tinha modos. Era, de acordo com Titus, um veneno dentro da casa deles, que ele só tolerava em nome do dever para com o irmão falecido.

E foi nisso que Jane se transformou. Era uma praga que ia sufocar o tio. Não importava. Ele não a amava e não tinha obrigação legal nenhuma de deixá-la ficar ali. No instante em que ele acreditasse que ela havia recebido um pedido respeitável de casamento, poderia se livrar dela, sentindo-se complacente por ter cumprido seu dever – e a presença dela não seria mais tolerável.

Jane abraçou a irmã. Pensou na expressão dura com que Bradenton a havia olhado naquela noite, nos sorrisos doces e vazios que ganhara das gêmeas Johnson. Pensou no rosto do Sr. Marshall quando ela pegara os bolinhos do prato dele.

Aquele nível de insolência exigia um esforço enorme. Jane estava *exausta*.

Ainda assim, sorriu.

– Não se preocupe. – O Sr. Marshall parecia ser um homem decente, e ela conseguira fazer com que até *ele* se sentisse enojado. – Prometo que nunca vou me casar.

Capítulo três

Os cavalheiros permaneceram reunidos por um longo tempo depois de as moças terem ido embora. Bradenton convidou Oliver a ficar também, e este esperava que o *depois* do qual tinham falado viesse logo – que a chance de apresentar seu argumento para Bradenton não demorasse a chegar.

Em vez disso, Bradenton sentou-se com o sobrinho a uma mesa perto do aparador de bebidas.

– Preste atenção, Whitting – avisou. – Logo vai ser a sua vez.

O processo de transformar um rapaz que mal completara 21 anos num político era fascinante. O marquês fez várias perguntas a Hapford. Quem tinha dito o quê? Como tinha sido a expressão das pessoas enquanto falavam? O que Hapford pensava delas? Bradenton era um bom professor, gentil e bondoso.

– Muito bom – disse finalmente para o jovem. – Você se saiu muito bem. Presta atenção nas coisas certas e escuta quando tem que escutar. Vai dar orgulho para a família.

Hapford abaixou a cabeça, com o rosto corado de leve.

– Estou tentando.

Foi nesse momento que os olhos de Bradenton recaíram em Oliver, e o sorriso mudou de indulgência paternal para algo muito mais afiado.

– O que acha do Sr. Marshall? – perguntou com um tom de voz suave.

Hapford olhou para Oliver e engoliu em seco.

– Eu... Bem... Ele... ele é...

– Eu entendo. Ele está sentado bem ali. Mas conheço bem Marshall. Somos velhos conhecidos. E ele quer um favor meu, por isso não vai reclamar se for alvo de um pouquinho de franqueza. Não é mesmo, Marshall?

Oliver não tinha ideia do que o homem estava planejando, então simplesmente inclinou a cabeça.

– Claro, milorde.

– Pois bem – disse Hapford, e inspirou fundo. – A meu ver, o Sr. Marshall é...

– Hã, hã. – O marquês ergueu um dedo. – Você acreditou no que eu disse, não é?

Hapford olhou ao redor, um pouco confuso.

– Não devia ter acreditado?

– Nunca acredite no que nenhum homem diz. Nem eu. Nem Marshall. – Ele sorriu e deu um tapinha no ombro do sobrinho. – Normalmente eu esperaria uma semana para começar com essas lições, mas você está se saindo muito bem até agora. Essa é uma matéria avançada, de certa forma. Marshall, se puder me fazer um favor, diga para meu sobrinho por que você realmente concordou comigo.

– Eu quero saber o que o senhor está planejando – respondeu Oliver, confuso.

– E, se não for pedir demais, explique por que falei desse jeito na sua frente.

Oliver fez uma pausa, imaginando se Bradenton queria mesmo que ele explicasse tudo em voz alta. Mas o marquês fez um pequeno gesto com a mão.

– O senhor queria demonstrar que pode me fazer agir como bem entender. Que está no comando.

E estava, por enquanto.

– Exatamente – concordou o marquês. – Veja bem como funciona, Hapford. Homens como eu e você temos poder e informação. Podemos trocar esse poder por outras coisas. Um poder menor é trocado por coisas menos importantes. Já um poder maior... – Ele deu de ombros. – O que você acha que o Sr. Marshall quer?

– Ele quer o seu apoio naquela questão da extensão do direito de votar – respondeu Hapford prontamente. – E eu queria perguntar a ele...

– Depois. O que mais ele quer?

– Ele quer... – Hapford mordeu o lábio. – Ele quer sua influência nesse assunto também. O senhor é um homem poderoso, então seu apoio muito provavelmente implicaria mais votos além do seu.

– Muito bem. Isso mesmo. Agora, vamos ver se você aprendeu mesmo a lição. O que mais o Sr. Marshall quer?

Ele se recostou no assento e esperou.

O silêncio se prolongou. Hapford olhou para Oliver, como se pudesse enxergar dentro dele, e por fim balançou a cabeça.

– Ponha-se no lugar de Marshall – recomendou Bradenton. – Você cresceu numa fazenda. Seus pais juntaram dinheiro suficiente para que você estudasse em Eton e, depois, em Cambridge. Por nascimento, você está firmemente ligado a um mundo, mas também tem conexões com outro. Um mundo melhor. Diga, Hapford, o que *você* quer?

Esse, supôs Oliver, era o tipo de treinamento que os homens recebiam ao nascerem no berço certo: o começo de milhares de lições sobre como operava a política, conduzidas à noite, de modo que os mais novos soubessem como agir. Era dessa forma que as instituições se perpetuavam por centenas de anos, era assim que a sabedoria era passada para as pessoas certas.

Ele se lembraria disso.

Mas, naquele momento, sentia-se como um inseto preso numa coleção entomológica.

Hapford usava um anel grosso em um dos dedos. Ele o girou no lugar, observando Oliver e franzindo o cenho, como se estivesse tentando reconhecer de que espécie aquele homem era.

– Dinheiro? – arriscou.

O tio fez que não.

– Reconhecimento?

Mais um aceno negativo.

– Hum…

O jovem conde se recostou na cadeira e imitou o gesto do tio.

– Diga a ele o que você quer, Marshall.

Oliver parou de tensionar a mandíbula.

– Tudo – respondeu.

E essa era a simples verdade.

Mais tarde, quando Oliver fosse embora, tinha certeza de que Bradenton contaria ainda mais coisas sobre ele para Hapford. Explicaria que Oliver estava ficando influente – seguindo um caminho mais longo que o de Hapford, no qual tinha que trabalhar mais, com menos treinamento. Por enquanto, aquela única palavra bastava. Oliver queria tudo e Bradenton tinha o poder de acelerar a trajetória dele.

– Ah – fez Hapford, perplexo.

– Por falar nisso – disse Oliver –, aquela lei que...

– Ainda não – interrompeu Bradenton. – Me diga, Hapford, o que achou da Srta. Fairfield?

Hapford se surpreendeu com a mudança de assunto repentina.

– Ela é um pouco estranha, admito, mas Geraldine fala bem dela... – Ele deixou a voz morrer, confuso. – Não sei. Não gosto de falar mal dos outros.

– Quanto a essa delicadeza – disse Bradenton –, você vai ter que se livrar dela. Diga, por que a Srta. Fairfield é tão estranha?

Hapford se levantou e foi até a janela. Ficou olhando pelo vidro por um bom tempo. Por fim, se virou.

– Ela não... não parece saber o que se espera dela. Qual é o lugar dela.

Bradenton normalmente era muito bem-humorado. Mas, nesse momento, Oliver percebeu um brilho nos olhos dele – um franzir dos lábios – e se lembrou de que, no meio de todas as baboseiras que a Srta. Fairfield tinha dito naquela noite, ela falara para Bradenton que ninguém se importaria com ele se não fosse um marquês.

– Isso mesmo – disse Bradenton, com firmeza. – Ela não sabe o lugar dela e é estúpida demais para aprender pelos métodos normais. O que vamos fazer a respeito disso, Hapford?

Hapford franziu o cenho.

– Não entendo por que temos que fazer alguma coisa. Ela não está prejudicando ninguém e Whitting se diverte tanto com ela que seria uma pena privá-lo disso.

– É aí que você se engana. – A voz de Bradenton estava baixa. – Quem não conhece seu próprio lugar prejudica todo mundo. Alguma coisa precisa ser feita quanto a isso.

Hapford considerou isso.

– Mesmo que seja verdade... – Ele balançou a cabeça. – Não. Geraldine não deixa ninguém falar mal dela. Não quero aborrecê-la.

– Está bem – disse Bradenton, tenso. – Em alguns anos, veremos se vai continuar tão ansioso para fazer as vontades da Srta. Johnson. Mas deixe isso para lá. De certo modo, você está certo. Um cavalheiro nunca faz uma moça sofrer. As repercussões que isso pode ter na reputação dele não valem o risco.

Hapford parecia aliviado.

Bradenton fez um meneio de cabeça e se inclinou, bagunçando o cabelo do sobrinho.

– Preste atenção. Vou mostrar como se faz.

E olhou para Oliver como se estivesse planejando aquele exato momento havia horas – e provavelmente estava. Oliver sentiu um mal-estar no estômago. Não queria descobrir o que quer que Bradenton estivesse pensando.

– Pois bem, Marshall. Agora é a sua vez. Vamos falar sobre a votação. – A voz dele voltara a ter uma cadência mais suave. – Sabe por que votei contra a última lei?

Oliver tinha suas suspeitas.

– Imagino que o senhor vá me contar.

– Era expansiva demais. As pessoas precisam saber o lugar delas, senão tudo viraria um caos. Se nem o Parlamento puder obrigá-las a manter a ordem, será melhor nos rendermos de vez.

Oliver engoliu em seco.

– Na verdade, milorde, a última lei era bastante conservadora. Veja bem, o…

– Você nunca vai me convencer a votar numa lei mais liberal. Eu pedi algo tão pequeno. Só queria que fosse incluída uma cláusula de pagamento de taxas. Se aquelas pessoas não têm condições de pagar, quem são elas para dar a própria opinião?

Oliver fechou a boca, irritado. Responder só faria aquele debate durar mais dez anos. Mas um pequeno avanço era melhor do que nada.

– Talvez possamos chegar a um acordo se a taxa for bem baixa.

– Talvez. – Bradenton bateu com os dedos no braço da cadeira. – Mas preciso de mais uma coisinha. Hapford, por que você acha que Marshall está tão interessado nessa lei?

– Pensei que fosse por causa das origens dele. – Ele corou. – Perdão por mencionar isso tão abertamente, Marshall.

– Sim. O que mais?

– Eu…

Hapford balançou a cabeça, observando Oliver em busca de um indício. Talvez o tenha achado, porque os sulcos na testa dele sumiram.

– Porque todo mundo está falando sobre isso – respondeu. – E ele vai levar o crédito se tiver um papel importante na aprovação da lei.

– Precisamente – disse Bradenton. – Fomos eu e meus amigos que fizemos com que a última lei não passasse. Pense no que vai significar se Oliver conseguir negociar um acordo. Ele será respeitado, exaltado. Vão considerar dar uma cadeira a ele. Será um golpe.

As narinas de Oliver se dilataram.

– É algo que estou disposto a permitir – acrescentou Bradenton. – É isso que significa ser como nós, Hapford. Não apenas votamos. Também concedemos poder.

Oliver se inclinou para a frente, desejoso. Tão desejoso que quase conseguia sentir o gosto da vitória na boca.

– Portanto, se vamos fazer algo assim – continuou Bradenton –, precisamos ter certeza de que podemos confiar no cavalheiro.

– Precisamos? – ecoou Hapford.

– Precisamos, sim. Precisamos saber que ele vai fazer parte da ordem certa, que vai saber o lugar dele e esperar que todos permaneçam onde devem.

O gosto da vitória ficou metálico. Oliver não sabia o próprio lugar. Tinha passado noites demais remoendo o modo como as coisas funcionavam, tempo demais desejando ter mais poder, não apenas para poder usá-lo, mas também para poder arrancá-lo das mãos de quem abusava dele. Todos passaram anos tentando lhe ensinar qual era o seu lugar, e tinha sido graças a essa experiência longa e difícil que Oliver aprendera que o único jeito de avançar era ficar quieto até ter subido tão alto que os outros não conseguissem mais puxá-lo para baixo.

Mas tudo que ele disse em voz alta foi:

– Creio que já provei minha discrição com o passar dos anos.

Bradenton apenas sorriu.

– Você não me ouviu, Marshall? Não quero suas palavras. Preciso que um trabalho seja feito, e eu mesmo não posso realizá-lo.

A sensação de mal-estar no estômago de Oliver aumentou.

– Está vendo, Hapford? – perguntou Bradenton. – Ele quer algo. E eu tenho algo. O único jeito de chegarmos a um acordo é se eu quiser algo também. – Ele se inclinou para a frente. – E o que eu quero, Marshall, é a Srta. Fairfield. – Não havia como mascarar o veneno na voz do homem. – Não quero mais ver a moça nem seus vestidos absurdos. Não quero mais ouvir os gracejos impensados dela. – As narinas de Bradenton se dilataram. – Ela é a pior entre as piores, uma mulher sem berço decente, que pensa que as

100 mil libras dela a tornam uma igual. Uma mulher como ela, andando por aí, falando asneiras… Ela prejudica todos nós, e quero que desapareça.

– Isso não vai acontecer – retrucou Oliver, com um tom de voz afiado. – Eu não participo da ruína de mulheres, não importa quanto sejam irritantes.

Hapford estava correndo os olhos de um para outro com uma expressão preocupada.

– Muito bem, Marshall.

Bradenton pareceu se conter com uma única exalação, longa e demorada. O ódio nos olhos dele cedeu, transformando-se em mera diversão.

– Ah, olhe só vocês dois. Desonrar a moça? Por Deus, que sórdido. Eu não pediria ao meu pior inimigo que a beijasse.

– Então do que o senhor está falando?

O marquês se recostou no assento.

– Quero que ela saiba o lugar dela. Humilhe a garota. Faça-a sofrer. Dê uma lição a ela. Você sabe como se faz, já que demorou bastante tempo para aprender.

Por um segundo, a sala pareceu ficar nebulosa ao redor de Oliver. Sim, ele aprendera a lição. Aprendera a calar a boca e guardar o rancor para quando estivesse sozinho. Aprendera a esconder a própria ambição e a deixar que homens como Bradenton vissem apenas o que queriam ver.

– Não responda ainda, Marshall. Pense no assunto segundo seus princípios. – Bradenton sorriu. – Mas, no final, todos sabemos o que vai acontecer. Há apenas uma garota irritante entre você e todo o seu futuro. E o futuro do direito ao voto.

– Minha nossa – murmurou Hapford.

– Não é nada bonito – disse Bradenton. – E sim, Hapford, há momentos em que talvez você não goste dos detalhes, por mais complicados que sejam. Mas é assim que as coisas funcionam. Se há algo que você não pode fazer, mas precisa que seja feito…

– Mas…

– Um dia, sua Srta. Johnson vai desejar ter cortado relações com essa garota muito antes. Você vai fazer um favor para ela, Hapford. Vai ser o marido dela; é seu dever saber do que ela precisa antes que ela saiba.

Hapford se calou.

– E quanto a você, Marshall… – Bradenton olhou para Oliver. – Leve o tempo que precisar para limpar a consciência, para dizer a si mesmo o que quer que precise dizer para que isso se torne palatável para você. Fará um favor para ela, saiba disso.

Não, pensou Oliver. *Não será um favor. E não vou fazer isso.*

Mas aquele mal-estar no estômago dele discordava.

Sim, sussurrou uma voz em sua mente. *Vai, sim.*

⌇

Normalmente Jane precisava de apenas um dia, no máximo dois, para liquidar qualquer interesse que um homem tivesse nela. Qualquer sentimento positivo gerado por sua fortuna não tardava a desaparecer, contanto que a primeira impressão fosse negativa o bastante.

Ela imaginou que com o Sr. Oliver Marshall não seria diferente.

Enganou-se. A segunda vez que se encontraram foi na esquina de uma rua. Jane estava indo até a modista com sua dama de companhia para a segunda prova de um vestido, e ele estava passando por ali, conversando com um amigo.

O homem parou na rua e a cumprimentou com o chapéu. E foi nesse momento que algo horrível aconteceu.

Ela o olhou nos olhos. Eram azuis como o mar e inquietos. No meio daquela manhã ensolarada, os óculos o faziam parecer astuto e inteligente. Ele não olhou por cima da cabeça dela como se desejasse que ela estivesse em outro lugar, não torceu a boca de asco nem cutucou o companheiro, como se dissesse: "É ela, foi dela que falei antes." O Sr. Marshall a fitou diretamente, correndo os olhos pelo corpo de Jane como se estivesse imaginando o que estava por baixo do tecido do vestido diurno, que tinha uma estampa laranja e verde de cegar os olhos. E, em seguida, sorriu para Jane como se ela merecesse mais do que umas migalhas de cortesia superficial.

Ela não estava mais usando saltos, então, naquele momento, ele estava vários centímetros mais alto do que ela. Os cabelos eram de um tom acobreado brilhante e, quando tirou o chapéu para ela, o vento fez com que as pontas dos fios voassem. Ele parecia acessível e descomplicado – tão diferente dos heróis góticos, obscuros e taciturnos que preenchiam as páginas dos romances de Emily.

Ainda assim, Jane sentiu algo que só conhecera ao ler a descrição nas páginas de um livro: uma ardência lenta na garganta e uma onda de calor que lhe percorreu a pele. Sentia-se completamente consciente. Um *calafrio*. Sentiu um calafrio de verdade somente de olhar aquele homem nos olhos.

Que coisa pavorosa.

Ela desviou o olhar.

– Sr. Cromwell – cumprimentou-o, quase desesperada para apagar aquela sensação da pele. – Que maravilha encontrá-lo de novo.

Ele não pareceu incomodado ao ser chamado pelo nome errado. Nem piscou nem a corrigiu.

– Srta. Fairfield – falou, abrindo um sorriso tão simpático que Jane quase deu um passo para trás.

O acompanhante do Sr. Marshall era um cavalheiro de cabelos escuros que teria se encaixado muito melhor no papel do herói taciturno. Ele piscou os dois olhos e os correu entre o amigo e Jane, com uma expressão curiosa no rosto.

– Cromwell? – repetiu em voz abaixa.

– Isso mesmo – disse o Sr. Marshall. – Esqueci de contar para você? Estou fazendo politicagem com um nome falso. Entre no jogo, Sebastian. – Ele se virou para Jane e acrescentou: – Srta. Fairfield, me permite apresentar meu amigo? Este é o Sr. Sebastian…

O outro homem deu um passo para a frente e pegou a mão dela.

– Sebastian Brightbuttons – disse ele, espiando na direção do Sr. Marshall. – Se você pode ter um nome falso, também quero um.

Durante todos os meses que Jane passara vivendo uma farsa, tinha aprendido a lidar com praticamente qualquer tipo de reação ao comportamento dela. Conseguia dar conta de qualquer coisa, da raiva à descrença.

Mas brincadeiras? Isso era novidade. Ela engoliu em seco e tentou fazer o que sempre fazia. Imaginou que a conversa era uma carruagem elegante puxada por quatro cavalos. Imaginou que conduzia o veículo numa estrada à velocidade máxima, com as rodas refletindo a luz do sol. Em seguida, imaginou que fazia a carruagem bater com tudo numa cerca viva.

– Sebastian – murmurou Jane. – Como Sebastian Malheur, o famoso cientista?

Uma comparação como essa com certeza ia repelir aquele cavalheiro. Ouvia-se muito o nome de Malheur nas ruas de Cambridge – um homem conhecido por fazer palestras em que falava abertamente sobre relações sexuais sob o pretexto de debater a herança de características físicas. Seu nome era cuspido ao lado do de Charles Darwin, e muitas vezes com grande reprovação.

Em vez de corar, porém, o Sr. Marshall e o Sr. Brightbuttons trocaram um olhar divertido.

– Precisamente como ele – disse o Sr. Brightbuttons. – A senhorita é admiradora do trabalho dele? Eu sou. – Ele se inclinou um pouco para a frente. – Na verdade, acho o homem brilhante.

Marshall estava observando Jane de novo, e a pele dela formigou sob aquele olhar atento.

Foi então que Jane percebeu que tinha cometido um erro. Aquelas sardas, a origem dele – tudo isso a fizera pensar que o sujeito era como um coelhinho tímido.

Mas não era. Ele era o lobo que ficava às margens da alcateia, um parasita solitário, mas apenas para conseguir enxergar tudo que acontecia abaixo, nos campos. Ele não era solitário; estava só esperando que alguém cometesse um erro.

E parecia disposto a esperar um bom tempo.

Mas nem foi necessário. Jane já tinha usado o truque do nome errado com Marshall na noite anterior, e ali estava ela, usando-o de novo. Quando se usava uma artimanha muitas vezes, as pessoas começavam a ficar desconfiadas.

A culpa era daquele maldito calafrio.

O Sr. Brightbuttons – ou qualquer que fosse seu nome – também estava sorrindo largamente para ela.

– Me diga – pediu ele –, a senhorita *realmente* me acha parecido com Sebastian Malheur? Porque ouvi dizer que ele é lindo de morrer.

Ele lançou outro sorriso para ela, e Jane percebeu que tinha cometido outro erro. Aquele homem não era um Sebastian qualquer com um sobrenome oculto. Ele era *Sebastian Malheur em pessoa.*

O Sr. Marshall era amigo do infame Malheur. Jane engoliu em seco.

– Então, o senhor não deve ser muito parecido com Malheur – conseguiu enfim responder. – Estou olhando para o senhor há trinta segundos inteiros e não senti nenhuma pitada de interesse.

O Sr. Marshall soltou uma gargalhada.

– Muito bem, Srta. Fairfield – disse ele. – A senhorita fez por merecer. Me permita lhe apresentar Sebastian Malheur, meu amigo e primo. Ele não vai presumir que a senhorita é tão ruim quanto dizem por aí, contanto que retribua a gentileza a ele.

Jane abriu a boca para concordar. Quase o fez, antes de perceber o que o Sr. Marshall tinha dito – e com o que ela quase consentira. Teve que afastar a própria mão e levá-la às costas para se impedir de oferecê-la em um cumprimento.

– Do que o senhor está falando? – Sua voz soou quase aguda demais. – Não tenho uma péssima reputação. E Malheur... Ele não é um tipo de evolucionista? Ouvi dizer que as palestras dele são completamente desvairadas.

– Eu tinha planos de chamar a obra que estou preparando agora de "Orgias da Mariposa" – comentou o Sr. Malheur, radiante. – É uma série de interrogações acaloradas sobre insetos alados, completamente despidos, não fazendo nada além de...

O Sr. Marshall deu uma cotovelada no primo.

– O quê? Você tem algo contra mariposas posando despidas...

– Pelo amor de Deus, Sebastian.

O homem deu de ombros e voltou a olhar para Jane.

– Só há um jeito de descobrir – falou. – Venha assistir à minha próxima palestra daqui a alguns meses. Vou começar com bocas-de-leão e ervilhas. Ninguém pode se opor a uma conversa sobre reprodução de plantas. Se as pessoas se importassem com isso, teríamos que exigir que as flores vestissem anáguas em vez de ficar espalhadas por aí, exibindo as partes reprodutoras delas para toda a gente.

Jane conteve uma risada. Mas o Sr. Marshall a estava observando com uma expressão intrigada no rosto.

Ela engoliu em seco e desviou os olhos.

– Srta. Fairfield – disse o Sr. Marshall –, já ouviu falar em camaleões?

– Ora, acontece que eu estava lendo sobre eles há pouco tempo – disse Jane desnecessariamente, tentando recuperar o ritmo. – São um tipo de flor, não é?

O Sr. Marshall não reagiu, nem uma leve tremida no olho, e isso fez Jane se sentir ainda mais incomodada. Era para ele abrir um sorriso para ela. Melhor ainda, era para olhá-la com escárnio.

– Ou talvez seja um chapéu – acrescentou ela.

Nem uma torcida no canto da boca.

– O camaleão – disse o Sr. Marshall – é um tipo de lagarto. Ele muda de cor para se esconder no ambiente. Quando corre pela areia, tem cor de areia. Quando anda numa floresta, tem a cor das árvores.

Os olhos dele eram da cor de um céu de inverno implacável, e Jane se agitou, apreensiva.

– Que criatura curiosa.

– A senhorita – disse ele, acenando de leve com a mão – é um anticamaleão.

– Sou o quê? Um anta-leão?

– Um anticamaleão. O oposto de um camaleão – explicou ele. – A senhorita muda de cor, sim. Mas, quando está na areia, se veste de um azul tão brilhante que a areia sabe que ali não é o seu lugar. Quando está na água, muda para um tom de vermelho para que todo mundo saiba que não é um líquido. Em vez de passar despercebida, a senhorita muda para se destacar.

Jane engoliu em seco com força.

– Então, Sebastian – disse Marshall, virando-se para o primo –, o que você acha dessa forma de adaptação? Que tipo de animal tenta se destacar do seu ambiente?

O Sr. Malheur franziu a testa e a esfregou enquanto considerava aquela pergunta.

– Os venenosos – falou afinal. – As borboletas fazem isso o tempo todo. São de todas as cores para que os pássaros não as confundam com outros bichos. "Não me coma", grita a cor. "Vou fazer você vomitar." – Ele franziu o cenho ainda mais ao dizer isso. – Mas não devemos aplicar os princípios da evolução ao comportamento humano. A escolha individual das pessoas não é fruto da evolução.

E, ainda assim, a comparação servia bem demais. Era justamente essa a intenção de Jane, mesmo que ela nunca tivesse pensado nisso com tais termos. Ela *queria* que todos a notassem – e queria que pensassem que era venenosa.

– Pois bem, Srta. Fairfield. Aí está, da boca do Sr. Malheur. – Ele indicou Sebastian. – Não podemos chegar a conclusão alguma.

– Sr. Cromwell...

O Sr. Marshall ergueu a mão, interrompendo-a. Aquele calafrio passou por ela de novo, formigando na base da coluna.

– É Sr. Marshall – corrigiu ele em voz baixa. – Mas acho que a senhorita é inteligente o bastante para saber disso.

Meu Deus, ela estava em maus lençóis. *A senhorita é inteligente o bastante para saber disso* não era muito lisonjeador, mas fazia meses que ela não recebia nenhum elogio. Isso a fez se sentir quente e completamente confusa.

– Eu... Eu não tenho certeza... – Ela inspirou fundo e tentou reorganizar os retalhos da farsa. – Eu me enganei, então? Sinto muito, Sr. Crom... Quer dizer, Sr. Marshwell.

– Não vou mentir para a senhorita – disse o Sr. Marshall. – E se me permite fazer uma sugestão...

Jane olhou para ele, olhou naqueles olhos de tempestade de inverno. Olhou para aquele rosto que deveria ser comum e sentiu o corpo paralisar. Seu coração parou de bater. Os pulmões travaram dentro do peito. Até os cabelos dela pareciam um fardo pesado. Não havia nada ali além daquele homem e os elogios-que-não-eram-elogios tolos dele.

– Se me permite fazer uma sugestão – complementou ele afinal –, a senhorita também não precisa mentir para mim.

– Eu...

Marshall ergueu um dedo.

– Pense nisso – disse ele. – Pense com cuidado, Srta. Fairfield. E, quando tiver terminado de pensar... Bem, pode ser que nós dois tenhamos uma conversa bem produtiva.

Ela engoliu em seco.

– Sobre moda? Não me parece ser algo que interesse ao senhor.

Ele abriu um sorrisinho, só um torcer dos lábios.

– Sobre muitas coisas. E sim, Srta. Fairfield. Sobre moda. Sobre as cores que a senhorita veste e o que elas escondem.

Ele tocou a aba do chapéu e fez um gesto para Sebastian.

– Tenha um bom dia – falou agradavelmente, como se não tivesse acabado de fazer uma ameaça horrorosa, e foi embora.

– Meu Deus. – Ela ouviu o Sr. Malheur dizer enquanto os dois se afastavam. – O que foi tudo aquilo?

Se o Sr. Marshall respondeu alguma coisa, a resposta foi abafada pelo barulho dos cascos dos cavalos que passaram pela rua, puxando um transporte coletivo.

Capítulo quatro

A terceira vez que Jane se encontrou com o Sr. Marshall foi ainda pior. Ela mal teve a chance de falar com ele durante o jantar na casa da família Johnson, mas ainda assim conseguia sentir os olhos dele a acompanhando por toda a refeição. Ele estava sentado bem perto dela à longa mesa, perto o bastante para conversarem. Não importava o que ela dissesse para ele. Não importava como falasse. Ele nunca a olhava com aquela expressão gélida que sugeria que estava ofendido.

Em vez disso, parecia… entretido.

Jane se sentiu estranha a noite toda – como se sua roupa íntima estivesse apertada demais, como se seu corpo não coubesse mais dentro das próprias roupas.

Depois, quando os homens se reuniram com as damas na biblioteca, Jane se pegou com um sentimento de incerteza, constantemente atenta ao Sr. Marshall. As respostas dela saíam forçadas, sem nenhum ritmo. Ela se sentia – como é mesmo que ele a tinha chamado? – como um *anticamaleão*, incandescente no centro do cômodo.

Não case comigo. Sou venenosa. Ela era venenosa, era uma praga. O vestido daquela noite era uma aberração de seda vermelha e preta, sem nenhum traço de bom gosto e com franjas de miçangas ruidosas. Jane o adorava quase tanto quanto adorava a pulseira de prata polida que usava no braço. Havia aperfeiçoado a arte de usar o pulso daquele jeitinho – movendo-o de um lado para o outro de modo a refletir a luz nos olhos de um cavalheiro.

Mas já havia atingido o Sr. Marshall três vezes, e ele não tinha nem ao menos soltado um muxoxo.

Meu Deus, o que mais ela poderia fazer?

O Sr. Marshall sugeriu que uma ótima maneira de passar a noite seria com música, e Jane soltou um suspiro de alívio. Todo mundo ficaria observando as pessoas dançarem, e nunca pediriam que Jane participasse. Ela não teria que ficar *alerta*. Ser medonha era um trabalho tão exaustivo. O grupo foi para a sala de música.

Jane ficou no próprio assento, prendendo a respiração, esperando que ninguém percebesse que ela não tinha se mexido.

Ninguém percebeu. Todos saíram da biblioteca sem nem olhar na direção dela. É claro que não olharam. Não queriam vê-la.

Aliviada, Jane relaxou no assento quando a porta se fechou atrás do último homem. A sós, enfim. A sós, sem nenhuma necessidade de fingir. Ela podia *respirar*. Podia parar de pensar, de examinar cada sorriso, de se preocupar com o motivo de o Sr. Oliver Marshall ficar olhando na direção dela.

Ela apertou as têmporas com os dedos, desejando que toda a tensão fosse embora, deixando os olhos se fecharem de alívio.

Silêncio. Bendito, bendito silêncio.

– Graças a Deus – falou em voz alta.

– Na verdade, acho que é graças a mim.

Jane abriu os olhos e se levantou com um pulo. O vestido ficou preso em seu pé, e as miçangas tilintaram. Ela quase caiu no chão. Segurou-se por pouco. Em seguida, se virou e seu olhar recaiu no Sr. Marshall. Ele ainda estava acomodado na própria poltrona, do outro lado do cômodo, observando Jane com uma expressão divertida e batendo os dedos no braço do assento.

Meu Deus. Ele não tinha ido embora com os outros? O que ela dissera em voz alta?

– Sr. Cromwell! – exclamou Jane. – Achei que o senhor tinha acompanhado os outros.

Os dedos dele pararam no meio de uma batucada. Aqueles olhos azuis encontraram os dela. A luz fraca transformava os óculos dele num tipo de escudo, refletindo a imagem de Jane.

– Não precisa continuar fingindo. – Ele falou como se fosse um ilusionista tentando fazê-la entrar em transe. – E não tem por que se preocupar.

Não havia nada de comum nele, não importavam as primeiras impressões. Atrás daqueles óculos se escondia algo feroz e indomável. Ele não tinha se mexido na poltrona, e ainda assim Jane sentia cócegas na palma das mãos. Uma dificuldade para respirar.

Os olhos dele eram atentos demais, sua expressão, tranquila demais. Ele colocou o copo na mesinha ao lado e se recostou no assento, olhando para Jane como se ele fosse parte da realeza e ela, a ladra que havia sido pega saqueando a despensa dele.

– Me preocupar? – repetiu ela no melhor tom de voz esbaforido que sabia imitar. – Por que eu teria que me preocupar? O senhor é um cavalheiro. Eu sou uma dama. – Ela deu um passo em direção à porta. – Acho que vou me juntar aos outros afinal.

Ele abanou a mão.

– Nem tente, Srta. Fairfield. Tenho várias irmãs e consigo reconhecer esse ato supostamente inocente de longe. A senhorita não me engana.

Ela piscou devagar.

– Por que eu não agiria de modo inocente? Não carrego nenhuma culpa na consciência.

O Sr. Marshall estalou a língua e se levantou. Deveria haver uma regra em algum lugar que impedisse homens que usam óculos de ter mais de 1,80 m, mas a altura dele devia ser mais ou menos essa. Aquele homem deveria ser um balconista jovem de rosto rechonchudo. Deveria estar em qualquer lugar que não fosse aquele cômodo.

O Sr. Marshall balançou a cabeça e deu um passo na direção dela.

– Está gastando saliva. Eu sei que esconde segredos.

– Eu não tenho segredos. Eu…

– Pare com isso, Srta. Fairfield. Ou a senhorita é muito, muito estúpida, ou é extraordinariamente inteligente. E eu, pessoalmente, desconfio de que a senhorita esteja mais inclinada para o lado da inteligência.

Ela o encarou.

– Sr. Cromwell. Isso está ficando inadequado.

Ele deu de ombros e se aproximou ainda mais dela.

– Que conveniente – falou – que a senhorita perceba que algo é inadequado quando é útil para os seus objetivos.

Ela inspirou fundo quando ele esticou a mão.

– E quando não é…

Os dedos dele estavam a meros centímetros do rosto dela. Mais um pouquinho e ele poderia tê-la tocado.

Mas não tocou. Em vez disso, estalou os dedos, e Jane deu um pulo.

– Srta. Fairfield – murmurou ele –, não sou seu inimigo. Pare de me tratar como se eu fosse.

O coração dela estava martelando dentro do peito.

– Eu não tenho inimigos.

– Isso, Srta. Fairfield, é tolice, e sabe disso. A única coisa que a senhorita tem é isto: inimigos.

– Eu... eu...

– E eu – continuou ele – sei exatamente o que é isso. Olhe para mim, Srta. Fairfield. Pense no que eu sou: o filho bastardo de um duque, criado numa fazenda. Sempre vivi deslocado em todo lugar. Passei os primeiros meses em Eton com esses idiotas, me metendo em brigas três vezes por dia porque eles queriam que eu soubesse que aquele não era o meu lugar. Não há nenhuma afeição entre mim e Bradenton.

Ela engoliu em seco e o encarou. A mandíbula dele estava tensionada de um jeito orgulhoso e um brilho intenso tomava seus olhos. Jane sabia muito bem que uma coisa tão singela como uma expressão podia ser falsificada, porém... não achava que ele havia forjado aquele indício de raiva.

– Bradenton acha que pode determinar o que eu faço – disse o Sr. Marshall. – Então, insulte o homem e a laia dele o quanto quiser. Vou aplaudir cada uma de suas palavras. Só pare de me tratar como se eu fosse um deles. Vou lhe contar minha verdade, se a senhorita me contar a sua.

Jane balançou a cabeça, sem saber como responder. Ninguém nunca havia questionado a atuação dela.

– Não sei do que o senhor está falando.

– Então, não diga nada – pediu ele. – Sente-se e me escute.

Ela precisava sair dali. Imediatamente. Não devia ouvir. Ela...

– Sente-se – repetiu ele.

Talvez fosse porque ele não proferiu a palavra como se fosse uma ordem. Indicou a poltrona da qual Jane acabara de levantar e, de algum jeito, transformou uma palavra que teria sido uma exigência simples e solitária na voz de outro homem em um gesto educado.

Jane se sentou. Sentia um frio na barriga. Não sabia o que dizer para ele, como recuperar o que acabara de perder.

– Não vou me casar com o senhor – retrucou ela afinal.

O Sr. Marshall piscou duas vezes e meneou a cabeça.

– É disso que se trata? Está tentando evitar um pedido de casamento? Está se saindo muito bem.

Jane não conseguia respirar.

– Pois bem… – Ele inclinou a cabeça e a encarou. – Mas eu lhe prometi a verdade, então, eis a minha: a senhorita é a última mulher com quem eu me casaria.

Ela inspirou fundo, com força.

– Não preciso do seu dinheiro. Me dou muito bem com o meu irmão, e, quando ele chegou à maioridade, separou uma boa quantia para mim. Se eu precisasse de mais dinheiro, por qualquer motivo, pediria para ele primeiro. – Ele deu de ombros. – Quero ter uma carreira na política, Srta. Fairfield. Quero ser membro do Parlamento… e não só em hipótese, num futuro distante. Preciso de tempo para ganhar influência. Quero que as pessoas me escutem, que me respeitem. Um dia, vou ser primeiro-ministro.

Não *pretendo ser* nem *quero ser*. Não para o Sr. Marshall. Era *vou ser*.

Ele se inclinou para a frente, com os olhos fervorosos.

– Quero que todos aqueles que me menosprezaram e me chamaram de bastardo pelas costas se curvem e beijem as minhas botas por se atreverem a pensar que eu era inferior. Quero que todo mundo que ordenou que eu me colocasse no meu lugar engula essas palavras.

O ar estava pesado e denso entre eles. As mãos do Sr. Marshall estavam fechadas em punhos ao lado do corpo, os nós dos dedos, brancos.

– Então, a última coisa de que preciso é estar amarrado à senhorita. Isso não abriria nenhuma porta para mim, nem me daria influência. Se o que dizem por aí é verdade, a senhorita só tem toda essa fortuna porque é uma filha bastarda como eu.

Jane soltou a respiração.

– Exatamente como eu – reforçou ele. – Sim, no papel a senhorita tem pais. Mas o homem que a gerou…

Lá vinham aquelas malditas 100 mil libras de novo. Jane levou os dedos à testa. Quando tinha 13 anos, um desconhecido morreu e deixou uma fortuna para ela. Mas foi só com 15 que finalmente entendeu por que o homem que pensara ser seu pai tinha largado a esposa e as filhas – aquelas duas filhas que eram tão diferentes uma da outra – numa mansão no campo.

Ela era a bastarda, o fruto podre daquela união imperfeita. Era ela a quem Titus Fairfield não aprovava. Sempre estaria deslocada – ali, na casa do tio ou em qualquer outro lugar. E aquelas 100 mil libras a faziam se sobressair.

– Eu sei – disse o Sr. Marshall. – Sei como é ficar acordado à noite, quase sem conseguir respirar por causa do peso da solidão. Sei como é querer gritar o mais alto que consegue até que tudo desmorone. Sei como é ouvir o tempo todo que este não é o seu lugar.

Aquilo era demais, era demais ouvir as palavras que ela somente sussurrara para si mesma ecoando no mundo real.

– Por que está dizendo essas coisas?

Ele deu de ombros.

– É simples, Srta. Fairfield. Porque acho que todo mundo merece a chance de respirar.

Respirar? Perto dele, não era possível fazer tal coisa. A luz do lampião se refletia nos óculos do rapaz, escondendo os olhos, fazendo com que fosse quase impossível adivinhar suas intenções. Mas Jane conseguia sentir, em vez de ver, o olhar dele fixo nela – um olhar afiado que via dentro dela, que atravessava a estampa extravagante do vestido. Não. Ele não fazia com que respirar fosse nem um pouco mais fácil.

– Não tenho dificuldade alguma em puxar o ar – declarou ela, desconsiderando a verdade.

– É mesmo? – Ele arqueou uma sobrancelha e inclinou a cabeça para ela. – Não é o que eu vejo. O que vejo são ombros que não se atrevem a relaxar, músculos que não se atrevem a tremer, lábios que não se atrevem a fazer nada além de sorrir. Tem várias escolhas a seu alcance, Srta. Fairfield, mas deve saber, assim como eu, que, se fizer a escolha errada, a sua terrível reputação, que a senhorita construiu com tanta dedicação, irá por água abaixo.

Jane engoliu em seco de novo.

– Não minta para mim – repetiu o Sr. Marshall. – O que a senhorita diz para si mesma no meio da madrugada, quando não há ninguém por perto para ouvir suas palavras? A senhorita fecha os olhos e se anima com a manhã que virá, ansiosa para que chegue, ou teme cada alvorada e fica contando os dias, um a um, à medida que passam?

Ele deu alguns passos em direção à porta.

– A senhorita conta os dias – adivinhou ele. – É isso que significa não pertencer. Significa contar os dias. A situação seria insuportável se não soubéssemos que uma hora vai acabar. Quantos dias faltam, Srta. Fairfield, até que a senhorita possa abandonar essa farsa? Quando dias até que possa parar de fingir?

– Quatrocentos e setenta e cinco.

As palavras escaparam da boca de Jane. Ela levou os dedos aos lábios, aflita, mas o Sr. Marshall não pareceu nem um pouco alegre por ter arrancado aquela confissão dela.

Em vez disso, ele balançou a cabeça.

– Está carregando o peso de 475 dias *disso*. Srta. Fairfield, não me diga que consegue respirar.

– Não tenho dificuldade alguma...

Mas as palavras saíram fracas, nada convincentes.

– Sei disso – falou ele. – Se eu não estivesse aqui, a senhorita teria continuado a fingir. É isso que significa ficar contando os dias. Nós damos um jeito de aguentar, não importa o quanto esse número nos esmague. Sei disso porque também já os contei. Contei os dias quando estava em Eton, e durante todos os anos em que estudei em Cambridge. Estou contando os dias para aguentar essa visita em especial. Sei bem o que é contar os dias, Srta. Fairfield. – Ele tirou os óculos e limpou as lentes na camisa. – Sei muito bem.

Ele olhou para ela.

Sem os óculos, ela teria imaginado que ele ficaria com a vista embaçada, incapaz de vê-la. Mas, qualquer que fosse o problema de visão que tivesse, os olhos dele se fixaram nos dela, afiados como sempre, azuis como o céu.

– A senhorita é uma mulher inteligente – disse ele. – É lógico que, se está fazendo toda essa encenação... significa que o que está tentando impedir deve ser horrível.

Ela queria falar, queria dizer alguma coisa, *qualquer* coisa. Mas o único som que saiu de sua boca foi algo vindo do fundo da garganta, como se estivesse asfixiada – algo gutural e doloroso, que Jane nem sabia que estava preso dentro dela.

Então era por isso que tinha sentido aquele calafrio. Não eram os olhos do homem. Não era a altura dele. Não eram nem os ombros – e ela absolutamente se *recusava* a pensar nos ombros dele. Era o simples fato de que ele sabia como era ser excluído. O Sr. Marshall sabia, e Jane nem precisara contar para ele.

– É essa a verdade? – ela finalmente conseguiu falar. – É essa a verdade que o senhor me prometeu?

Tinha sido mais do que qualquer pessoa já havia lhe oferecido.

Ele inclinou a cabeça e colocou os óculos no rosto de novo.

– É 95 por cento dela – respondeu afinal.

Ele se curvou levemente para ela e, depois, antes que ela pudesse pensar em algo para dizer, tocou a cabeça num tipo de saudação e a deixou a sós.

∽

Eram os cinco por cento da verdade que Oliver deixara de fora que o incomodavam. O ar frio na varanda bateu nas bochechas dele. Às costas, conseguia ouvir os sons de um dueto de piano tocado pelas inigualáveis irmãs Johnson.

Ninguém disse nada quando ele saiu da sala de música e se aventurou até a varanda, apesar do frio.

Ninguém ali se importava realmente com Oliver, e ele retribuía o sentimento no melhor de suas capacidades.

Não queria aceitar a oferta de Bradenton. Tinha dito a si mesmo que acharia outra forma de convencê-lo. Talvez fosse esse o motivo de ter falado daquele jeito com a Srta. Fairfield – para provar que não ia fazer o que o marquês queria.

Mas Oliver não tinha dito *não* naquela noite, quando Bradenton fizera a proposta.

E Oliver a tinha cumprimentado na rua em parte por causa da sugestão de Bradenton. Uma parte dele – uma parte doentia – tinha se perguntado como fazer o que lhe fora pedido. Ele pensou nos olhos dela poucos minutos antes, tão arregalados. A boca aberta de leve, como se para concordar num sussurro. As mãos apertando uma a outra. Ele sabia que tinha achado a raiz do problema da Srta. Fairfield.

Bradenton tinha razão: Oliver detinha os meios para acabar com ela. Sabia exatamente como fazer isso.

Fora essa certeza – que o fazia suar frio, apreensivo – que o levou até o ar gelado da varanda. Era possível acabar com alguém que estava solitário.

Era fácil acabar com alguém ao dar apoio para essa pessoa, permitir que ela dependesse do amparo... para então arrancá-lo sem piedade.

Oliver não tinha respostas, e era por isso que estava ali fora no meio de uma noite de janeiro. O frio não clareou sua mente. Pedras frias e paredes frias o rodeavam em todos os lugares naquela cidade fria. A varanda não passava de um local quadrado com poucos passos de comprimento. Oliver tinha crescido numa fazenda. Aquele espaço não era quase nada.

Não era nenhuma surpresa. Cambridge sempre o fazia se sentir enjaulado.

A porta para a varanda se abriu às costas de Oliver. Ele não se virou.

A Srta. Fairfield veio até o lado dele.

As miçangas do vestido dela tilintavam quando ela se mexia e o brocado brilhava sob a luz fraca numa imitação extravagante de insígnia militar. Era o vestido mais feio que Oliver já tinha visto, e a moça o trajava como o escudo que ele era. Ela apoiou as mãos na balaustrada, segurando-a com força, sem dizer uma palavra. A respiração dela estava ofegante, como se tivesse subido três lances de escada. Como se o mero pensamento de confiar em outra pessoa fizesse seu coração acelerar.

Deveria acelerar. Ela deveria ir embora. Mas Oliver não disse isso. Apenas a encarou, observando-a o observar.

– E então, garota impossível? O que vai ser? – perguntou ele.

Ela inspirou mais uma vez.

– Eu conto os dias – admitiu, afinal.

Oliver precisou de um momento para entender a que ela se referia.

A Srta. Fairfield entrelaçou as mãos.

– Conto cada dia que passa.

Oliver não disse nada. Queria consolá-la, mas parecia cruel fazer isso, considerando o que estava pensando em fazer.

– Tenho medo até de falar com o senhor – continuou ela. – Se eu abrir a boca, tenho medo de que tudo vá sair. Vou falar e falar e falar, e nunca vou conseguir parar. Tem tanta coisa.

Ele inclinou a cabeça e a olhou.

– Pareço ser o tipo de homem que gosta de reclamar sem motivo?

– Não, não. – Ela balançou a cabeça, depois deixou os braços caírem ao lado do corpo, desamparada. – Não sei o que o senhor quer. Sei o que todo mundo deseja, mas o senhor... Não sei nada sobre o senhor.

Ele pensou em Bradenton, balançando o próprio voto na Lei da Reforma na frente de Oliver – balançando-o como a isca tentadora que era. Pensou no que isso significaria em relação às chances de Oliver conseguir uma posição. Pensou no marquês, que acreditava poder comprá-lo como quisesse.

Ninguém tratava Oliver daquele jeito. Ninguém.

– Estudei com Bradenton na escola – falou ele, afinal. – Na época, ele era um canalha, até que… – Fez uma pausa. – Bom, agora ele sabe esconder melhor, só isso.

A Srta. Fairfield não disse nada.

– Quero que ele pague – admitiu Oliver. – Por toda suposição asquerosa que fez.

Ele se virou para a moça. Ela o observava com olhos arregalados.

– É simples assim – concluiu ele. – Seu jeito de agir incomoda o homem. Então, parabéns! Não quero que se sinta solitária.

A respiração dela falhou.

Deus, que coisa cruel de se dizer. A possibilidade de amizade era oferta grande para uma mulher que sentia que sua única escolha era afastar todo mundo. Oliver não tinha ideia do que ela precisava enfrentar, mas estava disposto a apostar que, o que quer que fosse, era um caminho solitário.

E ainda havia o fato de Oliver *não* ter se decidido. Talvez o que estava dizendo realmente fosse sincero. Mas, se ele tivesse interesse em aceitar a proposta nojenta de Bradenton, teria começado justamente daquela forma – conquistando a confiança da moça.

Por mais que Oliver rejeitasse a ideia de fazer o que Bradenton queria, havia uma simetria perversa em usar o marquês, fazendo-o acreditar que ele estava de acordo, que faria o que quer que Bradenton quisesse. Oliver poderia se beneficiar de alguma forma se melhorasse a própria reputação com a ajuda de Bradenton. Se conseguisse mais poder que o marquês e, anos depois, se vingasse dele.

Ele queria tanto isso que quase sentia o gosto na língua.

A Srta. Fairfield soltou um suspiro trêmulo.

– Diga de novo – pediu.

Não era mentira, não mesmo. Ele não ia fazer o que Bradenton queria. Não havia motivos para contar isso a ela.

E, se você decidir fazer o que ele pediu, será melhor não comentar. Só está mantendo as opções à sua disposição.

Oliver espantou aquela voz para longe.

– A senhorita não está sozinha – falou.

Era 95 por cento da verdade.

⌒

Oliver se despediu dos convidados poucos minutos depois da meia-noite. Para sua surpresa, Bradenton foi atrás dele, acompanhando-o até a calçada na frente da casa. Entretanto, em vez de ignorá-lo, o marquês pediu que trouxessem sua carruagem e com um gesto chamou Oliver, que – muito relutante – se aproximou dele.

– O senhor deveria se encontrar com essas pessoas – comentou Oliver baixinho. – Com as que mais vão ser afetadas pela extensão do direito de votar. Vai ver...

Bradenton soltou uma risada.

– Não seja ridículo, Marshall. Me encontro com esse tipo de gente todo dia. São as pessoas que costuram meus sapatos e tiram as medidas das minhas calças. Não posso ir a lugar algum sem tropeçar num trabalhador. Me apresentar a mais um deles não vai servir para nada.

Oliver contemplou o formato dos prédios do outro lado da rua. No escuro, só conseguia ver a silhueta de telhados pontiagudos e poços escuros e indistintos no formato de janelas que refletiam a luz das luminárias. O som da carruagem de Bradenton – o trote de cascos e o ranger de couro – chegou até eles da estrebaria nos fundos da casa.

– Eu disse se *encontrar* com eles – respondeu Oliver. – Não usar os serviços que oferecem. *Encontrar.* Conversar com eles, ver que tipo de pessoa são. Eu e minha cunhada estamos organizando uma série de jantares para quando eu voltar a Londres, para...

– Quer dizer que devo tratá-los como se fôssemos iguais, socialmente falando? Já faço bastante caridade, Marshall. – Ele sorriu. – Estou aqui falando com você, não é?

Se isso é um exemplo da sua caridade, tenho certeza de que é muito benquisto na sua propriedade.

Mas Oliver não disse isso. Guardou todas as reclamações na quietude de seu coração, acomodando-as em contas que já eram devidas, mas que ainda precisavam ser pagas.

– O senhor sempre gostou de piadas – disse Oliver. – Mas não tem por que rir do que estou tentado lhe dizer. Que é...

Bradenton riu de novo.

– Deixe para lá, Marshall. Não quero falar sobre sua preciosa reforma.

A carruagem virou a esquina, um fantasma obscuro na névoa. O marquês se voltou para Oliver.

– Você está considerando aceitar minha proposta. Não sabe como acho gratificante saber que, no fim, meu julgamento estava certo.

A mão de Oliver se fechou num punho, com tanta força que os nós de seus dedos ficaram brancos.

– Então, o que foi aquilo com a moça hoje à noite, hein? Se quer fazê-la sofrer ao levá-la a se apaixonar por você, para depois deixá-la louca, acho que serve. Mas, ainda assim, parece um tanto sórdido.

– Não há como fazer alguém que não conhecemos sofrer – disse Oliver.

E eu o conheço muito bem.

– Às vezes, a maneira mais fácil de acabar com alguém é fazer com que essa pessoa pense que estamos do lado dela, para então depois retirarmos esse apoio.

Ele não devia ter usado palavras tão carregadas de duplo sentido, mas Bradenton apenas riu.

– É por isso que preciso que você faça isso. Não vou bajulá-lo, Marshall. Admito, tenho um interesse pessoal em ver a Srta. Fairfield tão infeliz a ponto de não conseguir mais participar da vida em sociedade. – Ele curvou os lábios. – Mas você é inteligente e ambicioso demais. Não vou lhe dar uma garantia antes de confiar em você.

– Uma escolha minha será suficiente para que confie em mim?

– Não. – Bradenton deu de ombros. – Na primeira vez, você vai considerar o que fez apenas um acidente. Na segunda, vai duvidar de si mesmo. Já na terceira... – Ele fez uma pausa, como se estivesse recordando alguma coisa. – Na terceira vez, vai se convencer de que estava certo em agir daquele jeito. Fazer uma coisa três vezes muda o caráter de um homem.

– Então haverá outros favores.

Oliver não conseguiria fazer isso. Só de pensar em aceitar essa primeira proposta, ficava nauseado. Trazia à tona memórias antigas, memórias que ele tinha banido para o lugar de direito delas muito tempo antes.

Mas Bradenton balançou a cabeça. A carruagem dele parou na frente da calçada, e um lacaio desceu com um pulo para abrir a porta. O marquês deu um passo à frente.

– Você não vai precisar fazer mais nada – falou com um tom alegre. – Pelas minhas contas, já está na segunda.

Capítulo cinco

Havia três habilidades que a Srta. Emily Fairfield considerava necessárias naquela conjuntura: mentir, contrabandear e – a mais importante de todas – escalar paredes. Era essa última que ela estava pondo em prática naquele momento.

Depois de uma caminhada sem graça de dez minutos no jardim na hora do almoço, tinham-na colocado para tirar uma soneca no quarto como se fosse uma criança de 4 anos de idade.

Ela esperou até que a casa ficasse quieta, quando os criados saíram para limpar o chão e ir ao mercado. Em seguida, trocou de roupa rapidamente e escalou a parede de pedras do lado de fora da janela de seu quarto até o chão. Precisava *sair dali* – qualquer lugar valia, desde que não fosse dentro daquela casa.

Emily tinha um romance não autorizado num bolso do casaco, um lenço no outro e a determinação de passar as duas horas daquela soneca ridícula do lado de fora.

A casa de Titus Fairfield ficava nos arredores de Cambridge. Era uma construção triste de pedras envelhecidas, com dois andares e cercada por arbustos sombrios. Emily segurou a saia mais perto do corpo para evitar que o tecido se prendesse nos espinhos dos arbustos de groselha, se enfiou por uma passagem estreita na cerca viva dos fundos e saiu em liberdade pela rua de cascalho que levava para longe da cidade, passando por campos e colinas.

Tio Titus chamaria esse tipo de comportamento de imprudente – sair por aí sozinha, sem uma dama de companhia, caminhando com passadas de verdade em vez dos passinhos delicados que convinham ao status dela como suposta inválida. Ficar fora de casa por horas em vez de minutos.

E talvez ele tivesse razão. Um pouquinho. Mas a alternativa – ficar deitada na cama quando ainda era dia, encarando o teto, imaginando que espancava o tio com um dos livros de Direito dele – era ainda pior. *Essa* ideia a fazia se sentir trêmula, culpada e agitada de um jeito quase febril. Emily se sentia assim quando observava o tio durante o desjejum, pensando, em vão, em formas de fazer com que a estante de livros caísse na cabeça dele.

Não era o tipo de coisa que a fazia sentir orgulho. Ela caminhou pela rua principal com o queixo erguido, cumprimentando com a cabeça os fazendeiros que passavam. O vestido dela era um pouco elegante demais para que se passasse por qualquer pessoa além de uma lady que tinha escapado da dama de companhia, mas as pessoas viam o que achavam mais adequado. Emily seguiu pela rua a passos largos, roçando o mourão das cercas e as muretas de pedra com a ponta dos dedos, maravilhando-se com a sensação do vento em suas bochechas, com o gosto da liberdade. A temperatura estava baixa. A brisa entrava pelas luvas, e o casaco não era grosso o bastante para protegê-la do frio mais intenso, mas Emily não se importava.

E se acontecer alguma coisa? A voz lamentosa do tio pareceu vagar até ela numa lembrança. Era como se ele tivesse esculpido aquela frase em pedra e a exposto em cima da lareira após dizê-la tantas vezes. *E se acontecer alguma coisa?* Ele passara anos se preocupando que *alguma coisa acontecesse* com Emily, embora, afinal, nada tivesse acontecido.

Naquele dia, ela estava decidida a caminhar por Grantchester. Tinha visto a Grantchester Road meia dúzia de vezes em seus passeios às escondidas e, por mais que o vilarejo não fosse digno das aventuras da Sra. Larringer, era mais interessante do que um punhado de cabras. Emily poderia andar e sorrir e ninguém saberia que ela havia escapado das garras terríveis de... de...

De piratas, não. Nem de baleeiros, nem do czar da Rússia.

– Escapei das garras terríveis de uma soneca – anunciou Emily para a estrada.

Passou por uma casa de fazenda, depois outra, então – como um aviso de que o vilarejo estava perto – um moinho. Alunos estavam estudando diligentemente dentro de uma escola secundária. Emily cumprimentou com a cabeça um ferreiro que examinava os cascos de um cavalo no quintal.

Quando chegou à praça principal, pensou em comprar uma maçã de um vendedor de frutas, só para provar que podia. Mas gastar as poucas moedas que tinha numa fruta passada lhe parecia fútil demais.

Ela queria tão pouca coisa – só a chance de fazer aquilo que todo mundo fazia. Era pedir demais?

E se acontecer alguma coisa?

Que pensamento amargo aquele – que Emily devia ter medo de *tudo*, apenas por causa do que poderia acontecer. Um pensamento muito amargo mesmo.

E, com isso, Emily percebeu que não apenas o pensamento era amargo. O gosto em sua boca, também.

Não era bem um gosto de *verdade*. Anos de experiência tinham lhe ensinado isso. Era uma amargura crescente que se espalhava dentro de Emily até que ela a sentisse não só na língua, mas nas bochechas e no estômago – nas partes do corpo que, em teoria, não deveriam ter gosto algum. Aquele gosto ficava a meio caminho entre amêndoa rançosa e ovo podre.

Familiar. Irritante. E – considerando o momento – completamente horrível. Em um minuto, Emily ia começar a sentir cheiro de coisas ruins. E, pouco tempo depois disso...

Alguma coisa *ia* acontecer. Justamente aquilo que o tio dela temia, o motivo pelo qual Emily não tinha permissão para sair de casa.

Ela não tinha tempo de caminhar até os campos fora da cidade, e, se desabasse na frente da escola com espasmos na perna, com certeza alguém ia vê-la. Iam oferecer ajuda, insistir em levá-la para casa. Tio Titus ia descobrir e...

E Emily nunca mais ia sair de casa. Não havia tempo para pensar nem para escolher.

Ela atravessou a praça e entrou numa taberna.

Aja como se você morasse aqui.

Engoliu em seco aquele gosto terrível e sorriu à medida que aquela disfunção olfativa reveladora tomava conta de seus sentidos, encobrindo os cheiros de pão assado e sopa com uma podridão vil.

Emily ocupou o assento mais próximo e arrumou a saia embaixo da mesa. Tomara que ninguém olhasse para ela. Tomara que os próximos minutos da crise passassem sem que ninguém soubesse. Tomara...

– Senhorita – disse uma voz agradável do outro lado da mesa –, por favor, não se sente aqui.

Emily ergueu a cabeça e somente naquele momento percebeu que não estava a sós na mesa. Um homem estava sentado diante dela, encolhido contra a parede. Havia um livro aberto à sua frente e um pedaço de pão ao lado de uma tigela de sopa vazia.

A perna de Emily já tinha começado a tremer.

– Sinto muito – disse ela, rangendo os dentes. – Sinceramente, não posso me levantar agora.

O sotaque do homem era quase perfeito demais, refinado demais. As roupas dele eram tão inglesas quanto chá e biscoitos. Ele tinha amarrado a gravata num estilo rígido e formal, prendendo-a com um grampo de ouro, e havia um chapéu bem elegante em cima da mesa. A perfeição branca do punho das mangas que se via por baixo do casaco contrastava ainda mais com o tom marrom-escuro da pele dele.

Emily olhou nos olhos do homem, que eram quase negros, contornados com cílios longos e grossos. Ele prensou os lábios numa expressão que poderia ser de irritação.

– Senhorita...

A respiração dele saiu ríspida, e ele abriu as mãos no tampo da mesa.

Era indiano. Emily já tinha visto estudantes indianos – havia dezenas deles em Cambridge. Como todos os homens de lá, ela só os tinha visto ao longe, das janelas de carruagens ou do outro lado de um jardim. Ela duvidava de que o tio a teria deixado se aproximar de um deles. Afinal, alguma coisa poderia acontecer.

O homem a olhou, mais desconfiado de uma jovem inglesa do que qualquer aluno da universidade deveria estar. Talvez ele não fosse entregá-la, afinal.

– Sinto muito – desculpou-se ela de novo. – Não estou fazendo caretas para o senhor de propósito. Estou prestes a ter uma crise. Vai passar em poucos minutos.

O homem franziu o cenho, mas Emily não teve tempo para explicar.

Ela não tinha crises de verdade. Pelo menos, fora isso que o Dr. Russel, de Londres, dissera. Não era bem epilepsia, explicara ele, porque Emily nunca perdia os sentidos. Ela sempre estava presente; até conseguia falar e mexer os braços e as pernas. A convulsão a atingiu naquele momento, familiar como uma luva.

Emily já tinha assistido a si mesma num espelho antes. O principal efeito eram os espasmos na perna direita. Mas não era a única coisa que acontecia. Todo o corpo dela tremia, o rosto se contorcia e o coração acelerava – com batimentos fortes, rápidos e erráticos, como um cavalo de três pernas tentando galopar.

Seu companheiro de mesa a encarou com preocupação por alguns minutos.

– Tem alguma coisa que eu possa fazer para ajudar a senhorita?

Emily rangeu os dentes.

– Não conte para ninguém o que está acontecendo.

Ele fez um som que poderia ser de concordância.

Às vezes, Emily desejava não ficar consciente durante as crises. Ela tinha noção da própria aparência, do que os outros estariam pensando dela. Queria poder desaparecer no vazio e retornar sem nenhuma memória constrangedora. Se Emily perdesse a consciência, lhe dissera um médico, ele teria certeza de que era epilepsia. Considerando tudo, porém, o caso dela era especial: não correspondia a nenhum diagnóstico. Não conheciam um tratamento. Não entendiam as causas.

Ela se concentrou na textura do tampo de madeira da mesa em vez de pensar no que estava acontecendo. Alguém havia entalhado duas iniciais num cantinho. Ela se prendeu àquelas letras – A+M –, repetindo-as para si mesma de novo e de novo até que os espasmos virassem contrações, e até que as contrações se dissolvessem na exaustão líquida de músculos bem utilizados.

Tinha durado vinte segundos. Um período tão pequeno para causar tanto problema.

Emily soltou a respiração.

– Senhorita – chamou uma voz às suas costas. – Está tudo bem? Esse homem a está incomodando?

Ela se virou e viu uma mulher de seios grandes, com uma toalha amarrada nos cordões do avental.

– Se ele estiver incomodando, vou pedir para meu marido...

– Não – protestou Emily com a voz aguda. – Não, não é nada disso. Eu me senti tonta e tive que me sentar. Ele foi muito atencioso. Muito atencioso mesmo.

– Ele se impôs à senhorita?

– O oposto disso, na verdade – disse Emily. – Infelizmente, fui eu quem tomou a mesa dele sem sequer pedir permissão.

O homem – quem quer que fosse – não tinha dito uma só palavra durante toda a conversa, como se estivesse acostumado às pessoas não o consultarem sobre sua opinião, a falarem sobre ele como se não estivesse presente. Ficou só observando Emily com aqueles olhos escuros e cautelosos.

– Hum – fez a mulher. – Bom, ele ficou quieto até agora, mas nunca se sabe.

– Por gentileza, pode me trazer um pouquinho de chá? – Emily sorriu para ela. – Uma bebida cairia bem.

– É claro, querida. E ele não está mesmo incomodando a senhorita?

Emily fez que não, e a mulher se afastou.

O homem do outro lado da mesa ficou calado por alguns instantes. Finalmente, falou:

– Obrigado por não fazer com que me ponham para fora. É o único lugar que fica a menos de 7 quilômetros de Cambridge e serve sopa de legumes. Estou cansando de pão, queijo e verduras cozidas.

– O senhor estuda em Cambridge, então?

Isso era óbvio pelo livro diante dele.

Emily teria imaginado que os jantares em Cambridge teriam pratos mais exuberantes do que espinafre cozido. Afinal, jovens nobres estudavam lá. Mas o homem não deu mais explicações, e Emily já estava invadindo o espaço dele.

– Em poucos minutos vou conseguir me levantar – falou ela. – Vou sumir tão rápido quanto cheguei.

– Não se apresse por minha causa – respondeu ele, com educação.

Ele olhou para o livro e depois voltou a fixar os olhos no rosto de Emily. Ainda havia um vestígio de desconfiança em sua voz – e um traço de mais alguma coisa também.

– Estou falando sério – insistiu Emily, sincera. – Sinto muito mesmo por ter me imposto. O senhor estava aqui antes, então...

Os lábios dele se curvaram num meio sorriso, e aquele último vestígio de desconfiança sumiu.

– São raras as vezes que tenho a chance de me sentar com moças bonitas – falou. – Não sinto que a senhorita está se impondo.

O coração dela ainda estava acelerado. Por causa da crise. Com certeza era por causa da crise. Não podia ser porque aquele homem tinha olhado para ela. Mas... ele a fizera sentir-se bonita.

Emily *era* bonita. Sempre soube disso, mas não que servisse para alguma coisa. Os criados lhe diziam isso o tempo todo. Titus também, assim como os médicos. *Uma pena que tudo isso esteja acontecendo com uma menina tão bonita. Um desperdício, toda essa beleza.*

A aparência dela não parecia um desperdício tão extravagante naquele momento, sob o escrutínio educado – mas inconfundível – daquele homem.

– Meu nome é Srta. Emily Fairfield – apresentou-se ela afinal.

Ele a olhou por mais alguns instantes.

– É um prazer conhecê-la, Srta. Fairfield – respondeu. – Sou o Sr. Anjan Bhattacharya.

Quando ele falou o próprio nome, os tons precisos do sotaque dele se transformaram em algo diferente, que não era mais característico do inglês.

Emily mordeu o lábio.

– Espere.

O rosto dele ficou vazio.

– Me perdoe. Bhatta... charya?

Ela sentiu o rosto ficar quente.

O rapaz se recostou no assento e a fitou.

– Sim. Até que não foi tão ruim assim.

– Bhatta. Charya. Bhattacharya. – Emily sorriu. – Não, é bem fácil, na verdade. Só não estou acostumada a ouvir esse tipo de nome. O senhor é da...

– Da Índia, é claro. De Calcutá, para ser exato. Meu pai trabalha na administração pública da presidência de Bengala. Meu tio é... Bom, não importa. Sou o quarto filho, enviado para longe para ter uma típica e sólida educação inglesa.

Ele se remexeu no assento e voltou a olhar para o livro.

– E é estudante de Direito.

Ele arqueou as sobrancelhas.

– Meu tio é professor de Direito – explicou Emily. – Quando não tenho escolha, leio os livros dele. Já li esse aí.

O Sr. Bhattacharya sorriu para ela.

– Então vou consultar a senhorita se eu tiver dúvidas.

– Pode tentar – respondeu ela. – Entendo um pouquinho. Mas nunca recebi uma educação formal. Ainda assim, aceito qualquer chance de conversar...

Ah, como isso a fazia soar patética. Ela engoliu o resto da frase.

– Mas tenho certeza de que o senhor tem outras pessoas com quem preferiria conversar. Já está bem avançado nos estudos?

– Vou me formar este ano. – Ele fez uma careta. – Estou estudando para a última prova. Daqui até a Páscoa, creio que serei uma péssima companhia. – Uma expressão indecifrável passou pelo rosto dele. – Quero ir bem na prova.

Emily sabia reconhecer uma indicação para ficar calada quando a ouvia, então parou de falar. Seu chá chegou, e ela o tomou devagar, tentando não observar o Sr. Bhattacharya enquanto ele lia e fazia anotações num caderninho. Na maior parte do tempo, ela falhou miseravelmente. Sua pele toda formigava, atenta.

– Bom, Sr. Bhattacharya – disse ela afinal, quando já não podia mais se demorar para terminar o chá. – Foi um prazer conhecer o senhor. Mas creio que seja melhor eu ir agora. Vou deixá-lo para que se concentre nas suas leituras.

Ele olhou para ela. Piscou algumas vezes, como se, de alguma forma, Emily o tivesse surpreendido. E então – chocantemente – ele sorriu. Não aquele sorriso amarelo e sereno de antes. Era isso – *isso* – que ela estava esperando. Era isso que procurava quando saíra de casa. O sorriso dele era como o nascer do sol e se espalhou pelo rosto com verdadeira tranquilidade. Os batimentos cardíacos de Emily aceleraram de ansiedade. O que estavam ansiando, ela não sabia dizer, mas sentia que *alguma* coisa estava prestes a acontecer.

– Srta. Fairfield – disse ele.

– É Srta. Emily – informou ela. – Tenho uma irmã mais velha.

– Acredito que um cavalheiro se ofereceria para acompanhar a senhorita até sua casa, para garantir que nada de ruim lhe acontecesse.

– É mesmo?

Emily gostou da ideia. Tentou não demonstrar quanto a agradava.

Alguma coisa pode acontecer, sussurrou aquela voz.

– Mas não acho que eu conseguiria acompanhá-la por mais que cem passos – continuou ele, direto. – Talvez se estivéssemos em Cambridge. Mas aqui? – Ele balançou a cabeça. – Não tenho vontade nenhuma de levar uma surra hoje, então terei que ser pouco cavalheiresco e apenas lhe dizer adeus.

– Vou sair para passear na quinta à uma hora da tarde – respondeu Emily. – E... não gosto muito de ficar no meio de multidões.

O sorriso dele continuava igual. Estava atraindo Emily.

– É mesmo?

– Tem um caminho ao longo do riacho Bin, onde ele cruza a Wimpole Road.

– Conheço – respondeu ele, com um tom de voz suave. – Mas com certeza seus pais não estariam de acordo.

– Meus pais morreram – contou Emily. – Eu moro com meu tio.

Ela fez uma pausa e viu a expressão no rosto do homem. Se ela contasse a verdade, ele nunca se encontraria com ela.

– Aqui estou eu – falou de modo trivial –, passeando sozinha, sem dama de companhia. Meu tio não é convencional, Sr. Bhattacharya. Ele me deixa por minha conta. Contanto que fiquemos em vias públicas, ele não vai se opor.

Tudo verdade, e tudo tão enganoso.

– Mas...

– Eu tenho crises – insistiu Emily. – Meu tio sabe que estou precisando de conversas inteligentes.

Ainda era verdade.

Emily abriu um sorriso deslumbrante para ele e ficou satisfeita ao vê-lo apoiar as mãos na mesa, cativado mesmo contra a própria vontade.

Depois do que ela havia insinuado, uma mentira não ia piorar a situação.

– Ele não vai me negar uma caminhada – disse ela. – E é perfeitamente aceitável que homens e mulheres caminhem juntos, desde que estejam em ambientes públicos.

– É mesmo?

Emily assentiu e prendeu a respiração.

– Ora. – Ele prolongou a palavra, pronunciando-a lentamente, como se estivesse contemplando o que Emily tinha dito. – Pois bem. Nesta quinta.

Emily sorriu para ele e se levantou. A perna dela doía, os músculos estavam cansados, mas a palma das mãos formigava de empolgação, e de repente os dias adiante não pareciam tão ruins assim.

– Até quinta, então.

Alguma coisa pode acontecer.

Emily pensou no próprio quarto deserto, nas tardes resumidas a sonecas e nas noites que passava na companhia da condescendência solícita do tio. Pensou em como tinha se sentido ao escapar do quarto – como se estivesse prestes a gritar, e certa de que, se berrasse, o tio acharia que ela havia enlouquecido. Aquilo podia ter sido imprudente. Podia ter sido errado.

Mas, graças a Deus, algo finalmente, *finalmente*, estava acontecendo.

⌒

Três dias tinham se passado desde a última conversa de Jane com o Sr. Marshall e, durante aquele período, ela havia se imaginado contando tudo para ele centenas de vezes. Mal tinha conseguido dormir na noite anterior, pensando no que diria na próxima vez que o visse. Como seria ter alguém que entendia, que *sabia* como era.

Jane tinha uma lista das coisas que diria – uma lista calma, precisa e racional. Não ia deixar as palavras escaparem de sua boca como uma torrente de água liberta das barragens, jorrando de volta para as antigas margens. Não permitiria que ele a julgasse uma transtornada.

Essa ilusão durou até o momento em que Jane o viu de novo. Ela havia acabado de descer da carruagem e se virou para esperar a Sra. Blickstall, que estava logo atrás dela. Ao se virar, avistou o Sr. Marshall do outro lado da rua, depois dos cavalos dela.

Ele estava caminhando na calçada, em direção à feira a algumas quadras dali. Seus passos eram determinados e rápidos, e sua expressão, abstraída, como se estivesse pensando em tudo, exceto em Jane. Ele não a viu, apenas continuou a andar. Cinco passadas e já estava a vários metros de distância.

Jane ergueu a mão para acenar para ele, mas a expressão do Sr. Marshall estava distante e fez com que ela detivesse o movimento.

Ele era o filho de um duque. Um homem que, por confissão própria, queria ser primeiro-ministro. Sem dúvida, tinha em mente problemas bem mais urgentes do que as dúvidas insignificantes que atormentavam Jane: as questões da tutela da irmã e o tratamento médico dela. No tempo que Jane levaria para contar ao Sr. Marshall todos os detalhes sórdidos e reles de sua vida, ele poderia revisar o texto completo de cada lei aprovada na última sessão do Parlamento.

Jane fechou os dedos em punho e abaixou a mão ao lado do corpo.

Ele tinha sido gentil. Tinha sido inteligente o bastante para entender muitas coisas em relação a Jane. Mas seria tolice pensar que aqueles dois fatores significavam que ele realmente se importava com ela. O homem tinha coisas muito mais importantes com que se preocupar do que com uma jovem e a irmã dela.

Ela cerrou o maxilar e atravessou a calçada até a livraria. Recusava-se a ficar observando o Sr. Marshall descer a rua, a relembrar as fantasias estúpidas de amizade que tivera.

A livraria tinha cheiro de mofo e estava vazia. A Sra. Blickstall, entediada, se sentou na entrada e juntou as mãos elegantemente enquanto Jane observava os livros no fundo da loja. A jovem ouviu a campainha da porta tocar ao longe, depois o murmúrio da voz de um cliente falando com o vendedor. Jane pegou um livro de uma das estantes e andou devagar pelo corredor, observando os títulos das obras. Ouviu passos se aproximando por trás dela.

Instantaneamente, sua mente vagou para o homem que ela decidira esquecer. O Sr. Marshall. Era ele.

Não, que ridículo. Não era possível. Ele já tinha ido embora, em direção a uma reunião muito importante. Não tinha tempo para garotas estúpidas em lojinhas comprando...

– O que a senhorita tem aí?

Jane deu um pulo.

Meu Deus, a voz dele. Ela nunca tinha imaginado a voz dele direito quando pensara nas conversas que teriam. Não teria ideia de como descrevê-la para outra pessoa. Era uma voz acolhedora, é claro, e muito versátil. Na outra noite, tinha sibilado com fúria controlada. Já ali, na livraria, soava como se ele estivesse à beira do riso.

Jane se virou, muito devagar. Meu Deus, aquele calafrio voltara – uma eletricidade crepitante que lhe desceu pela coluna. Jane inspirou fundo e enfiou as unhas na palma da mão, mas não adiantou nada. Antes que conseguisse impedir, um sorriso havia tomado seu rosto – daqueles grandes demais, tolos, que revelavam o que não deviam.

A aparência do Sr. Marshall era do tipo que melhorava com a familiaridade. Aquela pincelada de sardas na ponte do nariz convidava o toque de Jane. Como se ele estivesse sussurrando para ela: *Vamos lá, fique à vontade.*

Ela engoliu em seco e prensou a palma da mão no estômago, para que não fizesse justamente isso.

Ele estava... Bem, ele estava *olhando*. Olhando para ela, não para um lugar distante. Com a atenção dele concentrada em Jane, todo o ser dela parecia insubstancial, como se ela pudesse sair flutuando.

O Sr. Marshall já estava segurando um livro. *Guia prático...*

Ela não conseguia ler o final do título, pois a mão dele o cobria.

– Sr. Marshall – disse Jane com uma risada.

Não revele tudo de uma vez, Jane. O que quer que você faça, não revele tudo de uma vez só.

– Como é bom ver o senhor. Como está?

Ela já estava se parabenizando pelos modos contidos quando, sentindo um tênue horror, percebeu que sua boca ainda estava se mexendo.

– Eu o vi na rua, mas parecia estar ocupado, então não quis interromper. Estava fazendo algo importante, sem dúvida. Provavelmente ainda está. Eu deveria deixar... hã...

Cale a boca, Jane, ordenou aos próprios nervos esvoaçantes e, por sorte, eles obedeceram.

O Sr. Marshall não reagiu à fala excessiva dela. Em vez disso, esticou a mão e pegou o livro que Jane estava segurando.

– Me deixe ver o que a senhorita tem aí – disse ele, virando a lombada para ler o título.

As sobrancelhas dele se ergueram.

– *A Sra. Larringer e os criminosos de Nova Gales do Sul*?

Jane sentiu as bochechas ficarem ainda mais quentes. Ele provavelmente lia livros importantes, com nomes sérios como *Guia prático de boas maneiras*. Devia ser isso que ele tinha em mãos. Ele sem dúvida achava que Jane era leviana.

– Não é meu – admitiu ela, tropeçando nas palavras. – Quer dizer, é para a minha irmãzinha. Minha irmã, Emily.

Ele parecia estar se divertindo bastante.

Jane franziu o nariz para ele.

– Eu posso zombar do gosto dela porque é minha irmã, mas não se atreva.

– Tenho três irmãs – disse ele, com leveza. – Quatro, agora, se considerarmos minha cunhada. Eu nunca seria tolo o bastante para falar mal da irmã de alguém. – Ele virou o livro na mão. – Então, isso aqui presta?

A pergunta a surpreendeu.

– Ainda não li. – Ela deu de ombros. – Mas já li os primeiros oito livros da série. São horríveis, mas também curiosamente instigantes.

– Gosto de coisas curiosamente instigantes. E adoro coisas horríveis. Devo comprá-lo?

Jane se engasgou, imaginando a Sra. Larringer na estante dele, ao lado de *Guia prático para politicagem*.

Mas ele estava folheando o livro como se estivesse mesmo considerando comprá-lo.

– A Sra. Larringer é velha, mandona, irritante e, sinceramente, acredito que ela não bate bem da cabeça. O senhor não…

– Lembra muito a minha tia Freddy. – Ele abriu um sorriso para Jane. – Velha, mandona, irritante… Ela não sai mais de casa, e algumas pessoas falam mal dela por causa disso. Mas não me diga que minha tia não bate bem da cabeça. É como com a sua irmã. Eu a amo demais para ouvir críticas.

Jane engoliu em seco.

– Se o senhor vai mesmo ler, tem que começar pelo primeiro. – Jane andou pelo corredor e verificou os títulos nas lombadas. – Aqui está.

Ela ofereceu *Sra. Larringer sai de casa* e esperou para ver o que o Sr. Marshall ia fazer.

Ele aceitou o livro sem hesitar e o abriu.

– Belo frontispício – comentou. – Acha que a autora realmente se chama Sra. Larringer?

– Não acho, não – disse Jane sem rodeios. – O primeiro livro foi impresso há dois anos e meio, e, desde então, foram publicados mais 22 volumes, praticamente um livro por mês. Acho que a Sra. Larringer é um comitê. Uma pessoa só nunca conseguiria escrever tão rápido… Só se ela não tivesse mais nada para fazer.

– Humm, isso parece mesmo improvável. – O Sr. Marshall leu a primeira página. – "Durante os primeiros 58 anos de sua vida, a Sra. Laura Larringer viveu em Portsmouth, de frente para o porto. Ela nunca se incomodou com o destino dos navios que partiam dali e se importava com a volta deles somente quando alguma embarcação trazia seu marido, voltando de uma viagem comercial. Ela nunca teve nenhum motivo para se importar. A casa em que morava era confortável, seu marido tinha uma renda excelente e, para a grande satisfação da Sra. Larringer, ele quase nunca estava presente." – O Sr. Marshall ergueu a cabeça. – Imagino que existam primeiros parágrafos piores.

– Continue.

– "Mas um dia, numa daquelas raras ocasiões em que o marido estava em casa, ele foi atingido por uma bigorna, que caiu em sua cabeça. Ele morreu na hora."

O Sr. Marshall piscou. Depois piscou de novo e colocou um dedo no texto que acabara de ler.

– Espere. Não entendi. Como uma bigorna caiu na cabeça do marido dela enquanto ele estava em casa? De onde veio a bigorna? Ele tinha o hábito de deixar bigornas penduradas no teto?

– O senhor vai ter que continuar a ler para descobrir – disse Jane. – Não costumo contar para as pessoas o que acontece num livro. Só os ímpios fazem isso.

Ele balançou a cabeça.

– Pois bem. "Naquele dia, a Sra. Larringer ficou em sua sala de estar. Mas as paredes da casa pareciam estar mais grossas, e o ar, sufocante. Por quase sessenta anos, ela jamais sentira a mínima curiosidade em relação ao mundo da porta para fora. Mas, naquele momento, o mundo além das paredes da casa parecia chamá-la. *Vá embora*, murmurava. *Vá embora. Vá antes que conduzam o inquérito.*" – O Sr. Marshall soltou uma risada. – Ah, acho que estou começando a entender a bigorna... e a Sra. Larringer.

Ele continuou:

– "Ela inspirou fundo, arrumou uma bolsa e depois, com grande esforço, o esforço de uma mulher se desprendendo de tudo que já conhecera, a Sra. Larringer colocou um pé para fora da porta, sob a luz calorosa do sol de maio. E, como não pegou fogo, ela marchou até o porto e comprou uma passagem em uma embarcação que sairia dentro de cinco minutos." – Ele fechou o livro. – Bom, agora estou entendendo.

– Vai combinar bem com o *Guia prático para preleções e ensinamentos de Platão*.

Ele franziu o cenho.

– Como é que é?

Ela apontou.

– Não consigo ver o título completo do seu livro.

– Ah.

Um sorriso brilhante iluminou o rosto do Sr. Marshall, e ele virou o livro para que Jane o visse.

Guia prático para pregar peças era o título.

– Pura nostalgia, infelizmente. Sinto falta do tempo em que eu podia responder a situações ridículas com umas travessuras, é só isso. – Ele suspirou. – Certa noite, quando estávamos estudando em Trinity... havia um homem que ficava se gabando de sua carruagem nova. Então, eu, meu irmão e Sebastian desmontamos o veículo e o remontamos do zero dentro dos aposentos do homem. É claro que não conseguimos colocar as rodas, mas todo o resto... Ele estava caindo de bêbado quando voltou e nem se importou na hora, mas a senhorita precisava ter ouvido os gritos dele de manhã.

Ele não era nada do que Jane imaginara, aquele homem que declarava seu desejo de ser primeiro-ministro. Havia um brilho em seus olhos e um ar de malandragem. Será que ele estava fingindo na política ou estava fingindo ali?

– E aqui estava eu, certa de que o senhor era um homem respeitável.

Ele suspirou, e o brilho em seus olhos diminuiu.

– Pois é. Infelizmente, *sou* respeitável. – Ele disse as palavras com rancor. – Sempre desculpam as traquinagens na infância, mas já passei da idade em que as pessoas fazem vista grossa para uma boa travessura. Mas gosto de dar asas à imaginação.

Aquilo parecia um sonho para Jane – estar ali ao lado dele, falando sobre livros e travessuras.

– Sebastian – disse ela. – Esse é o Sr. Malheur, não é?

– Ele é o único de nós que abriu mão de ser respeitável. Nunca parou de criar confusão. – Os olhos do Sr. Marshall se distraíram. – Em certos aspectos, tenho inveja dele. Em outros, nem tanto.

– "O único de nós"?

– Esqueci que a senhorita não nos conhece. Meu irmão, Ro... O duque de Clermont, Sebastian Malheur e eu. Éramos chamados de os irmãos excêntricos, porque estávamos sempre aprontando juntos, e todos somos canhotos.

– O senhor é excêntrico? – perguntou Jane.

Algo lampejou pelos olhos dele, uma pitada de desconforto.

– Vou deixar que a senhorita decida. Eu mesmo não posso julgar.

O nervosismo dela tinha enfraquecido e se tornara apenas um murmúrio agradável. Ela continuava sorrindo abertamente para o Sr. Marshall.

– Me diga, Srta. Fairfield – sussurrou ele. – O que acha? Porque tenho a impressão de que a senhorita é boa em identificar comportamentos excêntricos.

Jane conseguia sentir a atração que ele exercia sobre ela. Ela sonhara com isso – ter um amigo, alguém com quem pudesse rir. Alguém que olhasse para ela e não desviasse o olhar, que a olhasse por prazer e não para criticar sua conduta ou suas roupas. Se ela tivesse se atrevido, talvez até tivesse sonhado com algo mais.

O sino na porta tocou atrás dele, e Jane correu os olhos naquela direção para ver quem tinha entrado na loja.

Ela prendeu a respiração. Era Susan, uma das criadas, usando suas vestes marrom e branca. Ela avistara a Sra. Blickstall, que ainda estava sentada na entrada com uma expressão entediada. A Sra. Blickstall endireitara a coluna e apontara para Jane nos fundos.

Jane deu um passo para a frente no momento em que Susan chegou até ela.

– Srta. Fairfield, com licença.

A voz da criada estava ofegante, como se ela tivesse corrido da casa até ali. Provavelmente tinha.

Susan olhou de relance para o Sr. Marshall.

– Talvez seja melhor conversarmos lá fora.

– Pode falar livremente – disse Jane. – O Sr. Marshall é meu amigo.

Ele não contestou o rótulo, e o coração de Jane deu uma batida forte.

– Veio mais um médico – contou Susan. – Escapei assim que consegui, mas ele tinha acabado de entrar com a Srta. Emily quando eu fui embora, e já faz vinte minutos.

– Ah, que inferno. Que tipo de charlatanismo esse aí faz?

– Galvanismo, senhorita. Foi o que ele disse.

– O que diabos é galvanismo?

– Correntes elétricas – informou o Sr. Marshall. – Normalmente armazenadas num tipo de bateria elétrica, usada para dar choques para...

Ele parou de falar.

Jane sentiu o rosto empalidecer. Ela não conseguia olhar para ele. Não conseguia pensar naquele mundo dos sonhos que estava deixando para trás, naquele lugar em que podia falar sobre livros, rir de travessuras e ponderar sobre o significado da palavra "respeitável". Aquele não era o mundo onde ela vivia.

Atrapalhada, tirou uma moeda pesada do bolso e a colocou na mão de Susan.

– Muito obrigada – falou.

Os funcionários da casa sem dúvida apreciavam muito o fato de que Jane e o tio não se davam bem. Com isso, eles ganhavam diversos tipos de renda extra.

– Srta. Fairfield – disse o Sr. Marshall com bastante cuidado –, posso acompanhá-la até sua casa?

Em pensamentos, Jane tinha se imaginado contando tudo para ele. Tinha o imaginado dizendo para ela não se preocupar, que tudo daria certo. Mas ele não podia dizer isso naquele momento. Afinal, tinha dito que não ia mentir para ela.

Não ia dar tudo certo. O melhor desfecho que Jane podia desejar era uma trégua desconfortável – comprada com o maior número de cédulas bancárias que ela conseguia carregar.

A mente de Jane tinha ficado dormente. Não havia espaço na vida dela para uma amizade descomplicada.

– Não. – A voz dela estava rígida. – Melhor não. O senhor é um homem respeitável e deveria continuar assim. Eu tenho que ir subornar um médico.

Capítulo seis

Quando Jane, afinal, chegou em casa, mal conseguia respirar. O peito dela empurrava o espartilho inutilmente e pontos pretos dançavam na frente de seus olhos.

A governanta a recebeu na entrada e olhou pela porta uma vez. Mas não fez nenhuma pergunta impertinente – perguntas como: "Onde está a carruagem?" Ou: "Por que a senhorita está ofegante?"

Mesmo assim, Jane respondeu aos questionamentos implícitos.

– Deixei a carruagem para trás – falou. – Achei que seria bom fazer uma caminhada rápida.

Na verdade, com a feira a todo vapor naquele dia, seriam necessários quarenta e cinco minutos para voltar com o veículo. Ela só precisou de quinze minutos com um passo acelerado para chegar em casa.

– É claro – disse a governanta, como se fizesse sentido que Jane estivesse ofegando na porta de entrada como um peixe jogado na doca.

Os cabelos dela haviam se soltado do penteado cuidadoso de antes. Os cachos faziam cócegas nas orelhas, e o enfeite de cachos castanhos a mais presos na nuca estava torto. Grampos prensavam o couro cabeludo dela, e ela ergueu a mão tentando arrumar toda aquela bagunça de um jeito que parecesse organizado, mas desistiu quando seus dedos encontraram o caos.

A governanta não saiu do lugar.

– O exercício deu cor a seu semblante.

Que hilário. O suor escorria na testa de Jane. Conseguia senti-lo descendo por uma bochecha, fazendo cócegas em sua pele. Não precisava de espelho para saber que seu rosto estava da cor de um tijolo.

– Vou ver a minha irmã, está bem?

Ela soltou essa frase levianamente.

A Sra. Blickstall acabara de surgir atrás de Jane, arfando com força.

– Isso mesmo – disse Jane. – Vou falar com Emily. Como faço todos os dias quando volto para casa.

Quando volto correndo, como faço todos os dias. Ela apertou os lábios com força. *Cale a boca, Jane.*

A governanta lhe lançou um olhar de pena, que dizia: "É sério, Srta. Fairfield, não perca tempo com mentiras. Todas nós sabemos *o que esperar.*"

Jane suspirou e entregou uma moeda para a mulher. O dinheiro desapareceu quase na mesma hora.

– Ela está na sala de estar da ala leste, com Alice e o Dr. Fallon. Vou garantir que ninguém os perturbe.

Jane assentiu e, com ar severo, começou o caminho pelo corredor.

Encontrou a irmã sentada a uma mesa. Uma de suas mangas estava erguida, e o braço despido havia sido amarrado à mesa, expondo a pele pálida das cicatrizes.

Pedaços de algodão branco estavam enrolados no pulso e no braço dela, segurando placas de metal no lugar. Estas estavam ligadas a cabos, que, por sua vez, estavam conectados a uma engenhoca estranha. Jane não tinha ideia do que era. Uma coleção de jarros com aparência demoníaca e cheiro podre. *Galvanismo. Baterias elétricas.*

Mas pelo menos Emily parecia estar entediada em vez de aflita. A expressão dela se iluminou quando viu a irmã.

– Jane!

– O que significa tudo isso? – quis saber Jane.

– Estamos esperando que eu tenha uma convulsão – respondeu Emily, revirando os olhos.

– Srta. Emily – disse o homem, que estava perto das cortinas –, creio já ter lhe dito isso. Não deve se mexer. Quando mexe a perna assim, a senhorita bate nos pontos de contato. Podem se soltar e, se estiverem frouxos no momento errado, não terei como completar o circuito.

Emily lançou um olhar expressivo para Jane, balançando as sobrancelhas e comprimindo os lábios.

– Ah, é – falou. – Esse é o Dr. Fallon. Ele está trabalhando muito nesta manhã.

O Dr. Fallon era um homem magro, de uns 40 anos. Seus cabelos castanhos ainda não tinham fios grisalhos. Ele tinha bigode ondulado e costeletas castanhas e arrepiadas.

Jane se aproximou.

– Sou a Srta. Jane Fairfield, irmã da Emily. O senhor poderia me explicar seus métodos?

Ele franziu o cenho, perplexo.

– Mas já expliquei tudo para o Sr. Fairfield.

– Eu me interesso por avanços médicos. – Jane se acomodou numa cadeira ao lado da irmã. – Gostaria de saber sobre o seu trabalho.

Ela olhou para ele com uma expressão que esperava se passar por um sorriso.

O médico pareceu ter sido pego de surpresa por um momento, depois respondeu com um sorriso desengonçado.

– Sou galvanista – disse com fervor. – Significa que trabalho com a medicina galvânica. Isto é, descobri que passar uma corrente pelo corpo humano pode causar uma série de efeitos, como dormência, dor, convulsões...

Ele lançou um olhar para Emily, que estava com os lábios comprimidos numa linha fina.

– Ah – fez ele. – E descobri alguns efeitos úteis também. Por exemplo, o uso do galvanismo pode curar simulação de doenças.

Ah, Jane tinha certeza de que curava. Dar um choque elétrico num paciente que fingia estar doente sem dúvida era muito eficiente. Provavelmente também "curava" outras doenças menores.

– Que maravilhoso – disse Jane. – Parabéns por ter descoberto isso.

Ele abriu um sorriso duvidoso.

– Tenho certeza – continuou Jane – de que não há absolutamente nenhum conflito entre seu juramento de médico e o ato de dar... Como é que o senhor chamou?... Choques galvânicos nos seus pacientes.

Ele corou.

– Ah, veja bem. No meu caso, *doutor* é mais um título de cortesia. – Ele se animou. – Um posto que me foi concedido por dezenas de pacientes gratos.

Então, ele era um charlatão completo. Jane cruzou as mãos e desejou, não pela primeira vez, que o tio não fosse tão terrivelmente fácil de enganar.

– Que interessante – disse ela. – Já curou alguém com um transtorno convulsivo?

– Ah, não. Mas já *causei* convulsões, e, ah…

Ele olhou para Emily como se não tivesse certeza de que deveria continuar a falar na presença dela.

Se ele podia dar um choque elétrico nela, podia muito bem lhe dizer o que estava fazendo. Jane indicou que ele continuasse a falar.

– Veja bem, é uma teoria minha. Os choques galvânicos fluem, seguem uma direção. Se o choque pode causar uma convulsão, fluindo em uma direção, então, quando alguém estiver tendo uma convulsão, deve ser possível detê-la aplicando uma corrente igual e oposta na direção contrária. É uma aplicação simples das leis de Newton. Com bastante experimentação, tenho certeza de que conseguirei calibrar a medida exata de que precisamos.

– O senhor tem *certeza*? – perguntou Jane, em tom de dúvida. – Será que "certeza" é a palavra certa para descrever sua teoria?

– Eu tenho… esperança – retificou ele. – Muita esperança.

Se fosse alguns anos antes, talvez Jane o tivesse deixado tentar. Mas já tinha ouvido uma dezena de homens fazer declarações igualmente grandiloquentes e ridículas sobre como o método de tortura especial deles ia curar as crises de Emily. Nenhum dos tratamentos tinha funcionado, e todos haviam sido dolorosos. Sem falar nas queimaduras que causaram. Jane sentiu os cantos da boca se curvarem num rosnado.

– Então, me ajude a entender. O senhor está propondo dar quantos choques elétricos quiser na minha irmã, por tempo indeterminado, baseado numa teoria para a qual a única evidência que tem é um palpite.

– Isso não é nem um pouco justo! – protestou ele, em um tom de voz agudo. – Ainda não tive a chance…

– Ah, não – disse Emily, falando afinal. – Ele já demonstrou que consegue me fazer ter uma convulsão com a corrente dele. Eu avisei que não é o mesmo *tipo* de convulsão que costumo ter. Não é a mesma sensação, nem de longe. Mas, afinal de contas, é apenas o meu corpo. O que é que eu sei?

Jane não conseguia falar por causa da raiva sombria que a dominou. Ela quisera proteger Emily. Por que o tio tinha que chamar esses idiotas?

– Exatamente – disse o charlatão. – Eu sou o especialista em galvanismo. O que é que ela sabe?

Jane se lembrava em especial do homem que havia teimado que as convulsões eram produto da mente de Emily. Por causa disso, ele insistira que só precisava oferecer um incentivo para Emily parar. Aquelas queimaduras no braço dela – que combinavam com as marcas na coxa – tinham sido a versão dele de "incentivo". Afinal, o que *Emily* sabia?

– Bom. – A voz de Jane tremia. – Só consigo pensar em uma forma de descobrir o que Emily sabe.

– Perdão? – disse o médico, balançando a cabeça.

Jane tentou não rosnar para ele.

– Proponho que façamos a coisa mais radical possível e perguntemos para ela. Emily, o que você acha desse tipo de tratamento?

Só o tremor nas mãos de Emily já respondia àquela pergunta. Jane engoliu a raiva e esperou a irmã falar.

– Prefiro ficar com as crises, muito obrigada.

Nesse caso, para Jane, o falso Dr. Fallon podia ir para o inferno. A única dificuldade era como mandá-lo para lá. Ela se virou para o homem.

– Muito obrigada – falou –, mas seus serviços não são mais necessários.

Ele pareceu chocado, olhando para seus jarros com cheiro azedo, depois para Emily, depois de novo para Jane.

– A senhorita não pode me dispensar – falou afinal. – Essa é a minha chance. Eu poderia escrever sobre isso, consagrar meu nome...

Havia um bom motivo para Jane sempre ter algumas notas de dinheiro num dos bolsos internos da roupa. Ela as pegou naquele momento e as desdobrou, depois as ofereceu para o homem.

– Não estou dispensando o senhor, Dr. Fallon. Pode ficar com essas vinte libras se for embora neste exato momento. Só precisa dizer para meu tio que o senhor determinou que seu tratamento não é adequado para a condição da minha irmã. Ele vai pagar o que lhe deve. Eu também vou lhe pagar. E todos vamos lucrar com isso.

Ele coçou a cabeça.

– Mas como vou saber se meu tratamento não é adequado sem mais experimentação?

Às vezes, Jane queria ser boa em discursos diplomáticos. Queria ter aprendido a dominar olhares acanhados e sorrisos inocentes. Mas ela não era assim. Era especialmente ruim nesses tipos de persuasão. E era boa em entregar dinheiro e opiniões para as pessoas.

– O senhor não vai saber – disse ela para o falso médico. – Vai viver sem saber. É isso que significa aceitar um suborno. Eu lhe dou dinheiro e o senhor conta as mentiras que precisar contar.

Os olhos dele se arregalaram enquanto ela falava.

– Mas isso seria desonesto! – protestou.

Meu Deus. Desta vez, o tio dela tinha achado um charlatão *honesto*. Os outros sempre tinham ficado contentes apenas em receber o dinheiro.

– Vinte e cinco libras – tentou Jane. – Vinte para o senhor, cinco para o senhor doar para a paróquia para se livrar do peso na consciência.

Ele hesitou.

– Vamos lá – insistiu Jane. – Quer que os pobres da paróquia sofram somente porque o senhor não teve a coragem de dar as costas para esta casa?

Ele esticou o braço, com os dedos estendidos na direção do dinheiro. Antes que pudesse pegar as notas de Jane, porém, ele puxou a mão de volta, balançando a cabeça com ultraje.

– Esta – falou, com a voz trêmula –, esta é uma casa ímpia.

Jane podia ter batido no homem. Ele nem era um médico de verdade. Queria torturar a irmã dela. E *ela* era a ímpia? Talvez devesse oferecer trinta libras.

Mas foi Emily quem sorriu e ergueu os olhos para ele, inocente.

– Ah – falou com um tom de voz enganosamente ingênuo –, mas é mesmo. É, *sim*. Todos nós contamos mentiras, o tempo todo. O senhor não ia querer ficar por aqui. Pode ser contagioso.

Ironicamente, Jane pensou, aquela era a mais pura verdade.

– O senhor deveria aceitar nosso dinheiro sujo e se afastar das nossas mentiras desprezíveis – continuou Emily.

Ele olhou de uma irmã para a outra.

– Tome – disse Jane, acrescentando uma terceira nota às duas que já segurava. – Leve trinta libras. Vá embora o quanto antes. Ainda dá tempo de pegar o trem das seis.

Ele hesitou, calado.

– Alice vai fazer sua mala. Não é, Alice?

A criada estava sentada à janela – presumidamente para atuar como dama de companhia de Emily quando ela estava sozinha com o médico.

Mas, como todas as pessoas que trabalhavam na casa dos Fairfields, a mulher sabia reconhecer a oportunidade de ganhar um dinheirinho extra. Levantou-se num instante e se aproximou. O Dr. Fallon não fez nenhum gesto para impedi-la de embrulhar os jarros em algodão.

– Não sei – disse ele. – Não me parece certo.

– Bom, se o senhor quiser ficar – disse Emily –, será muito bem-vindo.

Jane lançou um olhar surpreso para a irmã.

Alice tirou os cabos presos a Emily, que se levantou, dando um passo na direção do médico, fazendo um som sibilante. Jane teria admirado o ato, mas os pedaços de algodão pendurados no braço da irmã arruinavam o efeito.

– Como o senhor disse, somos uma casa ímpia. Rezamos para Baal – disse Emily, com fervor. – Todas as noites. E para Apolo, o deus do Sol, na alvorada. Seria maravilhoso se o senhor se juntasse a nós.

Jane teve que apertar os lábios para engolir a risada.

– Há *tão* poucos pagãos na Inglaterra, e o senhor seria um ótimo acréscimo, muito robusto…

O rosto do Dr. Fallon ficou vermelho-vivo e ele arrancou as cédulas da mão de Jane.

– Tem razão – falou com frieza. – Não posso… Não *devo* ficar nesta casa.

Sem dizer nada, Alice entregou a maleta de vime que tinha arrumado, na qual estavam os instrumentos de trabalho dele.

– Me despeço das senhoritas – declarou o Dr. Fallon. – Não vou retornar, não importa o quanto implorem, até que se arrependam e aceitem…

– O que está acontecendo aqui?

Jane e Emily se viraram juntas para a porta. Meu Deus. Era só do que aquela farsa precisava. Tio Titus tinha entrado na sala. Ele olhou ao redor, piscando os olhos, confuso, para o Dr. Fallon, que sacudia uma maleta de vime com um cheiro azedo, para as cédulas que tremiam entre os dedos dele. Olhou para Emily, que sorria para o médico de um jeito bem encantador.

– Meninas – insistiu Titus –, o que está acontecendo aqui?

– Esta casa! – berrou o Dr. Fallon. – Esta casa… é o lar de uma família pagã. Mentiram para mim, me seduziram… – Seus olhos recaíram nas notas que carregava na mão, e ele as apertou contra o peito. – Me *subornaram* – acrescentou com a voz rouca. – Lavo as mãos de todos aqui, que o diabo os leve.

Ao dizer isso, ele pegou a maleta e saiu com passos pesados. Isso foi bom, pensou Jane, pois, se tivesse ficado, talvez tivesse explicado para Titus que a última frase tinha sentido literal.

O tio o observou ir embora num silêncio atordoado. Esperou até ouvir a porta da frente bater antes de se virar para Jane e Emily.

Isso, pensou Jane, ia ser bem complicado. Bem, bem complicado.

– Eu estava no meu quarto – disse ela com cuidado. – E ouvi um barulho. Era o som de... de alguém falando alto.

– É verdade – confirmou Emily. – Eu estava sentada aqui, esperando ter uma crise para que o médico pudesse testar os métodos, e de repente ele começou a apontar o dedo para mim e a fazer todo tipo de acusação medonha.

Emily mentia melhor, então Jane deixou que ela tomasse as rédeas da conversa.

– Não sei o que deu nele – disse Emily, com sinceridade. – Ele ficou... ficou *olhando* para mim. Só olhando e murmurando sozinho sobre como eu o estava seduzindo. Mas eu *não estava*. Estava só sentada aqui. Eu não estava fazendo nada.

Era uma boa história, pensou Jane. Emily tinha uma beleza rara, e até Titus sabia o que isso significava. Por um momento, assentiu com a cabeça, franzindo as sobrancelhas em solidariedade.

– Ah – falou. – Eu... Eu...

Mas ele não disse que entendia. Franziu mais o cenho e torceu o nariz.

– Por que ele estava segurando aquelas notas de dinheiro?

– Quem sabe onde ele arranjou aquilo? – disse Emily. – Ele já tinha começado a resmungar sobre Baal. Sem dúvida tinha a intenção de rejeitar Mamon também.

Foi demais. Enquanto Emily falava, Jane a fitou. Elas trocaram um olhar – um olhar infeliz que ela nunca teria conseguido descrever para mais ninguém. Era uma expressão que apenas uma irmã conseguia entender, astuta, feliz e furiosa, tudo ao mesmo tempo. Fazia com que Jane soubesse que não estava sozinha no mundo.

Foi demais. Sem querer, as duas caíram na gargalhada, deixando-se trair.

– Jane – disse o tio, balançando a cabeça. – Jane, Jane, Jane. O que é que eu vou fazer com você?

Em vez de exprimir o que pensava – ela já estava numa confusão grande o bastante –, Jane correu os olhos pelo escritório de Titus.

Ela não sabia ao certo por que ele chamava aquele cômodo de escritório. Não trabalhava ali de verdade. Tinha alunos, mas raramente se encontrava com eles naquela sala. Só trabalhava quando se apaixonava por alguma ideia que ouvia numa palestra. Depois que Jane se mudara para lá, por meses ele só falava sobre uma análise de certo homem sobre *A odisseia*. Em outra ocasião, ficou fascinado com os argumentos de um professor visitante sobre trabalhadores e capital. Ele lia com diligência, pondo as próprias ideias no papel. Mas, cedo ou tarde, sempre desistia e passava para o próximo item que chamasse sua atenção. E não importava qual assunto lhe interessasse, o tio nunca mudava. Sempre levava muito a sério o que fazia e imaginava que seu envolvimento, por mais insignificante que fosse, era indispensável para a manutenção intelectual da comunidade.

As conversas dos dois seguiam o mesmo padrão. Jane já tinha perdido a conta de quantas vezes haviam discutido aquele assunto em especial.

– Jane – disse Titus. – Estou tão decepcionado com você.

Jane nunca fora nada além de uma decepção desde que ele se vira tutor de duas garotas, dois anos antes.

– Essa foi uma tentativa honesta – continuou ele. – De um homem bom, disposto a tratar uma paciente que oferece tão pouca recompensa como Emily.

– O senhor ao menos pediu para ver as credenciais dele? – perguntou Jane. – Ou para falar com pacientes satisfeitos que ele curou?

Claro que não. Ele a encarou, aturdido.

– Ele era um homem bom – repetiu.

– Eu não tinha percebido que havia uma escassez de médicos se oferecendo para fazer experimentos na minha irmã – insistiu Jane mais uma vez, depois mordeu o lábio.

Basta. Ela não tinha motivo algum para antagonizar ainda mais o tio. Melhor morder a língua. Ele ia balançar a cabeça e ficar decepcionado. Depois, ia esquecer e se ocupar com o problema de decidir qual mapa-múndi deveria comprar para decorar a parede sul do escritório. O único assunto que elas ouviriam por meses seria sobre diversas projeções e cartógrafos, até que ele escolhesse finalmente a peça perfeita.

– Até agora – disse Titus –, venho perdoando suas inúmeras faltas. – Ele balançou a cabeça. – Você gosta de discutir e é teimosa, o que condiz com a indelicadeza do seu nascimento. Sempre esperei que meus cuidados gentis e pacientes a convencessem a mudar seu modo de agir. – Ele juntou as pontas dos dedos e olhou para a frente. – Estou começando a perder a esperança.

Questionar a ideia de que Jane gostava de *discutir*, por algum motivo, nunca tinha mudado a opinião dele sobre ela.

Jane adotou uma expressão arrependida.

– Sinto muito, tio – falou, no tom mais manso que conseguia. – Eu *estou tentando*.

Quanto antes ela se desculpasse, mais depressa aquela conversa chegaria ao fim. A única vantagem de ter um tio que acreditava em tudo era que Jane normalmente conseguia usar um pedido de desculpa para se livrar de qualquer consequência.

Mas Titus não começou com o sermão de sempre, aquele que Jane quase já sabia de cor. Não foi condescendente em relação às tendências imorais que Jane claramente tinha herdado da mãe, tendências das quais ela precisava se proteger. Em vez disso, ele franziu o cenho.

– O que me preocupa desta vez – disse ele – é que, pelo jeito, você envolveu sua irmã em uma das suas artimanhas.

Jane engoliu em seco.

– Achei que minha influência teria um efeito tranquilizante em você, mas temo que o contrário esteja acontecendo. Em vez disso, seu comportamento está afetando sua doce irmãzinha. Inocente como é, imagino que ela pense que você sente alguma afeição por ela.

– Eu sinto! – protestou Jane. – O senhor pode duvidar do que quiser, mas nunca duvide disso.

Ele apenas meneou a cabeça.

– Se você se importasse com ela, não a levaria para o mau caminho.

– Que mau caminho?

– O caminho da mentira – disse Titus, sombrio. – Você ensinou sua irmã a mentir.

Emily não precisava que ninguém lhe ensinasse isso.

– Se continuar – disse Titus –, vou ter que mandar você morar com minha irmã. E Lily não é tão gentil como eu. Ela não ia permitir que você vagasse de festa em festa sem conseguir um pretendente. Ela sempre me diz como eu errei com você. Arranjaria-lhe um marido sem delongas.

Um casamento – com qualquer homem – já seria ruim por si só. Como uma mulher casada, Jane simplesmente não teria mais desculpa para viver na casa do tio. O marido poderia levá-la para longe de Emily por meses a fio. Mas o casamento com um homem escolhido pela tia...

Jane fechou os punhos sobre a saia, por baixo da mesa.

– Não – falou. – Por favor, tio. Não me mande embora. O senhor não errou. Eu *estou* tentando.

Ele não aceitou o pedido de desculpa. Em vez disso, balançou a cabeça como se Jane tivesse chegado ao limite da vasta ingenuidade dele.

– Jane, você subornou aquele médico bondoso para contar mentiras – explicou o tio com paciência, erguendo um dedo. – Convenceu sua irmã a dizer falsidades para ele sobre nossos costumes de oração, mesmo que eu tenha feito o melhor possível para criar vocês duas como cristãs corretas. – Mais um dedo levantou. – Você o interrompeu e o fez ir embora antes que ele tivesse a chance de verificar o efeito do tratamento em Emily. O tratamento que ele descreveu era bom.

– Era charlatanismo! – disse Jane. – Ele expôs Emily a choques elétricos, tio, e planejava fazer isso várias vezes só para descobrir o que ia acontecer.

Ela não devia ter falado, não devia ter discutido. Mas desta vez ele não a repreendeu por ser teimosa. Apenas balançou a cabeça, triste.

– E não é só isso. Até eu, isolado como sou da loucura do turbilhão social, já ouvi falar do seu comportamento.

Só Titus ia se referir àqueles mornos jantares marcados ocasionalmente em Cambridge como "a loucura do turbilhão social". A maioria dos eventos de Cambridge não era adequada para mulheres jovens, visto que envolviam rapazes fingindo ser adultos pela primeira vez na vida.

Titus tinha meios de subsistência sadios que lhe davam alguns milhares de libras por ano. Por causa disso, nunca precisara exercer nenhum tipo de profissão e, por consequência, não tinha se importado em conseguir uma. Aproveitara tanto os anos que estudara em Cambridge que virara um tipo de parasita. Referia-se a si mesmo como instrutor. "Um instrutor para os jovens certos", dizia com frequência para os outros, alegre.

Naquele momento ele só tinha um aluno, e Jane desconfiava que ele preferia assim. O tio frequentava as aulas, procurava com pouco entusiasmo alunos que quisessem ajuda para estudar para a prova final de Direito, e em geral imaginava que era uma figura muito mais importante do que realmente era.

– Por que, então, ninguém gosta de você? – perguntou Titus.

Aquelas palavras a magoaram. Mesmo que Jane tivesse cultivado aquela reputação com assiduidade. Ela fez uma careta.

– Até agora, ninguém mencionou nada sobre um comportamento *inadequado* – disse o tio –, e sou grato por isso. Mas existe comportamento inadequado e existe comportamento inaceitável, e tudo que ouvi indica que sua conduta corresponde a essa segunda definição.

A injustiça daquilo doeu.

– Uma moça com a cabeça no lugar – disse o tio – nunca ofende um cavalheiro. Ela nunca fala quando pessoas superiores a ela estão falando, come pouco e sempre com a boca fechada. Ela sabe qual é o garfo certo a usar. E nunca usa as mãos, só quando é aceitável.

– Aceitável! – exclamou Jane. – Mas como é que eu vou saber o que é *aceitável*? Todas as outras garotas tiveram governantas desde que nasceram. Algumas delas foram para escolas de etiqueta, outras aprenderam com as tias, *mães e irmãs*... Com alguém disposto a dedicar os anos necessários para garantir que elas soubessem todas as regras. Como fazer uma reverência e para quem. Como se alimentar. Como falar com outras pessoas.

Ela inspirou fundo, com dificuldade, mas isso não aliviou a mágoa. Não era justo. Não *era*.

– Meu pai – continuou Jane – escondeu a esposa e as filhas durante dezenove anos. Minha mãe morreu quando eu tinha 10. Depois disso, vivi por nove anos numa mansão isolada, implorando que meu pai fizesse algo por mim. Não tive nenhuma governanta. Não aprendi nenhuma regra. – A voz dela tremia. – E então o senhor me herdou e decidiu que eu precisava casar. O que *imaginou* que ia acontecer quando me jogasse no meio da alta sociedade sem nenhum treinamento?

– Uma dama de verdade – disse Titus, pomposo – saberia como...

– Não saberia, não! Ou então não existiria nenhuma escola de etiqueta. Os bebês não nascem sabendo fazer reverência, não nascem sabendo quais assuntos não são aceitos numa conversa.

Titus continuava teimoso como uma mula.

– Eu não sabia – continuou Jane. – Eu não sabia nada. O senhor me atirou aos lobos sem nenhum preparo nem orientação, e ainda tem a audácia de me criticar porque não aprendi sozinha?

– Jane – disse o tio –, nunca mais quero ouvir esses disparates desrespeitosos.

Jane abriu a boca para argumentar mais uma vez; em seguida, percebeu que não ia adiantar. Titus já tinha se decidido. E – apesar das palavras raivosas que dissera, apesar de como as coisas tinham começado – àquela altura Jane carregava grande parte da responsabilidade pela própria reputação. Aquela escolha tinha sido dela. Na *maior* parte.

– Eu acho – disse Titus – que vou lhe dar mais uma chance. Todo impulso racional me diz para não fazer isso. Não vou permitir que sua irmã siga seus passos. Mas…

Ele suspirou.

– Se ao menos o senhor a deixasse sair. Ela está…

Ele a olhou com uma expressão rígida.

– Chega disso! Ela é frágil demais para sair. Estou lhe dando mais uma chance, Jane. Não a desperdice antes mesmo de sair deste escritório.

Cale a boca, Jane. Aprenda a ficar calada. Ela fechou a boca e engoliu todos os protestos. Tinham um gosto amargo.

– Comporte-se *bem*, Jane – murmurou ele. – Pare de discutir. Pare de incentivar sua irmã a fazer coisas erradas. Faça o melhor que puder para arranjar um pretendente. Você pode até ser gorda, mas tem dinheiro, e acho que isso vai bastar. E se eu souber que você subornou outro médico…

Ele deixou a voz morrer de maneira ameaçadora.

– Isso não vai acontecer. Prometo – jurou Jane.

Ele não ia saber de nada. Na próxima vez, ela se sairia melhor.

Quatrocentos e setenta e um dias disso. Como ela ia manter aquela farsa por mais um ano e meio? Sentia-se acabada e esgotada, totalmente exausta.

– Sim, tio – disse ela. – Vou fazer tudo que o senhor mandar.

Capítulo sete

Deram uma festa naquela noite, um encontro reluzente de rapazes e moças adornadas com esmero. Oliver foi, e ainda não sabia ao certo por quê. Desconfiava que era para ver a Srta. Fairfield, mas os motivos para querer vê-la...

Ele não ia aceitar a oferta de Bradenton. Encontraria outro jeito de convencer o homem. No fim das contas, Bradenton sabia ser sensato.

Ele não está pedindo uma coisa sensata.

Oliver afastou aquela voz para longe. Tinha observado o rosto da Srta. Fairfield ficar branco como cera quando a criada lhe informou sobre a presença do médico de galvanismo. Oliver estava certo. O que quer que a moça estivesse enfrentando, era alguma coisa horrível. Bradenton ia dar ouvidos à sensatez, e esse seria o fim da história.

Mas e se ele não der?

Oliver afastou o pensamento. Ia, sim.

O salão de festas era menor do que a maioria dos salões de Londres. Mas, também, havia bem menos pessoas – talvez não passasse de uma dezena de casais com mais alguns poucos a caminho. Todos já tinham sido apresentados e conversavam. Algumas jovens olhavam na direção de Oliver com timidez – desde que correra a notícia de que ele era o filho de um duque, o interesse era um pouco mais recorrente. Oliver as cumprimentou sem muito entusiasmo. Talvez tivesse apreciado a conversa, se não estivesse esperando a Srta. Fairfield.

Não era bem que ele quisesse vê-la.

Era agradável olhar para a moça – pelo menos para as partes que ela não revestia com roupas hediondas. Mais cedo, na livraria, ele gostara da conversa que tiveram. Tinha gostado tanto que parara de prestar atenção na estampa do vestido dela, uma abominação capaz de dar dor de cabeça.

Então, ali estava ele, esperando que ela chegasse, e com uma avidez que lhe parecia um pouco desproporcional para uma simples curiosidade.

Justamente quando estava prestes a perder a esperança, ela entrou no salão.

Oliver a viu imediatamente e ficou tão atordoado que não conseguiu se mexer. Durante os primeiros tique-taques do relógio, ninguém pareceu reparar. As damas continuaram a falar, os cavalheiros, a lhes oferecer o braço. Copos foram erguidos e bebidas, consumidas.

Então um homem a notou, depois outro. As mulheres viraram a cabeça. Ninguém soltou nenhuma arfada – o vestido que a Srta. Fairfield estava usando ia além de uma reação como essa. Até Oliver teve que fechar conscientemente a boca. O silêncio se espalhou pelo salão – um silêncio vivo, elétrico, a quietude entre o raio e o estrondo do trovão lá no céu.

O corte do vestido era perfeitamente irrepreensível. Até um pouco modesto, em termos de renda. Não tinha uma estampa muito chamativa, apenas algumas videiras delicadas entrelaçadas na barra. Mas, fora aquelas gavinhas verdes retorcidas, o vestido era de um tom rosa-choque como... como... como...

Oliver não conseguiu encontrar nenhuma comparação. Aquele rosa-choque não era igual a *nada*. Era um tom furioso da cor, que a natureza nunca quis que existisse. Um rosa que violentava a ideia de tons pastel recatados. Aquele vestido não apenas chamava atenção; ele ia até as pessoas e lhes batia na cabeça com um porrete.

Aquele rosa fazia a cabeça de Oliver doer, e ainda assim ele não conseguia parar de olhar.

O salão era pequeno o suficiente para que Oliver conseguisse ouvir os primeiros cumprimentos de boas-vindas que a moça recebeu.

– Srta. Fairfield – disse uma mulher. – Seu vestido é... bem rosa. E rosa é... uma cor tão bonita, não é?

Aquela última frase foi dita com um toque saudoso na voz da mulher, como se estivesse de luto pela memória do verdadeiro rosa.

– Não é lindo? – A Srta. Fairfield falou alto o bastante para que todos a ouvissem. – Pedi a opinião da Srta. Genevieve, e ela disse que rosa é sempre adequado para uma debutante.

– Bem... – disse a outra mulher. – Com certeza tem bastante rosa nesse vestido.

– Pois é – respondeu a Srta. Fairfield com alegria. – Também acho!

Todo mundo estava olhando para ela. Literalmente todo mundo – não havia nada que qualquer pessoa presente pudesse fazer além de olhar, boquiaberta, para aquele vestido.

Teria sido tolerável se não fosse feito de tantos metros daquele tecido rosa, mas a costureira não tinha economizado. Não bastavam o corpete rosa e a saia rosa. Havia também a cinta excessivamente rosa – toda rosa, sem nenhuma videira – que fora enrolada e prendida de modo a se destacar do vestido. Havia babados floridos cor-de-rosa, cujas barras eram feitas de renda de uma cor capaz de cegar as pessoas.

Aquela profusão de tecido rosa era pavorosa. E cintilava.

A Srta. Fairfield abriu um sorriso radiante, como se estivesse orgulhosa daquele traje e não tivesse a mínima ideia de que era o motivo de todos aqueles risinhos abafados.

Uma vez, Oliver tinha visto um homem comer um limão. A própria boca de Oliver havia secado numa reação indireta, e ele tivera que desviar os olhos. Era assim que se sentia naquele momento, enquanto olhava para o vestido da Srta. Fairfield. Ela não se conteve nem um pouquinho. Com aquele vestido brilhante demais e falando com aquela voz alta demais, nem hesitou enquanto todo mundo a olhava de boca aberta.

Ela ia ser ridicularizada sem se importar. Passeou pelo salão, cumprimentando as pessoas. Atrás dela, um homem fez um gesto grosseiro para o traseiro dela – uma virada da mão que era vulgar demais para um salão de baile –, e a risada que irrompeu foi um tanto indecorosa.

A Srta. Fairfield sorriu como se tivesse feito algo excelente.

Não, não era apenas questão de ser ridicularizada.

Ela já tinha sido ridicularizada antes e, naquele momento, estava sendo de novo. Sorria, dava risada e não se importava com o que pensavam sobre ela. Era tão doloroso de assistir quanto tinha sido com aquele homem, que casualmente descascara um limão e o comera, pedaço a pedaço, como se não houvesse nada errado. Oliver queria dizer para si mesmo que não ia fazer a moça sofrer, que não era esse tipo de homem. Mas, naquele momento, tudo o que ele queria era empurrá-la para o mais longe possível para que nunca tivesse que ver aquela cena, para que nunca tivesse que ouvir aquelas risadas baixinhas de escárnio de novo.

Ele lembrava como era ser alvo de chacota. Lembrava muito bem, assim como o que tinha acontecido depois. Foram atrás dele, provocando-o, um grupo que o pegara quando Oliver estava sozinho...

Não. Ele não conseguia assistir àquilo. Deu as costas para a cena.

Mas não adiantou. Ainda conseguia ouvi-la.

Animada, ela cumprimentou a anfitriã.

– Sra. Gedwin – falou num tom de voz elevado. – Estou *tão* feliz de ter vindo. E que candelabro maravilhoso o da senhora. Eu até poderia achar que é novo, se alguém tivesse tirado o pó dele recentemente.

Oliver cerrou os punhos. *Pare de brincar com fogo, sua tola, antes que se machuque.*

– Meu Deus – disse uma mulher perto dele. – Até as *luvas* dela estão combinando.

Sebastian tinha dito que a natureza escolhia as cores mais vívidas como um aviso: *Não me coma. Sou venenoso.* Se fosse esse o caso, a Srta. Fairfield acabara de anunciar para todos que era a borboleta mais venenosa a agraciar as salas de Cambridge com sua presença. Ela esvoaçava pelo salão, deixando um rastro de olhares atordoados e risadinhas cruéis às suas costas.

Quando ela afinal chegou até Oliver, ele estava com dor de cabeça. Que inferno, não precisava que Bradenton lhe oferecesse o voto. Talvez a afastasse apenas para não ter mais que ouvir as pessoas rirem.

– Sr. Marshall – cumprimentou ela.

Ele segurou a mão dela e respirou fundo. E talvez tenha sido isso que o fez centrar os pensamentos de novo. Em meio a todo aquele estranhamento, havia uma coisa que ele reconhecia – o cheiro do sabonete dela, aquele aroma que misturava lavanda e menta. Trouxe uma sensação de conforto imediato e fez com que o plano de ação de Oliver ficasse bem claro para ele.

Tinha prometido não mentir para ela. Era só isto que precisava fazer: não mentir.

– Srta. Fairfield – disse ele com a voz num tom normal. – A senhorita está com uma ótima aparência hoje.

Ela sorriu para ele, mostrando as covinhas.

Ele deixou os olhos descerem por um breve momento, depois voltou a fitar o rosto dela.

– Já o seu vestido... – Ele inspirou fundo. – Me faz ter vontade de cometer um assassinato, e não me considero um homem violento. O que é isso que a senhorita está vestindo?

– É um vestido de festa.

Ela abriu as mãos com aquelas luvas ultrajantes.

– Esse é o tom de rosa mais medonho que já vi na minha vida. Ele brilha de verdade?

– Deixe de ser bobo.

Mas o sorriso no rosto dela parecia bem mais sincero.

– Infelizmente, acho que é contagioso – continuou Oliver. – Está fazendo com que todos os meus impulsos sobrenaturais fiquem em alerta, sussurrando para mim que a cor deve ser infecciosa. Sinto uma vontade incontrolável de correr para longe o mais rápido que conseguir, senão meu colete vai ser a próxima vítima.

A Srta. Fairfield riu de verdade e passou a mão no ombro.

– Seria um colete muito bonito, não concorda? Mas não se preocupe, a cor não é contagiosa. Ainda.

– Como é que se chama uma cor como essa?

Ela sorriu para ele.

– Fucsina.

– Até o *nome* parece uma obscenidade – respondeu Oliver. – Me diga, o que diabos é uma fucsina?

Ela correu os olhos ao redor, certificando-se de que ninguém estava perto o bastante para ouvir a conversa.

– É uma tinta. Uma tinta nova, sintética, feita de um tipo de alcatrão de carvão, creio eu. Foi algum químico brilhante com talento para experimentação e nenhuma noção de decoro que a inventou.

– É... – Oliver ainda não achara uma palavra para descrevê-la. – É maligna – conseguiu dizer. – De verdade.

A Srta. Fairfield se inclinou para a frente.

– O senhor está difamando a cor – sussurrou. – Não faça isso. Eu a adoro de verdade. E aposto que todo mundo aqui também ia adorar, se qualquer *outra* pessoa tivesse usado primeiro.

Oliver engoliu em seco.

– Talvez. Provavelmente essa outra pessoa a teria usado com mais moderação.

– Eu encomendei tudo combinando. As luvas, a renda. Pensei em acrescentar alguns brilhantes pequeninos costurados por todo o corpete em padrões radiantes, mas...

Ela deu de ombros de modo expressivo.

– A senhorita decidiu que, na verdade, não queria ser responsável por cegar todo mundo aqui presente. Muito obrigado.

– Não. Eu decidi reservar esse detalhe para o vestido de um tom *verde* contagiante. – Ela arqueou uma das sobrancelhas. – Precisa haver certo escalonamento, afinal. Qual é a graça de ser uma herdeira, se não posso fazer todo mundo estremecer?

Oliver apenas balançou a cabeça.

– Sim, mas...

– É uma coisa incrível. Eu estou vestindo algo desse tipo, e o senhor é o único que me diz com a maior sinceridade que é completamente medonho. Todos os outros ficam me fazendo os elogios mais forçados possíveis. Veja, outra pessoa está vindo, sem dúvida para me elogiar por essa cor extraordinária.

Oliver balançou a cabeça.

– A senhorita deve ter uma bela estratégia, Srta. Fairfield, para determinar seus passos com precisão sem que seja fisicamente enxotada do baile.

Ela sorriu.

– Não preciso de estratégia nenhuma. Todo mundo me atura por um único motivo, que eu chamo de "o desafio da herdeira".

O desafio da herdeira. Talvez fosse isso – o desafio que se sugeria no espaço entre aqueles sussurros desagradáveis e os cabelos eriçados na nuca de Oliver. Ele conseguiu abrir um sorriso hesitante.

– Srta. Fairfield, a senhorita me amedronta. Tal como o seu guarda-roupa.

Ela bateu com o leque no pulso dele.

– Esse – disse ela com vigor – é o objetivo. Dessa forma, consigo repelir dezenas de homens de uma vez só, sem nem precisar abrir a boca. E ninguém pode dizer que não sou recatada. Até estou usando pérolas.

Oliver desceu o olhar. Caso alguém perguntasse, estava olhando para as pérolas. Sem dúvida, para as pérolas, que estavam expostas com um efeito admirável no decote dela. Naquela curva maravilhosa de pele doce, que parecia tão macia. Os seios dela até faziam com que o tecido rosa nefasto que os circundava parecesse agradável ao toque.

– Srta. Fairfield – disse Oliver, depois de um momento de silêncio que se prolongou um pouquinho demais. – Eu convidaria a senhorita para dançar, mas, infelizmente, nossa última conversa foi interrompida.

Devagar, o sorriso sumiu do rosto dela, e sua testa se enrugou com marcas de preocupação.

– Há uma varanda – falou, afinal. – Podemos ir até lá. Está friozinho, mas... outras pessoas estão lá fora para respirar um pouco. Não são muitas, mas vamos estar à vista delas. Se alguém perguntar, o senhor pode dizer que estava fazendo um favor para os outros, livrando todos do horror de me olhar por quinze minutos.

Ela sorriu ao dizer isso. Soava perfeitamente séria.

E Oliver... Oliver sentiu uma pontada lá no fundo. Ele não era aquele tipo de homem. Não ia humilhá-la. Não ia.

Vai, sim, sussurrou o instinto dele em resposta.

– A senhorita não é horrorosa – disse Oliver. – O seu vestido, sim.

❧

– Consigo adivinhar – disse o Sr. Marshall alguns minutos depois, enquanto caminhavam até a varanda, longe do calor da multidão – por que a senhorita está fazendo isso.

Ele indicou o vestido fúcsia com um gesto abrangente.

Jane esperara isso. O Sr. Marshall parecia um homem inteligente, e o significado da conversa que ele presenciara não teria lhe escapado. Mas, ainda assim, ela virou a cabeça, concentrando-se na pedra de Portland cinza da qual era feita a varanda, com a balaustrada pedregosa rodeada por árvores sem folhas, que dançavam sob sombras oscilantes.

– É por causa da sua irmã?

– Emily.

– Ela está doente, então.

– *Doente* não é bem a palavra certa. Ela tem um transtorno convulsivo. Isto é, ela tem convulsões. Espas...

Ela estava falando demais de novo e se forçou a engolir a explicação ainda mais longa que surgiu em sua cabeça.

– Não é epilepsia?

– Alguns médicos chamam de epilepsia – disse Jane, cautelosa. – Mas ela já consultou tantos... A única coisa em que todos concordam é que não sabem como curar as crises.

O Sr. Marshall assentiu, pensativo.

– O que ouvi na livraria, essa é a natureza do tratamento típico, então? Os médicos querem dar choques elétricos no corpo dela?

– Entre várias outras coisas.

Coisas demais para listar. Coisas demais em que pensar sem que Jane ficasse enjoada.

– Eles tentaram sangria, sanguessugas e poções que a fizeram vomitar. Sobre essas coisas é fácil falar. O resto...

Se Jane fechasse os olhos, ainda conseguia sentir o cheiro de carne queimando de quando o atiçador foi prensado no braço da irmã. Ainda conseguia ouvi-la gritar.

– O senhor não quer saber sobre o resto.

– Imagino que o tutor dela seja a favor da experimentação. E que a senhorita não seja.

– Emily não é – disse Jane, firme. – Então, eu não sou.

Ela esperou que ele discutisse com ela, que lhe dissesse o que Titus sempre dizia: que as jovens tinham tutores para que alguém pudesse forçá-las a fazer o que não queriam.

– Nem consigo imaginar – disse o Sr. Marshall afinal. – Minha cunhada, Minnie... é a duquesa de Clermont... Quer dizer, o título dela não importa.

Jane piscou, mas ele continuou a falar, como se chamasse duquesas pelo primeiro nome todos os dias. Talvez chamasse.

– De qualquer jeito – disse ele, fazendo-a contornar algumas roseiras adormecidas –, a melhor amiga de Minnie é casada com um médico. Eu e o Dr. Grantham já conversamos várias vezes sobre a condição da medicina, conversas francas. Acho que não é possível falar com cinco médicos sem alguém citar uma conduta aterrorizante.

– Vinte e sete – disse Jane, com a voz suave. – Ela já consultou 27 médicos, isso sem contar os que não tinham as credenciais adequadas. É bem simples, na verdade. Se eu me casar, vou deixá-la sozinha naquela casa. Tenho dinheiro, mas ela, não. E, como ainda não chegou à maioridade, se eu lhe desse dinheiro, quem ficaria com ele seria o tutor. E não preciso nem dizer que ele usaria esse dinheiro para encontrar mais médicos. Então, preciso ficar com ela, sem me casar, para que eu possa suborná-los para deixar minha irmã em paz.

Havia muito mais do que isso. Jane se preocupava com a irmã, que passava tanto tempo sozinha. Emily tinha muita energia, e restringir seus movimentos a fazia ficar agitada. Precisava de companhia, de amigos da idade dela.

Mas o Sr. Marshall assentiu.

– Isso eu consegui entender. Mas por que a senhorita está fazendo tudo isso? – Ele apontou para as portas do salão. – Por que não diz que não quer se casar, simplesmente?

Ela suspirou.

– Por causa do meu tio. Ele é um homem bem zeloso. Só permite que eu fique lá porque acredita que está me fazendo um favor, me ajudando a achar um marido que vai controlar minhas predisposições. Mas não estou mais sob os cuidados dele. Se ele quiser que eu saia de casa, basta me pôr na rua.

– Suas predisposições?

– Sou teimosa – disse ela com rapidez –, gosto de discutir e... e ele teme, considerando a situação do meu nascimento, que eu tenha o potencial de ser devassa.

Ela não encarou o Sr. Marshall para ver como ele ia reagir. Provavelmente não devia ter lhe dito aquilo. O que ele ia pensar...

Houve uma pausa.

– Que maravilha. Meu tipo predileto de mulher.

– O senhor é muito engraçado.

– Acha que estou brincando? – Ele ergueu as mãos. – Não estou.

– Nenhum homem vai querer uma mulher que discuta com ele – argumentou Jane. – E, especialmente, não vai querer uma... uma mulher devassa.

Ele soltou uma risada.

– A senhorita tem uma ideia bem estranha do que os homens gostam nas mulheres. A maioria dos homens que conheço ia preferir uma mulher interessada numa longa noite de...

Ele deixou a voz morrer, inclinando-se para a frente.

– De quê?

– De discussões – completou ele.

– Que ridículo. – Mas seus lábios se curvavam para cima, num sorriso.

– Tenho provas concretas de que o senhor está errado. Eu discuto com homens o tempo todo, e todos eles me odeiam.

– Ah, viu? A senhorita entendeu como funciona. Me contradiga de novo, Srta. Fairfield, e veja quanto eu gosto disso.

– Não gosta, não.

– Isso, querida, a senhorita não pode contestar. Podemos discutir até cansar sobre as preferências gerais do sexo masculino, mas não podemos discutir em relação ao que eu gosto. Eu sempre vou ganhar.

– E por que isso deveria me impedir? – perguntou Jane. – Construí toda uma reputação perdendo discussões.

O sorriso desapareceu do rosto do Sr. Marshall. Ele inspirou fundo e a observou.

– Sim, isso é verdade. Já estabelecemos que a senhorita não deseja se casar. Mas há várias formas mais fáceis de uma mulher continuar solteira. Por que escolheu essa?

Jane não esperara ouvir aquela pergunta. Nem mesmo sua própria irmã tinha perguntado *por que* ela havia escolhido aquele rumo em especial. E isso trouxe memórias à tona – memórias que ainda a assombrariam se Jane permitisse.

– Combina comigo – respondeu ela, afinal.

– Não acho.

– O senhor não pode discutir em relação ao que *eu* gosto – retrucou Jane. – Eu sempre vou ganhar.

– Srta. Fairfield.

Ele não pareceu estar dizendo o nome dela como um prelúdio de alguma coisa, mas apenas pelo prazer das sílabas. Meneou a cabeça devagar enquanto falava, depois cobriu a mão de Jane com a dele.

Jane olhou ao redor. Ninguém estava olhando para eles e, mesmo se estivessem, só veriam duas pessoas perto de uma parede de pedras. Ele a tocara de modo tão casual que parecia nem ter percebido. Mas Jane percebeu. Ah, ela com certeza percebeu. Respirou fundo, chocada.

– Srta. Fairfield – repetiu ele –, me diga que está perfeitamente contente com sua escolha, que não se importa de ser motivo de chacota toda vez que vira as costas. Me diga que não está ansiosa por conversas racionais. Me convença de que esse papel que está desempenhando combina com a senhorita, e vou lhe dar razão com alegria.

– Eu...

Sim, Jane achava que conseguiria argumentar. Podia dizer alguma coisa sobre como estava melhor sem a amizade de todas aquelas pessoas que eram falsas o bastante para zombar dela.

Ela conseguiria argumentar, mas não convenceria nem a si mesma.

Em vez disso, ficou perfeitamente imóvel, absorvendo o calor da mão do Sr. Marshall, esperando que ele não percebesse o que tinha feito nem se afastasse.

– Não posso dizer que isso me faz feliz. Mas sou *boa* nisso. Em atrapalhar conversas, não saber as regras, fazer e dizer coisas que não deveria.

Ele continuou em silêncio. E, é claro, Jane continuou a falar. Era isso que ela sempre fazia quando ficava nervosa.

– Começou antes mesmo de eu ter ideia de que precisava ficar solteira. Eu tinha 19 anos quando viemos para a casa do meu tio. Ele ainda não tinha chamado um enxame de médicos para avaliar minha irmã. – Ela engoliu em seco. – Meu tio... Por vários motivos, ele me via com maus olhos desde o começo. Ele queria me casar, e fiquei feliz em obedecer. Eu queria uma família, minha própria casa. Passei a vida toda numa mansão isolada. Não tive nenhuma criança com quem brincar além da minha irmã. Eu queria *amigos*.

Ela pensara que o Sr. Marshall não tinha percebido que a estava tocando, mas a mão dele se fechou com mais força ao redor dos dedos dela. Jane olhou para baixo, mas ele não se afastou. Em vez disso, entrelaçou os dedos nos dela.

– Eu nunca tive uma governanta. Nunca tive uma única aula de etiqueta. Então meu tio comprou um livro para mim. – Ela soltou uma risada leve. – Estava ultrapassado havia dezesseis anos.

– Já percebi aonde isso vai chegar.

– Não tinha ninguém para me orientar sobre os vestidos. Eu só sabia do que gostava, e gosto de coisas medonhas. – Ela fechou os olhos. – Por exemplo, adoro este vestido. Sim, ele é horrível, mas... eu tinha um gosto horrível e dinheiro para satisfazer esse gosto, e meu comportamento era ainda pior. Eu era um desastre completo. O senhor não consegue nem imaginar quanto.

– Consigo – respondeu ele. – Devia ter me visto em Eton nos primeiros meses. Eu vivia com machucados. Só aos 19 anos que deixaram de me perturbar todo santo dia, depois de ameaças do meu irmão e de eu mesmo ter aprendido a me comportar.

– Nunca fui boa com nomes, mas, quando chamei o Sr. Sanford de "Sr.

Smith" sem querer, foi como se eu tivesse roubado uma carruagem à mão armada. Eu comia as comidas erradas. Perguntava sobre comércio na presença de homens. Sempre falei demais, e, quando fico nervosa, é difícil parar. É tão surpreendente assim que eu tenha feito tudo errado? Começaram com aquela história da "Herdeira de Penas" no primeiro mês. Era só isto que eu ouvia, na minha frente, às minhas costas: "É como ser espancado até a morte com penas." Havia um jogo em que todos falavam comigo em grupo, e daí diziam: "O que você preferia estar fazendo agora?", "Ah, eu preferia ser atacado por leões", "Eu preferia tomar banho num barril de ácido, e você?" Como se eu fosse estúpida demais para perceber que estavam falando sobre quanto me odiavam.

– Jane.

O polegar dele acariciou a lateral da mão dela.

– Não tenha pena de mim. – Ela ergueu o queixo e baniu aquele sentimento frio e obscuro do coração. – Eu não tenho. Quando percebi o quanto minha irmã precisava de mim, agradeci a Deus por haver um jeito tão fácil de evitar um casamento. Então eles achavam que eu era medonha? Pois eu ia mostrar para todos o que era ser medonha. Queriam implicar com a minha ignorância? Eu daria motivo para implicarem. Exageraram meus defeitos só para ter alguém de quem rir, então jurei que não seriam mais exageros. Quanto mais rissem de mim, pior seria para eles.

A voz dela tremia enquanto falava. E os dedos dele continuaram com aquela carícia gentil – para cima, para baixo. Para cima, para baixo.

– São um ninho de cobras – disse Jane com fervor. – E odeio todos eles. *Odeio*. Não escolhi esse papel, Sr. Marshall. Mas ele me escolheu, e eu o usei.

Por um bom tempo, Oliver não disse nada.

– Sei o que está pensando – retomou Jane, com pressa. – Porque o tratei da mesma forma quando o conheci. O senhor não tinha feito nada contra mim, e eu...

Ele fez que não.

– Eu não estava pensando isso.

– Sei que é errado – continuou Jane. – Mas, a esta altura, tudo na minha vida está tão errado que tomar a atitude certa e adequada seria absurdo. Não sei quando parei de desempenhar o papel e o papel começou a ser parte de mim, mas agora não consigo mais parar. Todo mundo espera que eu seja outra pessoa. Estão certos disso. Essa é a questão. Eu *sou* horrível. – Ela umedeceu os lábios. – E não vejo nenhum jeito de ser qualquer outra coisa.

Meu Deus. Jane não quisera falar tanto. Mesmo quando tinha se imaginado contando tudo para Marshall, não tinha incluído aquilo.

Ela fechou os olhos com força.

– Sinto muito. Eu não queria reclamar. Fiquei aqui falando e falando e falando. O senhor mal me conhece. Com certeza tem coisas muito mais importantes para fazer. É que... o senhor é maravilhoso.

Ela fez uma careta ao ouvir as palavras em voz alta, imaginando o que o Sr. Marshall estava pensando naquele momento. Devassa, com certeza. Devassa, atrevida...

– Quer dizer, o senhor é direto e digno de confiança, enquanto todos os outros são...

Continuar a falar não ia melhorar a situação.

– Srta. Fairfield – disse ele.

Sua voz era tão profunda quanto a noite que os circundava, e Jane se virou para ele.

Mas ele não parecia enojado com a confissão dela. Nem parecia achar sua tagarelice divertida. Parecia... Ela não tinha certeza do que a expressão no rosto dele significava. Seus olhos estavam límpidos, tão límpidos que sob a luz da lua quase pareciam não ter cor.

Ele tirou a mão da dela.

– Nunca confie num homem que afirma estar lhe contando 95 por cento da verdade.

As palavras recaíram sobre ela como um balde de água fria. Havia algo sombrio no rosto dele, algo que Jane não entendia direito. Ela olhou para ele de soslaio.

– Como assim?

– O que faria se eu contasse para todo mundo sobre essa conversa? – perguntou ele com cautela. – Se acha que as coisas estão impossíveis agora, quando eles pensam que a senhorita é apenas ignorante, o que imagina que fariam se soubessem que fez tudo isso de propósito?

Ela abriu a boca para responder, depois a fechou, muito devagar.

– Mas o senhor não faria isso.

Ele balançou a cabeça.

– Srta. Fairfield – falou –, por que acha que fui gentil com a senhorita?

– Porque... o senhor... Quer dizer... – Ela engoliu em seco. – Está me dizendo que o senhor não é assim normalmente?

– Não sou. Se eu tivesse escolha, simplesmente a teria ignorado depois daquela primeira noite horrível. Continuei a falar com a senhorita porque Bradenton me pediu.

Ela deu um passo involuntário para trás.

– Bradenton! O que ele tem a ver com tudo isso?

– Ele acha que a senhorita precisa aprender qual é o seu lugar. Me fez uma proposta: o voto dele no Parlamento em troca de que eu lhe ensinasse uma lição. Continuei a conversar com a senhorita para descobrir se conseguiria fazer isso.

A cabeça de Jane estava girando. Ela devia ter percebido. Aquilo não era real. A mão dele na dela, aquele brilho nos olhos. Nada daquilo era verdadeiro. Ele *tinha* sido gentil demais, e ela estava...

Jane balançou a cabeça, se livrando daqueles pensamentos.

– O senhor não teria me contado tudo isso se tivesse intenção de aceitar a proposta dele.

O Sr. Marshall comprimiu os lábios. Depois pegou o braço dela.

– Venha comigo – pediu.

Não havia muito aonde ir – era só uma voltinha na varanda. Mas, quando chegaram ao canto mais externo, ele parou e indicou que Jane se sentasse num banco. Ele a havia levado para fora do campo de visão de todos os outros. Olhou ao redor, depois se sentou ao lado dela.

– A senhorita precisa saber uma coisa.

Ele não estava mais olhando para ela. Em vez disso, encarava o céu noturno.

– Eu disse a mim mesmo exatamente o que a senhorita disse: que eu nunca faria isso. Mas certa vez... Eu tinha 15 anos, estudava em Eton. – Ele se curvou para a frente, apoiando os cotovelos nos joelhos. – Eu não me encaixava naquele lugar. Meu irmão e meu primo me ajudavam como podiam, mas, quando não estavam por perto, eu tinha que cuidar de mim mesmo. E cuidava. Eu e uma meia dúzia de alunos não tínhamos nascido com nenhuma posição grandiosa na sociedade, e nos virávamos nos unindo. Andávamos juntos. Estudávamos juntos. Oferecer incentivos como esses uns para os outros fazia com que os dias fossem toleráveis.

– Nenhum dos adultos impediu o que os outros garotos estavam fazendo?

Ele se virou e a olhou com uma expressão firme.

– Os meninos são assim, Srta. Fairfield. E em geral o que faziam conosco não era tão ruim. Faziam com que tropeçássemos, nos insultavam, às vezes nos emboscavam. O tipo de coisa que acontece com qualquer garoto na escola. O problema é que acontecia com mais frequência conosco. Com frequência suficiente para que soubéssemos qual era o nosso lugar.

Por algum motivo, a boca dele formou uma linha ainda mais rígida, e, por um tempo, ele não falou.

– Para mim, era um pouquinho mais fácil do que para os outros. Meu pai foi pugilista, e os outros garotos aprenderam a ser mais cautelosos. Não me incomodavam a não ser que fossem dois ou três deles de uma vez.

Jane arfou, horrorizada.

– Mas não importa o quanto se é bom com os punhos. Uma hora, você se cansa dos hematomas.

Jane pegou a mão dele. Tivera medo de que ele a afastasse, mas não fez isso.

– Tinha outro garoto. Joseph Clemons. Ele era pequeno para a idade e tímido. Se escondia atrás de mim sempre que conseguia. – Oliver suspirou. – E sabe de uma coisa? Eu odiava o menino. Tentava não odiar. Não era culpa dele que o importunassem tanto. Não era culpa dele que eu o defendesse. Não era culpa dele ser filho de um sapateiro, e também não era culpa dele se sair tão bem nas aulas de latim, sendo o melhor da escola em décadas. Mas, ainda assim, eu me ressentia dele por me causar tantos problemas. Eu só protegia o menino porque...

Ele deu de ombros e fechou a mão ao redor da de Jane. *Porque tinha uma noção inata de justiça*, desconfiava ela.

– Porque sentia rancor – completou ele. – Uma briga não é nada. Duas, idem. Mas três anos de brigas cansam. Um dia, encontrei Clemons com dois garotos mais velhos. Eu ia impedi-los, porque era isso que fazia. Mas Bradenton estava por perto e disse: "Marshall, eles só querem que você pare de desafiá-los. Vá embora e deixe-os em paz." – Ele olhou para Jane. – Àquela altura, acho que teria aceitado qualquer motivo que ele me desse para ir embora. E fui.

– Imagino que Bradenton estava errado.

– Ah, não – disse Oliver com um tom de voz suave. – Ele tinha razão. Aqueles garotos em especial nunca me incomodaram de novo. Já Clemons...

Não sei o que fizeram com ele, mas, depois que saiu da enfermaria, nunca mais voltou.

Ela ofegou.

– Então, Srta. Fairfield, é isso. – Ele a encarou. – Pode achar que sabe quem eu sou e o que estou disposto a fazer. Digo a mim mesmo o tempo todo que não sou esse tipo de homem, que nunca seria ruim o bastante para fazer outra pessoa sofrer. Mas sei que não é bem assim.

Ela desviou o olhar do dele.

– Não pode se culpar pelo que os outros garotos fizeram.

– Não foi a única vez. – A voz dele estava áspera. – Qualquer pessoa na minha posição, qualquer um que não tenha nascido com poder, que deseje ter mais… Confie em mim, não cheguei aqui seguindo meus princípios a vida toda. Aprendi a ficar quieto quando preciso ficar quieto, a fazer o que um homem com poder pede porque ele pediu. Acho que tenho sorte por ter sobrevivido ileso. Não se engane, Srta. Fairfield. Eu poderia fazer a senhorita sofrer. Muito.

Por um momento, ela não disse nada. Mas, pela luz nos olhos dele – aquele brilho frio e sério –, cada palavra era sincera. A mão dele estava pegajosa na dela, mas Jane a apertou.

– E está me contando isso porque…

– Porque acho que o que está lhe acontecendo não é certo, Srta. Fairfield. – A voz dele estava sufocada. – Porque não importa quantas vezes eu diga para mim mesmo que nunca faria algo assim, não posso confiar nos meus instintos. A isca que está pendurada à minha frente é tentadora demais. Estou lhe dando a chance de fugir antes que minha ambição supere meu bom senso.

Jane abriu a boca para falar, mas a fechou de novo. Não fazia sentido, o que ele tinha dito. Não fazia sentido, a não ser que…

Ela se virou para ele.

– O senhor é sempre tão sincero assim? – perguntou.

Mas já sabia a resposta. Ela o tinha visto com os outros – sorrindo, conversando, sempre passando a impressão de que sabia exatamente o que dizer para que ninguém o visse com maus olhos. Ele sabia como se encaixar entre eles. *Não podia* ser sempre sincero.

– A senhorita é especial. – A voz dele estava baixa. – Eu me ressentia de Clemons, mas acho que gosto do que já sei da senhorita.

Ela olhou para cima, e ele estendeu a mão livre e com muita, muita delicadeza passou um dedo pela lateral do rosto dela.

– Há poucas pessoas no mundo para quem me atrevo a contar toda a verdade. Não quero desperdiçar uma delas.

Não foi um calafrio o que ela sentiu. Um calafrio se restringia à pele, era apenas um arrepio na nuca. Aquilo era algo que lhe percorria o corpo todo. Como se os últimos anos tivessem comprimido os órgãos internos dela em um emaranhado de emoções e o Sr. Marshall tivesse acabado de convencê-los a relaxar. Jane percebeu que estava inclinada na direção dele, só um pouquinho, esperando que aquele momento, aquele ponto de contato, durasse mais e mais.

Ele se afastou, soltando a mão dela. Os dedos de Jane ficaram repentinamente frios.

– Veja bem – falou ele. – Mesmo agora, estou fazendo o que disse. – Sua voz estava baixa, era quase como uma carícia. – Estou lhe contando tudo, mas também estou piorando a situação. Não devia deixar que eu a tocasse, Srta. Fairfield.

Jane não queria que ele parasse. Ela engoliu em seco.

– Ah – disse. – Certo.

Ela lhe deu as costas, sem saber o que pensar.

– Que bom. Agora a senhorita está brava.

Ela fez que não.

– Creio que eu deveria estar. Mas, na verdade, não estou. Não me surpreende que o senhor queira me trair. Todo mundo já traiu.

Ela riu de novo, mas o som da risada soou agudo demais em seus ouvidos. Parecida demais com uma risadinha nervosa, e nem um pouco com os traços de enjoo que ela sentia revirando-se na barriga.

– Então, é isso. Pode ser que o senhor me traia, mas até agora é meu traidor favorito.

Ele fez um barulho.

– Deveria estar brava, Srta. Fairfield. Deveria me rejeitar.

– Sr. Marshall, ainda não entendeu? Estou desesperada demais para ficar brava.

Aquilo soou franco e terrível no meio da noite. Mas *não* soou patético – quase como se, ao dar voz à verdade, Jane se tornasse menos vulnerável.

– Talvez – continuou ela –, se eu tivesse um grande número de amigos verdadeiros, pudesse ter um ataque de fúria. Mas, tal como estamos, tudo que o senhor fez foi confessar que é alguém que pode fazer uma crueldade comigo, e que considerou fazer isso. A maioria das pessoas não precisa que alguém lhe peça para ser cruel comigo. Elas são cruéis sem hesitar.

– Pelo amor de Deus, Srta. Fairfield. Escute o que estou lhe dizendo! Não quero fazer isso. Não quero ter a tentação pairando sobre mim. Não quero ser o homem que faz uma mulher sofrer para obter ganho pessoal. Me dê um tapa nesse instante e acabe com isso.

Jane deu de ombros.

– Fique com a tentação, Sr. Marshall, e esteja à vontade para ceder. Não espero nada do senhor, mas pelo menos por enquanto posso fingir que tenho um amigo. Que há outra pessoa no mundo além da minha irmã que se importa se eu acordo de manhã. Se o senhor nunca ficou sem isso, não pode nem imaginar como é. – Ela o fitou com olhos arregalados. – E que seja um homem como o *senhor*, que está nessa posição...

As bochechas dela queimaram quando percebeu o que tinha deixado implícito.

– Ah – fez. – Não que eu espere... Não que eu pense... Quer dizer, o senhor já disse que sou a última mulher no mundo com quem se casaria. E, de qualquer jeito, não tenho nenhuma intenção de me casar...

Jane tinha perdido o controle da própria boca. Ela a tapou com as mãos e se recusou a olhá-lo.

– Meu Deus – disse ela.

Por um momento, ele não disse nada, e Jane se perguntou se afinal havia conseguido afugentá-lo.

– Meu Deus – repetiu, fechando os olhos com força. – Por que eu sempre faço isso?

– Faz o quê?

– Eu falo! Falo *demais*. Falo como se a única coisa que me mantivesse viva fosse continuar jorrando palavras pela boca. Eu falo e falo e falo e falo e não consigo parar. Nem quando digo a mim mesma que preciso. – Ela soltou uma risadinha soluçante. – Faço isso o tempo todo, isto é, me mando calar a boca, mas normalmente estou falando demais para ouvir meu próprio conselho.

Ela olhou para o Sr. Marshall. Ele a estava observando com um olhar indecifrável.

– Me mande calar a boca e pronto – implorou ela. – "Cale a boca, Jane." Viu? Não é tão difícil.

– Continue a falar, Jane – disse ele com suavidade.

– Pare com isso. Pare de me agradar.

– Se a senhorita não vai me rejeitar, por que devo retribuir o favor? A senhorita é inteligente e perspicaz. E, como não gosto de falar o tempo todo, não me importo de ficar ouvindo a senhorita.

– O quê?

– Acho que mandaram a senhorita ficar quieta tantas vezes que começou a dizer isso para si mesma.

– Ah. – Ela engoliu em seco. – O senhor acha...

– A senhorita diz coisas que deixam as outras pessoas constrangidas. É claro que elas querem que fique calada.

– Eu não deixo o senhor constrangido?

Ele sorriu. E, então, esticou a mão e pousou o polegar nos lábios dela. Era um toque íntimo e casual – como se aqueles lábios pertencessem a ele, para acariciá-los quando quisesse. A respiração de Jane falhou. Ela sentiu uma vontade repentina e horrível de lamber o dedo dele.

Em vez disso, ela exalou.

– A senhorita me deixa constrangido – murmurou ele. – Mas imagino que não seja do jeito que a senhorita quis dizer.

– É porque o senhor é um homem completamente maravilhoso – confessou ela.

E, em seguida, escutou o que tinha dito em voz alta e corou intensamente.

– Meu Deus. Não que eu ache o senhor atraente...

Aquilo era pior. Muito pior.

– Quer dizer, é *claro* que acho o senhor...

Pior que isso, impossível.

Ela fechou os olhos com força.

– Cale a boca, Jane – murmurou para si mesma.

– Não. – Ele passou o polegar no lábio inferior dela. – Continue a falar, Jane.

– Essa é uma péssima ideia. – A voz dela soava rouca. – Não tem como resolver isso. Não importa se eu acho o senhor atraente. O senhor não se importa com o que eu acho. Nem eu me importo com o que acho!

Um dedo se uniu ao polegar nos lábios dela.

– Acho a senhorita muito corajosa – sussurrou ele. – Acho que é uma chama que deveria se extinguir em cinco segundos numa combustão brilhante. Sei como é usar tanta energia, e a senhorita faz isso toda noite. E ninguém, nenhum marquês, tutor, nem médico, nem todo o peso das expectativas da sociedade, é capaz de detê-la.

Ela soltou um suspiro, um suspiro trêmulo que fez seus lábios roçarem no polegar dele. Tão parecido com um beijo.

– Se as pessoas querem que pare de falar, de se vestir dessa forma ou mude quem é, é porque a senhorita fere o olhar delas. Todos fomos ensinados a não olhar para o sol.

Outro dedo se uniu ao polegar.

– Não consigo olhar, e não consigo parar de olhar. Mas não se preocupe, Srta. Fairfield. Eu me importo com o que a senhorita acha.

Ele levantou o queixo dela. Fez isso com delicadeza, como se estivesse fazendo uma pergunta. Mas, se os dedos no rosto dela faziam uma pergunta, os olhos dele a respondiam. Eram límpidos, azuis e mais intensos do que ela havia imaginado.

– Então, o que a senhorita acha? – perguntou ele suavemente. – Me acha atraente ou...

– Não tem nenhum "ou" – admitiu Jane.

Ele se aproximou mais. Tão perto que ela conseguia sentir o calor da respiração dele em seus lábios. Tão perto que imaginou que, se inspirasse fundo, ia preencher os pulmões com a essência dele. Ela sentiu uma eletricidade de expectativa, como se estivesse montando um quebra-cabeça. Como se estivesse pronta para juntar duas peças e soubesse com todo o seu ser que elas iam se encaixar.

Em vez disso, ele endireitou a coluna com uma careta e baixou a mão.

– Foi algo que eu disse? – perguntou Jane.

Se sim, qual frase? Afinal, tinha dito tantas.

– Garota impossível – murmurou ele.

Doeu que ele a chamasse assim depois de todas as palavras que tinham trocado.

– É só por escolha – rosnou ela.

Mas Jane sabia que a verdade estava mais no fundo. Lá dentro, ela sabia que, mesmo que tentasse fazer tudo direito, a alta sociedade nunca a amaria.

– Posso ser impossível, mas pelo menos não sou... não sou...

– Não foi isso que eu quis dizer.

Ele esticou a mão como se fosse tocá-la de novo, e Jane ficou imóvel, desejando que aqueles poucos centímetros entre sua bochecha e os dedos dele desaparecessem. Todo o seu rosto estava formigando, e ela inspirou fundo.

– Garota impossível – repetiu ele, mas dessa vez seu tom de voz era suave e baixo, transformando as palavras em algo sensual. – Estou dizendo isso para me lembrar, não para insultá-la, Jane. Garota corajosa. Garota maravilhosa.

Ele tocou a bochecha dela nesse momento, encostando os dedos na pele macia mais uma vez. E, ah, como aquilo era bom, aquele toque tão sutil. Aquele ponto de ligação.

– Garota que eu não deveria tocar – disse ele. – Nem beijar. Nem ter.

O sorriso dele estava um pouquinho triste, e Jane conseguia se lembrar dele dizendo que ela seria a última mulher com quem ele se casaria.

– Mas inteligente. Tão inteligente… É uma pena que seja tão impossível, Srta. Fairfield, porque, se não fosse, acho que eu faria uma tentativa.

Ela gostou mais quando ele a chamou de Jane. Gostou do modo como ele dizia seu nome, não curto e tenso, algo rápido do qual queria se livrar, mas se prolongando, devagar, uma mordida a ser saboreada.

Jane ergueu o braço e colocou a mão sobre a dele, que ainda estava em sua bochecha. Ele soltou um murmúrio, não exatamente um protesto, e não se afastou.

– Lembre – disse ele afinal – o que estou considerando. Não acho que eu deveria deixar a senhorita ainda mais vulnerável. Nem um pouco.

– Tarde demais – disse Jane.

Ele tirou a mão, como se fizesse alguma diferença. Não fazia. Tinha passado por todas as camadas de renda que Jane usara para proteger o coração. Ela não estava apaixonada por ele nem algo tão tolo assim. Nem tinha essa coragem. Mas…

– O senhor é o traidor mais honesto que já conheci – disse ela.

Ele fez uma careta.

– Vamos, Srta. Fairfield – falou, afinal. – Está esfriando e é melhor entrarmos.

Capítulo oito

— Você está há mais de duas semanas em Cambridge – disse, de sua posição estratégica de frente para o córrego, o homem que Oliver chamara de pai a vida toda – e só agora aparece por aqui?

Ele não olhou para Oliver enquanto falou. Estava examinando a isca na ponta da linha.

Era meio da tarde – o pior momento para pescar – e, ainda por cima, pleno janeiro. Mas o pai de Oliver não havia se preocupado com esses detalhes quando sugeriu um passeio até o córrego.

Hugo Marshall era bem mais baixo do que Oliver. Seus cabelos eram castanhos e desarrumados, as feições, quadradas e o nariz, quebrado. Ele não se parecia nem um pouco com Oliver, e por um bom motivo: os dois não tinham nenhum parentesco verdadeiro além daquele gerado pelo tempo e pela afeição.

Oliver tomou muito cuidado para não olhar para o pai. Tinham se posicionado ao lado do ponto de pesca – um trecho largo e plano de água onde a corrente ficava parada. Uma grande pedra cinza nas margens fazia as vezes de uma excelente cadeira.

– Demorei muito mesmo.

A fazenda dos pais, nos arredores do pequeno vilarejo de New Shaling, ficava a meros quarenta minutos de Cambridge a cavalo. Quando Oliver estava na universidade, visitava-os sempre que podia nos fins de semana.

– Free acha que você está fugindo dela – disse o pai.

Ela *ia mesmo* pensar algo assim. A irmã mais nova de Oliver sempre fora geniosa – e tinha a tendência de achar que o mundo girava ao redor de seu umbigo. O fato de o mundo girar mesmo ao redor dela com grande frequência não ajudara em nada a convencê-la do contrário.

– É claro que eu não estava fugindo dela – respondeu Oliver. – Estava fugindo do senhor.

O pai soltou uma gargalhada gentil.

Oliver não riu. Em vez disso, se ocupou com a própria vara de pesca e a linha.

– Entendo – disse o pai depois de um momento. – Que coisa horrível eu fiz desta vez?

Oliver lançou a linha no rio com força, observando as pequenas ondulações que surgiram na água, antes parada.

– Não foi o senhor. Fui eu.

O pai não disse nada.

– Estou me debatendo com uma questão de ética.

– Ah. – Os olhos de Hugo Marshall se distraíram. – É uma questão de ética conflitante? Ou é do tipo em que a escolha certa é fácil, mas a escolha antiética é tentadora demais?

Só o pai de Oliver conseguiria encontrar a raiz do problema sem saber absolutamente nada do assunto. Oliver remexeu na vara de pesca e manteve os olhos baixos. Em geral, teria exposto toda a situação para o pai. Mas, desta vez... desta vez, não tinha certeza de que queria compartilhar a história. Ela estava atrelada demais ao próprio Hugo Marshall.

Os pais de Oliver tinham catado as moedas, economizado tudo que podiam e sacrificado muitas coisas para que Oliver tivesse as chances que teve. Ele mal começara a entender tudo de que os pais abriram mão por ele.

Quando o irmão de Oliver, o duque, chegara à maioridade, Oliver visitou a Casa Clermont pela primeira vez. Na época, Oliver tinha uma vaga ideia de que seu pai um dia havia trabalhado para o duque de Clermont de alguma forma, mas não sabia dos detalhes.

Não até completar 21 anos. Não até chegar a Londres com o irmão e ser apresentado para os funcionários da casa. Restava meia dúzia de criados da época em que Hugo Marshall trabalhara para o duque, vinte e dois anos antes. Todos estavam bem curiosos em relação a Oliver...

e ainda mais curiosos em relação ao que tinha acontecido com Hugo Marshall.

– Eu o conhecia – disse a governanta na ocasião. – Eu era só uma criada na época, e todas nós brigávamos para decidir quem ia levar o chá para ele. Ninguém queria chegar perto; ele era tão assustador.

Assustador. Oliver já tinha visto o pai bravo algumas vezes e concordava que o homem sabia ser assustador. Mas entendeu que a governanta estava falando num sentido maior do que aquele. Seu pai era ferozmente inteligente e não tolerava bobagens.

A governanta suspirou.

– Ele era o tipo de homem que eu pensava que mandaria em Londres algum dia. Às vezes, conhecemos um homem e simplesmente *percebemos* algo assim. Percebemos que ele vai ser grande. – Ela soltou outro suspiro inquieto e arrumou o chapéu. – Era isso que nós dizíamos naquela época. Nós *sabíamos*, simples assim. Era uma sensação que vinha só de olhar para ele. E daí não deu em nada.

Não deu em nada.

Oliver olhou para o pai. Hugo jogou a linha na região mais profunda do rio e se sentou sem falar, sem expectativa, esperando Oliver decidir se queria conversar e imaginando que o filho diria qualquer coisa que precisasse ser dita em voz alta.

Não era bem verdade que não tinha dado em nada. Toda aquela energia fora destinada a isto – a pescar com garotos que não eram seus filhos de sangue, a ganhar dinheiro que era imediatamente investido neles.

Cada centavo de lucro que os negócios produziam ia para a família – para ajudar Laura e o marido a abrir uma loja de especiarias na cidade, para pagar a mensalidade da universidade de Oliver, para custear as aulas de taquigrafia de Patricia e depois, quando ela se casou com Reuven, para que os dois tivessem dinheiro suficiente para abrirem o próprio negócio em Manchester.

Não deu em nada.

Não. Não ia ser em vão. Oliver ia garantir que o sacrifício do pai signifi-casse alguma coisa. Ia garantir que significasse *tudo*.

– Será que importa – perguntou Oliver – se isso é algo que eu quero muito, muito mesmo?

– E o que você quer? – perguntou o pai.

Quero que o senhor tenha orgulho de mim. Quero fazer tudo o que o senhor sonhou em fazer e dispor aos seus pés.

Oliver tirou um graveto da terra e o girou entre os dedos. Havia desejos piores também, desejos que quase o deixavam incomodado.

Quero que eles paguem.

Em vez disso, ele deu de ombros.

– Por que o senhor abandonou tudo para criar o filho de outro homem?

Ao ouvir isso, o pai ergueu a cabeça.

– Eu não criei o filho de outro homem – retrucou com força. – Criei meu próprio filho.

– O senhor sabe o que eu quis dizer – disse Oliver. – E é disso mesmo que estou falando. Por que me assumir? Por que me tratar desse jeito? Deve ter sido muito difícil decidir o que fazer a meu respeito. Sei que o senhor amava minha mãe, mas...

– Você foi minha salvação tanto quanto sua mãe – interrompeu o pai, brusco. – Você nunca foi um peso nas minhas costas que tive que me acostumar a carregar. Era bem simples. Se eu pudesse fazer com que você fosse meu, desafiando o sangue e a biologia, significaria que eu não era *dele*.

– De quem? – perguntou Oliver, confuso.

– Do meu pai. Se você era meu, eu não era dele.

Oliver se inclinou para trás e observou as ondulações de água no rio. Ele sabia – vagamente – que o pai de seu pai não tinha sido um homem bom. Hugo Marshall tinha feito alguns comentários breves sobre isso com o passar dos anos, mas falava muito pouco sobre o assunto.

– Assumir você foi como assumir a mim mesmo – disse o pai. – Foi fácil assim.

Oliver fechou os olhos.

– Então, o que é que você quer tanto?

– Quero ser alguém – murmurou Oliver. – Alguém... importante. Alguém que consiga fazer as coisas acontecerem. Alguém com poder.

Alguém que nunca mais seria manipulado. Bradenton tinha acertado nisto: ele tinha poder, e Oliver tinha desejos. E aquele equilíbrio implorava para ser invertido.

O pai dele não disse nada por um tempo. Por fim, falou:

– De todos os meus filhos, você e Free são os mais parecidos comigo. É um dom e, como todos os dons, tem seu lado ruim.

– Que estranho – disse Oliver baixinho – eu ter puxado ao senhor mais do que as mais velhas.

O pai fez um som de protesto no fundo da garganta, mas não disse nada.

– Eu sei – disse Oliver. – Eu sei. Não quis dizer que o senhor foi menos meu pai do que delas. É que... o filho de Hugo Marshall não deveria cogitar a proposta que estou cogitando. Eu poderia ser o filho do duque de Clermont por causa disso. Faz parte de mim.

– Humm – fez o pai. – Você me vê de uma forma estranha. Já fiz várias coisas das quais não me orgulho.

– Eu também. Houve vezes que fiquei calado. Houve vezes que falei quando não deveria, só para me livrar do esforço de brigar.

– Isso não faz de você um homem igual ao seu progenitor – disse o pai. – Só faz de você um homem.

A linha de pesca de Oliver tinha flutuado para muito longe. Ele se sacudiu e a enrolou de volta antes que a isca ficasse presa nas plantas marrons na outra margem do córrego.

– Falando hipoteticamente – disse Oliver –, imagine que há um homem, um marquês, que me prometeu o voto dele numa questão muito importante. E tudo que eu precisaria fazer em troca desse voto... – Ele inspirou fundo e olhou para longe. – Tudo que eu precisaria fazer é humilhar uma mulher. Nada físico, é claro. Ela não ficaria desonrada. Só...

Ele olhou para o rosto do pai, e não precisou de mais nada. Não havia nenhum *só*. Oliver conhecia a situação de Jane. Sabia como a jovem se sentia e o que aconteceria com ela se a fizesse sofrer.

Ela não ficaria desonrada, mas eu poderia acabar com a coragem dela.

– Estamos falando hipoteticamente? – zombou o pai, soltando uma bufada.

– Se fosse uma questão importante o bastante, o senhor acha...

– Já faz dez anos que você é um homem feito – rebateu o pai. – Se ainda preciso lhe dizer o que achar de uma proposta como essa, me saí muito mal na sua criação, e neste caso minha opinião não deveria valer nada.

– Mas e se fosse uma questão *muito* importante? Se significasse uma diferença imensa para todo mundo, e apenas às custas do sofrimento de uma mulher?

Meu Deus. Ele nem conseguia se forçar a dizer quais seriam as consequências pessoais.

– Não, Oliver. Pode guardar esses dilemas morais para si mesmo e seus colegas da universidade. Não vou permitir que você jogue esse fardo para mim. Eu o recuso.

– Como o senhor é irritante. Sempre age como se tudo fosse simples. "Bom, Oliver, me parece que a sua escolha é desistir ou continuar" – falou Oliver, imitando a voz do pai, lembrando o conselho que recebera quando estivera prestes a largar os estudos.

O outro homem apenas sorriu.

– Sou seu pai. Irritar você é minha função.

Não era temporada de pesca, então não admirava que não tivessem pegado nada.

– Quando é que para de se tratar de uma mulher? – perguntou Oliver, afinal.

– E quando passa a se tratar de… de um pedido grotesco, em primeiro lugar?

– O que eu sei é o seguinte – respondeu o pai. – Nenhum peixe vai nadar até a superfície e pular na sua isca a um metro de altura. Jogue o anzol direito.

Oliver corou e cumpriu a ordem. Mais uma vez, a isca e o anzol respingaram água por todo lado.

– O que o fato de eu ainda estar cogitando a proposta diz sobre mim?

O pai deu de ombros.

– O senhor é inútil – acusou Oliver. – Achei que ia me dizer o que fazer.

– Não estou aqui para ser usado. Estou aqui para pescar.

Oliver observou a linha de pesca por mais um momento.

– Sabe – falou, contemplativo –, acho que o senhor é uma fraude. Age como se fosse muito sábio, mas só fica aí fazendo comentários em vão sobre pescaria enquanto espera que eu encontre uma solução sozinho.

O pai soltou uma gargalhada.

– E isso é surpresa para você? Eu lhe ensinei esse truque anos atrás. Quando ficamos quietos, as pessoas preenchem o silêncio por você com os pensamentos mais inteligentes que elas têm.

Depois de mais quarenta minutos de silêncio, nos quais conseguiram pescar uma truta de dez centímetros, a qual devolveram para a água sem nada falar, Oliver finalmente falou de novo.

– Quando não estou aqui, o senhor pesca sozinho?

– Free normalmente me acompanha.

– Não tive intenção de roubar o lugar dela. Ela está brava comigo? Mal me dirigiu a palavra ontem à noite antes de sumir por trás de um livro.

O pai estava observando a mosca artificial presa no fim da linha de pesca, cutucando-a para colocá-la de volta no lugar, após ter sido depredada pelo peixinho.

– Você não roubou o lugar dela – respondeu ele com tranquilidade. – Perguntei se ela queria vir junto, e ela disse que não.

– Então, ela *está* brava comigo. O que será que eu fiz?

– Pergunte para ela – sugeriu o pai, sem mudar o tom de voz. – Tenho certeza de que ela vai contar para você.

Oliver tinha a mesma certeza. Free não era do tipo que sofria calada.

– Eu me preocupo com ela – comentou o pai. – Nunca percebi como foi fácil com Laura e Patricia. Elas queriam coisas normais. Segurança, casamento e uma família. Queriam mais do que isso, é claro. Mas Free… Não percebi que sua mãe e eu íamos passar todas as nossas ambições para só um de vocês.

– O que é que Free quer? – perguntou Oliver, um pouco perplexo.

O pai abriu um sorriso irônico.

– O que ela *não* quer? Pergunte a ela. Achei que você fosse ambicioso, Oliver. Mas nem chega aos pés da sua irmã caçula.

⁊

Oliver encontrou a irmã esperando os dois no caminho de casa. Ela estava no topo de uma colina perto do córrego. Estava de braços cruzados e não tinha prendido os cabelos. Eles voavam atrás dela, uma flâmula brilhante e laranja, da mesma cor que os próprios cabelos curtos de Oliver.

Ele parou a alguns metros dela.

– Free.

A irmã não respondeu, mas tensionou o queixo. Sim, com certeza estava brava com ele.

Free não era temperamental, ou, pelo menos, não o tipo em que as pessoas normalmente pensavam quando imaginavam uma mulher com temperamento difícil. Ela era paciente e gentil, mas também teimosa e impassível.

– Free? – Oliver tentou de novo. – Tudo bem? Você queria falar comigo? Ela não o olhou.

– Por que eu ia querer falar com você? – Ela não piscou. – Você não cumpriu sua promessa.

– Promessa? – Oliver a encarou, confuso. – Eu prometi alguma coisa?

Naquele momento ela finalmente se virou para ele.

– É claro que sim. Você prometeu praticar grego comigo. A mamãe não sabe grego, então, ela não pode ajudar, mas você estudou em Eton.

– Eu prometi isso?

– Há mais de um ano, no Natal – disse ela, meneando a cabeça com firmeza.

Uma lembrança vaga voltou à mente de Oliver – de se sentar com a irmã tarde da noite na frente do fogo, um passando as páginas de um jornal para o outro.

– Consigo aprender algumas coisas com os livros – continuou Free –, mas preciso praticar. Preciso de você.

– Pelo que me lembro – disse Oliver –, prometi que ia ajudar você assim que tivesse tempo, e não tive. No último ano, eu...

– Você passou meses com o duque.

Ela cruzou os braços, acusadora.

– Isso foi diferente. Eu estava falando com homens em Londres sobre a reforma. É por isso que não tive tempo. Quando tudo isso terminar, *daí* vou...

Ela ergueu o queixo.

– Quando tudo isso terminar? E quanto tempo vai levar, Oliver?

– Não sei ao certo.

Ela franziu os lábios.

– Levou mais de três décadas para que essa questão fosse considerada seriamente pelo Parlamento de novo, depois da última Reforma Eleitoral. A lei do ano passado foi completamente derrotada. Me parece lógico que talvez seu objetivo esteja anos no futuro.

– É por isso que estou trabalhando tanto – disse Oliver. – Quanto mais eu trabalhar agora, mais cedo vai acontecer. Não tem hora para aprender. O grego ainda vai estar esperando quando eu terminar com isso.

Um lampejo passou pelos olhos dela.

– Oliver, se eu começar a aprender grego daqui a dois anos, vai ser tarde demais.

– Tarde demais para quê? Tarde demais porque você vai estar casada?

Mas ela negou com a cabeça.

– Tarde demais para eu estudar em Cambridge.

Oliver ficou paralisado e olhou para a irmã. Ele sentiu um calafrio descer pela espinha, sem muita certeza de onde tinha surgido. Queria estender as mãos e envolver a irmã, segurá-la nos braços e mantê-la a salvo. Do quê, ele não sabia dizer. De si mesma, talvez.

– Eles não permitem que as mulheres estudem em Cambridge – comentou, enfim.

– Você não presta atenção em nada? – questionou ela. – Agora eles não permitem, e não há nenhum plano para que isso mude na universidade em si, é claro. Mas existe um comitê que está falando sobre uma faculdade para mulheres no vilarejo de Girton. Ainda não tenho idade para isso, Oliver, mas quando tiver...

Meu Deus. Ela queria estudar em *Cambridge*. Oliver inspirou fundo, bem devagar, e ficou encarando a irmã, mas não adiantou nada. Parecia haver um zumbido na cabeça dele, ecoando com um som que se repetia de novo e de novo.

Bem, certo lado prático dele murmurou, *podia ser pior. Ela podia querer estudar em Eton.*

Ele se recusava a pensar em Free em Eton.

Em vez disso, deu alguns passos para a frente e segurou a mão da irmã. Free era menor do que Oliver. Não era uma diferença tão grande que o fizesse pensar nela com frequência, mas suas lembranças mais antigas de Free eram marcadas pela vulnerabilidade. Oliver cuidando dela, pegando-a nos braços e dando uma volta grande com ela, Free gritando, alegre, enquanto Oliver sempre a segurava com força para que ela não caísse.

– Você acha que para estudar em Cambridge só precisa aprender um pouco de grego?

Ela ergueu o olhar límpido para ele, encarando-o com rebeldia.

– Você tem alguma ideia do que isso significa? Quando estudei em Cambridge, fui bombardeado com um dilúvio incessante de insultos, tanto sutis quanto escancarados. Não se passava um dia sem que alguém me dissesse que ali não era meu lugar. Você vai ter todas as desvantagens que tive, só que eu tinha meu irmão e Sebastian do meu lado. Você vai estar sozinha. E é mulher, Free. Todo mundo vai estar contra você. Vão querer que fracasse duas vezes mais, primeiro porque você não é ninguém, e segundo porque você é mulher.

Ela balançou a cabeça.

– Então vou ter que triunfar com uma força três vezes maior do que a força com que eles querem que eu fracasse. Você, dentre todas as pessoas, deveria entender isso.

– Eu te amo – disse Oliver. – Essa é a questão. Eu te amo, e não quero que você sofra. E... para mim, Cambridge foi o começo. Foi um punhado de aulas e provas e professores e trabalhos, e, depois disso tudo, o companheirismo de ter estudado numa universidade com um grupo de amigos. E inimigos.

Ele a encarou.

Free ergueu o queixo, insolente.

– Para você, não vai ser assim. Estudar em Cambridge não será o início de um propósito maior. Estudar em Cambridge vai definir quem você é para sempre. Pelo resto da sua vida, você vai ser A Garota que Estudou em Cambridge.

– Alguém vai ter que ser A Garota que Estudou – retrucou Free. – Por que não eu? E não se preocupe. Não tenho nenhuma intenção de deixar que ter um diploma acadêmico seja a última das coisas medonhas que vou fazer. Prefiro ser A Garota que Fez a ser A Garota que Não Fez. – Ela fungou e desviou os olhos. – E nunca pensei que você ia tentar me convencer a desistir, Oliver. De todas as pessoas que achei que iam querer que eu fracassasse...

– Eu não quero que você fracasse – corrigiu Oliver de um jeito meio brusco. – Se você *for* estudar em Cambridge, só quero que triunfe. Quero que triunfe, apesar de tudo e todos estarem contra você. Eu só gostaria que não estivessem contra você.

– Então não seja uma das barreiras – pediu Free em voz baixa. – Você disse que ia me ajudar a aprender grego, Oliver. Todo o resto, estou me empenhando ao máximo para aprender sozinha. Mas grego...

– Não sou muito bom em grego. Sei o básico, mas só isso. Se quiser triunfar contra tudo e todos, vai precisar do melhor auxílio que puder encontrar. – Ele esperou um momento. – A mãe e o pai têm as regras deles sobre aceitar dinheiro do duque, mas... o dinheiro na verdade é meu, sabe? Quer que eu contrate um instrutor para você?

Ela engoliu em seco.

– É disso que você acha que preciso? Eu ficaria mais à vontade com você.

– Não estou dizendo isso para me livrar do trabalho – disse Oliver. – Acho que você não entende como o meu grego é horrível. Se vai fazer tudo isso, vai ter que aprender a enfrentar situações desconfortáveis.

Muito devagar, ela se abaixou e se sentou no chão.

– O que o pai vai dizer?

– Isso é entre vocês.

Oliver se sentou ao lado da irmã e passou o braço pelos ombros dela. Os dois ficaram sentados ali daquele jeito por um bom tempo, sem falar nada. Oliver não sabia ao certo o que dizer. Conhecia a irmã bem demais para tentar fazê-la mudar de ideia, mas...

Também sabia o que estava à espera dela. Aquilo que ela desejava com todo o coração naquele momento? Oliver desconfiava de que o brilho ia se desgastar, e o único jeito de Free aguentar seria rangendo os dentes e abrindo caminho à força até o final. Ele não desejava os anos que passara em Cambridge a ninguém, muito menos a alguém que amava.

– Eu me preocupo com você – falou para Free, afinal. – Tenho medo de que fique de coração partido ao enfrentar o mundo desse jeito.

– Não. – O vento passou pelos cabelos dela e os fez esvoaçarem às suas costas. – Eu é que vou partir o mundo.

Ela quase pareceu não ouvir as próprias palavras, pelo jeito tão distraído como falou. Como se tivesse chegado àquela conclusão anos antes e nem precisasse mais examiná-la.

Oliver a observou respirar fundo. O sol recaía sobre a pele dela – ia ficar cheia de sardas –, mas Free não pareceu se importar. Seus olhos estavam fechados, e ela virou o rosto para a brisa como se o vento pudesse levá-la para outro lugar.

– Foi isso que aconteceu com você? – perguntou ela, sem abrir os olhos. – Cambridge partiu seu coração?

Oliver mal conseguiu evitar o susto. Seus olhos se arregalaram e ele se virou para a irmã. Mas ela não tinha se mexido, nem disse mais nada. Limitou-se a continuar sentada ali, com a cabeça jogada para trás, a brisa leve balançando uma mecha dos cabelos. Oliver não sabia ao certo por que os batimentos de seu coração estavam tão acelerados, nem por que tinha cerrado os punhos enquanto olhava para a frente.

– Deixe de ser boba – respondeu Oliver. – É só uma universidade. Só isso.

Capítulo nove

A Universidade de Cambridge tinha um jardim botânico extraordinário, preenchido com muito cuidado com plantas exóticas importadas de todos os cantos do mundo e organizadas de acordo com a taxonomia de Lineu. No entanto, por mais curiosas que fossem as espécies, não eram páreo para a peculiaridade dos sentimentos de Jane.

Passados três dias, ela ainda conseguia sentir resquícios do beijo que o Sr. Marshall *não* tinha lhe dado. Formigava, um segredo afiado e doce, aquele beijo negado, e era como se ele pintasse cada palavra que saía da boca de Jane com a totalidade daquela promessa não cumprida.

– Você parece se dar muito bem com o Sr. Marshall – disse Genevieve Johnson para Jane enquanto caminhavam juntas.

Passeavam por uma conífera da China, cujos galhos estavam carregados de agulhas verdes que pendiam quase até o chão.

– Ele é interessante – disse Jane.

As gêmeas se entreolharam.

– O que quero dizer – tentou Jane de novo –, é que tenho certeza de que ele é um sujeito confiável.

– Tenho certeza de que sim – concordou Geraldine, segurando o braço de Jane com uma expressão que poderia ser um sorriso malicioso em outra garota.

Jane deveria fazer um comentário sobre a posição social do Sr. Marshall, algo para desviar o interesse das outras. Mas não conseguia se forçar a fazer isso.

– Ele é o irmão de um duque – disse por fim. – Com certeza isso o eleva ao status de um marquês pelo menos.

As irmãs se entreolharam de novo, desta vez por mais tempo.

– De jeito nenhum – respondeu Geraldine depois de um momento. – Você pode pensar no irmão de um duque, mas não acho que deva cogitar um marquês.

Havia algo levemente estranho no comportamento das duas, e elas raramente agiam de um jeito estranho. Genevieve contraía os lábios, enquanto Geraldine tinha uma expressão sombria. Jane precisou de um minuto para entender. É claro: elas *conheciam* um marquês. Meu Deus. Geraldine estava noiva do conde de Hapford, mas o tio dele estava solteiro. Será que Genevieve estava interessada em Bradenton?

Jane lhe desejava sorte com ele. As garotas eram de uma família excelente – parentes em primeiro grau de um conde – e tinham dotes bons. Mas fazia tempo que Jane desconfiava de que Bradenton precisava de alguma coisa muito melhor do que um dote meramente *bom*.

– Não cogite um marquês sob circunstância alguma – insistiu Geraldine.

Mas a irmã segurou o cotovelo dela e lhe deu um tapinha leve – apenas isso, além de um menear de cabeça, e Geraldine parou de falar e se virou.

Pois ali no jardim botânico, logo abaixo de um toldo coberto por uma trepadeira que tinha perdido quase todas as folhas no inverno, estava o marquês em pessoa.

Jane nunca sentira nenhuma afeição especial por Bradenton, mas jamais achara que ele sentia uma aversão especial por ela. Afinal, ele amava demais a si mesmo para se importar com Jane. Mas, na noite anterior, o Sr. Marshall tinha lhe dito que o marquês queria ver Jane ser humilhada e sofrer.

Humilhada.

Isso a fez sentir uma onda de grande ressentimento. O marquês a estava observando com olhos frios e cintilantes. Ela queria lhe dar um tapa, para que ele soubesse que não seria capaz de subjugá-la.

– Será que devemos cumprimentá-lo? – sugeriu Geraldine com um tom de voz suave.

– Melhor não – murmurou Jane. – Ele parece estar ocupado. Não queremos assustá-lo com nosso atrevimento.

– É verdade – concordou Geraldine, um pouco prontamente demais. – É verdade, Srta. Fairfield.

– Afinal – disse Genevieve com um tom de voz muito agudo –, eu ia detestar se ele me visse sem meu melhor vestido de noite.

– E ainda mais sob o sol direto. Minha nossa, ele vai ver cada defeito da minha pele.

Elas falavam com rapidez, uma se sobrepondo à outra, muito inquietas.

– Ótimo – disse Geraldine. – Está decidido. Ah... Minha nossa, ele nos viu. Está vindo para cá.

– Jane – chamou Genevieve com urgência –, o meu pó está borrado? Diga logo.

Jane observou o rosto da outra dama. Como sempre, estava impecável. Ela nem parecia estar usando pó.

– Ah, nada com que se preocupar – respondeu Jane com alegria. – Só um borradinho aqui.

Ela apontou para a bochecha direita da jovem.

Genevieve pegou um lenço de bolso, mas era tarde demais.

– Srta. Johnson. Srta. Genevieve – cumprimentou Bradenton. – Que alegria encontrá-las. A senhorita também, Srta. Fairfield.

Se Jane tivesse sido pega com um lenço de bolso em mãos, teria feito algo medonho com ele – como jogá-lo no chão ou enfiá-lo de qualquer jeito num bolso, criando um caroço disforme na saia.

Genevieve apenas abriu um sorriso e agiu como se aquele quadradinho dobrado de linho fosse um buquê, algo perfeitamente natural de se ter em mãos. Ela o usou para dar um floreio a mais à reverência perfeita que fez para o marquês.

– Milorde – falou em harmonia com a irmã.

Jane se pronunciou poucos momentos depois, fazendo uma reverência própria, meio desequilibrada.

– Bradenton.

Ao ouvir aquele cumprimento íntimo, o marquês lançou um olhar irritado para Jane.

– Acabei de descobrir, senhoritas – disse Bradenton –, que há uma planta nova em uma das estufas. Pensei em mostrá-la para a Srta. Fairfield.

As gêmeas se entreolharam.

– É claro – respondeu Geraldine. – Íamos adorar ver essa planta. Mais do que tudo.

– Ah, mas tem um problema. – Bradenton balançou a cabeça com tristeza. – É uma planta delicada. Muito delicada. Se todos ficarmos aglomerados em volta dela, podemos prejudicá-la.

Que conversa mais absurda. O que aquele homem queria?

– Sugiro irmos todos até as estufas – disse Bradenton –, e vou levar a Srta. Fairfield para dentro. As senhoritas vão conseguir vê-la através do vidro; não haverá a menor chance de algo inadequado acontecer, e será uma questão de minutos.

Houve uma pausa mais longa e relutante. Se Genevieve estava mesmo interessada em Bradenton, pensamentos ciumentos e assassinos provavelmente estavam passando por sua cabeça naquele momento. Mas, se tinha tais aspirações, não demonstrou. Depois de um momento, as gêmeas apenas assentiram.

– Mas é claro, milorde – disse Genevieve.

– O que o senhor quiser, milorde – reforçou Geraldine.

A palavra *estufa* fazia as pessoas pensarem em uma única estrutura de vidro. Mas as estufas em Cambridge eram na verdade um complexo de construções envidraçadas, que se projetavam de um corredor central como espinhos. Do chão até a altura da cintura, eram feitas de tijolos com argamassa cinza. Acima disso, as janelas faziam as vezes das paredes e do teto. Em algumas estufas, havia frestas de poucos centímetros abertas nas janelas superiores. Jane conseguia sentir o ar quente fazendo cócegas em seu rosto à medida que passavam por elas. Bradenton seguiu ao longo de uma trilha lateral antes de abrir uma porta.

– Só vai levar um momento, senhoritas – avisou às gêmeas antes de indicar que Jane entrasse.

Ela já visitara as estufas. Um corredor principal se abria à sua frente, com repartimentos individuais conectados a ele, cada um com a própria temperatura e umidade. O próprio corredor era úmido e aquecido, com trepadeiras tropicais florescendo nas paredes.

Os espécimes ali eram identificados tanto em latim quanto em inglês, e às vezes com letras e números que não significavam nada para Jane. Ela supôs que algum botânico da universidade devia estar estudando-os. Canos de metal faziam um som baixinho e borbulhante à medida que a água quente corria por eles, radiando calor. Jane tinha se vestido para o tempo frio, e de repente se sentiu sufocada.

Geraldine provavelmente não teria feito nada tão descortês como *suar*.

138

Com uma reverência e um sorriso, Bradenton indicou que Jane entrasse numa repartição ocupada por areia e vasos de barro. Jane não retribuiu o sorriso. Esse era o homem que queria vê-la sofrer e ser humilhada; que estava disposto a conceder um voto no Parlamento para atingir tal resultado.

– Então, milorde – disse Jane –, onde está essa planta raríssima?

Ele a contemplou.

– Não consigo entender a senhorita.

– Mas por que não? – Jane se virou, observando as plantas do lugar. – O senhor e eu somos tão parecidos.

Estava seco e quente ali. Uma floreira grande e quadrada à esquerda continha pedras e areia e algumas coisinhas verdes irregulares e disformes. Teriam sido engolidas pela vegetação rasteira da região se tivessem tentado crescer nos bosques de Cambridge.

– Parecidos?

– Mas é claro. – Jane ainda se recusava a olhá-lo. – Somos pessoas comuns, do tipo com quem ninguém se importaria se as circunstâncias fossem diferentes. Minha posição é elevada pela minha fortuna. A sua, pelo seu título de nobreza.

Bradenton soltou um som de descrença.

– Então foi por isso que a senhorita me desprezou? Porque acha que está no mesmo *patamar* que eu?

A voz dele saiu com um tom odioso.

O coração de Jane estava batendo mais rápido. Ela o tratava daquele jeito porque era o que ela *fazia*. Mas talvez tivesse se esforçado mais no caso daquele homem. Os outros tinham falado e rido dela, mas, depois daquelas primeiras semanas, o marquês os incentivara. E ainda tentara fingir que não fizera isso.

– Desprezar o senhor? – ecoou Jane, com uma risada. – Como poderia ter desprezado o senhor? O senhor nunca me ofereceu nada para eu desprezar.

Ele soltou um ruído.

– Não importa.

– Não consigo nem imaginar *o que* o senhor teria para me oferecer – continuou Jane. – O senhor é um marquês. Não precisa… – Ela parou de falar, como se algo lhe tivesse ocorrido naquele instante. – Ah.

Ele cravou os olhos incandescentes nos dela, mas Jane não ia deixar que aquele olhar afrontoso a detivesse. Queria que Bradenton sentisse uma fração da dor que desejava para ela.

– O senhor *realmente* precisa do meu dinheiro – adivinhou. – Não é mesmo?

– Cale a boca.

– É claro. – Jane manteve uma máscara de solicitude no rosto. – Lamento muito pelo senhor. Deve ser tão vergonhoso! O senhor escreve todas as leis, não vai perder suas terras nem se as gerenciar mal, e, mesmo com todas essas vantagens, não consegue influenciar o jogo para que suas propriedades lhe deem lucro. Meu Deus, isso deve exigir um talento especial.

Ele deu outro passo na direção dela.

– Cale a boca – repetiu, com um rosnado baixo.

– Ah, não se preocupe. Não vou contar para ninguém. O senhor sabe que sou um exemplo de discrição.

Ele fez um som estrangulado no fundo da garganta e deu mais um passo na direção de Jane.

Ela havia ido longe demais. Provocar o homem era uma coisa, desafiá-lo era outra. Ficou parada e encarou a ameaça que havia tomado as feições de Bradenton. Por mais que as irmãs Johnson estivessem observando tudo, não havia nada que pudessem – e muito provavelmente nada que *pretendessem* – fazer para salvar Jane caso o marquês quisesse machucá-la. Para todos os efeitos, ela estava sozinha com um homem, e esse homem queria que ela sofresse. Queria que ela calasse a boca.

Jane nunca tivera talento para isso.

Ela abriu um sorriso vacilante para ele, insistindo na farsa de ignorância.

– Sinto muito pelo senhor, Bradenton. Será que ouviu falar de mim e imaginou uma menina pobrezinha e fácil de impressionar, que ficaria admirada com sua inteligência e seu charme? Deve ter ficado tão decepcionado. O senhor imaginou que meu dote já era seu, e depois eu ri na sua cara na primeira vez que me fez um elogio pomposo.

Aquilo pareceu fazer os olhos dele ficarem ainda mais raivosos.

– Sua megera insolente – murmurou ele. – Tem feito tudo isso de propósito.

– Feito o quê? – Jane sustentou aquele sorriso como se fosse a única coisa que a protegesse das chamas de um dragão. – A única coisa que tenho feito é declarar alguns fatos. Não gosta de fatos, milorde?

Não. Ele não gostava. Deu um último passo na direção dela e desta vez ergueu a bengala, a qual segurava como um cassetete.

As mãos de Jane ficaram frias. Ela *realmente* tinha ido longe demais.

Ela continuou a sorrir.

– O senhor ia me mostrar uma planta, milorde.

Ele parou, balançou a cabeça, como se estivesse lembrando que os dois estavam numa estufa. Que as paredes eram de vidro. Que, apesar de quaisquer palavras que tivessem sido ditas, Jane era uma dama – e, se descobrissem que Bradenton havia batido nela, a reputação dele pagaria o preço.

Ele inspirou fundo uma vez, depois de novo, depois mais uma, até que seu semblante exibisse uma máscara tão perfeita quanto o de Jane.

– Ali. – Ele inverteu a bengala, de modo que a ponta curvada apontasse para um vaso de barro cheio de areia. – É aquela.

Era uma coisa feia e disforme, de um tom verde-acinzentado. Caules grossos como cobras, da grossura do polegar de Jane, cresciam para cima num nó emaranhado, irradiando pequenas agulhas afiadas.

– Aquela planta me lembra a senhorita.

Um traço de veneno ainda marcava a voz dele.

Que surpresa.

– Gostei dela – murmurou Jane. – Parece uma coisinha bem corajosa no meio de toda aquela areia. Vamos, quero achar uma planta para o senhor, milorde. Já sei exatamente qual, na verdade. Vi uma espécie de erva daninha logo que entramos.

Fora uma planta rasteira com um cheiro nojento nos fundos daquele corredor que imitava uma floresta tropical. Jane começou a se virar.

Ela capturou o movimento com o canto do olho. Bradenton desceu a cabeça da bengala com tudo. Pedacinhos daquele cacto espinhoso parecido com um ninho de cobras voaram por todo lado.

O estômago de Jane congelou. Ela não tinha como blefar diante daquele ato de violência, não podia ignorá-lo com um sorriso. Só havia uma escolha – fingir que não tinha visto. Ela continuou a se virar para a porta e desceu o caminho marchando, mesmo que suas mãos tremessem.

– Está aqui – comentou. – No corredor. Vamos procurar, o que acha?

A respiração dele estava pesada.

– Não. É melhor nos reunirmos com as gêmeas.

Jane disse a si mesma que o gesto dele não tinha sido uma ameaça. Ela o irritara, era só isso, e ultrapassara o limite da frustração, fazendo o homem perder o controle. Aquele cacto minúsculo tinha sido a vítima desafortunada da raiva do marquês.

Caminharam em silêncio – Bradenton se recusando a falar, e Jane incapaz de dizer qualquer outra coisa. Voltaram pelo corredor central úmido e abriram a porta no caminho de antes. Genevieve e Geraldine estavam esperando os dois, olhando-se, falando em voz baixa e urgente.

– Você viu – dizia Geraldine. – Você viu e...

Ao ouvirem a porta se abrir, elas pararam de falar e se viraram ao mesmo tempo para Jane e Bradenton, com sorrisos idênticos no rosto.

– Milorde – disse Genevieve.

– Minha querida Srta. Fairfield. – Geraldine deu um passo para a frente com as mãos esticadas na direção de Jane. – Como é bom vê-la de novo. Obrigada por devolvê-la para nós.

– Claro – disse Bradenton. – Senhoritas, aqui está sua amiga.

A cabeça de Jane ainda estava zumbindo. Suas mãos tremiam. Ela mal conseguiu prestar atenção enquanto as gêmeas murmuravam convites educados para o marquês.

– Não quer se juntar a nós enquanto continuamos nossas divagações?

Jane nem sabia quem tinha falado. *Não*, estava pensando. *Não. Vá embora. Vá embora.*

– Sinto muito, senhoritas. – Ele abriu um sorriso frio para elas, que não chegava aos seus olhos. – Já me ausentei por tempo demais. Foi um prazer, com certeza. Srta. Johnson. Srta. Genevieve. – Ele encarou Jane. – Srta. Fairfield.

O coração de Jane continuava a bater com marteladas duras e pesadas.

Genevieve fez um biquinho.

– Se precisa ir – falou.

As duas se posicionaram entre Jane e Bradenton, observando o marquês refazer o caminho para longe das estufas. Após alguns passos, ele parou e se virou – talvez para olhar para Jane. As irmãs continuavam ali, porém, ombro a ombro, e, se havia alguma mensagem em especial que Bradenton quisesse passar – um cenho franzido ou um olhar zangado –, a visão dele estava bloqueada pelas gêmeas. Geraldine ergueu a mão e acenou para ele.

142

Jane nunca ficara tão grata pelos flertes constantes das gêmeas. Sua respiração finalmente estava desacelerando quando as irmãs se voltaram para ela.

Elas não estavam sorrindo. Na verdade, estavam olhando para Jane com algo que, se estivesse no rosto de qualquer outra pessoa, ela teria interpretado como preocupação.

Geraldine deu um passo para a frente.

– Srta. Fairfield – falou, com voz delicada e musical, exatamente como a voz de uma dama deveria ser. – Srta. Fairfield, estávamos observando tudo pela janela. E foi impossível não notar que...

– O que foi que ele disse? – perguntou Genevieve.

Jane sentiu um nó na garganta. Não podia falar sobre aquilo – nem com aquelas duas, nem com ninguém. Não se importava com o ciúme tolo e descabido delas.

Meu Deus. Ele tinha matado a planta de Jane. Estivera a ponto de machucá-la.

– Nada – disse Jane. – Não foi nada.

Por Deus, que elas não vissem as mãos dela tremendo.

– Me diga, Srta. Fairfield. – Geraldine esticou a mão e tocou o pulso de Jane. – Quando decidimos... ser suas amigas, concordamos entre nós que iríamos... tomar conta de você.

– Por assim dizer – complementou Genevieve.

Jane balançou a cabeça.

– Não foi nada. Ele me mostrou uma planta e disse que o fazia pensar em mim. Não é...

Uma graça? Ela ia dizer que era uma graça, mas nem conseguia fazer aquela palavra sair de sua boca.

Geraldine comprimiu os lábios e se virou para a irmã.

– Tem razão – falou. – Temos que contar para ela.

Que tipo de horror novo era aquele? Jane não tinha condições de entrar em mais nenhum jogo.

– Estou com dor de cabeça – falou, hesitante.

Mas Geraldine apertou os dedos ao redor do pulso dela.

Genevieve se colocou ao lado de Jane.

– Srta. Fairfield – falou com gentileza –, não há um jeito delicado de dizer isso. Às vezes... – Ela olhou para a irmã. – Às vezes, acho que a senhorita é...

Geraldine assentiu com vigor.

– Às vezes, acho que não consegue entender as intenções das outras pessoas.

Jane as encarou, a mente girando.

– E talvez – disse Genevieve –, talvez não tenha entendido o que Bradenton estava lhe dizendo. E acho que a senhorita não viu quando se virou... A cara que ele fez e o ato que cometeu.

Jane tinha entendido, sim. Tinha entendido muito bem. O fato de as gêmeas também terem entendido... Ela não podia permitir que soubessem, não podia ter essa conversa. Ouvir aquelas coisas saindo da boca das moças fazia as ameaças de Bradenton parecerem reais de um jeito que Jane não conseguia explicar. Ele queria vê-la sofrer. Queria vê-la ser humilhada.

– Mas nós vimos – continuou Genevieve. – A intenção dele era inconfundível, mesmo pela janela. – Ela inspirou fundo, por mais tempo e com mais intensidade. – Nem sempre fomos bondosas com você.

O que elas estavam dizendo? O que estavam *fazendo*? Jane precisou de um momento para olhar nos olhos de Genevieve, para perceber que aquilo não ia virar uma declaração ciumenta. As duas irmãs se entreolharam, depois abanaram a cabeça uma para a outra.

– Na verdade – falou Genevieve –, desde que a conhecemos... provavelmente não fomos bondosas nem uma vez. Nós nos aproveitamos dos seus talentos especiais. Sei que isso pode ser difícil de ouvir, que a senhorita pode não entender o que estamos dizendo.

Jane não conseguia falar, não conseguia dizer uma única palavra.

– Mas – continuou Genevieve –, por favor, acredite no que estou dizendo. Acho que nunca mais deve ficar sozinha com lorde Bradenton. Nem mesmo para dar um passeio num jardim com outras pessoas por perto. Não fomos muito bondosas com a senhorita, mas, quando tudo começou, *prometemos* que iríamos protegê-la do pior. Posso não ter certeza das intenções de Bradenton, mas me recuso a me omitir até descobrirmos.

– Aquilo foi grotesco. – Geraldine cruzou os braços. – Grotesco ao extremo. Não me importo com as bobagens que a senhorita fala. O comportamento dele foi muito além do que é aceitável. E considerando o que Hapford me disse sobre a conduta de Bradenton... – Ela soltou um som indignado. – Não, Srta. Fairfield. Eu deveria ter falado alguma coisa antes. Não fique a sós com ele.

Jane não sabia o que dizer. Fazia tanto tempo que ela sempre esperava pelo pior que não sabia o que fazer quando o pior não acontecia. O nó na garganta se apertava. Ela não tinha esperado nada... assim.

Genevieve tocou o cotovelo de Jane.

– Talvez a senhorita também não esteja entendendo isso. – O toque dela era gentil. – Mas não importa... não importa como a tratamos no passado... Não vamos permitir que nada lhe aconteça. Prometo.

Jane soltou a respiração numa arfada lenta e trêmula, depois outra. Mais uma. Olhou de um lado para o outro. As gêmeas eram uns 15 centímetros mais baixas do que Jane, mas ainda assim pareciam pairar sobre ela. Não sabia ao certo qual das duas viu o indício de lágrimas em seus olhos primeiro, qual das duas se aproximou, envolvendo Jane com os braços.

– Pronto, pronto – disse Geraldine. – Pronto. Está tudo bem. Vai ficar tudo bem.

Jane não tinha percebido quanto medo sentia – quanto se sentia sozinha – até as duas falarem. E, depois disso – depois que romperam aquela barreira –, não havia como impedir a enxurrada de emoções. Jane soltou um soluço, depois outro. Ela sempre pensara em si mesma como alguém completamente sozinha, uma coisa feia, enrugada, raquítica e espinhosa, abandonada num mar de areia. Mas, quando ela cambaleou, Genevieve a segurou.

– Pronto, pronto – Geraldine continuava a dizer. – Pronto, pronto.

– A cada mês que passava, eu me sentia pior – comentou Genevieve. – Suja. Não fomos melhores que Bradenton. Fomos horríveis, realmente horríveis.

– É que era tão conveniente – continuou Geraldine pela irmã. – A senhorita era a desculpa perfeita para afastar os pretendentes de Genevieve.

Jane não conseguiu se controlar. Tivera raiva, medo, e depois fora pega completamente de surpresa. Com isso, ela começou a rir.

– Acho que ela não entendeu nada. – Ouviu Geraldine dizer.

Jane endireitou as costas, respirou fundo uma vez e olhou para o mundo ao redor, um mundo que não entendia mais. Em seguida, soltou a respiração bem devagar.

– Geraldine – ouviu-se dizer –, Genevieve, tenho uma confissão a fazer. Também não fui muito bondosa com vocês duas. Desde o começo.

As duas pararam, arregalando aqueles olhos azuis idênticos.

– Eu... – Ela inspirou fundo de novo. – Sou horrível assim de propósito. Devo um pedido de desculpa a vocês.

– Ah, não.

Geraldine inspirou e deu um passo para a frente, um sorriso lhe tomando o rosto.

– Francamente. – Genevieve soltou uma risada. – Esqueça o pedido de desculpa. Prefiro uma explicação. Só pode ser interessante.

⌐

As mulheres caminharam por horas, conversando, mal olhando para as plantas que as rodeavam.

– Veja bem – disse Genevieve, solene, quando o passeio estava chegando ao fim. – Eu não quero me casar. Toda vez que penso num homem pondo as mãos em mim, começo a entrar em pânico.

Geraldine afagou o braço da irmã.

– A mamãe diz que Genevieve vai superar isso. Mas nós duas fazemos tudo juntas. Tivemos nossa menarca no mesmo dia. É tolice imaginar que isso vai mudar quando sempre fomos diferentes nesse sentido. Então estou ajudando Genevieve como uma irmã solidária até que ela chegue à maioridade.

– É mesmo uma pena. – Genevieve suspirou. – Eu seria uma esposa maravilhosa, se ao menos pudesse casar com alguém parecido com Hapford. Eu ia adorar gastar o dinheiro do meu marido em obras de caridade. Mas, em vez disso, serei obrigada a *economizar*. Então Geraldine vai ter um monte de bebês. E eu vou mimá-los e ser a tia interessante e engraçada. Vou dar doces para eles até que fiquem agitados e depois vou devolver para a babá e ir embora.

– Você foi uma dádiva de Deus – disse Geraldine. – Sempre fizemos tudo da maneira correta. Genevieve tinha muito medo de ser obrigada a aceitar o pedido de um cavalheiro razoavelmente comum e ser infeliz a vida toda. Daí, conhecemos você. Bastou dizer: "Ah, não, não podemos ir sem nossa amiga do coração, a Srta. Fairfield", e do nada os convites pararam de chegar. Foi tão conveniente.

Tinha sido conveniente para todas elas. Depois de terem falado sobre tudo, as raízes de algo acolhedor e verdadeiro foram plantadas nos restos daquela antiga amizade fria e distorcida.

– Hoje à noite, então? – perguntou Geraldine, quase duas horas depois, quando voltaram para a entrada do jardim botânico.

146

A Sra. Blickstall estava sentada num banco perto da entrada, aguardando Jane. Ela olhou para as três, porém, se achou algo estranho no fato de as moças estarem andando de braços dados e sorrindo umas para as outras com alegria genuína, não fez nenhum comentário.

Genevieve deu um beijo na bochecha de Jane, depois Geraldine se inclinou e fez mesmo.

– Agora tudo vai ser melhor – murmurou Geraldine. – Para todas nós. Você vai ver.

Elas acenaram e foram embora.

A Sra. Blickstall se levantou.

Mas, de certa forma, ir para casa parecia errado. Jane não tinha certeza do porquê até se lembrar do que deixara dentro da estufa. Na hora ela havia fingido não ter visto o que acontecera, mas uma parte dela ainda via a planta destroçada pelo canto do olho.

– Preciso de mais um minutinho – falou.

Uma vantagem maravilhosa de subornar a dama de companhia era que Jane sempre conseguia o que queria. A Sra. Blickstall deu de ombros e se acomodou de novo no assento. Jane refez o caminho até o jardim, seguiu a trilha ao longo do riacho e foi na direção das estufas.

Ela era uma praga. Um veneno. Uma peste. Era a inimiga de todas as conversas adequadas. Homens adultos preferiam ser atacados por leões a conversar com ela.

Jane tinha odiado a todos pelas piadas que faziam às suas custas.

Então quando foi que começou a acreditar no que diziam? Que era uma praga, que ninguém nunca ia gostar dela de verdade? Que cada palavra que saía de sua boca era um fardo que os outros precisavam carregar?

Chegou às estufas e voltou à repartição do deserto. Abriu a porta, desejando que sua memória tivesse exagerado o tamanho do estrago. Mas, não. Aquela pobre plantinha ainda estava em pedaços. Bradenton tinha batido nela com tanta força que ela rachara até a raiz.

Mas não era uma praga nem uma peste. Era apenas uma planta, e não merecia morrer.

Jane não sabia como seguir em frente, como reconstruir a pessoa em quem tinha se transformado. Ela nunca seria como Geraldine e Genevieve, com seus modos impecáveis e pele perfeita. Continuaria falando demais, dizendo as coisas erradas, vestindo as roupas erradas. Mas talvez...

Talvez tudo pudesse mesmo mudar. Só um pouquinho.

E ela sabia qual era a primeira coisa que precisava fazer.

⁓

Jane teve que bater em três portas até que uma delas se abrisse.

Do outro lado do batente, Jane viu um cômodo envidraçado e vasinhos minúsculos com brotos. Na entrada havia uma mulher de vestido preto e avental azul-marinho, com as mãos cobertas por luvas de jardim sujas de terra. As sobrancelhas dela se arquearam quando contemplou Jane. Ao observar o vestido da garota – em tons brilhantes de laranja e creme, com querubins espalhafatosos na saia –, aquelas sobrancelhas se ergueram ainda mais.

– Pois não? – disse a mulher. – O que foi?

– Sinto muito incomodá-la – respondeu Jane. – Mas estava passeando nas estufas e… há um cacto. Aconteceu alguma coisa com ele.

A mulher não pareceu muito impressionada.

– É um cacto – falou. – Normalmente parece que eles estão morrendo. É normal.

Ela começou a fechar a porta.

– Não, espere – insistiu Jane. – Ele está despedaçado. Parece que alguém bateu nele.

A mulher olhou para ela e suspirou.

– Ah, pois bem. Talvez seja melhor eu dar uma olhada. – Ela deu as costas para Jane e procurou entre os itens arranjados numa estante de metal até achar um vasinho, tesouras e outro par de luvas. – Vamos dar uma olhada nesse cacto.

Jane trotou pelo corredor. Esperara encontrar um jardineiro idoso e grisalho, ou um homem jovem com calos nas mãos e sotaque marcante. Mas aquela mulher, pelo tom de voz culto e o tecido rígido e engomado por baixo do avental de jardinagem, parecia ser uma dama de alta classe.

– Fiquei surpresa – comentou Jane. – Não imaginei que o Jardim Botânico fosse contratar uma dama.

– Contratar? – A mulher soltou um muxoxo. – Não seja boba. Sou voluntária.

A outra mulher não tinha dito nenhuma frase com mais do que algumas palavras e não parecia ser do tipo que gostava de falar.

– É claro – disse Jane. – Perdão. – Não sabia ao certo por que estava pedindo desculpa. – É aqui dentro.

– Eu sei – respondeu a mulher. – Só existe uma estufa para suculentas do deserto.

Ao dizer isso, ela entrou na repartição. Com aquelas roupas, lembrava a Jane uma enfermeira – com avental e luvas, pronta para curar qualquer doença. Os olhos dela recaíram na planta que Bradenton tinha destruído. O centro dela fora despedaçado, e aqueles tentáculos verdes, espinhosos e pequenos estavam largados no chão, decepados.

A mulher parou.

– Ah – murmurou, com uma voz bem diferente do tom de aço que tinha usado para falar com Jane. – Ah, pobrezinho.

Ela pegou o vaso de barro quase com ternura e, com muito cuidado, apalpou pedacinhos partidos do cacto.

– Pode salvá-lo? – perguntou Jane.

– É um cacto – respondeu a outra mulher, distraída. – Eles crescem no deserto, se desenvolveram para suportar o sol forte e tempestades de areia cortantes. – A mulher falava com um tom orgulhoso. – Tem como matar um cacto, mas é preciso se esforçar bastante. Regar demais constantemente e coisas assim. Esse tipo de vandalismo? – Ela deu de ombros. – É só uma forma de propagação.

Ao dizer isso, ela pegou um pouco de areia e colocou naquele vasinho que tinha trazido consigo. Cortou as pontas danificadas da planta, removendo os tentáculos partidos e empilhando-os no chão enquanto trabalhava.

– Prontinho – falou afinal. – Agora vem a parte divertida. – Ela pegou os tentáculos verdes e os enfiou de volta no solo. – Antes, era só um cacto; agora, são sete, oito... – Pegou o último pedaço e o cravou no vasinho que havia enchido de areia. – Nove.

– O quê? É só isso? Sem água, sem nenhum produto especial?

– Vai levar alguns meses até criar raiz – respondeu a mulher. – Só regue quando a areia estiver seca. Mas, sim, como eu disse, é bem difícil matar um cacto. – Ela entregou o vasinho para Jane. – Tome. Um presente.

– Ah, minha nossa! – disse Jane, surpresa. – A senhora pode fazer isso? Me *dar* um cacto assim? – Ela franziu o cenho e olhou para a mulher. – Espere. A senhora é só uma voluntária. Não pode fazer isso!

– Se a senhorita sair pela porta com ele, vai ser seu de qualquer jeito – respondeu a mulher. – Não achei que a intrépida Srta. Jane Fairfield fosse hesitar diante de uma coisinha tão sem importância quanto senso de propriedade.

– Como sabe meu nome?

– Eu sou Violet Waterfield, a condessa de Cambury.

A expressão dela era de expectativa.

Jane piscou os dois olhos.

– Prazer em conhecê-la, milady.

A mulher pareceu confusa.

– Não sabe quem eu sou? Oliver sempre se esquece dos membros honorários. – Ela ergueu a mão esquerda enluvada. – Os irmãos excêntricos? Oliver, Sebastian e Robert?

– Oliver. Está falando de...

– É claro que estou falando de Oliver Marshall – confirmou a mulher.

– Como sabia que...

A condessa abriu um sorriso misterioso.

– Eu sei de tudo. Esse é o meu dever no nosso grupinho.

– Entendo – disse Jane, confusa. – Que bela profissão.

– Profissão? – Outra bufada. – Mas é claro que não. – Enquanto falava, havia um sorriso especialmente cheio de si no rosto dela. – Sou voluntária.

Capítulo dez

A mente de Jane ainda estava girando quando ela entrou no quarto da irmã naquela noite.

Por anos, Emily tinha sido sua única confidente, a única pessoa para quem contava todos os seus problemas. E então, num espaço de poucos dias, Jane havia reunido uma coleção de segredos que não podia dividir com a irmã.

Conheci um homem. Ele estava pensando em me humilhar, mas deixe isso para lá... Me deixe contar sobre as gêmeas Johnson.

Sabia que Bradenton colocou um preço na minha cabeça? Pelo jeito, valho o equivalente a um voto no Parlamento. Ou à destruição de um cacto. Não sei qual dos dois faz eu me sentir mais honrada.

Você acha que o Sr. Marshall gosta de mim? Não tenho ideia do que pensar dele.

Mas aquilo também era mentira. Ela sabia exatamente o que pensava dele.

Enquanto estava organizando os pensamentos, sua irmã falou:

– Sabia que há pessoas que não bebem?

Jane inclinou a cabeça para o lado.

– Já ouvi falar. – Em Cambridge, na companhia de homens jovens, ela sabia que tais pessoas eram ridicularizadas. – São os quacres que não acreditam em beber álcool? Ou os metodistas? Nunca me lembro. – Ela olhou para a irmã, que a observava com intensidade. – Por quê?

– Eu estava lendo sobre esse assunto. – Contudo, as bochechas de Emily estavam levemente coradas, de um jeito que sugeria que aquela pergunta era mais do que uma simples especulação. – Existem… outros grupos como esses, não é?

– Humm. Nunca perguntei a ninguém.

– É claro.

A irmã olhou para baixo, cutucando o tecido da camisola com o dedo.

Jane estava tentando decidir o que poderia dizer para Emily. Se começasse a contar a história, seria difícil esconder algumas partes. E também tinha que guardar os segredos de outras pessoas. Não podia contar para a irmã o que Genevieve tinha dito. Não cabia a ela revelar aquele segredo. Já havia discutido com Emily, mas nunca escondera nada dela.

– Você está pensativa – comentou Emily. – O que aconteceu?

– Nada – mentiu Jane.

Emily a encarou. Os olhos dela cruzaram o quarto até o novo cacto na cômoda de Jane, e ela arqueou uma sobrancelha.

– Ah – falou. – Entendi. E eu aqui achando que era *comigo* que não acontecia nada.

Jane fez uma careta.

– Desculpa, querida.

– Não seja condescendente! – vociferou Emily.

Não havia nada mais a dizer – nada que não fosse piorar a situação, em todo caso –, então Jane mordeu a língua.

Depois de um tempo, Emily falou de novo:

– Sabia que existem pessoas que não comem carne?

Pelo jeito, aquela era a noite das perguntas estranhas.

– Conheci um homem que não apreciava o gosto do presunto.

– Não só de presunto. De qualquer carne.

Por algum motivo, Emily não olhava a irmã nos olhos, e Jane sentiu uma suspeita repentina.

– Emily – falou com suavidade –, por acaso essas pessoas que não comem carne e não bebem têm nome?

A irmã deu de ombros, como quem não quer nada.

– É claro que não. Quer dizer, pelo menos *eu* não sei o nome dessas pessoas. Como eu poderia saber?

Se Jane não soubesse que a irmã era uma excelente mentirosa, teria achado que não havia nada estranho. Mas Jane conhecia Emily bem demais. Então, parou e observou a irmã, percebendo que algo estava diferente.

Emily não estava se remexendo. Nada de ficar se balançando na ponta da cama nem de sacudir a perna. Ela só estava fazendo desenhos com o dedo sobre a colcha.

Antes de elas se mudarem para a casa de Titus, Jane era capaz de mapear as atividades que a irmã tinha feito durante o dia pela forma como ela se comportava à noite. Se tivesse passado duas horas correndo ao ar livre, ela conseguia se sentar, calma e comportada, na hora de dormir. Se tivesse chovido o dia todo, forçando-a a ficar dentro de casa, não era capaz de ficar parada e, em vez disso, pulava pelos cantos e não parava de se mexer.

Emily não estava se mexendo naquele momento.

Uma desconfiança começou a crescer no fundo da mente de Jane. Havia *de fato* mais cor nas bochechas da irmã e...

– Emily, você...

A irmã olhou para cima de repente.

– Nada – cantarolou com doçura. – Eu não fiz *nada*. Viu como é?

Jane balançou a cabeça.

– Deixe para lá. Na verdade, nem quero saber. Se Titus descobrir, quero a chance de dizer que eu não sabia de nada, e não teria como fazer isso se você me contasse tudo.

Um sorriso melancólico tocou o rosto da irmã e ela desviou os olhos. Jane conhecia aquele sorriso.

– Só me diga que o que quer que esteja fazendo... – Jane deixou a voz morrer. – Ou, melhor, que não esteja fazendo...

O que quer que fosse, a irmã teria que sair da casa para fazer. Sozinha. Afinal, Blickstall estivera com Jane naquele dia. Havia riscos, e não eram apenas as preocupações tolas de Titus.

– Me diga – disse Jane – que você está se cuidando.

– Nem Titus teria do que reclamar. – Emily abriu um sorriso sorrateiro para ela. – Estou lendo os livros de Direito dele, é só isso.

Ela desenhou um caracol com o dedo na colcha.

– Enquanto estiver lendo os livros dele – comentou Jane com delicadeza –, talvez você perceba que as pessoas maltratam umas às outras de vez em quando. Não quero que descubra atos criminosos por experiência própria.

– Ah, não. – Emily rabiscou um floreio curvado com a ponta do dedo. – Não existe a menor possibilidade.

– Tem sempre uma chance...

– Falando hipoteticamente – comentou Emily –, se alguém não está disposto a comer um animal porque não aceita maltratá-lo, é lógico deduzir que ele pensaria a mesma coisa de seres humanos.

– Não – respondeu Jane –, não é lógico. Por favor, não pense que é assim que funciona.

Emily parou na metade dos desenhos. Parou completamente – algo tão raro que Jane se pegou inclinada para a frente, querendo balançar a irmã para ter certeza de que ela ainda estava respirando.

– Se uma rocha nunca se move – disse Emily, afinal –, a água a desgasta mesmo assim. *Estou sofrendo*, Jane, e, se continuar imóvel, Titus vai me desgastar. Às vezes me pergunto se ainda sobrou alguma parte de mim.

– Emily. – Jane tocou a mão da irmã. – Não vou permitir que isso aconteça.

– Não cabe a você *permitir*. É isso o que Titus diria. – A irmã a fitou. – Não me aconselhe a ficar em casa porque posso sofrer se sair.

– Não vou fazer isso. Prometo.

Emily apertou a mão dela.

– Então fique com o seu nada, e eu fico com o meu.

〜

Era a terceira vez que Emily escapava do quarto para se encontrar com o Sr. Bhattacharya.

Se o tio soubesse o que estava acontecendo, ele mesmo teria uma crise. Teria dado sermão depois de sermão sobre a inocência de Emily e sobre como ela era gentil, boa e jovem demais. Sobre como não podia confiar nos homens.

Mas, para Emily, o Sr. Bhattacharya tinha se mostrado perfeitamente confiável. Ele sorria para ela. Segurava seu braço quando passavam por um trajeto que era estreito, mas soltava quando não havia risco de Emily se desequilibrar. Ele a olhava – ah, ele definitivamente a olhava. Mas não tinha feito nada digno de desconfiança. Absolutamente nada.

Durante o passeio daquele dia, ele estava mais calado do que de costume.

Tinha cumprimentado Emily com perfeita cortesia, e os dois caminharam ao longo do riacho, acompanhando a trilha até ela se encontrar com a estrada. E, durante todo esse tempo, o Sr. Bhattacharya não disse uma única palavra. Foi só depois de meia hora que ele finalmente se pronunciou.

– Peço perdão – falou. – Não estou sendo a melhor companhia no momento. Estou me preparando para a prova final, e tento entender algumas questões complexas da lei inglesa. Me dá dor de cabeça.

– O senhor gostaria de falar sobre essas questões?

Emily tinha voltado a reler os livros de Direito de Titus apenas para entender do que o Sr. Bhattacharya estava falando. O tio ficara um pouco confuso, mas no final comentou que ela talvez gostasse das histórias contadas nos processos, contanto que pulasse as conclusões segundo as leis.

O Sr. Bhattacharya não agia como se Emily não tivesse a capacidade de acompanhar seu raciocínio, como se as coisas que ele estava aprendendo fossem complexas demais para ela. Ele apenas conversava com Emily.

No encontro anterior, havia tirado um dos livros da maleta e os dois leram juntos uma passagem, com as cabeças inclinadas no mesmo ângulo, tão próximos que ele poderia ter esticado o braço e colocado a mão sobre a de Emily.

Ele não tinha feito isso.

Naquele momento, porém, ele não pegou o livro. Em vez disso, olhou para o céu.

– Tem um caso – falou afinal. – A corte concluiu que uma herança era inválida porque uma mulher de 80 anos ainda poderia ter tido um filho depois que o testamento foi feito.

Ele soltou um som irritado.

Emily juntou as mãos, esperando, mas o Sr. Bhattacharya não disse mais nada. Apenas encarou Emily como se as fraquezas centenárias do Direito pudessem ser apoiadas nos ombros dela.

– Talvez – disse Emily –, se o senhor pudesse me explicar com que parte específica está tendo dificuldade, eu possa ajudar mais.

– Eu... – Ele piscou para ela. – Não é óbvio com que parte estou tendo dificuldade? Comece com o fato de que não é possível que uma mulher de 80 anos tenha filhos.

– Sara teve filhos na Bíblia – comentou Emily –, e tinha pelo menos 80 anos, então...

– Na Bíblia. – Ele balançou a cabeça. – Mesmo se pudermos argumentar com essa referência, ainda não consigo entender. A regra em questão diz que deve ficar claro quem será beneficiado pelo testamento dentro de vinte e um anos da morte de uma pessoa que estivesse viva na época em que o testamento foi feito. Se vamos usar a Bíblia como referência, basta usar Jesus Cristo como uma pessoa que estava viva no momento do testamento. Já que ele renasceu dos mortos e vive para sempre, então...

– Não, não – disse Emily, tentando abafar uma risada. – Conheço muito pouco sobre leis, mas tenho certeza de que não podemos usar Jesus.

– Por que não? Jesus continuou vivo depois de nascer de novo ou não?

– Vão dizer que isso é sacrilégio, essa é a questão.

O Sr. Bhattacharya deu de ombros, como se o sacrilégio não estivesse entre as preocupações dele.

– Pois bem. Me deixe ver se entendi como funciona. Podemos usar essa tal de Sara das suas escrituras sagradas, mas não Jesus. Imagino que, se eu citasse o *Bhagavad Gita*, a resposta seria hostil.

– O que é isso? – perguntou Emily, curiosa.

– Podemos dizer que é parte das escrituras hindus.

Ela pensou no assunto.

– Não me considero especialista na lei inglesa, mas acredito que é razoável acreditar que citar as escrituras hindus numa corte inglesa não seria a melhor escolha.

– A lei inglesa não faz sentido. Suas escrituras são o único argumento válido possível, e, ainda assim, só é usado quando é conveniente para apoiar uma argumentação, mas não em outros momentos. Como isso faz sentido? Não tem nenhum princípio orientador.

– Eu acho, Sr. Bhattacharya, que o senhor entende muito bem como funciona – disse Emily. – Seu problema não é de entendimento. É de aceitação.

– A senhorita inverteu a ordem – respondeu ele, calmo e imperturbável. – Eu *aceito*. Mas como vou aplicar uma lei tão ilógica? E vocês, ingleses, ainda dizem que sua lei é o auge da civilização.

– Eu? *Eu* nunca disse isso. – Emily deu um passo para a frente. – Nunca disse nada sobre a lei inglesa. Ela diz que eu não posso tomar minhas próprias decisões, que, mesmo que eu tenha idade para casar e ter filhos, não posso escolher com quem morar e quem pode tocar no meu corpo. A lei inglesa diz que devo me submeter à vontade do meu tio, mesmo que, se dependesse dele, eu ficasse trancada no meu quarto o tempo todo.

O Sr. Bhattacharya a observava com uma expressão estranha.

– Seu tio – falou ele devagar. – Mas achei que seu tio... – Ele correu os olhos pela trilha. – Como assim, se dependesse do seu tio, a senhorita ficaria trancada no seu quarto o tempo todo?

Emily engoliu em seco.

– Talvez ele não seja tão tolerante quanto dei a entender.

O Sr. Bhattacharya deu um passo para trás.

– Não sei se a senhorita deveria desafiar seu tio. Ele é sua família. Não é questão de leis e direito, é questão de bom senso. Achei que...

– Eu suavizei um pouco a verdade – admitiu Emily, irritada. – Meu tio não é...

– *Eu* não desafiaria minha família assim.

– É claro que desafiaria – retrucou Emily. – Se sua família lhe pedisse para fazer algo repugnante. Imagine, por exemplo, que seu pai fosse um tirano como Napoleão, e ordenasse que o senhor...

Mas o Sr. Bhattacharya estava balançando a cabeça de novo.

– Agora realmente não estou entendendo. Por que Napoleão era tão terrível assim?

Ele agia de modo tão tranquilo, com um sorriso tão frequente nos lábios, que a princípio Emily achou que ele estava fazendo uma piada. Então, viu os sulcos na testa dele e o olhar obscuro que lhe lançou.

Ela jogou as mãos para o alto.

– Que absurdo! Ele estava determinado a conquistar todo o continente europeu a qualquer custo, não importava o que... o que...

Ela engoliu em seco, enquanto sua mente chegava à conclusão diante dela.

– Ah – fez com um horror silencioso.

Ele nem arqueou uma sobrancelha.

– Ah – repetiu Emily, colocando a mão sobre a barriga.

Por alguns momentos, o Sr. Bhattacharya não disse nada.

Em seguida, quando Emily se sentia no auge da própria estupidez, ele disse:

– A Companhia Britânica das Índias Orientais tomou posse de Calcutá há mais de dois séculos. A senhorita não tem ideia do que eu já vi. Há dez anos, houve uma rebelião no norte. A senhorita provavelmente nem ouviu falar dela.

Ele disse aquilo sem piscar. E tinha razão. Emily nunca ouvira falar sobre tal rebelião.

– Continue – murmurou ela.

– Diversos batalhões indianos se revoltaram. Indianos mataram indianos. – Ele cerrou os punhos e fechou os olhos. – Meu irmão estava no Exército. Eles o convocaram para ajudar.

Apesar daquelas poucas palavras, Emily via bem a tensão sombria no maxilar do Sr. Bhattacharya.

Ele balançou a cabeça e olhou para longe.

– Eu conhecia aquelas pessoas – continuou, por fim.

Ele sacudiu o próprio corpo com firmeza, rígido, e aqueles olhos escuros se voltaram para Emily.

– Por qual lado seu irmão lutou? – perguntou ela, devagar.

O Sr. Bhattacharya soltou um som irritado.

– Estou aqui. A senhorita precisa perguntar?

Ela fez que não.

– Tudo começou porque a Companhia das Índias Orientais distribuía para os cipaios cartuchos de fuzil que tinham sido engraxados com gordura animal. Gordura de porco, de vaca, o que estivesse disponível. Já que parte do treinamento exigia que os soldados colocassem os cartuchos dentro da boca...

Ele cerrou os punhos novamente.

Os dois já tinham conversado sobre aquilo o bastante para que Emily entendesse o que tal exigência significava. Ela engoliu em seco.

– Os ingleses não entenderam que estavam pedindo algo profano. Não entenderam por que todos ficaram tão furiosos quando descobriram a verdade. – Ele olhou para Emily. – Não entenderam por que as brigas chegaram a um ponto tão drástico, espalhando-se de província em província. E, quando contaram os mortos, não incluíram os nossos números. Então, Srta. Fairfield, não. Napoleão não era tão ruim assim.

Emily prendeu a respiração.

– Entendo – comentou ela – que o senhor seja a favor de um governo autônomo para a Índia, se não da independência total.

Ele parecia muito calmo, sem que nem um músculo do corpo se

mexesse. No entanto, ainda havia certa tristeza em seus olhos. Emily queria fazê-la sumir.

– Não. A senhorita não prestou atenção no que eu disse antes? Não me atrevo a ser a favor de algo assim.

Ela engoliu em seco.

– Minha família é abastada – continuou ele. – É complicado explicar para quem não conhece o sistema. Meu irmão mais velho era um oficial nas Forças indianas. Meu segundo irmão é magistrado. Meu pai trabalha na administração pública, numa posição de responsabilidade que fica diretamente abaixo do comissário das estradas de ferro. Estou aqui precisamente porque minha família aceita o domínio britânico. Como eu poderia falar sobre rebelião? O que ia acontecer com eles?

Emily meneou a cabeça, sem palavras.

– Mesmo se não fossem favoráveis, meu irmão me contou sobre a Revolta dos Cipaios. Como começou. Como terminou. Indianos lutando contra indianos pelos britânicos. O que temos a ganhar com isso? – Havia amargura na voz dele. – Portanto, não, eu não sonho com um governo autônomo. Sonho com as coisas que posso conquistar, não com as que estão além do meu alcance.

– Mas...

– Se eu sonhasse com um governo autônomo, não seria capaz de conquistar nada. – A respiração dele estava ficando mais rápida. – Não tolerariam alguém tão radical, e no fim das contas ia dar no mesmo. Aquela violência toda de novo, e para quê?

Emily tentou imaginar como era não poder sequer sonhar com liberdade.

Ele deu as costas para ela.

– Então, não me fale de Napoleão. A senhorita não tem ideia de como ele era.

Por mais que Emily tivesse apenas se aventurado a poucos quilômetros de distância da casa do tio, sentiu seus horizontes desabando, como se ela tivesse sido virada do avesso. Meu Deus, como tinha sido ingênua.

– Esse não é um assunto adequado para uma conversa educada. – O tom de voz dele tinha se uniformizado. – Peço perdão.

A ferocidade havia deixado seus olhos. Ele sorriu com tranquilidade, como se nada tivesse acontecido. Era errado, muito errado. Uma máscara de bons modos.

– Não – retrucou Emily com intensidade. – Não. *Nunca* peça perdão por isso. Nunca. Não sei o que o senhor se atreveria a fazer em qualquer outro lugar do mundo, mas comigo... – Ela nem tinha certeza de por que estava tão perturbada. – Este é o meu refúgio – acrescentou. – A única coisa que faço que dá sentido ao resto do dia. Deveria ser seu refúgio também.

Por um longo período, ele não disse nada. Apenas a olhou, com as emoções escondidas atrás de uma máscara.

– Eu deveria lhe dizer para não desafiar seu tio – disse por fim.

– Se não existisse nenhuma administração pública, nenhum perigo de violência... Me diga, Sr. Bhattacharya, qual seria sua bandeira?

Ele respirou fundo.

– Acho que não é uma boa ideia falar sobre isso. Acho que a senhorita está tentando mudar de assunto.

– Já *eu* acho outra coisa – disse Emily. – O senhor realmente acreditou em mim quando falei que minha família não era convencional? Que meu tio permitia que nós dois ficássemos vagando por aí, dia após dia, sem ao menos ser apresentado ao senhor?

– Eu... – Ele torceu os lábios. – Bem...

– O senhor sabia. Pode ter fingido que não, mas *sabia*. Se acha que eu não deveria sair às escondidas, por que está aqui?

Ele ficou em silêncio por mais um tempo. Então, com muita, muita calma, esticou o braço e segurou a mão de Emily. Não para apoiá-la no próprio braço nem para ajudar Emily a se equilibrar num trajeto acidentado. Ele pegou sua mão e a acariciou com o polegar, até que os dedos de Emily se desdobrassem nos dele. E então – ainda a olhando nos olhos – se curvou e beijou a palma da mão dela.

E nesse momento Emily percebeu que, sem querer, tinha nadado até águas profundas.

Capítulo onze

A melhor forma de dominar as tentações, Oliver disse a si mesmo, era ignorá-las. Se alguém não quisesse comer doces demais, era melhor não comprá-los. Se alguém não quisesse consumir bebidas alcoólicas, era melhor não visitar um pub. Se alguém quisesse evitar humilhar uma mulher...

Bom, Oliver deduziu que a melhor forma de se fazer isso era mantendo distância. Ele conseguiu tal façanha durante três dias, e esperava que no jantar daquela noite não fosse diferente.

Os vestidos da Srta. Fairfield não melhoraram. Houvera aquele em tons de azul e dourado, uma combinação perfeitamente aceitável, porém estampada de um jeito que brilhava e pulsava, parecendo crescer e encolher diante dos olhos de Oliver até que ele fosse forçado a virar o rosto. Houvera o Vestido Vermelho como o Fogo do Inferno – como Whitting o nomeara –, feito de uma seda com padrão moiré que realmente lembrava chamas.

E havia o vestido que ela estava usando naquela noite.

A Srta. Fairfield tinha talento para pegar um conceito maravilhoso e o estragar a ponto de ficar irreconhecível. Oliver já tinha visto belos vestidos feitos de cetim sobrepostos com uma peça de escumilha. Escumilha branca e cetim azul eram uma combinação etérea. Escumilha vermelha sobre cetim branco brilhava em tons rosados sob a luz dos lampiões. Até o cetim preto – e o cetim do vestido dela era de um preto profundo – sobreposto com escumilha dourada teria ficado lindo. Se ao menos ela tivesse parado no dourado. Mas é claro que não. Azul, vermelho, branco, verde, roxo – todas essas cores formavam camadas na saia flamejante de escumilha, criando tons extravagantes e impossíveis.

Impossível era a palavra certa. Porque ela havia atraído o mesmo escárnio incrédulo de sempre. Como todos os outros, Oliver não conseguia tirar os olhos dela. Mas, ao contrário das outras pessoas, ele desconfiava de que era por um motivo completamente diferente.

Oliver gostava dela. Mais do que gostava, na verdade. Se permitisse que a própria mente vagasse, ela iria até os grampos no cabelo da Srta. Fairfield, florzinhas esmaltadas de todas as cores mais berrantes do arco-íris pendendo de correntinhas de ouro. Ele se pegaria pensando em tirar aquelas florzinhas, em correr os dedos pela seda suave do cabelo da moça, em roubar aquele beijo ao qual havia resistido.

A melhor forma de dominar as tentações, lembrou a si mesmo, era ignorá-las.

A Srta. Fairfield ergueu a cabeça e flagrou Oliver encarando-a. E então – antes que ele pudesse lhe dar as costas –, ela abriu um sorriso e deu uma piscadela. Oliver sentiu a piscadela percorrê-lo até a base da coluna. A virilha dele se contraiu em resposta.

Ele deveria ter imaginado que aquele não seria o fim da história.

Ela o encontrou algumas horas depois.

– Sr. Cromwell – cumprimentou-o, com um brilho divertido nos olhos.

– Srta. Fairchild. – Oliver ouviu-se responder, mas até aquele tom leve de brincadeira era forçado.

Ela sorriu. Uma vez, Oliver fizera uma piada, dizendo que temia que o vestido dela pudesse ser contagioso, mas o sorriso é que era contagiante.

Contagiou-o naquele momento. Oliver se sentiu fisgado, sem vontade de fazer nada além de sorrir de volta.

– Srta. Fairfield – falou ele em voz baixa. – Achei que tínhamos chegado a um acordo. Não vamos fazer isso. É impossível.

– Um acordo? – murmurou ela em resposta. – Foi *o senhor* quem disse isso. Eu não disse nada. Isso não é um acordo.

Oliver ainda não tinha parado de sorrir.

– Então, preciso remediar a situação imediatamente. Jane, não podemos fazer isso. Não podemos ser... amigos.

Amigos. Não tinha sido um sentimento de *amizade* que o fizera tocar a bochecha dela na última vez que estiveram a sós. O pior é que ele era um pouco suscetível à moça, sem dúvida, mas reconhecia o jeito que ela o olhava. O jeito como sorria quando o via. Ela estava vulnerável, e Oliver se lembrava bem dela dizendo: *Estou desesperada demais para ficar brava.*

– Uma coisa mudou. – Ela ergueu o queixo e o encarou nos olhos. – Tudo mudou.

Ela moveu a cabeça enquanto falava, e a luz do lampião se refletiu nas flores multicoloridas em seus cabelos.

– É mesmo? – Oliver ouviu-se dizer.

Ela sorriu; era um sorriso feroz e intenso, que parecia fazer algo dentro de Oliver pegar fogo em resposta. Ela se inclinou para a frente.

– Se acha que vou deixar Bradenton ganhar, está redondamente enganado.

– Não tenho nenhuma intenção de deixá-lo *ganhar* – respondeu Oliver, rígido. – Mas…

– O senhor acha que está me disputando com ele? – O sorriso dela ficou ainda mais radiante. – Ah, não, Sr. Marshall. Está errado. *Eu* é que estou disputando *o senhor* com ele.

Oliver engoliu em seco.

– O senhor acha que sou um pavio seco – disse Jane –, vulnerável à mais fraca das fagulhas. Está com medo de me fazer pegar fogo porque acha que, quando eu terminar de queimar, não restará nada além de desolação.

Ela o olhou como se o desafiasse a contradizê-la. Mas Oliver não podia fazer isso. Ele tinha pensado algo bem similar poucos minutos antes. A expressão no rosto dela, porém, estava mais radiante do que Oliver jamais tinha visto, e ele sentiu algo dentro de si se comprimir, cheio de expectativa.

– Tenho algo para lhe dizer – murmurou ela, e ele se aproximou para ouvir o segredo. – Não sou uma praga. Não sou uma peste. E me recuso a ser uma peça que será sacrificada pela glória maior do seu jogo.

Ela não o estava tocando. Então por que parecia estar? Oliver quase conseguia sentir a pressão ilusória da mão dela contra seu peito, o calor dos lábios dela contra seus lábios. Quase conseguia saborear o cheiro dela, aquele traço leve de lavanda. Era como se ela o tivesse tirado de órbita, e ele não conseguia recuperar o equilíbrio.

– Se a senhorita não é nenhuma dessas coisas – disse ele –, então o que é?

– Eu sou flamejante.

Abriu um sorriso, fez uma reverência para Oliver e, em seguida, deu meia-volta, deixando-o encará-la enquanto ela se afastava.

Aquelas palavras não deveriam fazer sentido algum, porém, quando ela se virou, os cortes de escumilha multicoloridos da saia vibraram às suas costas, sob a luz. Lembrou a Oliver um prisma, tomando a luz e repartindo-a em todas as cores do arco-íris. Ela era... flamejante.

Ele a observou se afastar, e todas as suas preocupações e dúvidas sobre tentações pegaram fogo. Com isso, ele não estava apenas cedendo à tentação; estava convidando-a para tomar um chá.

É, disse uma voz em seu íntimo. *Agora não tem jeito.*

O que não tinha mais jeito, Oliver não sabia. Não conseguia encontrar sentido naquilo, então passou o resto da noite a observá-la, tentando entender o que tinha acabado de acontecer. Ou talvez... talvez ele apenas a estivesse observando.

Ele a viu rir num canto com as gêmeas Johnson. Viu-a conversando com os outros homens, que não pareciam ter notado a transformação dela numa fênix. Até a observou falando com Bradenton, sorrindo enquanto o homem rangia os dentes.

O marquês desviou os olhos dela e avistou Oliver do outro lado do cômodo. A expressão em seus olhos declarava suas intenções frias e sussurrantes.

Oliver não lhe deu nenhuma resposta.

Bradenton foi até ele alguns minutos depois.

– Em nove dias – falou –, vou receber algumas visitas. Canterly, Ellisford, Carleton... Você reconhece os nomes, tenho certeza. Meus amigos no Parlamento estarão aqui. Vou apresentar Hapford a eles.

Os olhos de Bradenton cruzaram o cômodo até o lugar onde Jane estava. Oliver conseguia ouvi-la rindo mesmo àquela distância.

– Talvez antes eu quisesse que você provasse alguma coisa sobre si mesmo. – O olhar dele ficou mais duro. – Talvez ainda queira. Mas, agora, o que mais quero é vê-la cair. – Ele balançou a cabeça, voltando-se para Oliver mais uma vez. – Cuide disso, Marshall. Se concluir a tarefa antes de todos irem embora, vou convencer meus amigos.

O futuro de Oliver. Aquele voto. Tudo com que ele sempre sonhara, oferecido de um jeito tão fácil, mas a um preço tão alto.

Pesando contra aquilo estava a imagem de Jane. Do sorriso dela, intenso, brilhante. Por Deus, Oliver sentiu um enjoo.

Eu sou flamejante.

O fogo incinerou o mal-estar. Oliver não sorriu. Não olhou nos olhos de Bradenton. Apenas deu de ombros.

– Nove dias, então. Se é só o que tenho.

✺

Na manhã seguinte, o céu estava coberto por nuvens acinzentadas. Oliver acordou com a memória da noite anterior na cabeça – como um sonho, translúcido e insubstancial, o tipo de coisa que não podia ter acontecido de verdade.

Ele se sentou. Estava num quarto de hóspedes na casa do primo. Esperou que a cabeça clareasse. Contudo, em vez de as lembranças se dissiparem num vazio impossível, como os sonhos costumavam fazer, elas se solidificaram, memória sobrepondo memória. O sorriso de Jane. O vestido dela. A expressão em seu rosto enquanto ela sorria e dizia: *Eu sou flamejante.*

Meu Deus. O que ele ia fazer?

Alguém bateu à porta.

– Você está pronto?

Era o primo. No dia anterior, Oliver tivera a péssima ideia de concordar em acompanhar Sebastian no passeio matinal dele. Oliver esfregou os olhos e olhou pela janela. Ainda estava cedo, o amanhecer passando os dedos acinzentados de neblina pelos campos. Da janela dos fundos, ele conseguia ver a névoa cobrindo o rio Cam e as plantações mais além.

– Se apresse, Oliver – insistiu Sebastian.

– Não é justo – respondeu Oliver. – Por que meu primo é o único libertino que conheço que *gosta* de acordar cedo?

O único som que veio em resposta foi a risada de Sebastian.

Oliver precisou de meia hora para se arrumar e estar pronto para sair. A neblina havia começado a se dissipar sob a luz do início da manhã e um pássaro cantava em algum canto. Mas durante os primeiros minutos da caminhada estava frio demais para fazer qualquer coisa além de andar depressa, esfregando as mãos enluvadas uma na outra, até que o exercício os envolvesse em seu próprio calor. Eles cruzaram o Cam, subiram pelas encostas dos prédios das faculdades e vagaram até os campos antes de Sebastian falar:

– Você vai me contar o que está fazendo ou não?

– Aqui? Eu já contei. Bradenton...

– Bradenton que se lasque – interrompeu Sebastian. – Nunca gostei dele mesmo. Não é disso que estou falando.

Oliver curvou os lábios, perplexo.

– Não sei do que você está falando.

– Também não estou falando da sua Srta. Fairfield. – Sebastian suspirou. – Estou falando de uma coisa muito mais importante. Da coisa *mais* importante, se quiser, o centro do universo, Copérnico que vá para o inferno. – Ele abriu um sorriso largo. – Estou falando de mim.

Oliver olhou para Sebastian. Seus pais tinham lhe contado sobre seu genitor quando Oliver era jovem. Tinham descrito o meio-irmão dele, que vivia numa casa grandiosa com um pai não muito útil. Oliver soubera de tudo sobre Robert.

Mas não soubera da existência de Sebastian até ter 12 anos.

A irmã mais velha do duque de Clermont tinha se casado com um industrial numa tentativa desesperada – e, até onde Oliver conseguia entender, fútil – de encher os cofres da família Clermont. Sebastian Malheur era o resultado daquele casamento. Tinha cabelos escuros, era bonito e sorria para todo mundo. Quando estudavam juntos, vivia aprontando traquinagens. E, de alguma forma, isso nunca tinha mudado.

Aquela ostentação charmosa era precisamente o tipo de coisa que Sebastian fazia de melhor. Oliver nunca sabia ao certo no que o primo acreditava porque eram muito raras as vezes que ele falava sério.

Naquele momento, estava sorrindo.

– Você fica me fazendo perguntas abertas do tipo "Como você está?" e "Você gostou mesmo de saber que...". Todas essas questões sobre meus *sentimentos*. Pensei em dar a você a chance de ser direto. Está agindo como se eu fosse morrer. Por que isso?

Algumas coisas nunca mudavam, mas...

Oliver suspirou.

– São as suas cartas. Já que eu vinha para cá de qualquer jeito, Robert me pediu para ver como você estava.

– Minhas cartas. – Sebastian olhou ao redor como se esperasse que um coral grego surgisse do nada e explicasse tudo com uma serenata. – O que há de errado nas minhas cartas?

– Não sei. – Oliver deu de ombros. – Mas Robert diz que há alguma coisa errada nelas. Que você está diferente. E você sabe como ele é. Ele sempre tem razão sobre essas coisas. Nunca consegue descobrir qual é o problema sozinho, nem como solucioná-lo... mas sabe quando alguma coisa vai mal. E ele diz que você não parece estar feliz.

Sebastian abriu um sorriso resplandecente. Aquele comentário parecia ridículo diante da luz do sol da manhã batendo no rosto do primo.

– Não pareço estar feliz? – disse Sebastian. – Por que eu *não* estaria feliz? Conquistei o tipo de sucesso com que a maioria dos homens apenas sonha. Deixei toda a Inglaterra, o mundo todo, na verdade, em polvorosa. Causei confusão da mais alta categoria, e o melhor é que foi provado, com demonstrações científicas, que tenho razão. Então, me diga, Oliver, nessas circunstâncias, por que eu não estaria feliz?

Oliver olhou para o primo, depois deu de ombros.

– Não sei – respondeu. – Mas, nesse discurso bem longo e esplêndido que você acabou de dar, disse de tudo, menos que está feliz.

Sebastian olhou para ele e em seguida balançou a cabeça de um jeito irônico.

– Minnie – falou, como se fosse uma explicação. – Robert se casou com ela, e agora vocês dois ficam analisando o que as pessoas dizem para descobrir todos os significados por trás das palavras. É bom que ela não esteja aqui, porque, se estivesse, ia ver o que *não* está acontecendo. Você é um amador.

– O que não está acontecendo? – quis saber Oliver.

Sebastian o ignorou.

– Como hipótese, vamos supor que você esteja certo. Estou profundamente magoado e infeliz até os fios do cabelo, mas não quero explicar por quê. – Ele sorriu enquanto falava, como se quisesse mostrar que aquele conceito era ridículo. – Não seria melhor para todos deduzir que eu tinha meus próprios motivos para decidir não revelar nada e respeitar minha decisão?

– Talvez – disse Oliver devagar. – Mas... tenho a impressão de que, ultimamente, suas atitudes mudaram. Tem alguma coisa diferente.

– De novo, supondo que você tenha razão – rebateu Sebastian –, me dizer como pareço estar triste não vai fazer com que eu me sinta nem um pouco melhor.

– Está bem, então. Faça como quiser. Assim como nos velhos tempos.

Eles continuaram trilha abaixo, passando por um quintal onde a filha de um fazendeiro estava alimentando os gansos e por um homem que carregava baldes de água pendurados no pescoço.

– O que você quis dizer antes – perguntou Oliver, afinal –, sobre o que não está acontecendo?

– Há muitas coisas que não estão acontecendo – respondeu Sebastian com leveza. – Eu não estou voando. Você não está se transformando em ouro quando eu o toco. Ainda não fiz um pacto com o diabo.

– Se quer me dizer alguma coisa, é melhor falar de uma vez.

– A questão é essa. – A expressão de Sebastian ficou séria. – Se eu *tivesse* assinado um contrato faustiano com sangue, por assim dizer, provavelmente teria uma cláusula que me impediria de falar sobre o assunto. Então, vou dizer apenas isto: ser eu… não é mais tão divertido quanto costumava ser.

Naquilo Oliver conseguia acreditar. Sebastian havia conquistado a fama com rapidez. Não fazia tanto tempo assim que ele era apenas mais um homem rico demais, de boa família, sem nenhum motivo para se esforçar. Tinha feito o que os homens ricos demais e de boa família normalmente fazem: degustado as mulheres da cidade e construído uma leve reputação de hedonista.

Sim, ele era inteligente. E sempre fora engraçado de um jeito desordeiro. Mas, se uma década antes alguém houvesse perguntado a Oliver o que Sebastian faria da vida, Oliver nunca – nem em um milhão de anos – teria adivinhado que o primo ficaria famoso no estudo das ciências naturais.

E então, inesperadamente, Sebastian tinha publicado um artigo científico, entre todas as opções, sobre bocas-de-leão. Havia sido bem recebido, e seis meses depois ele publicou outro sobre ervilhas, e mais alguns meses depois outro acerca de alface.

Meros três meses após aquele artigo sobre alface, Sebastian anunciou que o que tinha descoberto não eram apenas algumas esquisitices notáveis a respeito da reprodução de flores e hortaliças, mas sim um sistema – demonstrando que as características físicas eram transmitidas dos progenitores para os descendentes de modo sistemático, que podia ser previsto usando a matemática.

Tal sistema, contara Sebastian, servia como uma fita métrica. Podia ser usado para determinar o que seria desencadeado nos descendentes pelo acaso – e, portanto, podia ser usado para verificar como a natureza se desviava do acaso. Se fosse um desvio significativo em resposta à mudança das condições, argumentara Sebastian, isso provaria que o Sr. Darwin tinha razão.

Ele não podia ter publicado um texto mais controverso. Aquele artigo continha quatro exemplos demonstrando como a natureza tinha se desviado do acaso. E foi naquele momento que Sebastian Malheur deixou de ser visto apenas como um cientista levemente excêntrico com tendências hedonistas e passou a ser considerado herege e ímpio.

– Eu me preocupo com você – disse Oliver por fim. – Me preocupo muito, Sebastian.

– Ora, se preocupe de uma forma mais produtiva – retrucou Sebastian, decidido. – Não preciso de toda essa compaixão. Na verdade...

– Ah, nossa! – gritou uma voz atrás deles. – Sr. Malheur? É o senhor, Sr. Malheur? Oláááá!

Sebastian se virou e avistou um homem indo até eles em um passo que ficava entre uma caminhada e uma corrida. Ele sacudiu o braço para Sebastian, cumprimentando-o.

– Quem é esse homem? – Sebastian forçou a vista e soltou um palavrão em voz baixa. – Quem quer que seja, não quero falar com ele. Me esconda, Oliver.

Oliver olhou ao redor. Não havia nada ali além da trilha que estavam seguindo, abrindo caminho ao longo do rio e da grama na altura dos tornozelos. A paisagem era marcada por alguns poucos arbustos raquíticos, mas não havia nada ali que serviria para esconder alguém.

– Ele já viu você. Não pode se esconder.

– Que tal fingir que virei uma árvore? – Sebastian deu de ombros. – Eu faria uma atuação bem convincente. Juro.

O outro homem já estava praticamente ao lado deles. Ele percorreu a última parte do caminho aos tropeços, respirando com dificuldade.

– Sr. Malheur! – falou. – Estou procurando o senhor desde a última vez que nos falamos. Mandei mensagens para o senhor... Por acaso não as recebeu?

– Eu recebo muitas mensagens. – Sebastian franziu o cenho para o homem. – Quem é o senhor mesmo?

– Fairfield – foi a resposta. – Sr. Titus Fairfield.

Oliver piscou e avaliou o homem mais uma vez. Fairfield. Até que era um nome comum. Podia ser uma coincidência. No entanto...

O Sr. Fairfield ergueu a mão e secou a testa suada com o lenço de bolso.

– É claro que não espero que o senhor se lembre de mim. É claro que não.

Sou um cavalheiro que mora aqui em Cambridge. – Ele abriu um sorriso fraco, como se estivesse sem prática. – Um cavalheiro, isso mesmo. Sem necessidade de trabalhar, apesar de aceitar um aluno promissor de vez em quando como meu pupilo.

Um instrutor particular que aceitava apenas um aluno por vez, no lugar de um grupo? O homem não devia ser muito bom.

Sebastian também devia ter pensado isso, pois soltou um meio suspiro.

– Faço questão de ter tempo livre, para poder dedicar minha vida ao estudo. Como o senhor. – O Sr. Fairfield se endireitou, um pouco inseguro. – Mais ou menos como o senhor.

Sebastian trocou um olhar com Oliver e contraiu os lábios.

– Seu trabalho – continuou o Sr. Fairfield depois de um silêncio desconfortável –, seu trabalho... me deixou completamente confuso e maravilhado. Não consigo pensar em mais nada desde que vi sua palestra. As implicações, Sr. Malheur, as implicações! Para a política, para o governo, para a economia.

Sebastian apenas olhou para o Sr. Fairfield.

– Não imaginei que meu trabalho com as bocas-de-leão tivesse implicações políticas e econômicas.

– Ainda não consegui entender tudo – respondeu o homem. – O senhor tem conhecimentos superiores aos meus. Mas não é certo afirmar que, se existe de fato alguma base herdada para a evolução, então, como espécie, podemos triunfar sobre ela? O senhor não deveria investigar isso?

O sorriso de Sebastian em resposta era afiado como uma faca.

– Como assim, com um programa controlado de reprodução humana?

Fairfield piscou.

– É o que eu teria que fazer. E conduzir a reprodução de seres humanos é bem mais difícil do que propagar bocas-de-leão. Em geral, os humanos preferem se reproduzir por conta própria, sem direcionamento externo. Eu mesmo tenho tal preferência. Detestaria impor essa obrigação a outras pessoas.

Fairfield franziu o cenho.

– O senhor poderia pagar...

– O *senhor* é o instrutor de Direito. Agora a lei permite pagar pessoas por atos sexuais?

– Ah. Bom argumento. Entendo. Isso realmente dificulta tudo. – Fairfield franziu a testa. – Precisamos pensar mais sobre isso, pensar muito mais mesmo. Talvez possamos nos encontrar para conversar sobre o assunto.

– Não – disse Sebastian com um sorriso brilhante. – Não vamos fazer nada disso. Me parece algo medonho e grotesco.

– Mas...

– Sem *mas* – interrompeu Sebastian. – Agora, se me dá licença, meu primo e eu precisamos seguir nosso caminho.

Não havia nenhum caminho levando a lugar algum. Sebastian indicou os campos de um jeito vago.

– Tenha um bom dia – disse Sebastian com um aceno. – Eu adoraria ficar conversando, mas preciso fugir.

– Espere – pediu Oliver.

Mas o primo o segurou pelo punho da camisa e se enfiou no mato. O campo ainda estava úmido por causa do orvalho e, em questão de segundos, as meias de Oliver ficaram molhadas. Sebastian tinha um sorriso no rosto o tempo todo, um sorriso brilhante e terrível. Mas ele seguiu em frente num ritmo penoso, segurando o punho de Oliver com firmeza até que já tivessem percorrido quase um quilômetro.

– Pronto, viu só? – disse Sebastian. – Um dos meus apoiadores. Agora, me diga, Oliver, por que eu não estaria feliz?

Capítulo doze

Fez um dia quente e ensolarado fora de época pouco depois de Jane ter tão descaradamente informado o Sr. Marshall que ia brigar com Bradenton por ele. Naquele meio-tempo, ela havia perguntado a si mesma o que tinha na cabeça. Como se atrevera a dizer algo tão audacioso?

Mas, quando viu o Sr. Marshall de novo, não precisou mais pensar nisso.

Era meio-dia. Ela estava caminhando no parque Jesus Green com as irmãs Johnson, fingindo assistir a um jogo de críquete que se encaminhava para uma derrota esmagadora, deliciando-se no calor de uma amizade verdadeira. Ela o viu primeiro, passeando devagar ao longo do outro lado do parque, gesticulando com as mãos enquanto falava. Ele estava conversando com um rapaz de traje preto.

Jane nunca tinha visto o Sr. Marshall passeando. Ah, ela o tinha visto caminhar dentro de um cômodo, sim. Mas ali fora, no gramado, ele se movia com passadas longas e uma graça natural. O vento bateu em seus cabelos por baixo do chapéu, bagunçando a franja.

E Jane entendeu por que tinha dito aquilo para ele. Porque ninguém a faria abrir mão daquele homem, daquele homem que lhe dizia para continuar a falar, que lhe dizia que ela era corajosa.

Era um pensamento espantosamente feroz e possessivo. Mas ela pensou aquilo mesmo assim.

Meu.

Ele a tinha tocado, e ela havia gostado.

Meu.

– Jane?

Ela se virou, com um susto, e viu Genevieve e Geraldine sorrindo para ela.

– Me diga – falou Geraldine –, no *que* você estava pensando, hein?

Jane balançou a cabeça.

– Nada.

– Nem Geraldine está nesse estado – cantarolou Genevieve –, e o noivo dela está logo ali. Será que esse *nada* tem cabelos ruivos e usa óculos?

Jane corou. Ela não tinha percebido que era Hapford quem estava ao lado do Sr. Marshall.

Geraldine se inclinou para a frente.

– Será que esse *nada* está caminhando com Hapford?

– Não – interveio Genevieve. – Eu acho que esse *nada* está vindo para cá. Vamos lá, Jane. Acene para ele.

Jane ergueu a mão enluvada. Mesmo separados pelos quarenta e cinco metros de um gramado bem aparado, com meia partida de críquete entre eles, ela sentiu um rubor forte tomar seu rosto.

O Sr. Marshall também ergueu a mão. E, em seguida, foi até ela.

Eu sou flamejante, pensou Jane, mas estava mesmo pegando fogo, queimando mais a cada passo que o Sr. Marshall dava em sua direção.

– Sr. Marshall – cumprimentou ela, assim que ele chegou perto o bastante. – Milorde.

– Srta. Fairfield. Srta. Johnson. Srta. Genevieve.

As palavras dele foram bem educadas, mas o olhar se demorou apenas em Jane.

Ao lado dele, Hapford pronunciou um cumprimento similar. Geraldine foi até ele para pegar seu braço, e Genevieve a acompanhou. Isso deixou Jane com o Sr. Marshall. Não estavam a sós, mas tinham um pouco de privacidade.

– Gostou do meu vestido de passeio?

O olhar dele desceu para o decote dela, depois para os pés, tão tangível como uma carícia.

– Seja sincero – pediu Jane, indicando o espaço à sua frente. – Eles não vão ouvir.

Realmente, as Johnsons, prestativas, tinham levado Hapford a uns cinco ou seis passos de distância.

– É um *horror estridente* aperfeiçoado – disse o Sr. Marshall. – Está quase no mesmo patamar de *fascinação doentia*. – Ele fingiu ter um calafrio. – Mas é sério. Isso aí são bananas vermelhas estampadas no tecido?

– São, sim. Adorei. Veja. – Jane mostrou o pingente do colar para ele, um macaco verde esmaltado com intensos olhos de topázio. – Não é maravilhoso?

Ele deu um passo para a frente e observou, prestativo.

Mas talvez não tão prestativo assim. Ela estava perto o bastante para ver os olhos dele por trás dos óculos, que focaram não no pingente, mas...

Tecnicamente, o vestido dela subia até metade do pescoço. E, também tecnicamente, o tecido do corpete era uma renda escura. E a renda tinha buraquinhos.

Não aparecia nada que não estaria à mostra num vestido de gala, mas, ainda assim, *aparecia*. E se alguém se aproximasse o bastante, fingindo olhar para um colar...

Ele subiu o olhar para o rosto dela e abriu um sorriso sem remorso.

– Tem razão. Isso realmente completa a roupa. – Ele a chamou com o dedo. – Me deixe ver de novo.

Jane corou e, à sua frente, Geraldine tossiu.

– Ah, Geraldine – disse Genevieve em voz alta –, espero que você não esteja ficando doente.

– Que nada – disse Hapford. – Não foi...

Mas Geraldine o interrompeu.

– Infelizmente, acho que sim. É melhor irmos. Hapford, pode me acompanhar?

– Mas...

Ela entrelaçou o braço ao do noivo.

– Venha – falou.

– Mas... Ah.

– A não ser que... – disse Geraldine – prefira que fiquemos aqui, Srta. Fairfield?

– Hum. – Jane corou ainda mais. – Não. Isso não é necessário.

Genevieve acenou para ela, e os três foram embora. Jane os observou se afastarem, o tempo todo sentindo os olhos do Sr. Marshall no... colar. Ela se voltou para ele, que a encarou.

– Tem uma mancha nos seus óculos.

– Tem?

– Sim. – Ela ergueu a mão e a colocou deliberadamente na lente. – Uma marca de dedo bem aqui.

Ele a olhou com falsa irritação e tirou os óculos para limpá-los com um lenço.

– É isso que o senhor merece por ficar olhando para o meu macaco. Agora imagine o que vou fazer se aceitar a proposta de Bradenton.

Aquele sorriso, que tinha feito os cantos dos lábios dele se curvarem, vacilou. Ele inspirou fundo.

– Jane.

– Qual é o propósito do voto? – perguntou ela. – Esse que é tão importante.

Mas ele não respondeu de imediato. Em vez disso, ofereceu o braço para ela.

– Venha comigo.

Passaram ao longo do jogo de críquete.

– A senhorita sabe – disse o Sr. Marshall, afinal – que sou o filho ilegítimo de um duque.

– Sim.

– Legalmente, não sou considerado bastardo. Minha mãe era casada quando nasci e fui reconhecido pelo marido dela. Até alguns anos atrás, eu nem era reconhecido publicamente como filho do duque. Algumas pessoas sabiam, é claro, mas o assunto era, no máximo, sussurrado por aí, nunca dito em voz alta.

Legalmente, Jane também não era considerada bastarda. Mas ainda era tratada como tal.

– Às vezes – continuou ele –, esqueço que as pessoas pensam em mim como filho de Clermont. Elas não acreditam que Hugo Marshall é meu pai. É estranho, porque para mim ele nunca foi outra coisa. Só… meu pai. Ele nunca agiu como se minhas irmãs, que são sangue do seu sangue, fossem mais importantes do que eu. Passei a maior parte da infância sem perceber como isso era extraordinário. Era apenas minha realidade.

Ah, como Jane sentiu uma pontada de inveja ao ouvir isso, algo que se enrolou em seu coração com a ideia de ter uma família de verdade.

– Como era? – perguntou ela, em voz baixa.

– Ele me ensinou a pescar, a montar uma armadilha para coelhos, a lutar com honra num combate a soco e a lutar sem nenhuma honra, usando golpes baixos, se fosse necessário. – O Sr. Marshall respirou fundo. – Ele me ensinou a cuidar das contas e a dobrar um papel para montar uma caixa. Me mostrou como usar uma folha de grama como apito. Me ensinou tudo. Então, eu o chamo de pai porque é o que ele foi. Em todos os sentidos da palavra, exceto por um pequeno detalhe.

– Então o senhor era parte da família?

– Ah, sim. Eu cresci com meus pais. Eles tinham uma pequena fazenda. E é isso que me traz a essa situação toda. Meus pais nunca foram ricos, sempre tiveram só o suficiente. Tanto minha mãe quanto meu pai são inteligentes. Duas vezes por ano, eles alugam fábricas por uma semana, tempo o bastante para destilar óleos e fazer sabonete. Não aquelas barras grandes de sabão que são produzidas para a população geral, mas aqueles sabonetes perfumados e moldados. Minha mãe os prepara em embalagens especiais para as damas e vende a vinte vezes o que valem. – Ele abriu um sorriso e olhou para Jane. – A senhorita usa um deles, eu acho. *O segredo de Lady Serena.*

Jane usava, sim. As embalagens a atraíam com a variedade de cores em tons pastel. As barras de sabonete vinham embrulhadas em lenços de papel e eram acompanhadas por um cartãozinho que explicava o aroma. Havia aromas diferentes para cada mês do ano, mudando de acordo com as estações. Jane pagava cinco vezes mais por aquelas barrinhas com cheiro doce do que pagaria por outros sabonetes, mas desfazer o embrulho dava-lhe tanto prazer que, para ela, valia cada centavo.

– Meus pais se viram bem – continuou o Sr. Marshall. – Mas tenho três irmãs. Duas delas casaram há pouco tempo, e nossos pais separaram algum dinheiro para que elas se estabeleçam na nova vida. Teve o custo da minha própria educação em Cambridge. E, apesar de o duque de Clermont atual, meu irmão, ter separado uma quantia para mim quando atingi a maioridade, meus pais sempre se recusaram a aceitar um centavo dele por uma questão de princípios.

– Está me dizendo que sua família é pobre? – perguntou Jane.

– Não, nada disso. – Ele engoliu em seco e desviou os olhos. – Apesar de que… sim, imagino que a senhorita pensaria assim. Estou lhe dizendo que meu pai tem um contrato informal de aluguel no círculo eleitoral de um condado. Ele paga um aluguel de quarenta libras por ano.

Jane balançou a cabeça, sem entender qual era a relevância daquilo.

– Eu idolatrava meu pai. Costumava achar que ele podia fazer qualquer coisa – continuou o Sr. Marshall. – É isso que acontece quando um homem nos ensina tudo. E então, quando tinha 16 anos, descobri que não era verdade.

Jane apertou o braço dele.

– Ninguém é perfeito. Nem o melhor dos homens.

– Não. Não quis dizer que descobri que ele tem defeitos. Foi exatamente o que eu disse. Descobri que há uma coisa que ele não pode fazer.

Jane esperou a resposta.

– Ele não pode votar.

Surpresa, Jane ergueu os olhos arregalados.

– Isso é... isso é...

– Imagine – falou Oliver, com a voz rouca – que exista alguém que não lhe devia nada mas lhe deu tudo. Uma família. Um lugar no mundo. Amor. Imagine que todo mundo ao seu redor tenha lhe dito que ele não vale nada. O que a senhorita faria por ele?

– Por ela – murmurou Jane, sem querer.

Ela tirou a mão da manga do Sr. Marshall e abraçou a si mesma.

– Quando não se tem quase ninguém... Por ela, eu faria qualquer coisa. – Ela ficou em silêncio por mais um momento. – Foi isso que Bradenton lhe prometeu? Um voto na Reforma Eleitoral?

Ele assentiu.

– Mais do que isso. Não apenas o voto, mas o crédito por tê-lo feito mudar de ideia. Ele lidera um grupo de nove homens. Está preparando Hapford para se unir a eles. Se eu conseguir convencer todo o grupo, isso vai provar o meu valor. Vai ser o primeiro passo. – Ele desviou os olhos. – Srta. Fairfield, não vou pedir perdão pela escolha que preciso fazer. O grupo de Bradenton vai estar na cidade em alguns dias, todos os nove homens. Não sei. – Ele soltou um som frustrado. – Isto é... Acho que será melhor se eu for embora. Agora. – Ele abriu as mãos. – O Parlamento vai se reunir em algumas semanas de qualquer jeito. Chegou a hora de seguir em frente.

Meu.

Talvez fosse precipitado da parte dela. Talvez fosse imprudente. Mas Bradenton havia quebrado o cacto de Jane, e ela queria fazê-lo pagar por isso.

– Me diga, Sr. Marshall – disse ela. – Qual seria o cenário se o senhor levasse oito votos para o Parlamento, em vez de nove?

– É justamente isso que estou tentando obter. A senhorita me viu falando

com Hapford agora há pouco. – Ele parou e a olhou. – Mas para o restante...
os laços de amizade são fortes demais, e se Bradenton falar mal de mim...

Ele deu de ombros.

– Essa é a questão – disse Jane. – Não conheço esses homens, mas Bradenton não tem controle total nem sobre Hapford. Não é possível que ele consiga controlar de verdade os outros homens. E se o senhor pudesse fazer alguma coisa para colocar um pouco de pressão nesses laços de amizade...

Ele apenas a encarou.

– Eles estarão aqui – insistiu Jane. – Vai ser a oportunidade perfeita. O senhor só precisa de uma coisinha. O suficiente para fazer com que eles escutem o que o *senhor* diz, em vez de Bradenton. Vai ter os votos que quer, exceto um. Vai levar o crédito. – Ela abaixou a voz. – E quanto a Bradenton, bem... Acho que ficaria muito irritado.

O Sr. Marshall piscou.

– Meu Deus. – Um sorriso lento se espalhou pelo rosto dele. – Mas como faríamos isso?

– Ah, Sr. Marshall – disse Jane, prolongando as palavras bem devagar. – É só nisso que tenho pensado.

∽

Após a última conversa com o Sr. Bhattacharya, Emily se sentira perturbada. Ela havia observado Titus com mais cuidado, tentando ser... Bem, não *obediente*, mas pelo menos mais respeitosa.

Não fez diferença alguma no comportamento do tio, mas Emily percebeu que, quanto menos se enfurecia com ele, mais ela conseguia tolerar.

Naquele momento, parada ao lado do riacho enquanto esperava o Sr. Bhattacharya chegar, voltou a ficar nervosa. E se ele decidisse que não queria mais vê-la? E se decidisse que a aprovação do tio de Emily era crucial? O coração dela acelerava com cada barulhinho, imaginando que eram os passos do rapaz. A palma das mãos estava formigando, como se sua pele se lembrasse da dele.

E então ela o viu e sentiu um sorriso se abrir no rosto à medida que ele se aproximava. Ele sempre se vestia com excelência. Um número excessivo de alunos de Cambridge era bem desleixado – consequência de usar um manto sobre a roupa, supunha Emily, fazendo com que parassem de se importar com o que achavam que só umas poucas pessoas conseguiam ver. Mas o Sr. Bhattacharya sempre estava com uma aparência elegante e imaculada, com as roupas bem passadas e o chapéu acomodado com firmeza na cabeça.

– Sr. Bhattacharya – cumprimentou Emily quando ele se aproximou.

Ele parou a alguns metros dela e a encarou com uma expressão interrogativa nos olhos escuros.

– É assim mesmo que vai me cumprimentar?

Emily corou.

– O senhor tinha outra coisa em mente?

Com certeza ele estava falando de um beijo. Não nos lábios – essa ideia fazia com que o corpo inteiro de Emily vibrasse de expectativa. Uma expectativa nervosa, doce, maravilhosa, um anseio que a enchia com uma força repentina.

– Não se lembra do meu primeiro nome, não é? – perguntou ele, usando um tom de voz brincalhão.

Ah. Ele estava falando *desse* tipo de cumprimento. Emily piscou, dissipando a força do desejo.

– É claro que sim. É Anjan.

Ele abriu um sorriso igual ao dela.

Emily decidiu que o encontro *depois* de segurar a mão de um cavalheiro era mais estranho do que o que vinha antes. Será que ela deveria pegar a mão dele de uma vez, como um prêmio que já tinha conquistado, ou precisava trabalhar por esse momento pouco a pouco?

Anjan deu um passo para a frente.

– Bela Emily – falou. – Esperta Emily. Doce Emily.

Ele esticou o braço, mas não para pegar a mão de Emily. Ele pegou um dos cachos dela entre os dedos, tocando seus cabelos com extrema delicadeza.

– Eu acho – disse Emily com um tom de voz trêmulo – que você é o melhor sonho que eu já tive.

Ele arqueou uma sobrancelha, sem entender.

– Meu tutor acha que estou tirando um cochilo – explicou Emily. – Eu sei. Não devia ter mentido para você. Estou... estou tentando melhorar.

Ele não soltou o cabelo dela, mas ela conseguia ver seu rosto ficando tenso, o maxilar se mexendo muito de leve, as narinas dilatando.

– Entendo – disse ele.

– Provavelmente não entende. Bela Emily. Esperta Emily. Falsa Emily. Quase toda a minha vida é uma mentira.

Ele a olhou nos olhos.

– A minha também. Sou indiano. Sou o indiano bem-comportado, aquele que não ouve metade do que é dito na frente dele. Aquele que não reclama, não importa o que esteja acontecendo. No fim das contas, acho que não deveria ficar surpreso em saber que a senhorita está mentindo para seu tutor. Há poucos pais na Inglaterra que me permitiriam cortejar a filha deles, qualquer que seja meu potencial.

Emily engoliu em seco.

– Cortejar? – repetiu ela.

Cortejar era uma palavra com bordas duras, uma palavra que ela não entendia direito. *Flertar* ela conseguiria entender. *Deslumbrar*. Ela teria dito que ele gostava da companhia dela. Mas... ele ia se formar naquele ano. E o tutor de Emily nem sequer sabia o que estava acontecendo.

– Você não vai voltar para a Índia depois de conseguir o diploma? – perguntou ela.

Ele a contemplou.

– Não.

– Mas... com certeza vai se casar com uma mulher indiana. Eu tinha...

– Não é provável – explicou ele. – Tenho um amigo aqui, chamado Lirington. O pai dele me ofereceu um emprego depois de eu me formar. Vou ficar.

– Aqui – disse Emily, sem expressão. – Aqui, com o espinafre cozido e o pão. Aqui, com todos nós, Napoleões. Você vai ficar *aqui*? Sei o quanto sente falta da sua família. Por quê?

Ele não disse nada por um longo tempo. Por fim, soltou a respiração num suspiro profundo e se virou.

– Meu irmão mais velho... – falou. – Éramos bem próximos, embora eu tivesse dez anos a menos do que ele. Eu o idolatrava, o seguia por toda parte. Ele me contou todos os planos que tinha. Disse que sempre quis vir para a Inglaterra. Na Índia, nunca o veriam como mais do que outro soldado, outro sujeito com a pele marrom. "Tem muitos de nós aqui", disse ele. "Eles nunca nos veem como pessoas." Ele me disse que se as coisas iam mudar, que precisava ir até os ingleses no país natal deles. Ele tinha planos de se mudar para cá quando tivesse 25 anos, para abrir um negócio. Para passar o resto da vida aqui. Para conhecer os ingleses e para que eles o conhecessem.

Ele tinha começado a falar em um tom de voz bem baixo, mas, ao chegar ao fim da frase, já havia voltado ao volume normal.

Engoliu em seco e desviou os olhos.

– Sem isso – continuou com suavidade –, ele tinha medo de que mais vidas fossem perdidas por uma idiotice. A Revolta dos Cipaios... Tudo começou por causa de negligência criminosa. Não acho que tiveram más intenções, mas foi uma coisa mal pensada. Se os ingleses tivessem escutado, teriam entendido o que tudo aquilo significava. Para eles, era só gordura. Banha de porco e gordura de vaca são apenas partes de um animal. Eles não entendiam que estavam pedindo que os soldados indianos agissem contra as próprias crenças sagradas. Era o tipo de coisa que Sonjit me dizia... Que ele poderia salvar vidas e acabar com essa estupidez, se ao menos pudesse fazer os ingleses entenderem. – Anjan engoliu em seco. – Como eu disse, eu o idolatrava.

Emily apenas continuou observando.

– Durante a Revolta dos Cipaios, ele foi esfaqueado na barriga. Nem foi durante a batalha. Alguém o atacou na rua, gritando. Quando finalmente o levaram para casa, era tarde demais para fazer qualquer coisa além de vê-lo morrer. No momento em que o vi, ele disse: "Bem, pelo jeito não vou conseguir ir para a Inglaterra." – A voz de Anjan estava embargada. – Então prometi a ele que eu viria.

Emily esticou o braço e tocou a mão dele.

– Sinto tanto pela sua perda.

Ele balançou a cabeça, como se estivesse se livrando de memórias antigas.

– Contei para meus pais o que ele tinha dito, falei que eu queria vir em homenagem à memória dele. Nós... conversamos. Haviam arranjado um casamento para mim, mas a garota morreu jovem, e ainda não tinham arranjado outro. Eu disse para eles que não deveriam fazer isso. Que eu seria mais aceito se...

Ele fez uma pausa.

– Se o quê?

– Se não fosse casado – completou ele, sem piscar. – Ou se achasse uma esposa na Inglaterra em vez de trazer uma comigo. Não foi uma conversa alegre. Meus pais discutiram a ideia por anos, mas, no fim, aceitaram. Mesmo assim, ainda tenho suspeitas de que minha mãe queira me surpreender com uma boa moça bengalesa.

Emily o encarou.

– Arranjaram um casamento para você antes de ter dez anos?

– Não é como você está pensando. Meus pais me amam e não gostariam que eu fosse infeliz. Teriam escolhido alguém que eu passaria a amar com o tempo, alguém com um temperamento igual ao meu. Escolheram muito bem para os meus irmãos.

Ele desviou os olhos de novo, depois, muito devagar, tirou o chapéu e o revirou nas mãos.

– Demora para as correspondências transitarem entre a Índia e a Inglaterra – falou, afinal. – Mas escrevi pedindo a aprovação deles.

Emily engoliu em seco. Não conseguia imaginar a enormidade do que ele estava falando. Gostava da companhia dele. Gostava muitíssimo, na verdade. Mas isso...

– Nossos filhos teriam que passar um tempo em Calcutá – murmurou ele, olhando para o chapéu. – Ela vai insistir em ter a chance de mimá-los. Minha mãe, quero dizer.

– Anjan – Emily se pegou dizendo. – Está me pedindo em casamento? Porque...

– Não, é claro que não – respondeu ele. – É cedo demais para isso. Não nos conhecemos há muito tempo, e ouvi dizer que isso é importante para vocês, ingleses. E ainda não recebi a aprovação dos meus pais, o que é muito importante para mim. Só estou lhe contando uma história, é isso.

Uma *história*. Uma história. Emily engoliu em seco, tentando imaginar como a história continuaria. Não seria uma vida fácil, disso tinha certeza. Anjan raramente falava sobre como era tratado, mas ela tivera a impressão de que a maioria das pessoas não era gentil. Bem pelo contrário. E seria a isso que ela se submeteria? Seria essa a experiência de seus filhos? Ela se sentia jovem demais para ter filhos, ainda mais para decidir algo dessa magnitude. Abraçou a própria cintura.

– Vou lhe contar uma história também – falou ela baixinho. – Não cheguei à maioridade. Meu tio nem me deixa sair de casa por causa das minhas crises. Ele nunca deixaria que eu me casasse. – *Muito menos com você*, acrescentou em pensamento, mas não tinha que dizer aquelas palavras horríveis em voz alta. – Independentemente das circunstâncias, eu teria que esperar até fazer 21 anos. E isso é só daqui a um ano e meio.

– Você esperaria? – perguntou ele. – Consideraria esperar, hipoteticamente falando?

Mas, por mais que ela fingisse que aquilo era um refúgio, não era um
faz de conta.

– Todos os dias em que nos encontramos, digo a mim mesma que não
deveria vir – disse Emily. – Temo que meu tio descubra, que comece a pensar em mim como pensa em Jane... Bom, deixe isso para lá. – Ela fechou os
olhos com força. – Como posso cogitar o resto da minha vida quando mal
consigo pensar no amanhã?

Ele se afastou um pouco.

– Sinto muito.

– Não sinta. Foi uma história. Uma história e uma pergunta retórica.
– Ela o olhou e sentiu uma onda de tristeza. – O mais estranho é que, se
nossos pais tivessem arranjado nosso casamento, acho que eu ficaria feliz
com a escolha deles. Não é uma loucura? Só tenho medo porque a escolha
é minha.

Ele deu um passo na direção dela.

– Você teria escolha – informou ele com suavidade. – Sua mãe a amaria.
Depois de nos conhecermos, ela falaria com você a sós. "O que achou?", ela
ia perguntar. "Gostou dele?" Como se tivesse oferecido um presente precioso para uma filha amada e esperasse que fosse bem-aceito.

Emily pensou no próprio pai – que nem sequer a visitava todos os anos.
Pensou na mãe, de quem mal se lembrava, que tinha desmerecido as filhas
inconvenientes, vendo-as apenas como plateia para suas reclamações sobre
a vida no interior à qual o marido a relegara. Pensou no biquinho triste de
Titus quando ela e Jane tinham afugentado o horrível Dr. Fallon e suas jarras
de cheiro podre.

– Não – disse ela, tentando não se engasgar com as palavras. – Não é isso
que ia acontecer. Ele diria: "Moças de 19 anos têm tutores porque não são
capazes de decidir por si próprias."

Por um tempo, Anjan não disse nada. Em seguida, levantou a mão e
devagar, muito devagar, tocou a bochecha de Emily.

– O que vou dizer não é uma história – falou. – É apenas a verdade. Se
ele não vai valorizar você, então eu vou.

Era só a mão dele. Era só a bochecha dela. Os olhos de Emily arderam.
Ela não se afastou, não tentou controlar as lágrimas que turvavam sua

visão. Não conseguia dizer nada em resposta, então ficou ali com ele – e por tanto tempo que uma nuvem deslizou preguiçosamente pelo céu, cobrindo-os com uma sombra, e depois seguiu em frente, deixando a luz do sol tocá-los de novo.

– Vou considerar sua história – falou Emily por fim, com a voz rouca. – Apesar de todas as dificuldades que vejo nela, também haveria recompensas.

Capítulo treze

A noite da reunião de Bradenton chegou muito depressa. Depois de alguns dias de planejamento fervoroso, Oliver se viu novamente na casa do marquês. Desta vez, porém, a residência estava lotada com aliados de Bradenton no Parlamento, então os cômodos estavam quentes demais. Havia mais de vinte pessoas ali naquela noite – um aglomerado de lordes, membros do Parlamento e suas respectivas esposas, que os acompanhavam.

– Marshall. – Bradenton abriu caminho até Oliver por entre o grupo reunido, olhou ao redor e inclinou a cabeça. – Preciso dizer que estou decepcionado. Decepcionado e surpreso. – Sua voz estava baixa, pouco audível em meio ao ruído das conversas. – Todo mundo já está aqui, mas o reino do ridículo da Srta. Fairfield continua inabalável. Eu esperava mais de você.

Que pena que as próprias expectativas de Oliver tinham interferido. Ele abriu um sorriso fraco.

– Ó homem de pouca fé – entoou ele. – O senhor disse hoje à noite, e hoje à noite pretendo cumprir minha parte.

O marquês, que estava balançando a cabeça, parou.

– É mesmo?

Tinham organizado o plano até os mais minuciosos detalhes. Do outro lado da sala, Hapford encontrou o olhar de Oliver. Ele cerrou os punhos e desviou o rosto.

– Digamos que ela foi preparada – disse Oliver. – Até o fim da noite, a Srta. Fairfield vai saber exatamente qual é o lugar dela.

– Que maravilha! – Bradenton sorriu. – Eu sabia que você ia mudar de ideia. E olhe só, ali está ela. – Ele deu de ombros. – Sabendo o que sei, até consigo ser gentil. – Deu um passo para a frente, com um sorriso no rosto. – Srta. Fairfield. Fico feliz que tenha vindo.

A resposta da moça se perdeu no barulho, mas Bradenton fez uma reverência e se afastou.

Oliver se aproximou dela alguns minutos depois.

– Srta. Fairfield – cumprimentou-a. – Como está hoje?

Ele já sabia a resposta. Os dedos dela estavam entrelaçados com uma expectativa nervosa, e seus olhos brilhavam, cheios de possibilidades. Ele também sentia isso, pressentia o que poderiam conquistar naquela noite.

Oliver sentiu uma pontada de algo mais forte do que expectativa ao olhá-la, ao olhar para os lábios que não tinha beijado, para as veias no pulso que não tinha tocado com a ponta dos dedos. Para a curva suave dos seios dela, não mais ocultos por renda preta.

Não toque.

Ele não tocou. Apenas inclinou a cabeça para ela, como se fosse uma conhecida insignificante, depois a deixou ir falar com as outras pessoas. Ela não lhe pertencia, afinal. Eles eram apenas…

Amigos.

Sim, pensou Oliver. Isso mesmo. Como é que tinham chegado meramente a isso?

Surpreendentemente, o vestido pesado dela era quase irrepreensível. Sim, os pulsos brilhavam com pedras cintilantes, e o brocado na barra era um pouco colorido demais. Mas os grandes excessos haviam sido levemente abafados, fazendo-a passar de completamente impossível para apenas exuberante demais.

Bradenton voltou para o lado dela com uma limonada. Ela aceitou o refresco e, em seguida, quando ele lhe ofereceu o braço, também o aceitou. Oliver observou enquanto o homem apresentava seu grupo – Canterly, Ellisford, Rockway, um após o outro, passando pelos nomes com tanta rapidez que ninguém seria capaz de se lembrar deles. Mas Jane, é claro, tinha sido treinada. Ela cumprimentou todos com educação, chamando-os pelo nome. Ela sorriu. E – ah, sim – não foi perfeita. Confundiu o título de lorde James Ward – era lorde James, não lorde Ward, pois seu pai era duque –, mas uma das gêmeas Johnson, que estava ao seu lado, murmurou no ouvido de Jane e ela corou e pediu desculpa com delicadeza.

Oliver quase conseguia vê-la como uma daquelas pessoas. Quase, se ignorasse os longos olhares que as outras mulheres lhe lançavam e se recusasse a admitir que a voz dela se sobressaia à de todos os outros.

Sentaram-se para jantar.

Ela não interrompeu a conversa de ninguém, nem insultou nenhuma roupa. As gêmeas falaram quase na mesma medida que ela.

Por fim, quem começou a falar de política foi lorde James.

– Então – disse ele –, recebi uma visita da condessa de Branford. Ela disse que as mulheres estão falando sobre a Lei das Doenças Contagiosas, imaginem só.

– Hã, hã – fez Bradenton, balançando o dedo. – Olhe à sua volta.

Ele inclinou a cabeça alguns centímetros para a esquerda, na direção das gêmeas Johnson.

Conversar sobre política nem sempre era permitido em público, mas com um grupo como aquele – homens que não pensavam em mais nada durante a maior parte do ano –, era inevitável. Mais de metade das mulheres presentes era esposa ou irmã de políticos e estava acostumada a ouvir sobre tais assuntos à mesa.

Lorde James piscou, surpreso.

– Peço perdão, milorde – falou afinal. – Achei que a Srta. Johnson... Mas deixe para lá.

– Ah – interrompeu a Srta. Fairfield, a meio metro dele na mesa –, por favor, não se contenham por nossa causa. Eu gostaria muito de ouvir a opinião de todos. Começando pela sua, lorde Bradenton.

Bradenton ergueu a cabeça. Oliver quase conseguia vê-lo ponderando o assunto. Ele afagou o queixo uma vez, depois outra.

– Não contrarie a Srta. Fairfield – pediu Oliver, arqueando as sobrancelhas com ênfase para o marquês.

Bradenton abriu um sorriso grande depois de hesitar por meio segundo.

– É claro – falou. – Todos sabem o que acho: que a lei deve ir adiante, qualquer que seja a gravidade das consequências, e imagino que todos aqui concordem. Mas por que a senhorita não nos diz o que acha da Lei das Doenças Contagiosas, Srta. Fairfield? Tenho certeza de que tem muito a dizer sobre o assunto.

– Ah, sim – respondeu a Srta. Fairfield. – Tenho mesmo. Acredito que devemos expandir o escopo da Lei das Doenças Contagiosas. Radicalmente.

Bradenton piscou e olhou para ela. A mesa toda estava calada, chocada demais para reagir.

– Radicalmente? De que forma? – perguntou lorde James.

Canterly assentiu.

– Quer dizer expandindo-a para mais cidades? Ou talvez, hã, mantendo as suspeitas sob custódia por mais tempo? Ou...

Ele se interrompeu, olhando para Jane e para as duas irmãs que estavam sentadas à frente dela.

Bradenton abriu ainda mais o sorriso, talvez achando que tinha entendido o plano de Oliver. Levar a moça a falar sobre questões sexuais. Começar um boato, talvez. A fofoca ia se espalhar a partir dali. Jovens virgens simplesmente não se envolviam em conversas francas sobre a política do governo de reter prostitutas. Os murmúrios descontentes sobre a Srta. Fairfield se tornariam brados de indignação.

– É simples – insistiu Jane. – Sei exatamente o que fazer. Em vez de reter apenas as mulheres suspeitas de estarem doentes, deveriam reter *todas* as mulheres. Dessa forma, as que estão bem nunca pegarão doenças.

Ao pé da mesa, Whitting coçou a cabeça.

– Mas... como os homens se beneficiariam dos serviços delas?

– O que os homens têm a ver com isso? – quis saber Jane.

– Hum. – Lorde James abaixou a cabeça. – Tem razão, Bradenton. Esse assunto... talvez não seja a melhor opção para este momento.

– Afinal – continuou Jane –, se os homens são capazes de infectar as mulheres, nosso governo, com toda a sua sabedoria, nunca tomaria a decisão de reter apenas as mulheres. Isso seria inútil, já que, sem conter os homens, a disseminação das doenças nunca ia acabar. Também seria injusto prender as mulheres pelo pecado de serem contaminadas pelos homens. – Ela abriu um sorriso triunfante. – E, como nosso bom e velho marquês de Bradenton apoia a lei, esse jamais seria o caso. Ele nunca concordaria com tamanha injustiça.

Essa fala foi seguida por uma pausa ainda mais longa.

Bradenton tinha escutado a moça falar em um silêncio petrificado, contraindo os lábios cada vez mais. Ele fitou Oliver, com um aviso nos olhos brilhantes.

– Certo, é claro – falou brevemente.

– Agora, ela pegou você – comentou Canterly, abafando um sorriso.

– É mesmo? – perguntou Jane com inocência. – Pois, nesse caso, então ganhei essa rodada do nosso jogo, Bradenton.

A reação a isso foi um silêncio ainda mais irritadiço. Bradenton olhou para Jane com os olhos semi-cerrados e se inclinando para a frente, como se tentasse enxergá-la de longe.

– Nosso jogo? – repetiu.

– Sim, nosso jogo. Sabe, aquele em que eu finjo que sou ignorante e o senhor finge me ofender.

Bradenton inspirou fundo.

– *Fingir?*

– Só pode ser fingimento, é claro – disse Jane. – A alternativa é que o senhor guarda rancor de mim há meses, simplesmente porque sua fortuna estava em declínio e eu sugeri que o senhor precisava encontrar outra herdeira.

Bradenton se levantou.

– Ora essa, sua sarnenta...

Ao lado do marquês, um homem colocou a mão na manga dele.

– Acalme-se, Bradenton.

Bradenton olhou para baixo; depois, com muita, muita lentidão, se sentou.

– Pelo amor de Deus, o senhor não está irritado por causa do *jogo*, está? – perguntou Jane. – E eu aqui achando que era só uma brincadeira, no fim das contas.

– Não estou entendendo – disse Canterly.

– Só me arrependo de uma coisa – continuou Jane. – Sr. Whitting, há algumas semanas, insinuei que o senhor tinha problemas de entendimento. Não foi correto da minha parte. Em minha defesa, o senhor já disse coisas piores sobre mim, mas... – Ela deu de ombros. – Ainda assim, eu não devia ter feito isso.

– Um jogo – disse Bradenton, engasgando-se com as palavras. – Um *jogo*. Acha que isso é um jogo.

– O senhor parece estar muito surpreso. Eu pensei que *todos* estávamos brincando. – Jane correu os olhos pela mesa. – Afinal, Bradenton se ofereceu para convencer os senhores a mudarem seus votos na nova proposta de

Reforma Eleitoral em troca de o Sr. Marshall me humilhar. Está me dizendo que o resto da mesa não sabia sobre nada disso?

Em seguida, veio o silêncio – um silêncio longo, profundo e desconfortável, no qual Oliver se deleitou.

À frente de Jane, do outro lado da mesa, o Sr. Ellisford soltou a colher.

– Bradenton – falou o homem, com seriedade –, sabe que sou seu amigo. Eu o conheço há muito tempo. Você nunca abusaria da nossa amizade por um motivo tão mesquinho. Sei que não.

Mas, apesar da certeza nas palavras, havia dúvida na voz dele.

– É claro que não – retrucou Bradenton com vigor. – É a palavra dela contra a minha. Ela não é uma pessoa confiável. Pergunte a qualquer um dos presentes. – Ele olhou para Oliver. – Menos para Marshall. Ele é um bastardo e conta qualquer mentira que precise para se dar bem.

– Não – disse Oliver em voz baixa.

– Não, você não é bastardo? Não pode negar sua filiação.

– Não – repetiu Oliver. – Não sou o único que vai falar a favor dela.

– Eu vi o senhor ameaçar a Srta. Fairfield – interveio Genevieve Johnson. – Geraldine e eu vimos. Tememos pela segurança dela.

Um murmúrio tomou conta da mesa.

Bradenton estreitou os olhos.

– As senhoritas entenderam mal o que viram.

Sentado na frente da moça, Hapford fechou os olhos.

– Sinto muito, tio – falou baixinho.

– O quê? – exclamou Bradenton.

– Sinto muito – repetiu Hapford em um tom de voz mais alto.

As mãos dele haviam amassado o guardanapo numa bola.

– Mas acho que meu pai não gostaria... Acho que ele não gostaria... – Ele deixou a voz morrer. – A Srta. Fairfield está dizendo a verdade. Eu testemunhei quando o marquês fez a proposta para o Sr. Marshall. O senhor ofereceu justamente o que ela disse. Seu voto, sua ajuda para fazer os homens que estão aqui mudarem de ideia, em troca de Marshall mostrar para a Srta. Fairfield qual era o lugar dela. – Ele engoliu em seco. – Não gostei do que ouvi, e isso tem me incomodado desde então.

O silêncio cresceu de novo, ameaçador como um trovão.

Hapford soltou a respiração.

– Quando, no leito de morte, meu pai me recomendou criar um

relacionamento com os senhores, imagino que ele não tivesse a intenção de me alinhar com um grupo de tiranos mesquinhos e determinados a fazer mulheres sofrerem. Ele recomendou os senhores como um grupo sinceramente interessado no bem da Inglaterra.

– Sim – disse Ellisford, dando as costas para Bradenton com ênfase. – Tem toda a razão. Também foi isso que eu achei que éramos.

– Então, talvez possamos ouvir o que o Sr. Marshall tem a dizer sem exigir que ele pague um preço tão alto.

⌒

– Me convenceu – disse Ellisford para Oliver algumas horas depois. – Fico feliz por termos tido essa conversa. Eu nunca havia imaginado...

Olhou para a esquerda. Os cavalheiros estavam acomodados na biblioteca com os charutos e as taças de vinho do Porto. Bradenton era o único em silêncio. Ficara remoendo os acontecimentos a noite toda: durante o jantar, durante as conversas depois de os homens se separarem das damas. E era bom mesmo que ficasse calado. Ninguém mais parecia interessado em conversar com ele, mesmo que fosse o anfitrião.

– Sinto o mesmo – respondeu Oliver. – E vamos nos falar de novo em Londres.

– Com certeza.

O silêncio de Bradenton gritava, sombrio, mas ninguém estava prestando a mínima atenção nele.

Oliver tinha ganhado. Não o voto de Bradenton – nunca conseguiria isso depois do que aconteceu –, mas todas as coisas que queria: os votos do grupinho do marquês e a própria integridade. Ele podia se dar o luxo de ser magnânimo – e, naquele caso, ser magnânimo significava deixar o homem ficar remoendo sozinho.

– Bom – disse Oliver –, devemos nos juntar às damas de novo?

Todo mundo concordou. Quando Oliver se levantou, porém, Bradenton finalmente falou.

– Você, não, Marshall – rosnou. – Você e eu temos que tratar de um assunto.

– É claro – concordou Oliver, com o máximo de gentileza de que era capaz.

Todos os outros se retiraram lançando apenas uns poucos olhares para trás. Foi estranho, como se, à medida que saíam, o fogo diminuísse e as sombras da mobília crescessem, já que não havia mais uma conversa agradável para ocupar os espaços vazios.

– Você se acha muito esperto – rosnou Bradenton assim que os dois ficaram a sós.

– Eu? Eu mal falei.

– Sabe o que eu quis dizer. Mas não vai ganhar. – Bradenton se levantou e foi até a lareira. – Não vai ganhar – repetiu.

Oliver se absteve de salientar que tinha acabado de fazer justamente isso.

– Não vai ganhar – disse Bradenton uma terceira vez, virando-se para Oliver com as bochechas coradas de raiva. – Pode conquistar uma vitória irrelevante ou outra de vez em quando, mas é isso que significa ser alguém como você: nunca pode parar de tentar. Cada centímetro que conquistar, vai ter que lutar para manter. Já eu... – Ele abriu bem os braços. – Eu sou marquês. Não importa o que você conseguiu fazer hoje, passou semanas considerando fazer o que eu mandei.

– Isso é verdade.

– Homens como eu são uma raridade. Nasci vencedor. O que tenho não pode ser dado a ninguém nem tomado de mim. E você, o que é? Você é como outros mil homens. Um entre cem mil. Sem rosto. Sem voz. São homens como eu que governam o país.

Bradenton assentiu, como se tivesse acabado de convencer a si mesmo, e Oliver deixou que ele se enfurecesse em paz.

– Vai ser um grande prazer para mim votar contra a Reforma Eleitoral – disse ele. – Um grande prazer mesmo.

– Eu nunca lhe negaria essa diversão – respondeu Oliver. – Especialmente quando terá que desfrutar dela sozinho.

Os dois homens se encararam até que os lábios de Bradenton se curvassem, exibindo seus dentes de forma ameaçadora.

– Creio que este seja o fim, Marshall. Que cada um siga a sua vida. Não vou me esquecer disso.

Oliver deu de ombros.

– Eu lhe disse que a Srta. Fairfield ia descobrir o lugar dela hoje à noite, Bradenton. Foi o que aconteceu.

Capítulo catorze

Só havia uma mulher que Oliver queria ver quando se reuniu com os outros. Jane estava cintilando. Mas não eram apenas as pulseiras de diamante em seus pulsos. Era a risada dela, alta demais, e ainda assim perfeita. Era seu sorriso, grande demais, porém amigável na medida certa e necessária. Era a expressão em seus olhos quando ela se virou e avistou Oliver.

Ela estava magnífica.

Ele a cumprimentou educadamente, depois se inclinou para sussurrar:

– Pode me encontrar depois? Quero...

Havia tantos jeitos de terminar aquela frase. Ele queria beijá-la. Parabenizá-la. Queria tirar aquele vestido dos ombros de Jane e sentir as pernas dela ao redor de sua cintura. Os olhos dela correram para a dama de companhia, que estava sentada próxima à parede.

– O canto noroeste do parque – respondeu em voz baixa. – Depois que eu for embora.

Esse pensamento fez o pulso de Oliver acelerar. A imaginação dele ganhou vida. Mas ele apenas abanou a cabeça para ela, educado, como se não tivesse acabado de combinar um encontro ilícito com a dama...

Ela chegou meia hora depois dele.

– Não vai acreditar em quem tive que subornar – falou como um cumprimento ofegante. – Tenho meia hora até Alice voltar com o namorado dela.

Ela estava linda, brilhando com a vitória que tinha conquistado.

– Em se tratando de você, eu acredito em qualquer coisa.

Somente um indício de luz entrava no parque, vindo de um poste de rua distante. Folhas mortas estalaram sob os pés de Oliver quando ele caminhou até Jane.

– Nem imagina como estou me sentindo. Não tenho mais que fingir. Vou ter que arranjar outro jeito de não me casar. – Ela soltou uma risada. – Vou pensar em alguma coisa. Talvez da próxima vez eu diga não e pronto.

– Ouvi dizer que isso funciona muito bem.

Ele não conseguia parar de sorrir para ela. Mas o sorriso parecia falso demais, por mais que não conseguisse contê-lo.

– Talvez conheça alguém – murmurou ele. – E talvez...

Ela ergueu a cabeça e deu um passo na direção dele.

– Oliver.

Ele não queria que ela conhecesse alguém. Não queria que nenhum outro homem além dele mesmo a tivesse. Mas... não a tinha chamado ali para flertar com ela, não importava o quanto estivesse deslumbrado naquele momento.

– Estou indo embora – ouviu-se dizer. – O Parlamento vai se reunir em menos de duas semanas, e ainda há muitas coisas que preciso fazer. Preciso voltar para Londres.

Ela arregalou os olhos.

– Entendo.

Não havia mais ninguém ali, então ele fez o que queria fazer havia séculos. Foi até Jane e, em seguida, muito, muito devagar, esticou os braços, pousou as mãos nas laterais do corpo dela e a puxou para perto.

– Entendo – repetiu ela, com a voz trêmula. – Mas queria não entender nada.

Com as mãos na cintura de Jane, os corpos se tocando bem de leve, Oliver conseguia sentir a respiração dela. O peito da jovem se ergueu, roçando no dele. Alguns minutos depois, os ombros dela caíram, e aquele ponto de contato diminuiu. Um sopro de ar quente contra o colarinho de Oliver marcou a exalação de Jane.

– Parei de contar – disse ela em voz baixa.

Parecia uma confissão íntima, murmurada naquele tom de voz contido. Oliver não disse nada em resposta. Ele se inclinou até seus lábios roçarem a testa dela. Não foi um beijo o que ele lhe deu. Não um beijo, apenas algo parecido.

– Não sei quando parei de contar os dias – continuou ela. – Quando parei de olhar para o teto à noite e dizer: "Menos um. Amanhã, vão faltar quatrocentos e tantos. Vou ter que contar de novo."

Outra respiração, outro roçar de corpos. E, desta vez, o espaço entre eles não desapareceu quando Jane exalou. Oliver precisou de um momento para perceber que foi porque ele a tinha puxado para mais perto.

– Foi em algum momento depois que você chegou – continuou ela. – Foi nesse momento que parei de temer cada novo dia que estava por vir.

– Jane.

Ele fez pequenos círculos com o polegar na cintura dela, inclinando-se para a frente.

Ela cheirava a lavanda. A conforto. A *lar*, verdade fosse dita, e Oliver não se atrevia a encontrar um lar nela.

– Preciso ficar com minha irmã por mais um ano e pouco. – Ela apoiou a própria mão no braço dele e, em seguida, gradualmente, muito, muito devagar, a deslizou para baixo, pela manga de Oliver. – Depois disso... pode ser que nos encontremos de novo.

Não era bem uma pergunta. Oliver sentia cada respiração dela, subindo e descendo contra seu peito. Então, também percebeu que ela *parou* de respirar. Que aquela brisa aquecida da exalação de Jane tinha cessado, que o corpo dela tinha ficado tenso contra o peito de Oliver.

Vê-la de novo? Isso era um eufemismo. O próprio desejo de Oliver se espalhou, vermelho e exigente. Ele não queria apenas ver Jane. Ele a queria em sua cama. Ela não ia se conter, nem um pouquinho. Era inteligente, curiosa e impetuosa, e Oliver desconfiava que se um dia a tivesse sob si... Meu Deus, não podia pensar naquilo. Não naquele momento, com ela tão perto.

Mas ele queria mais do que aquilo. Queria discutir com ela sobre política, repassar com ela cada lei, cada emenda proposta. Queria se sentar com ela todas as noites, quando os dois tivessem se cansado de falar. Ele a queria, queria tudo que ela representava.

Tudo, com exceção... dela.

Porque, não importava o que ela pudesse significar para Oliver quando os dois estavam a sós, ele tinha visto as outras mulheres naquela noite – as esposas caladas que se continham, encarando Jane em silêncio como se ela fosse um tipo de besouro estranho que estava rastejando pela mesa. Ela era a Jane dos vestidos brilhantes demais, da reputação duvidosa. Jane, direta demais, franca demais. Bastarda demais, assim como Oliver.

Ela era exatamente o oposto do que ele precisava numa esposa. Então por que não conseguia abrir mão dela?

– Garota impossível – murmurou ele.

– Não me chame assim. Hoje à noite, tudo é possível.

– Foi isso que eu quis dizer. Você faz coisas impossíveis. Preciso de uma esposa que se limite ao que é possível.

Os olhos dela continuavam brilhando.

– Daqui a um ano...

– Jane – admitiu Oliver –, daqui a um ano eu posso estar casado.

Ele estava esperando que ela inspirasse fundo ao ouvir isso, mas a reação dela quase o matou. Ela soltou um som sufocado que veio do fundo da garganta – mais uma arfada do que uma inalação.

– Se a lei da reforma passar – disse ele sem rodeios –, vão eleger outro Parlamento. Vai ser a minha chance. Minha chance de concorrer, de conseguir uma cadeira. Se conseguir, vão esperar que eu me case.

– Entendo.

Ela não disse mais nada por um tempo, e Oliver voltou a contar as respirações dela – rápidas demais, ásperas demais, ficando cada vez mais irregulares com o passar dos minutos.

– Hoje você viu como elas são – falou Oliver. – As mulheres que casam com políticos. Parte de mim quer pedir que você seja uma delas, mas como eu poderia? Pedir que você sufoque sua melhor parte? Que se torne um pardalzinho sem graça, quando se transformou numa fênix? – Ele baixou o tom de voz. – Eu nunca me perdoaria se lhe pedisse para apagar seu fogo.

– Entendo – repetiu ela.

Desta vez, sua voz saiu rouca. Ela tirou as mãos do casaco de Oliver e deu um passo para trás. Ele não conseguia ver o rosto dela sob a luz fraca, mas conseguiu vê-la secando os olhos.

Ele procurou nos bolsos e lhe ofereceu um lenço.

– Não me diga para ser racional – pediu ela, aceitando o lenço, com um traço de raiva na voz. – Não me diga para não chorar.

– Eu nunca faria isso.

– Sei que estou sendo boba. Mal conheço você. Há quanto tempo nos conhecemos, três semanas? Não é possível se apaixonar em tão pouco tempo. Nem mesmo *quero* me casar com você. – Ela esfregou o lenço nas bochechas, depois o amassou. – *Não quero*. Só quero ter algo me esperando no fim desse tormento.

Não podia ser Oliver.

– Mas você tem razão – continuou ela. – Sei que tem razão. Também não consigo me imaginar como uma daquelas mulheres. Só agora me encontrei. Começar com outra farsa tão cedo... Não. Eu também não gostaria disso. – Ela o encarou. – Então, este é o fim.

Não.

Oliver ainda não tinha aberto mão dela.

– Os próximos meses não vão ser fáceis para você.

– Não, provavelmente não. Mas já sobrevivi até agora, e imagino que vou continuar a sobreviver.

– Se um dia precisar de mim, me avise. Eu volto.

Ela piscou, com o cenho franzido de perplexidade.

– Por quê?

– Eu deveria dizer que é porque lhe devo isso. Um dia, você vai perceber o tamanho do favor que me fez hoje. – Ele balançou a cabeça. – Eu deveria dizer que tenho uma dívida de gratidão para com você. Mas não é por isso que me ofereço para voltar. A verdade, Jane, é que, se você precisar de mim, ficarei muito feliz de estar ao seu lado.

– Você vai ter uma esposa.

Ele não queria pensar nisso.

– Não serei infiel a ela, Jane, mas o casamento não é capaz de apagar uma amizade. E não importa o que mais pudéssemos ter sido, *somos* amigos.

O silêncio parecia macio como veludo e, ao mesmo tempo, sombriamente perigoso.

– O que mais poderíamos ter sido?

Os dois sabiam a resposta àquela pergunta. Mas, se Oliver desse voz a ela, também lhe daria vida. Faria com que fosse real, transformando-a de desejo insubstancial em possibilidade sólida.

Em vez disso, ele pousou os dedos na pequena cavidade na base do pescoço de Jane. A respiração dela falhou, como se tivesse sido capturada por aquele toque. Então, Oliver arrastou os dedos para cima, ao longo da pele macia do pescoço de Jane. Ele a sentiu engolir em seco.

Quando seu polegar chegou aos lábios dela, todo o corpo dele ardia. Aquele futuro possível que ele se recusava a reconhecer em voz alta tomava conta dele, pressionando sua pele, exigindo liberdade.

– Isso – murmurou ele e se inclinou. – Isso, garota impossível.

Ela soltou um som gutural quando seus lábios se tocaram.

Oliver não podia mudar o passado dela. E se recusava a abrir mão do próprio futuro. Assim, restava apenas o presente: o calor dos lábios de Jane, aquele gosto doce do que poderia ter acontecido… e a amargura de um amor que não podia existir.

Ela o beijou também, lábios com lábios, depois língua com língua. Ela o beijou até que Oliver não soubesse mais quem estava beijando e quem estava retribuindo o beijo. Aquele beijo ganhou vida própria, rugindo ao percorrer o sangue dele. Como se, de alguma forma, se ele a beijasse com força suficiente, pudesse ignorar tanto o passado quanto o futuro. Talvez pudesse ficar no presente para sempre.

Ele se afastou antes que aquele futuro impossível se tornasse provável demais.

Jane o fitou de olhos arregalados.

– Odeio sua futura esposa – foi só o que ela disse.

– Neste exato momento, eu mesmo não gosto muito dela.

Jane apoiou as mãos nos ombros de Oliver e o beijou de novo. Desta vez, porém, o beijo não foi avassalador. Foi um lembrete. Aquela seria a última vez que Oliver sentiria os lábios dela, a última vez que sentiria o gosto de sua respiração. A última vez que o corpo dele se somaria ao dela, mordiscada a mordiscada. Aquele era o fim, e ambos sabiam disso.

Então Oliver se afastou.

– Se um dia precisar de mim, Jane…

Aquelas palavras saíram com uma leve rouquidão.

Ela soltou o ar numa exalada curta e intensa.

– Obrigada. Mas não vou precisar. Sou mais forte do que isso.

– Eu sei. Mas… – Ele engoliu em seco e olhou para longe. – Ninguém deveria sentir que está só. Mesmo que não precise de mim e não me chame, saiba que eu virei. Que, apesar de as coisas serem difíceis e do que tiver que enfrentar, você não está sozinha. Não posso mudar mais nada. – Ele ergueu a mão e correu o dedo pela bochecha dela. – Mas pelo menos isso – continuou –, isso posso dar a você. A certeza de que, se precisar de mim, basta mandar uma mensagem.

– Aos cuidados de Oliver Cromwell, na Torre de Londres?

Ela estava tentando fazer uma piada, mas sua voz saiu trêmula.

– Aos cuidados do meu irmão em Londres. O duque de Clermont. – Ele apoiou a cabeça na dela. – Não posso lhe oferecer mais nada, Jane, mas posso lhe dar isso. Você não está sozinha.

Capítulo quinze

Um lampião brilhava na entrada da casa, e o brilho da luz ecoava pelo corredor, destacando o escritório do tio. Entretanto, fora aqueles vestígios fracos de iluminação, a casa parecia fria e fazia. Mais fria e vazia naquele momento do que tinha sido um mês antes. Oliver havia transformado tudo e, depois, ido embora.

Jane fizera as contas dentro da carruagem no caminho de volta para casa. Faltavam 453 dias.

Mas agora ela estava mais forte. Estava *além*. Tinha a lembrança de um beijo para sustentá-la durante os momentos mais difíceis.

Ela entregou sua capa a um lacaio bocejante, chamou uma criada para ajudá-la a se despir e começou a subir as escadas. Tinha chegado à metade do caminho quando ouviu o som de passos no corredor abaixo.

– Jane? – chamou uma voz.

Ela mordeu o lábio e olhou para o alto, numa súplica. A última coisa que queria fazer naquela noite era falar com Titus.

Mas não tinha escolha. Então esperou, tentando disfarçar sua impaciência e rezando para que ele não conseguisse ver que ela havia chorado mais cedo.

Ele se arrastou até o círculo fraco da iluminação.

– Preciso falar com você. – Ele esfregou a cabeça com a mão. – Venha até o meu escritório.

Jane gostaria muito mais de ir para o próprio quarto. Queria se deitar na cama, cercada por uma fortaleza de cobertores, escondida em segurança debaixo deles. Ali, ela conseguiria bloquear o mundo até se esquecer de Oliver Marshall por completo. Ir com o tio até o escritório dele para uma conversa tardia lhe parecia uma coisa absolutamente medonha.

– É claro – falou ela, obediente.

Mas os olhos dele brilharam, e ele franziu o cenho para ela.

– Nada dessa insolência.

Talvez Jane não tivesse falado com tanta obediência quanto pretendera. Ela mordeu a língua e o seguiu.

Ele puxou a cadeira para ela, depois se acomodou, ponderoso, na poltrona de couro do outro lado da mesa de madeira. Passou um bom tempo sem olhar para Jane. Em vez disso, batucou com os dedos no tampo da mesa como se estivesse tentando imitar o som de pingos de chuva.

Por fim, soltou um suspiro pesado.

– Isso é muito importante – disse tio Titus. – Há quanto tempo você sabe que sua irmã estava saindo de casa durante o dia?

Ele pegou Jane desprevenida, senão ela teria conseguido mentir melhor. Mas estava cansada. Sentia-se vitoriosa; de coração partido; gloriosa. Naquela noite, tinha ganhado e depois perdido. Toda a sua energia estava sendo usada para manter a calma na frente do tio. E por isso, em vez da confusão que ela conseguiria ter fingido em qualquer outro momento, por um instante a verdade brilhou, culposa, em seu rosto.

Ela *soubera* e não dissera nada.

Titus provavelmente teria acreditado que ela era responsável, qualquer que fosse a verdade. Mas ele estreitou os olhos quando aquela expressão culpada apareceu no rosto de Jane. Ele balançou a cabeça, triste.

– Foi o que eu imaginei.

Uma recusa surgiu na cabeça de Jane – algo como *mas eu falei para ela tomar cuidado*. Ela conseguiu não dizer aquilo em voz alta. Não tinha ideia do que Titus sabia e tampouco nenhuma intenção de incriminar a irmã.

– Aconteceu alguma coisa com ela? – perguntou Jane. – Ela está bem? Ela se machucou?

Titus abanou a mão.

– O corpo dela está bem, dentro do possível, pobrezinha. Mas ela não se mostrou nem um pouco arrependida quando a encontrei. Tentou argumentar comigo para... – Ele suspirou. – Para me convencer.

– Ela tem razão. Não haveria nenhum problema, se ao menos o senhor...

– Se *eu*? – Ele bateu com as mãos na mesa e se inclinou para a frente. – Então você vai pôr a culpa em mim também? Você a encorajou a me desafiar. Provavelmente, mostrou para ela como sair e disse para ela...

– Ela não é nenhuma tola – retrucou Jane – e não é uma marionete. É uma mulher de 19 anos. Tem idade para casar, para tomar as próprias decisões. Ninguém precisa *mostrar* a ela como fazer as coisas. Ela faz tudo por conta própria.

Se Titus ouviu o que Jane disse, não demonstrou.

– Não consigo mais ignorar os efeitos perigosos da sua influência – falou ele, com devoção.

Jane inspirou fundo.

– Ela é uma garota normal. Ela só tem muita disposição.

Titus fez que não.

– É porque você diz essas coisas para ela que acontecem problemas como esse. Uma garota normal? Ela não é nada disso. Ela é *doente*, Jane, e você permitiu que sua irmã passeasse por aí sem companhia. E se ela tivesse se encontrado com um homem?

– E se um ladrão entrasse pela janela dela? – contrapôs Jane. – Ela não é a Rapunzel para ficar trancada para sempre.

Titus a olhou nos olhos. Jane não sabia ao certo o que ela estava vendo – raiva, com certeza, mas também algo mais. Algo que se aproximava de triunfo.

– Isso – disse ele afinal – foi um teste. Eu sei que ela se encontrou com um homem. Ela mesma me disse. Dei a você uma última chance de ser honesta. Sua recusa em me contar toda a verdade... – Ele balançou a cabeça, novamente triste. – Você me decepcionou, Jane. Me decepcionou muito.

Não era justo. Ela não ia pedir desculpa por se recusar a trair a irmã. Especialmente sabendo que levaria a culpa, não importando o que Titus tivesse descoberto. Ele tinha falhado tanto com Emily quanto com Jane, forçando-as àquela posição insustentável em que a escolha era mentir ou aceitar um futuro em que Emily ficava isolada de qualquer companhia e era torturada por médicos.

– Você vai embora amanhã – disse Titus. – Sua tia, minha irmã Lily, vai recebê-la. – Ele curvou o lábio com desgosto. – Ela vai arranjar um marido para você em pouco tempo. Emily não vai lhe mandar cartas. Você não vai visitá-la. Vai ser como se ela não tivesse irmã. Tenho esperança de ainda conseguir desfazer os estragos que você causou.

– Não. – A palavra saiu engasgada. – Não. O senhor não pode tirar Emily de mim.

– Posso, sim. – Ele cruzou os braços com satisfação. – E vou. Já tirei, Jane. Suas malas já foram feitas. Você vai ser levada para a estação de trem amanhã. A Sra. Blickstall vai acompanhá-la até Nottingham.

Jane olhou para a frente, atordoada demais para chorar. Seus pulmões ardiam. Ela não conseguia pensar em nada. Se não estivesse ali, o que Emily faria? A irmã não teria livros para ler nem a companhia de pessoas da própria idade. E isso sem considerar o que aconteceria se Titus decidisse trazer outro charlatão para curar a condição de Emily.

Ela inspirou fundo.

– Eu vou embora, mas, nesse caso, não haverá mais nenhum médico. Nenhuma tentativa de fazer experimentos nela.

– Jane – disse Titus com um tom de voz cansado –, não cabe a você determinar as condições. Você não é a tutora da sua irmã. Eu sou. *Eu* sou responsável por ela, e vou determinar o que é melhor para o bem-estar dela.

Se você precisar de mim, tinha dito Oliver.

Aquele pensamento encheu Jane de uma esperança terrível e melancólica. Certamente aquilo contava como *precisar*. Certamente *aquela* era uma situação em que a promessa de Oliver exigiria que ele voltasse, e se viesse...

Não fazia nem uma hora que ele tinha saído da vida de Jane, e ela já estava cogitando chamá-lo como um cordeirinho perdido. Como se tivesse sido uma criança tola ao dizer a ele que era forte o bastante. Ela curvou os lábios e contemplou o tio.

Sob a luz alaranjada da lâmpada, ele parecia velho e cansado. As rugas em sua testa pareciam escavadas na pele, sulcos escuros e profundos que marcavam uma vida de preocupação.

Jane ergueu o queixo. Tinha derrotado Bradenton, pelo amor de Deus, e ele era muito mais poderoso do que Titus.

Ela ainda conseguia sentir o beijo de Oliver em seus lábios. Imaginou uma caixa feita de aço carbonizado – um aço tão forte quanto as vigas de um navio a vapor, tão espesso quanto a caldeira de um motor, capaz de suportar o calor e a pressão de mil infernos. Ela podia trancar para sempre toda a raiva inútil que sentia por Titus dentro de uma força daquelas.

Guardou a sensação do beijo de Oliver dentro daquela caixa e a fechou com força, de modo que nada pudesse lhe acontecer. Enquanto conseguisse se lembrar daquilo, não estaria sozinha. Era o que Oliver tinha dito, e Jane acreditava nele.

Ela ergueu a cabeça e olhou o tio nos olhos. Seu maior medo tinha se tornado verdade, mas… isso era uma libertação, não um desastre. Ela não precisava mais fingir com ninguém. Manteve o beijo de Oliver junto de si, até se livrar do tremor em suas mãos. Até ficar calma o bastante para falar sem que sua voz falhasse.

– Não – disse ela com suavidade. – Não é isso que vai acontecer.

O tio piscou para ela, confuso.

– Pode dizer não o quanto quiser, mas você não tem nenhum poder pela lei.

– Não – repetiu Jane. – O senhor está errado. É o tutor de Emily, mas não é o meu. Não pode controlar o que eu faço.

Ele a olhou com uma expressão arrogante.

– Fale algo que preste, porque o que você está dizendo não faz sentido.

Ele não conseguiria vencer. Por que ela nunca tinha entendido isso antes? Estava tão ocupada se escondendo nas sombras que havia aberto mão de todas as suas melhores armas.

– *Não preciso* ir para a casa da nossa tia – afirmou Jane. – Tenho dinheiro. Posso fazer o que quiser. O senhor nunca percebeu isso porque tudo que eu sempre quis foram a felicidade e o bem-estar da minha irmã. Está tão determinado a me ver como uma mulher desobediente que não percebeu que sempre tentei seguir suas ordens. Pense no que *eu* poderia fazer, se quisesse ser difícil.

Ele balançou a cabeça.

– Não entendo.

– Se eu quisesse, poderia comprar uma casa ao lado desta aqui. Poderia viver lá e receber diversos amantes. Poderia comprar um anúncio no jornal comunicando a todos que o senhor sofreu uma enfermidade no cérebro.

À medida que Jane falava, ele ficava pálido.

– Você não faria isso.

Ela se inclinou para a frente.

– Eu poderia contar para todo mundo sobre seu apoio a práticas medicinais sórdidas. Todo mundo ia saber que o senhor é um péssimo tutor. Sua vida seria impossível, se eu quisesse. É esse tipo de pessoa que sou, se ainda não percebeu. Sou uma garota impossível, e o senhor não tem como se livrar de mim. Nem com ameaças, nem com palavras. Essas são as minhas condições.

Ele a encarou com uma confusão silenciosa e desconcertada, como se Jane tivesse, do nada, se transformado num urso e Titus não soubesse se deveria gritar e correr para longe ou pegar a espingarda.

– Não vou permitir que more na minha casa.

– Então, vou falar com o jornal – disse Jane, dando de ombros. – E...

– Mas você pode visitá-la – acrescentou Titus com uma voz fina. – Uma vez por mês?

Jane parou de falar e olhou para o tio, que conseguiu abriu um sorriso fraco.

– Não posso impedir que você fique em Cambridge – afirmou ele, olhando para a mesa –, mas *posso* determinar quem Emily recebe.

Se Jane comprasse uma casa em Cambridge, isso significaria o fim de qualquer liberdade que Emily tinha. O tio ficaria de olho nela o tempo todo, tentando mantê-las afastadas. E Jane percebeu que não poderia realmente cumprir todas aquelas ameaças. Se fizesse isso, não teria nenhuma vantagem sobre o tio. Até Titus poderia se mostrar perigoso se não tivesse nada a perder.

Pelo menos dessa forma ele estava disposto a negociar.

– Você vai morar com minha irmã – continuou Titus. – Vai fazer o que ela mandar. Não vai fazer drama nem escândalo. Veja bem, Jane, eu realmente me importo com seu bem-estar, mesmo que você não se importe. Quero que você proteja sua reputação em vez de jogá-la fora numa tentativa desesperada de guiar sua irmã para o seu caminho.

– Meu caminho. – As bochechas dela queimaram. – O senhor fala muito sobre isso, mas não sabe nada sobre o meu caminho. Nunca tentou ajudar de verdade. Só me deu ordens.

Ele abanou a mão.

– Não me venha com teatrinho.

Jane se controlou. Ela se envolveu nas mortalhas de sua dignidade e encarou o tio.

– A verdade, Jane – continuou ele –, é que, se você não tivesse a mim para cuidar de você, não sei o que estaria fazendo. Vá morar com minha irmã. Arranje um marido. – Ele suspirou, exausto. – Meu Deus, como vocês, garotas, me cansam.

Ela nunca o convenceria.

– Vou visitar Emily a cada quinze dias – disse Jane. – E ela vai me mandar cartas sempre que quiser.

– Vou monitorar as correspondências.

Ela não esperara por menos e deu de ombros em resposta.

– O senhor vai parar de torturar Emily com aqueles médicos medonhos – exigiu.

– Não. Se eu souber de alguém que possa ajudar...

– Nesse caso, o senhor vai falar comigo. Quero provas, testemunhos de antigos pacientes que tenham uma doença parecida com a de Emily, pacientes que o médico em questão tenha ajudado. Esses homens estão dispostos a experimentar sempre que possível, não importa a dor que causem. E o senhor vai perguntar a Emily se ela quer passar pelo tratamento.

Ele bufou.

– Sua irmã não sabe o que é bom para ela, porque você a mima demais. É por isso que as garotas de 19 anos têm tutores, Jane. Para obrigá-las a fazer coisas que, por conta própria, elas não escolheriam. Francamente, você acabou de provar que é igual.

Ela o olhou ameaçadoramente.

– Isso não é negociável, Titus. Ou aceita os termos, ou o deixarei envergonhado. Muito.

As narinas dele se dilataram, e ele apertou a ponte do nariz com os dedos.

– Que seja. Antes de começar um novo tratamento, vou... consultar você. – Ele fez uma careta ao falar, arreganhando os dentes como um cachorro rosnando. – Meu Deus. Quando isso vai terminar?

Contanto que deixasse Emily em paz, ele podia reclamar que estava exausto o quanto quisesse.

Jane assentiu.

– Então chegamos a um acordo – falou.

– Você vai embora amanhã.

୭

Quando Jane, afinal, se enfiou na cama, tinha perdido a capacidade de entender o mundo.

Havia contado para todos que não era tão estúpida quanto fingira ser.

Oliver tinha ido embora. De manhã, ela ia deixar Emily para trás e se mudaria para a casa da tia, em Nottingham. Havia convencido Titus a barganhar, arrancando concessões dele por meio de ameaças.

Jane não sabia mais ao certo quem era. Sentia-se igualmente maior e mais fria do que a pessoa que tinha sido poucas noites antes.

Só havia uma única certeza em sua vida.

Mesmo que estivesse cansada, ela esperou, lutando contra as ondas de cansaço que ameaçavam arrastá-la para o sono. Levou quase quinze minutos até sua porta ser aberta.

– Jane?

A voz de Emily soou baixinha na escuridão.

Jane se virou ao ouvi-la.

– Posso...

Jane nem deixou a irmã terminar a frase. Ela ergueu as cobertas, e Emily se enfiou debaixo delas e se acomodou ao seu lado. Era uma massa de calor debaixo dos cobertores.

Havia muito tempo que Emily não se juntava a Jane na cama. Não fazia isso desde os 11 anos, quando tinha medo de tempestades. Naquela época, Jane costumava fazer um casulinho com as colchas para a irmã, para tentar mantê-la a salvo.

Ela não poderia mais mantê-la a salvo. Tinha feito tudo que podia, mas sabia como Titus era.

– Sinto muito – disse Emily. – Sinto muito mesmo. Não quis que ele mandasse você embora. Eu só queria... precisava... sair daqui. E continuei a sair. Duas vezes por semana, depois três... Sou tão estúpida.

– Não se desculpe.

– Como não? O que está acontecendo é culpa minha. Eu conheço Titus, sei do que ele é capaz, e ainda assim...

Jane tentou calar a boca da irmã com o dedo, mas no escuro errou e cutucou Emily na bochecha.

– Ai.

– Ah, opa. – Ela converteu o movimento num tapinha no ombro. – *Não é* sua culpa, Emily. É culpa de Titus.

– Mas...

– Ele é adulto. Todas as faculdades mentais dele estão funcionando corretamente, por mais defeituosas que possam ser. Ele não precisa ser irracional.

Ele decide ser. Você não o forçou a agir assim. É ridículo dizer que você é culpada quando é ele quem está exigindo essas coisas.

Emily exalou bem devagar.

– Vou tentar me comportar – prometeu afinal. – Fazê-lo ver a razão. – Ela riu. – Mas não sei se isso é possível.

– Virei visitar você – disse Jane. – Já entrei num acordo com ele. Ainda vou ver você. Vou poder lhe dar dinheiro escondido, para que, caso precise... caso precise subornar os médicos você mesma... tenha meios de fazer isso. Falta pouco mais de um ano até ele não ser mais seu tutor. Assim que você completar 21 anos, não haverá nada que ele possa fazer para forçá-la a ficar aqui.

– Eu sei – respondeu Emily. – Eu te amo, Jane, mas... – Ela engoliu em seco. – Não se preocupe comigo. Vou me virar sozinha.

Jane passou os dedos pelos cabelos da irmã.

– Quem sabe? Talvez Titus melhore.

Emily soltou uma risada.

– Talvez. E talvez ele... Mas não, não vou caçoar dele.

– Tem uma plantinha na minha mesa – disse Jane. – Um cacto. Quero que você cuide dele enquanto eu estiver longe. Assim você vai ter uma lembrança minha.

– Ah, minha nossa, Jane. Eu sempre me esqueço de molhar as plantas. Vou matar o coitadinho.

– Esqueça-se de molhar esse. – Jane abriu um sorriso. – É o que você deve fazer.

A irmã assentiu e se acomodou junto dela.

– Valeu a pena? – perguntou Jane. – Esse homem que você estava escapulindo para ver... Ele valeu a pena?

Emily fez uma pausa.

– Ele vai ser advogado. Ele me pediu em casamento. Ainda não respondi. Eu estava esperando algum sinal, e agora aconteceu essa situação com Titus.

– Titus nunca é sinal de nada além de Titus – disse Jane. – O seu advogado ama você?

Emily esperou ainda mais tempo para responder.

– Não sei – admitiu. – Ele é difícil de interpretar. Ele diz que eu sou bonita.

– Qualquer um diria isso, boba. Você *é* bonita. Mas ele estava se encontrando com você em segredo. Não consigo gostar disso. Ele é um libertino?

– Ele é o oposto completo de um libertino. Eu já lhe disse, ele é gentil. Exceto quando não é. Quando está bravo, ele fala o que pensa com bastante clareza.

– Esse cavalheiro que não é libertino tem nome?

Jane sentiu o corpo da irmã enrijecer ao seu lado com certa tensão inexplicável.

– Tem.

Será que era alguém que Jane conhecia? Alguém que ela já tinha mencionado? *Não o marquês de Bradenton*, orou. *Que não seja ele.* Mas ela não perguntou. Não insistiu. Apenas esperou. E, depois de meio minuto, Emily voltou a falar.

– É Anjan – disse ela. – Anjan Bhattacharya.

Os olhos de Jane se arregalaram, surpresos. Havia mil formas de responder àquilo. Considerou todas elas e, por fim, decidiu.

– Me conte – pediu, sonolenta. – Me conte tudo sobre ele. Ele diz o seu nome do jeito que você diz o dele?

A irmã pensou no assunto.

– Uma vez ele me disse que meu tutor deveria me valorizar. Mas a mamãe não me valorizou. Nem o papai. Titus, por mais estranho que pareça, foi o que mais chegou perto, e ele, bem… – Ela suspirou e se virou na cama. – Sobra só você, Jane. Você é a única que já chegou a me considerar um tesouro.

Jane abraçou a irmã, apertando-a junto de si.

– É claro que sim, Emily. É claro que acho isso.

– Então quem considerou *você* assim?

A garganta de Jane ficou apertada. Emily nunca tinha feito aquela pergunta. Ela sempre fora a irmã mais nova, nunca pensando que *Jane* talvez precisasse de alguém *também*. Ela balançou a cabeça, amortecida.

– E agora você vai embora. – A voz da própria Emily estava rouca. – Me prometa que vai cuidar de si mesma tão bem quanto cuidou de mim. Me prometa isso, e vou dar um jeito de cuidar de mim mesma.

– Emily.

Mas a irmãzinha beijou a ponta dos próprios dedos e tocou a testa de Jane com eles.

– Prometa. Prometa que vai fazer isso.

Jane apertou a mão de Emily entre as suas.

– Prometo – sussurrou.

Capítulo dezesseis

Anjan Bhattacharya não tinha percebido quanto gostava de Emily até ela parar de aparecer. No primeiro dia em que ela faltou ao encontro pré-agendado dos dois, Anjan vagou pelas margens do riacho onde normalmente caminhavam. Passou pelo outro lado, onde não havia nenhuma trilha, apenas campos intactos com gramado invernal da altura de sua bota.

Talvez ela não tivesse conseguido escapar.

Ele caminhou e esperou. Depois de uma hora e meia, foi embora.

No segundo dia, apareceu no horário de sempre. Esperou e esperou e esperou até seus pés doerem de tanto ficar em pé. Esperou até o sol descer pelo céu e beijar o horizonte, até seu vasto poço de esperança começar a secar.

No terceiro dia, uma criada o estava esperando lá. Ela franziu o cenho ao ver Anjan.

– O senhor é… hã… o Sr… hã…

– Sim – respondeu Anjan, porque respondia a Sr. Hã quase com a mesma frequência com que respondia ao próprio nome.

– Isso é para o senhor – disse a criada, entregando-lhe um pedaço de papel.

Anjan abriu o lacre e desdobrou a carta.

Querido Anjan,
Meu tio descobriu tudo. Já tentei duas vezes, mas não consigo escapar para ver você. Talvez eu consiga sair um dia, mas não posso pedir que me espere por tantas semanas com tal esperança.

O mundo, decidiu Anjan, era profundamente injusto.

Estou pensando em tudo que você disse na última vez que nos falamos. Gostei da história que me contou, mas ainda não sei o que fazer em relação a ela.

Emily.

Ele dobrou a carta com cuidado. Emily estava pensando. Ele conseguia adivinhar o que aquilo significava. A última prova de Direito seria ministrada em alguns meses e, depois disso, Anjan iria embora. Ele precisava de proximidade, não de pensamentos.

Se fosse outro homem, teria marchado até a casa do tio de Emily e exigido vê-la.

Mas desconfiava que, se tentasse fazer isso, levaria um tiro. Ou seria jogado na cadeia, acusado de algum crime horrendo. Ninguém acreditaria nele quando dissesse que só queria falar com Emily.

Ela havia sido uma luz em seus dias. E então...

Ele recomeçou o caminho de volta para a cidade.

Estava começando a ficar irritado. Não com Emily, mas com o destino, que o tentava com uma coisa tão maravilhosa e, justamente quando ela parecia estar ao seu alcance, a arrancava dele. O destino era cruel.

Ele passou pelos portões da faculdade concentrado nos próprios pensamentos sombrios.

Àquela altura, a maioria de seus colegas já estava acostumada com Anjan. Se os rapazes eram do tipo que faziam comentários, raramente os faziam à sua volta. Ele cruzou o jardim de olhos baixos e ar zangado.

– Ei, Batty! – chamou um homem.

Anjan quase não parou. Ele deu três passos largos.

– Batty, aonde você está indo?

Ah, sim. *Batty* era ele. Anjan parou. Antes de se virar, encontrou seu sorriso. Mesmo naquele momento, conseguia colocá-lo no rosto com muito pouco esforço. Não era aceitável fazer caretas para um homem apenas por ser amigável. E George Lirington era um dos bons – uma das pessoas que falavam com Anjan, o primeiro a convidá-lo para jogar críquete. Ele até tinha convencido o pai a conseguir um emprego para Anjan.

214

– Batty – disse Lirington –, onde você se meteu hoje? Precisamos de um lançador. Ficamos desesperados sem você.

– Lirington – cumprimentou Anjan do jeito mais agradável que conseguia. – Parece que você acabou de voltar do campo de críquete. Fizeram você ser o lançador, então?

– Sim, e por isso perdemos.

O amigo sorriu e começou a descrever o jogo em detalhes, encenando as partes mais importantes. Anjan era *Batty* porque Bhattacharya tinha sílabas demais. Ele tinha dito seu nome para um homem, e este havia piscado e imediatamente o apelidado de John. Era quem achavam que ele era: John Batty. Aqueles garotos ingleses bem-intencionados tinham tomado o nome de Anjan com a mesma facilidade, e com os mesmos sentimentos alegres de amizade, com que os pais tomaram o país dele no passado.

E Emily o tinha chamado de Bhattacharya. Ele se apaixonara um pouquinho por ela no momento em que ela dissera seu nome como se tivesse valor.

Ele cerrou os punhos, mas continuou a sorrir.

⁓

Oliver não pensou muito em Jane. Durante a última semana de janeiro, conseguiu mantê-la em seus pensamentos o mínimo possível – exceto por algumas fantasias melancólicas à noite, imaginando o que poderia ter acontecido entre eles se a situação fosse outra. Se ela não tivesse a necessidade de afastar pretendentes. Se ela fosse a filha legítima de uma família respeitada. Se ele houvesse tido a chance de cortejá-la.

Cortejar. Que piada. Ele não pensava em nada tão sereno como *cortejá-la*. Seus pensamentos eram mais obscuros e profundos, começando pelo beijo que trocaram e terminando contra paredes de pedra e árvores de tronco grosso. Seus pensamentos iam muito além das suas sensibilidades, até que ele tivesse que resolver o problema com as próprias mãos. Mas depois, quando a sanidade retornava...

Ele ainda não conseguia imaginar Jane com um vestido branco sem graça e pérolas recatadas. Então se forçou a abandonar aquela fantasia.

Em fevereiro, mal pensou em Jane. Não tinha tempo para pensar nela. O Parlamento ia se reunir de novo. A própria rainha se dirigiu aos legisladores da nação e os pressionou para expandirem o direito de votar. O trabalho começou de verdade. Oliver conversou sobre os planos com Minnie, a esposa do irmão, que era boa estrategista, e entre eles organizaram uma sequência de jantares. Trabalhadores de todo o país foram trazidos de trem. Oliver deu cursos de dois dias sobre etiqueta e sobre como funcionava a política. Depois disso, os homens jantaram com duques e duquesas, barões e baronesas. Membros do Parlamento passaram uma hora na companhia de padeiros.

A mensagem era clara: esses homens são sensatos e racionais. Por que não deveriam votar?

Ele, muito assiduamente, *não* pensou em Jane nesses momentos. Não queria contrastá-la com as esposas pálidas e sorridentes que encontrava, mulheres que nunca cometeram uma única gafe, que enrubesceriam se ouvissem a palavra "fucsina" e que certamente nunca se atreveriam a vestir sequer uma luva daquela cor, muito menos um vestido.

Em vez disso, ele sorria. E, quando essas mulheres mencionavam irmãs, primas ou sobrinhas solteiras, Oliver voltava a sorrir, desta vez com certa frieza, e tentava não se lembrar de cores brilhantes.

Quando março por fim chegou, Oliver tinha parado de dizer a si mesmo que não estava pensando em Jane. Não importava se ele estava pensando nela ou não. A moça não estava ali, ainda era impossível e Oliver muito provavelmente nunca a veria de novo. Se ainda se pegava um pouco cativado pela memória dela, não era motivo para ficar se lastimando pelos cantos. Não quando havia tanta coisa para se fazer. Jantares se transformaram em discussões. Leis foram redigidas e leis foram rejeitadas. Oliver redigiu uma série de artigos para um jornal de Londres sobre a representação do povo, os quais foram bem recebidos, e se perguntou se por acaso Jane os tinha lido e o que achara deles.

No fim de abril, os homens com quem Oliver estava trabalhando o chamaram num canto e perguntaram quando ele planejava se candidatar ao Parlamento. *Quando*, não *se*. Ele tinha o apoio deles, lhe garantiram. Oliver assentiu, calmo, e falou muito pouco. Deixou os homens lhe dizerem coisas que sempre soubera: que ele tinha a cabeça no lugar, que era inteligente, que falava bem, que tinha laços com a nobreza e com a classe trabalhadora. Deixou-os dizer que ele era justamente o tipo de homem que deveria se unir a eles. Deixou-os dizer que seria bem-sucedido, enquanto por dentro estava dando pulos de alegria.

O futuro que imaginara tanto tempo antes estava se abrindo finalmente.

Então lhe disseram que tudo que ele precisava para completar a imagem era felicidade doméstica. Isso, ele ignorou, de certa forma.

Oliver foi para casa naquela noite e dividiu uma garrafa de vinho do Porto com o irmão, trocando piadas até ficar um pouco embriagado. Os dois beberam até que Minnie, sua cunhada, descesse a escada. Ela sorriu e os reprovou em silêncio, depois levou o marido para a cama.

Ela deixou Oliver para trás, contemplando a realização de todos os seus sonhos.

Uma vez que o vinho e o irmão tinham-no abandonado, a euforia se dissipou.

Tudo de que ele precisava era felicidade doméstica. Uma moça agradável, alguém que facilitasse o caminho dele. Havia centenas de mulheres que serviriam. Com certeza uma delas seria capaz de eclipsar Jane. Ele só precisava encontrá-la.

Afinal, não estava apaixonado por Jane. Só admirava a coragem dela. Era isso. Ele se serviu de mais meia taça de vinho, completamente sozinho na escuridão.

Bom, talvez fosse mais do que a coragem dela. Ele admirava sua inteligência. O jeito como ela entrava num lugar e determinava imediatamente quem estava no comando e qual era a melhor forma de aliená-lo. Ele queria uma esposa justamente assim – porém, é claro, ela teria que fazer o contrário de alienação. Uma mulher igualzinha a Jane, pensou. Era essa mulher que ele queria. Igualzinha a Jane, mas o oposto completo. Ele terminou o vinho da taça.

Era mais do que a coragem e a inteligência dela que ele admirava. Porque havia o corpo dela também. Com certeza, havia o corpo.

Àquela hora, ele havia bebido demais para despertar qualquer tipo de ardor físico de verdade, não importava como seus pensamentos estivessem acesos. O que era bom, pois, uma vez que começou a pensar no corpo de Jane – no volume generoso dos seios dela, nas curvas suaves dos quadris –, foi meio difícil parar de pensar no que gostaria de fazer com ela.

Ele não a tinha tocado o bastante. Nem perto disso. Seus pensamentos saíram do controle naquele momento, e, mesmo que o vinho o tivesse deixado incapacitado de fazer alguma coisa a respeito, ele pensou em tudo – no deslizar de seu membro enrijecido na carne feminina, macia e disposta, nos sons que Jane faria quando ele entrasse nela. Ficou desejando até estar meio louco de luxúria embriagada.

Sim, murmurou para si mesmo ao subir a escada aos tropeços, em direção a seu quarto. Jane era exatamente o tipo de mulher que ele queria. Alguém igualzinha a Jane, porém o oposto completo. Era bom que não estivesse apaixonado por ela, ou poderia ser difícil encontrar essa outra mulher.

No dia seguinte, Oliver acordou com uma dor de cabeça terrível e não conseguia decidir se o culpado era o álcool ou a irracionalidade dissonante à qual havia se entregado.

De qualquer jeito, não teve tempo para refletir sobre essa dúvida. O Parlamento ainda precisava chegar a um acordo, e a Liga da Reforma prometera fazer uma manifestação no Hyde Park. E não com apenas algumas centenas de homens; falavam em pedir que todo mundo disponível comparecesse. O governo, temendo o tumulto inevitável e a violência que seriam associados a uma reunião como essa, ameaçara prender todos que estivessem presentes. Nenhum grupo cedeu. Planos foram feitos em Londres para nomear oficiais especiais apenas para lidar com a multidão.

Maio chegou, e as pessoas começaram a chegar para a manifestação. Não mil nem 2 mil, nem mesmo 5 mil pessoas, mas dezenas de milhares.

Membros do Parlamento que tinham se recusado a cogitar qualquer tipo de reforma começaram a ficar apreensivos com a ameaça daquela multidão pendendo sobre suas cabeças. Nos jornais, a polícia fazia relatos detalhando o número de oficiais que seriam necessários para controlar tamanha reunião. Alguém salientou que não havia tantos oficiais assim em toda a Inglaterra, que a polícia teria que usar força letal para conter a multidão.

Oliver se recusou a se deixar distrair com pensamentos a respeito de uma mulher que estava tão longe quando havia tantas outras coisas em jogo.

Na noite anterior à manifestação, ele se sentou com Minnie e Robert e leu relatórios e mais relatórios – sobre reuniões, estalagens abarrotadas de hóspedes, foros convocados com o único propósito de comissionar oficiais especiais.

De manhã, a situação ia ser feia.

Ele dormiu mal e foi acordado ao raiar do dia por uma batida à porta. Contudo, quando a abriu sonolento, não era seu irmão trazendo notícias de que a violência já tinha começado.

Era um lacaio com um telegrama urgente.

Oliver ainda não estava completamente acordado, e a mente sonhadora viajou para longe. Uma estranha certeza lhe ocorreu: era de Jane. Ela precisava dele. Ele iria até ela. Ia ter que se casar com ela, afinal, para salvá-la de algum destino horrível e desconhecido.

Esqueceu Londres. Esqueceu a impossibilidade. Esqueceu a ruína que isso causaria em sua vida.

Coçou os olhos, achou os óculos e se concentrou na mensagem.

Não era de Jane – era óbvio que não. Ele se recusou a ficar decepcionado por a vida dela não estar em ruínas.

Era de sua mãe.

FREE SUMIU
VAI À MANIFESTAÇÃO AMANHÃ PARA PROTESTAR CONTRA FALHA EM INCLUIR MULHERES NA REFORMA ELEITORAL
ENCONTRE-A

As fantasias sonolentas e semissexuais sumiram, e Oliver releu o telegrama, desta vez sendo atingido pelo terror. Então, pediu para conferir cronogramas e soltou um palavrão. O trem do correio teria chegado à Estação Euston algumas horas antes.

Free já estava lá, sozinha em Londres. Ela ia a uma manifestação ilegal ao lado de centenas de milhares de homens enraivecidos, homens que teriam que enfrentar oficiais pouco treinados e enlouquecidos de medo da multidão. E, conhecendo Free, ela ia dizer a todos aqueles homens que também queria o direito de votar, e era melhor que o dessem a ela.

– Santa mãe de Deus! – praguejou Oliver.

A irmã dele ia acabar morta.

Capítulo dezessete

Naquele dia em especial, Oliver esperara ver policiais fazendo patrulha, monitorando cada esquina. Quando saiu de casa, porém, não havia sinal dos oficiais especiais tão mencionados nos últimos dias. Na verdade, não havia qualquer sinal da presença da polícia.

Em vez disso, havia centenas de pessoas passando nas ruas. As multidões aumentavam à medida que Oliver se aproximava do Hyde Park. Foi lá que ele viu os primeiros policiais do dia: um par letárgico havia se posicionado nos portões do parque. Não fizeram nenhuma tentativa de impedir as multidões de entrarem no parque; na verdade, um deles estava parabenizando as pessoas enquanto elas passavam. Pareciam estar fazendo um esforço desanimado para impedir que os vendedores ambulantes tirassem proveito do evento – e, mesmo assim, enquanto Oliver estava observando, um vendedor de tortas conseguiu entrar, entregando uma tortinha como pagamento silencioso.

Como teriam filtrado as pessoas determinadas a se manifestar, Oliver não sabia. Um grupo de mulheres tinha vindo a cavalo para observar as festividades. Estavam acomodadas com cavalheiros por perto e criados servindo-lhes vinho e bolinhos. Oliver ouvira alguém falar outro dia que, se ia haver um confronto entre a Liga da Reforma e a polícia, era um evento ao qual assistir de camarote. Na hora, Oliver tinha achado que era uma piada, mas, pelo jeito, as pessoas eram sinceramente estúpidas àquele ponto.

O Hyde Park parecia mais o centro de um festival do que um campo de batalha. Já havia milhares de pessoas ali. Como ele ia encontrar Free no meio da multidão?

Andou pelo parque, confuso, esperando que ninguém interpretasse mal seu olhar fixo, e depois percebeu que era apenas um dos milhares de curiosos. Ninguém se importava com ele.

Oliver tivera medo de que a situação ficasse feia. Sabia bem demais que uma multidão daquele tamanho podia se tornar violenta com muita rapidez. Mas, pelo menos até então, a ausência total de oficiais com uniforme azul transformara o evento numa festa. Parecia improvável que o confronto esperado entre os organizadores e o governo se realizasse, e o alívio deixou todos de bom humor.

Quando os membros da Liga da Reforma começaram a mostrar as caras, receberam aplausos como se fossem heróis voltando de uma batalha. Chegaram em grupos, acenaram para as multidões e lideraram gritos de guerra. Assim que Oliver viu uma chance, começou a fazer perguntas.

– Com licença – falou. – O senhor viu uma mulher falando sobre o sufrágio universal?

Isso lhe garantiu um olhar estranho.

– É claro que sim – respondeu o homem. – Vejo uma sempre. Sou casado com ela.

O homem seguinte fez uma careta diante da ideia do sufrágio universal e balançou a cabeça, recusando-se a responder.

Quando foi perguntar ao terceiro homem, Oliver já tinha aperfeiçoado a técnica.

– Por acaso há um grupo de mulheres defendendo o sufrágio universal por aqui?

– Vá lá perto de onde Higgins está falando – respondeu o sujeito, indicando um quadrante distante do parque.

Oliver começou a andar na direção do lugar indicado. Ficava do outro lado do lago Serpentine, escondido por um aglomerado de árvores, e Oliver precisou de quarenta e cinco minutos para abrir caminho até lá em meio à multidão. Por sorte, o homem indicara a direção certa. Ali se ouviam gritos exigindo o direito ao voto para todas as pessoas, não apenas para os homens da classe trabalhadora.

Quando passou pela multidão, viu um grupo grande de mulheres. Estavam reunidas bem perto umas das outras, com os braços dados. E ali, bem no meio delas...

Pela primeira vez desde que tinha acordado naquela manhã, Oliver sentiu uma grande sensação de alívio. Ele se aproximou.

– Free!

Antes que pudesse chegar até ela, a barreira de mulheres interveio, com os braços dados. Elas o encararam. Uma mulher de cabelos escuros, de uns 40 anos, semicerrou os olhos e balançou o dedo para ele.

– Nada disso – falou, ríspida. – Nenhum homem passa deste ponto em diante.

– Eu só... – Ele abanou a mão. – Só quero falar com ela. Com Frederica Marshall.

– Ora, não pode.

– Free! – chamou Oliver.

– Pare com isso, agora.

As duas mulheres mais perto dele deram um passo para a frente, seus olhos brilhando ameaçadores.

– Free! – tentou Oliver de novo, acenando com mais desespero.

– Vá embora – disse uma delas. – Ou precisamos chamar alguém para remover o senhor?

– Não, esperem, eu só...

Foi nesse momento que Free se virou.

– Esperem! – exclamou ela.

Ela soltou os braços das duas mulheres do seu lado e se aproximou.

– Não o mandem embora – pediu. – É meu irmão.

– E daí? – A mulher de cabelos escuros não parecia impressionada. – Você não ia gostar de saber o que o *meu* irmão já esteve disposto a fazer.

– Ele não vai me machucar – garantiu Free. – Só está sendo ridículo e protetor. Me dê uns minutinhos e vou fazê-lo se acalmar.

Oliver bufou, mas, quando as mulheres à sua frente o fitaram de olhos apertados, ele ergueu as mãos.

– Ela tem razão – disse. – Só quero que ela esteja a salvo.

As mulheres se entreolharam, mas, em seguida, dando de ombros, soltaram os braços. Free se pôs entre elas e deu os braços para as duas.

– Oliver – disse ela, com um tom de desgosto. – O que está fazendo aqui? É arriscado.

Oliver a encarou, incrédulo. Ela sempre fazia isso com ele: o fazia sentir como se o mundo estivesse de ponta-cabeça e de trás para a frente.

– O que *eu* estou fazendo aqui? – Ele olhou ao redor. – É *arriscado*? Não sou uma garota de 16 anos, Free. Não saí às escondidas de casa no meio da madrugada, sozinho, para vir a Londres.

– Sim – disse Free. – Quero saber o que *você* está fazendo aqui. Provavelmente, saiu de casa no meio da manhã, e não vejo *você* com uma dama de companhia.

– Não estamos falando de mim. – Ele a olhou nos olhos. – Estamos falando sobre você ter vindo parar no lugar mais perigoso em toda a Inglaterra, onde há ameaças de violência.

Ela inclinou a cabeça para o lado e olhou ao redor.

– Ah – disse devagar. – *Violência*. Entendi. – Arqueou as sobrancelhas para um vendedor que estava gritando seus preços diretamente às costas deles. – O que ele vai fazer, jogar tortas em mim?

– Além disso – falou Oliver, ignorando aquele aspecto inconveniente da realidade –, você tem 16 anos. Não acredito que veio sozinha de trem.

– Você fica usando a palavra *sozinha* – comentou Free. – Mas uma vez me disse que eu deveria fazer perguntas antes de chegar a conclusões. Mary Hartwell me levou à estação de trem na carroça do pai dela. Pegamos o trem juntas. E, já que tínhamos comunicado nossa intenção de participar da vertente feminina da Liga da Reforma, elas nos encontraram na estação. Não fiquei *sozinha* nem por um minuto. – Ela balançou os braços. – *Pareço* estar sozinha?

– Não, tudo bem, mas ainda assim…

Ele olhou para a mulher ao lado de Free, a morena que fingia não estar ouvindo a conversa, e depois para a mulher do outro lado, uma loira com um sorriso enorme nos lábios.

– Desde as quatro da manhã até as seis, estou com esse grupo – explicou Free. – Conversamos sobre os aspectos práticos da manifestação. As mulheres podem não ser tão fortes quanto os homens, mas quando reunidas temos a capacidade de ser formidáveis.

– Tenho que admitir que suas amigas criaram uma barreira efetiva. Mas ainda assim há certos riscos…

– Nós organizamos procedimentos – informou Free. – Conversamos sobre eles hoje de manhã. Cada uma de nós está sob os cuidados de outras duas mulheres que, por sua vez, cuidam de outras duas. Dessa forma, sabemos que todas estamos a salvo o tempo todo. Não nos afastamos do grupo e não deixamos ninguém ultrapassar a barreira. – Ela lançou um olhar severo para Oliver. – Se uma de nós for presa, todas estamos comprometidas a sermos levadas para a delegacia.

– Free.

Oliver coçou os olhos.

– Anna Marie Higgins, a mulher com chapéu de marinheiro logo ali, já foi levada para a delegacia treze vezes.

Oliver olhou para a direita.

A Srta. Higgins não parecia uma sufragista veterana. Trajava um vestido azul-celeste bonito e na moda, completando a roupa com um chapéu de marinheiro, que tinha enfeitado com fitas de um azul vívido que balançavam à brisa.

Um homem que estava passando ergueu o punho no ar.

– Votos para todos! – exclamou.

A Srta. Higgins jogou um beijo para ele.

Oliver balançou a cabeça e se virou.

– Não sei se é uma boa ideia você admirar uma mulher cujo principal atributo é ter acumulado uma dúzia de detenções.

– Quem mais você quer que eu admire? – perguntou Free. – Você? Está aqui me dando sermão e dizendo que agi de maneira imprudente, sendo que me preocupei muito mais em garantir minha segurança do que você. Você é o filho de um duque no meio de uma multidão com potencial de ser violenta. Pelo amor de Deus, estão tocando o hino da França ali. Quem sabe o que poderia acontecer com você?

– Isso é ridículo! – disse Oliver, exaltado. – Só vim até aqui para procurar *você*. Não vire o jogo contra mim. Não importa quantas precauções você tomou, ainda é perigoso. Isso aqui é arriscado. Mesmo se no fim das contas não acontecer nada de mais, ainda assim a multidão poderia ter sido violenta.

Free se recusava a perder a compostura.

– Pelo jeito você acha que é aceitável se arriscar a vir até aqui e, hã… me *resgatar*. – Ela revirou os olhos. – Eu acho que é aceitável me arriscar a vir até aqui e dizer que as mulheres merecem o direito ao voto. Por que o seu risco é nobre e o meu é tolo?

– Que inferno, Free! Não é hora de ficar discutindo detalhes. Precisamos tirar você daqui.

Free apenas sorriu.

– Ah, que maravilha. Quando faço você praguejar, quer dizer que não tem mais argumentos. Deixe disso, Oliver. Você sabe que tenho razão mesmo que não queira admitir. E pare de ser absurdo. Eu não vou embora. Se a multidão ficar violenta, estarei mais segura no meio de centenas de mulheres que debateram todos os detalhes de segurança do que estaria sozinha com você. O que você faria se fôssemos atacados?

– Eu…

Oliver se calou.

– Você ia ser desmembrado. – Free abriu um sorriso virtuoso para ele, em completo desacordo com suas palavras. – Não se preocupe, irmãozão. Vou cuidar de você.

– Que inferno, Free – repetiu Oliver.

Ela soltou uma risada e se virou para olhar as amigas.

– Este é o meu irmão – apresentou-o. – O nome dele é Sr. Oliver Marshall. Ele provavelmente não vai embora até isso tudo terminar. Onde ele pode ficar fazendo cara feia?

– O senhor não pode ultrapassar o perímetro – disse uma mulher para ele. – Só as mulheres podem ficar dentro do círculo, e espero que o senhor entenda por que tomamos essa precaução. Mas meu irmão está ali, perto daquela árvore, vigiando, caso alguma coisa ruim· aconteça. Se quiser se juntar a ele, será bem-vindo.

Oliver balançou a cabeça para a irmã, e ela abriu um sorriso grande para ele.

– Divirta-se, Oliver. A Liga da Reforma prometeu dar uma chance para a Srta. Higgins falar, e tenho certeza de que você vai adorar o que ela tem a dizer.

⌒

Não havia muito o que dizer depois da manifestação. Os oficiais intervieram somente para sugerir que as pessoas saíssem do parque antes do anoitecer, e, àquela hora, ninguém parecia se opor a tal recomendação.

A atmosfera era jubilante. O governo tinha prometido reprimir a manifestação com todas as suas forças, e o povo tinha prometido reprimir a repreensão do governo.

O povo, conforme concordava a maioria, tinha ganhado. Sem sombra de dúvida.

As amigas de Free a entregaram aos cuidados de Oliver com relutância. As carruagens de aluguel estavam incapacitadas, pois as ruas estavam lotadas de pessoas se locomovendo a pé. Não havia chance de conseguir um veículo.

Em vez disso, eles caminharam. Pelos primeiros quinze minutos, Free continuou alegre, tagarelando sobre a multidão, o clima de celebração, quanto tinha se divertido e como mal podia esperar para fazer aquilo de novo. Toda aquela energia fez com que Oliver se sentisse velho e cansado.

– Para onde você está me levando? – perguntou Free afinal, depois de terem percorrido uma meia dúzia de ruas sujas. – Parece que estamos indo para a casa de Freddy.

Oliver piscou e se virou para a irmã.

– Achei que você gostasse da tia Freddy. Você escreve uma carta para ela toda semana. Seu nome é uma homenagem a ela.

Free revirou os olhos.

– Nos últimos quatro anos, Oliver, só escrevo cartas *raivosas* para ela, e ela sempre responde no mesmo tom. Você nunca presta atenção em nada. Nós duas estamos brigadas.

Já fazia quatro anos que ele tinha passado um tempo considerável em casa? Oliver fez os cálculos… e depois engoliu em seco.

– Você briga com todo mundo – disse. – Achei que não fosse nada sério.

– Ela vai me dar um sermão. Sabe o que Freddy vai dizer quando eu contar a ela o que estava fazendo? – Free semicerrou os olhos. – É por isso que você está me levando justamente para a casa dela? Porque quer que ela diga…

– Francamente, Free. – Oliver olhou para o céu. – Eu estava levando você para a casa de Freddy porque achei que gostaria de vê-la. Posso levar você para a Casa Clermont, se preferir, mas, na última vez que esteve lá, ficou reclamando que não conhecia ninguém e que não tinha nada para fazer. Eu não havia pensado nos sermões da tia Freddy, senão, não teria trazido você até aqui. Não sei o que há com ela, mas, no instante em que ela me diz para *não* fazer alguma coisa, me pego com o desejo mais intenso de fazer justamente essa coisa.

Os lábios de Free se curvaram para cima com relutância.

– E, em todo caso, ela nunca teve o hábito de dar sermões em *você*. Não como fazia comigo e com os outros.

Free suspirou.

– Isso mudou. Eu já disse, estamos brigadas. Passamos o último Natal falando uma da outra com terceiros, com bastante ênfase e bem alto, para que todos pudessem ouvir. Como você não percebeu?

Tia Freddy era tão irritadiça que era difícil saber quando ela estava realmente contrariada e quando estava só chiando sobre qualquer coisa para provar algum ponto de vista absurdo. Ela fazia previsões terríveis de horrores impensáveis desde que Oliver a conhecia. Nenhuma delas tinha se realizado.

– Por que vocês brigaram? – perguntou Oliver. – E será que quero mesmo saber?

– Ela precisa sair de casa.

Oliver inspirou bem fundo.

– Ah.

Se Freddy soubesse o que os dois estavam fazendo naquele momento – andando em ruas normais da cidade –, reclamaria de palpitações no coração. Se soubesse que estavam fazendo aquilo enquanto as multidões ainda estavam espalhadas por Londres, teria desmaiado.

Quando Oliver era mais novo, tinha se resignado ao fato de que sua tia Freddy se recusava a sair do minúsculo apartamento onde morava. A mãe dele dizia que, antes, ela costumava sair – rapidamente – para ir ao mercado, mas que até isso terminou quando ela encontrou alguém para lhe entregar os itens básicos. Era simplesmente como as coisas eram, uma característica inerente e imutável de Freddy.

– Ela não gostou de como falei para ela sair de casa – acrescentou Free – e me mandou pedir desculpa. Então eu disse que sentia muitíssimo pelas minhas palavras precipitadas, e que o que eu queria dizer era que ela deveria sair de casa *todo santo dia*.

– Ah – repetiu Oliver, balançando a cabeça. – Sabe, nossa tia é a única pessoa que é teimosa demais para ser intimidada por você.

Free deu de ombros.

– Ela disse que eu era uma pirralha impertinente, e respondi que, se ela podia nos dar sermões sobre como *nós* deveríamos viver nossa vida, então eu ia dar sermões sobre o que *ela* estava fazendo. Que, se ela podia fungar e dizer "É para o seu próprio bem", eu podia fazer o mesmo.

Oliver soltou um suspiro.

– Free – falou baixinho –, realmente não entendo qual é o problema da tia Freddy. Mas, na verdade, acho que ela não *consegue* sair de casa. Se conseguisse, já teria saído há anos. Passar três décadas enclausurada num quartinho minúsculo não é algo que alguém decide fazer num surto de raiva.

Free estava com uma expressão ainda mais rebelde.

– Talvez ela consiga e talvez não consiga, mas *deveria*. E, mesmo que você tenha razão, por que ela não podia simplesmente me contar a verdade? Em vez de se recusar a falar sobre isso, sempre mudando de assunto para enfatizar meus defeitos. Não é justo que ela possa me dizer que preciso usar suco de limão para me livrar das minhas sardas e eu não possa sequer dizer a ela que deve respirar ar fresco.

Oliver meneou a cabeça à medida que se aproximavam do prédio onde a tia morava.

– Tem razão – concordou. – Não é justo. Desconfio de que seja ainda menos justo que Freddy não consiga sair de casa. Tenha um pouco de compaixão pela sua tia, Free. Já que estamos aqui, talvez seja uma boa hora para pedir desculpa.

– Por que eu pediria desculpa? Não estou errada.

Oliver soltou outro suspiro.

– Então pode entrar na casa e não falar absolutamente nada. Vai ser bem divertido para vocês duas.

Oliver entregou alguns centavos para uma vendedora de flores na esquina em troca de um buquê e subiu a escada do prédio com Free. Havia um pouco de lixo acumulado num canto de um dos andares – lixo de semanas atrás, pelo aspecto. Oliver fez uma anotação mental para falar com o proprietário mais uma vez. Se a tia ia passar cada segundo dentro daquele lugar, ele precisava ser o mais agradável possível.

Oliver bateu à porta e esperou.

– Quem está aí?

Havia um tremor mais intenso do que Oliver recordava na voz de Freddy.

– Sou eu, Oliver.

Abriu-se uma fresta na porta, e Oliver teve um vislumbre da tia.

– Está sozinho? – quis saber ela. – A cidade pegou fogo? Tem tumultos por aí?

– Não – respondeu Oliver. – A manifestação foi bem tranquila.

Ela abriu mais a porta.

– Então, pode entrar. É tão bom ver você, meu amor.

Ela começou a fazer um gesto convidativo para Oliver. No entanto, ao se mexer, seus olhos recaíram em Free, que estava logo atrás de Oliver.

Por um segundo, o rosto de Freddy se transformou. Suas sobrancelhas se ergueram, seus olhos se iluminaram. Ela engoliu em seco e estendeu a mão na direção de Free. Mas então pareceu se recuperar, e a reação mudou totalmente: a felicidade virou negação obstinada.

Brigadas, de fato. Eram duas das mulheres mais teimosas que Oliver conhecia – talvez por isso se importassem tanto uma com a outra, e certamente por isso estavam "brigadas" havia quatro anos, quando era óbvio que se amavam. Oliver balançou a cabeça.

– Podemos entrar, tia Freddy?

– Todos que forem *respeitosos* podem entrar – anunciou Freddy, correndo os olhos para a sobrinha.

– Pois bem – disse Free. – Está resolvido. Acho que vou esperar aqui no corredor enquanto você fala com ela.

– Não pode...

A boca de Freddy se torceu, e naquele momento Oliver percebeu que a tia estava com uma aparência péssima.

A pele estava amarelada e flácida. Havia um leve tremor na mão. E havia mais alguma coisa, algo que a fazia parecer magra e fraca. Ela só tinha alguns anos a mais do que a mãe deles, e, ainda assim, se alguém as visse lado a lado, teria imaginado que Freddy era décadas mais velha.

Freddy inspirou fundo.

– Oliver, diga para sua irmã que ela não pode esperar no corredor. Agora há operários morando no apartamento de cima, e só Deus sabe o que eles fariam se a encontrassem aqui. Devem estar todos agitados por causa do que quer que tenham feito hoje. – Ela disse a palavra *operários* com um tom de voz baixo, como se fosse uma coisa obscena, e em seguida franziu o cenho. – Vocês não estavam naquela... coisa, estavam? – Ela olhou para Free enquanto falava. – Nem *você* seria tão imprudente assim.

Free empinou o queixo.

– Se você me ouvir gritando, Oliver, espero que consiga vir me ajudar. Sei que Freddy não virá, pois vou estar no corredor, dois metros além do limite que ela se esforçaria para cruzar.

Os olhos de Freddy lampejaram.

– Talvez – continuou Free com leveza – eu vá lá para fora. Há um parque a duas quadras daqui. Eu poderia me sentar num banco. Não está tão escuro ainda.

– Free – disse Oliver –, você consegue ser civilizada por alguns minutos? Ela torceu o nariz.

– É melhor ela entrar mesmo – murmurou Freddy. – Não vou carregar a culpa da morte dela na minha consciência. Ela seria um fantasma muito grosseiro, e me recuso a deixar que fique assombrando meu corredor.

Free abriu um sorriso de verdade ao ouvir isso – como se a ideia de ser um fantasma extremamente rude a agradasse – e entrou. Freddy fechou a porta atrás deles e a trancou com cuidado. Depois, fechou outra tranca. Oliver e Free se acomodaram à pequena mesa.

– Oliver – disse Freddy. – Que bom ver você. Quer um pouquinho de chá?

– Não, obrigado.

– Não vou aceitar "não" como resposta. Você ainda está… – Ela fez uma pausa. – Você não está mais em fase de crescimento, não é? Mas talvez outras pessoas presentes ainda estejam crescendo, e nada como uma xícara de chá com leite para conservar a saúde. – Ela olhou para Free. – Mesmo que *certas pessoas* presentes não se importem com a própria saúde. E *claramente* não estejam usando chapéu, não importa quantas vezes sejam informadas sobre os efeitos perigosos disso.

– Ah, sim. No futuro que me espera, um homem terá o controle de todas as minhas posses se eu me casar, não terei permissão para votar nem a chance de ganhar meu próprio sustento de jeito nenhum, só se eu abrir as pernas, mas é claro, o perigo mais terrível que tenho que enfrentar são sardas. Talvez eu devesse ficar trancada num quarto o tempo todo. Assim, não vou ter nenhuma sarda. Vai ser *maravilhoso* para a minha saúde.

Freddy apertou os lábios.

– Diga para sua irmã que eu faço exercícios – vociferou. – Faço vinte circuitos ao redor da sala todo dia. Estou mais saudável do que ela.

Free olhou Freddy de cima a baixo. Provavelmente não a via desde o Natal, e as mudanças eram ainda mais drásticas, pensou Oliver, quando espaçadas por tantos meses. Sem dúvida, Free estava catalogando a curva nos ombros da tia, a superficialidade da respiração, os ossos finos no pulso.

Os olhos de Free brilharam, e ela fungou.

– Diga para *minha tia* que fico muito feliz em ver que ela está tão bem de saúde. – A voz de Free tremia. – Que vejo que as escolhas dela são excelentes.

– Diga para sua irmã que não é da conta dela se eu morrer jovem.

Free se levantou de repente. Os olhos dela cintilavam.

– Não é da minha conta se a senhora morrer jovem? Por que é tão difícil aceitar que nós a amamos, que a senhora está se matando assim?

Freddy cruzou os braços e olhou para longe.

– Lembre *sua irmã* – repetiu – que não vou falar com ela enquanto não me tratar com civilidade, enquanto não pedir desculpa por todas as palavras severas que me disse.

– Como quando eu disse que detesto ver a senhora assim? Quer que eu peça desculpa por dizer que a senhora precisa se esforçar? Quer que peça desculpa por me importar? Nunca. Eu *nunca* vou pedir desculpa. A senhora está errada, errada, errada, e eu a odeio por isso!

– Diga para sua irmã – respondeu Freddy de um modo ainda mais cortante – que, se ela não consegue me tratar com civilidade, como exigi quando abri a porta, então ela não é mais bem-vinda na minha casa.

– Pois bem! Não me impeça.

Free foi para a porta. Sua saída triunfal do apartamento só foi parcialmente atrapalhada pelas trancas complexas – teve dificuldade com elas –, mas ainda assim Free bateu a porta às suas costas depois que conseguiu abri-la.

Oliver se levantou.

– É melhor você ir atrás dela – disse Freddy.

Ela correu os olhos para as trancas, que pendiam inúteis naquele momento. Não disse nenhuma palavra, mas sua respiração acelerou.

– Não se sabe… o que há do lado de fora. – Ela engoliu em seco. – Está escuro. Ela realmente não deveria ficar sozinha.

– Ela vai ficar bem por alguns momentos. – Oliver foi até a porta e fechou as trancas novamente. – Ela não vai sair do prédio. Tem bom senso o bastante para não fazer algo assim.

Toda a raiva abandonou Freddy, mas não o desconforto. Ela relaxou na cadeira. Isso, por si só, comoveu Oliver. Ele se sentou de novo, esticou o braço na mesa e segurou a mão da tia.

– Freddy – falou –, se isso incomoda tanto você, por que continua a brigar com ela? Sei que ela a ama. Basta dizer que sente saudade dela, e que a ama, e será o fim da discussão.

Freddy estava olhando para a frente.

– Eu sei – murmurou.

– Então, por que insistir?

– Porque ela tem razão.

Oliver estagnou. Durante toda a sua vida, nunca tinha ouvido Freddy pronunciar aquelas palavras exceto para se referir a si mesma – ou, em raras ocasiões, a pessoas que concordavam com ela.

– Ela tem razão – repetiu Freddy, ainda sussurrando. – Tem toda a razão. Estou presa aqui. – Os olhos dela brilhavam. – Sinto medo demais para sair, mas aqui fico enclausurada. Sem ninguém para me fazer companhia, sem nada para fazer. Certos dias, nem sei direito quem sou.

– Ah, Freddy.

– Eu abri a porta ontem – contou Freddy. – Consegui pôr um pé para fora antes de ter palpitações no coração tão fortes que tive que parar.

Oliver passou o braço em volta da tia.

– Sinto muito mesmo. Mas por que não diz isso para Free? Ela entenderia, se contasse a ela que está *tentando*.

– O quê, e admitir que ela tem razão? – vociferou Freddy. – Nem pensar. Sei exatamente como isso vai terminar. Um dia, vou abrir a porta. Vou descer a escada, como costumava fazer. Vou abrir a porta da frente…

Ela parou por um momento. Suas mãos estavam tremendo.

– E vou dar uma volta no parque. – Ela abanou a cabeça. – E *depois* vou escrever uma carta para Free e dizer que ela estava *errada*. Que eu consigo sair, que saí *mesmo*, e que não vou aceitar mais a impertinência dela.

– Freddy.

Ela suspirou.

– Certo. *Você* que diga para ela que estou tentando – disse Freddy, e, antes que Oliver pudesse prometer, uma expressão obstinada tomou o rosto dela. – Não – falou. – Não diga nada para ela. Quero que seja uma surpresa. Quero que *tudo* isso seja uma surpresa. Vou mostrar para ela. Vou *mostrar*.

Oliver afagou a mão dela.

– Tenho certeza de que vai. Seria útil se eu viesse ajudar?

– Você é um doce, Oliver. Não puxou nem um pouquinho a sua mãe.

Oliver ficou imóvel.

– Acha mesmo?

– É claro que acho – respondeu Freddy.

Os olhos dela ficaram desfocados.

– Algumas pessoas, quando passam por um sofrimento... se lembram do desafio. Tocam o fogo uma vez e, quando são queimadas, fazem planos, tentando descobrir como segurar uma brasa. Sua mãe é assim. Mas alguns de nós se lembram da dor. – Ela se esticou para afagar a mão de Oliver. – Você é assim. Você se lembra da dor e se encolhe. Quando você era novinho, achei que fosse como sua mãe, disposto a segurar a brasa. Mas não. Agora enxergo melhor. – Ela abriu um sorriso triste. – Você é como eu.

Oliver soltou a respiração e olhou para a tia. Ela provavelmente dissera aquilo como um elogio. Mas os sulcos abaixo de seus olhos tinham escurecido. Sua pele pendia solta num corpo magro demais. Ele nunca soubera do que Freddy tinha medo, o que a transformara naquela pessoa. A mãe de Oliver dizia que a tia nunca dera qualquer explicação. Talvez, àquela altura, ela nem se lembrasse mais.

– Posso visitar você mais vezes – repetiu ele.

– Não. – Ela balançou a cabeça. – Nossas visitas mensais são o suficiente, querido. Estar com outras pessoas me deixa nervosa. Até você. – Ela ergueu o queixo. – Mas não se preocupe comigo. Dentro de uma semana... mais ou menos... estarei naquele parque. É só esperar.

Ele a observou. O maxilar dela estava tensionado, firme e, ainda assim, trêmulo. Os olhos dela lampejavam, rebeldes.

– Um dia – disse ela –, um dia, vou passar por aquela porta e dar uma volta naquele parque. Em breve.

– Eu te amo, Freddy – disse Oliver e, em seguida, porque sabia que era verdade, acrescentou: – Free também te ama. Você sabe disso.

– Eu sei. – Freddy fez uma pausa, mordeu o lábio. – E ela está lá fora, sozinha. – Suas mãos tremiam. – É melhor você ir atrás dela, Oliver.

Capítulo dezoito

Cerca de 160 quilômetros ao norte de Londres, em Nottingham

— Ela não está aqui.

O pequeno bosque onde Jane estava a escondia de vista. Ao ouvir aquela voz tão familiar, ela apoiou a cabeça no tronco da árvore. Melhor do que a bater com força, frustrada, na casca áspera. Não que ela se importasse com o dano que causaria à sua testa, mas o barulho poderia chamar atenção, e essa era a última coisa de que Jane precisava.

Os últimos meses tinham sido... difíceis. Annabel Lewis a tinha avisado sobre isso – sobre como a tia e lorde Dorling pareciam se dar bem demais quando Jane não estava por perto. Ela não quisera acreditar, mas...

Jane ergueu os olhos. As folhas das árvores não eram muito novas e sacudiam na brisa matinal, farfalhando. Sua tia, a Sra. Lily Shefton, pigarreou, pomposa, na clareira às costas de Jane.

Ainda era cedo – um horário estranho para sair de casa –, mas a tia havia insistido que, naquela manhã, seria agradável dar uma volta no parque silvestre nos arredores de Nottingham. As duas tinham ido até o parque e a tia havia sumido prontamente, deixando Jane sozinha.

Ela estava tentando juntar Jane com Dorling. Jane revirou os olhos. O que ela achava que ia acontecer?

– Era de se esperar – dizia a tia na clareira – que uma coisa tão singela como a afeição de uma mulher fosse algo simples de conquistar. Dei todas as chances a você, Dorling, e ainda não conseguiu dar um jeito nisso. Qual é o seu problema?

– Não sou eu. É a mald… a teimosa da sua sobrinha.

Jane não conseguia ver a expressão de Dorling, mas conseguia imaginá-la bem. Sua Senhoria George Dorling se achava grande coisa. Tinha importunado Annabel antes de Jane chegar e proporcionar um alvo mais abastado. Ele era marcado pelos boatos de sempre – o segundo filho de um barão, mandado para longe de Londres por causa de libertinagem e jogatina.

– Bom, apresse-se – orientou a tia. – Essa situação já faz eu me sentir suja. Falei para meu irmão que arranjaria um marido para ela, e é o que vou fazer. Se você não conseguir, vou achar outro homem que consiga.

– Está bem, está bem – disse Dorling com um tom de voz preguiçoso. – Tenha um pouquinho de paciência. Cortejar sua sobrinha é uma questão delicada. Surpreende mesmo que ela ache que estou atrás do dinheiro dela? Ela tem tanto dinheiro a seu favor, e tão pouco do resto.

A boca de Jane se curvou num sorriso relutante.

Dorling queria o dinheiro dela. Sua tia queria que ela fosse embora. Não era nem um pouco surpreendente que eles tivessem formado uma aliança. Não daria em nada, é claro – Jane não tinha intenção de se casar com ninguém –, mas pelo menos dava um propósito para a tia. Jane era grata pelas pequenas bondades.

– Isso é inaceitável – disse a tia, acabando com a diversão de Jane. – Meu irmão está com tudo pronto. Ele não pode agir enquanto você não der um jeito na garota.

A respiração de Jane falhou. O que ela queria dizer com aquilo? O que seu tio tinha aprontado? Que *jeito* ele precisava dar em Jane?

– Eu vou fazer isso – disse Dorling – assim que…

– Não temos tempo a perder – repreendeu a tia. – Ele está cada vez mais preocupado com a irmã dela. Está agindo de um jeito bem estranho.

Jane teria usado a palavra *infeliz*. Emily não tinha permissão para sair de casa, e tio Titus estava tomando mais cuidado para garantir que ela não conseguisse escapar. Não era de se admirar que Emily não estivesse agindo como sempre.

Mas tia Lily ainda não havia terminado.

– Se os médicos confirmarem os medos dele, ele vai mandar a menina para o Hospício de Northampton em junho. Vai ser o melhor para ela, pobrezinha. Você *precisa* agir agora.

Jane não conseguiu se controlar. Ela arfou, emitindo um som alto, e, quando percebeu o que tinha feito, colocou as duas mãos sobre a boca. Enviada para um *hospício*? Emily estava zangada, não louca.

E, ainda assim, na última visita de Jane, Emily tinha mencionado médicos que apareceram apenas para lhe fazer perguntas. Perguntas estranhas. As duas tinham ignorado aquilo, achando que não era nada. Mas, se Titus estava pensando em insanidade, talvez aqueles médicos estivessem examinando a mente de Emily, não seu físico.

Era um dia quente e ensolarado, mas de repente Jane sentiu frio por todo o corpo. Se Titus conseguisse que declarassem Emily mentalmente incapaz... Seria horrível.

Ela havia cometido um engano. Tinha apenas aceitado as legalidades da situação. Deveria ter fugido com a irmã meses antes, sem se importar com o fato de que teria sido um crime.

O arrepio que percorreu seu corpo não tinha nada a ver com o clima.

– Não se preocupe – disse Dorling. – Quando ela for minha, não vai haver jeito de fazer um escândalo.

O frio que tinha entrado pelos dedos de Jane parecia entorpecente. Ela pensara que a tia só queria vê-la casada, mas a verdade era muito pior do que aquilo. Naquele momento, Jane entendeu qual era o plano. Se ela se casasse, não teria mais o controle da própria fortuna. Todas aquelas ameaças que fizera a Titus não teriam valor algum se ela não pudesse agir. Eles queriam deixá-la desamparada, queriam lhe roubar todo o apoio. Ficaria sozinha.

– Poderíamos pôr um fim nisso hoje à noite – sugeriu Dorling –, após a assembleia, se você simplesmente me levasse até o quarto dela como conversamos antes.

Jane já se sentira fria. Mas, naquele momento, ela era feita de gelo. Não conseguia se mexer. Não conseguia acreditar nos próprios ouvidos.

– E eu lhe disse – retrucou a tia com certa aspereza – que me recuso a me sentir ainda pior a respeito disso. Já é um negócio sujo por si só. Não vou tolerar tal violação, não importa o propósito. – Houve uma pausa. – Além disso, duvido que ela se importe tanto assim com a própria reputação.

Jane agarrou o tronco da árvore e agradeceu à tia em silêncio. Ela era rude e terrível, sim, e estava conspirando contra Jane. Mas, pelo que dissera, Jane poderia ter lhe dado um beijo.

– Isso não vai ser necessário – disse Dorling. – Eu sei ser bem persuasivo. Pode confiar em mim.

Não. Não confie nada a ele. Mas Jane não podia dizer nada.

– Eu... Bem...

Houve uma longa pausa.

Não, Jane queria gritar. Não hesite quanto a isso também.

– Preciso que você prometa – disse a tia devagar. – Prometa que só vai persuadi-la.

Jane não aguentava ouvir os detalhes. Não queria saber qual era o plano deles. Devagar, o mais silenciosamente que conseguiu, se afastou da clareira.

Cada graveto que se quebrava, cada folha que farfalhava fazia com que Jane imaginasse inimigos vindo atrás dela. Quando, por fim, chegou às ruas da cidade, suas mãos estavam tremendo.

Precisava sair daquele lugar; tinha que ir atrás da irmã. Para o inferno com a tutela de Titus – ela nunca devia ter respeitado aquilo. Ele não podia trancar Emily num hospital se Jane sumisse com ela primeiro.

Elas poderiam estar num navio até as...

Não. Se Jane desaparecesse sem explicação, haveria um telegrama na mesa do tio antes que ela pudesse chegar a Cambridge. Ele nunca perderia Emily de vista.

Às vezes, o sucesso parecia impossível. Ela havia conhecido Oliver Marshall e ele fora embora. Tinha feito amizade com Genevieve e Geraldine, mas depois fora mandada para longe enquanto as gêmeas tinham ido para Londres. E então acabara de começar a fazer amizade com algumas das moças que moravam ali, mas seria arrancada delas... E Emily, a única pessoa com quem sempre acreditara poder contar, estava em perigo.

O companheirismo era uma ilusão que poderia ser tirada dela a qualquer momento. Jane estivera se enganando. Parou na rua, com as mãos trêmulas.

Estava sozinha, totalmente sozinha.

Não. O pensamento lhe ocorreu com um sopro de calor. *Não estava.*

Aquele pensamento resgatou uma explosão de lembranças – as mãos de Oliver, os olhos dele. O calor de sua boca. Ela tentara não pensar nele nos meses que tinham se passado, sem muito sucesso. Não adiantaria nada, dissera a si mesma. Ela nunca mais o veria. Ficar pensando nele era uma fraqueza.

Então por que, naquele momento, pensar nele a fazia se sentir forte?

Por um instante glorioso, o coração dela pulou no peito. As extremidades frias de seus dedos latejaram com vida nova. *Você não está sozinha.*

Não foi um pensamento racional que a fez seguir pela rua em direção ao banco. Foi um poço quente de certeza. Ela não estava sozinha. Não precisava estar. Sorriu para o atendente, que a conhecia bem. Quando escreveu a quantia que queria sacar, ele arregalou os olhos. Mas não questionou. Apenas contou as notas.

Talvez fosse tolice. Ela não precisava dele, sem dúvida alguma. Ainda assim, sua próxima parada foi no posto de telégrafo. Não era longe do banco. Compartilhava o espaço com uma confeitaria, na verdade, já que nenhum dos dois era muito frequentado, e ambos eram administrados pela mesma mulher jovem e rechonchuda.

Jane não precisava dele. Mas queria, ah, queria desesperadamente acreditar que não estava sozinha.

Estava preenchendo o formulário, alimentando sonhos ridículos e bobos com Oliver Marshall chegando para resgatá-la num cavalo branco – qual era o papel do cavalo naquilo tudo, ela não sabia – e levando-a para longe.

O sino na porta da loja tocou. Ela se abriu. E Dorling entrou.

Os sonhos de Jane sumiram como bolhas de sabão estourando. A palma das mãos dela ficou fria. O pequeno lápis que ela estava segurando caiu no chão, seus dedos paralisados eram incapazes de continuar a segurá-lo. Determinado, Dorling olhou ao redor e, quando seus olhos pousaram em Jane, ele abriu um sorriso intrigado como se estivesse surpreso ao vê-la.

É claro que ele estava ali. Viera enviar justamente o telegrama que Jane temia – o telegrama para o tio dela, informando que Jane tinha fugido e que ele precisava ficar de olho em Emily.

– Srta. Fairfield – disse ele, parando ao lado dela. – O que a senhorita está fazendo aqui?

Jane cobriu o papel que estava preenchendo à mão e empurrou o lápis para debaixo do balcão com o pé.

O homem coçou as costeletas.

– Eu, hã, me encontrei com sua tia hoje de manhã. Ela disse que a senhorita tinha sumido.

Jane olhou George Dorling nos olhos. Imaginou que ele era Oliver Marshall. Aquela era a única forma de conseguir se forçar a abrir um sorriso para ele.

– Eu estava precisando de algumas coisas – comentou, despreocupada. Ela se virou para a mulher à sua frente.

– Dois xelins de bala de hortelã, por favor.

Ao dizer isso, ela enfiou o papel preenchido pela metade e uma moeda pesada nas mãos da mulher.

Depois, se voltou para Dorling. Às suas costas, ouviu as engrenagens mecânicas do caixa soltarem chiados e estalos, ouviu o barulho da sacola à medida que a mulher a enchia com doces.

Fingir era tão fácil.

– Minha tia – disse Jane – é uma mulher cansativa demais. Ela estava me deixando louca com tantas reclamações hoje de manhã. "Não, Jane, não use essas luvas." "Não, Jane, pare de falar tanto. Ninguém aguenta mais ouvir sobre tinturas à base de carvão."

Jane encenou um suspiro profundo e baixou o olhar. Tinha sentido um gosto amargo ao dizer aquelas palavras, *me deixando louca.*

– Que desagradável da parte dela – respondeu Dorling com suavidade. – Incomodar uma mulher tão doce como a senhorita? Ela deve ser insuportável.

Do outro lado do balcão, a mulher empurrou uma sacola com balas de hortelã para Jane e um punhado de moedinhas.

Será que ela ia ao menos enviar o telegrama, incompleto como estava? Será que importava?

Não importava, na verdade. O papel tinha cumprido seu dever. Se Oliver o recebesse ou não, se viesse ou não... Jane não se sentia mais sozinha. Aquele ato dera-lhe uma sensação renovada de propósito. Não ia permitir que ninguém sumisse com a irmã dela.

Olhou para Dorling, que abriu um sorriso acolhedor. Mesmo que a pele dela estivesse arrepiada de nojo, mesmo que quisesse ir para casa e lavar todo o corpo, para se livrar da ideia daquele homem a *persuadindo*, Jane deu uma piscadela atrevida para ele.

– Minha tia – repetiu – está me deixando louca. Não aguento passar nem mais uma noite na mesma casa que ela.

– É mesmo?

Ele correspondeu ao sorriso. Não havia afeição ali, tampouco prazer. Era, Jane imaginou, o sorriso enviesado de um gato encurralando um rato num canto.

– Não aguento – confirmou Jane.

Para sua sorte, ela não era um rato. Era uma herdeira, e podia-se comprar um bom caçador com alguns xelins.

– O senhor – disse Jane – é justamente o homem que eu estava procurando. O senhor vai me ajudar.

Capítulo dezenove

Oliver tinha perdido alguma coisa no meio-tempo entre receber o telegrama da mãe e levar a irmã para casa. Sentia que estava conferindo os bolsos o tempo todo. Quando só encontrava as coisas de sempre, olhava para o relógio.

Mas não foi um compromisso esquecido nem uma bolsa de moedas extraviada que o atormentaram nos dias que se seguiram. Foi algo mais profundo e fundamental.

Após algumas reuniões numa manhã brilhante de maio, ele voltou para a Casa Clermont e se retirou aos seus aposentos.

Era o mesmo quarto que haviam lhe dado quando tinha 21 anos – quando seu irmão atingira a maioridade e o convidara para visitar Londres pela primeira vez. Robert tinha dito a Oliver que tratasse a Casa Clermont como sua.

– Entenda – falou o jovem duque quando Oliver se opôs – que não estou dizendo isso só por dizer. Não quero que você trate esta casa *como se fosse* sua. Ela *é* sua. Se a situação fosse diferente, você teria crescido aqui. É meu irmão, e não vou aceitar nenhum argumento em oposição a isso.

Após os primeiros meses, Oliver parou de se sentir um intruso e começou a acreditar que ali realmente era seu lugar. Parou de pedir desculpas quando tocava o sino. Começou a agir como se houvesse um espaço para ele naquele mundo.

Mas naquele momento... Naquele momento, via o lugar de forma dúbia.

Ele foi até a janela. Ela se abria para uma praça abaixo, um espaço com o gramado bem cortado e ornamentado com algumas árvores, uns arbustos e um banco de cada lado.

Sua mãe tinha se sentado naquele banco quando Oliver não passava de uma saliência na barriga dela. Ela fora proibida de entrar na Casa Clermont; o velho duque não a reconhecera. Hugo Marshall – o *verdadeiro* pai de Oliver, o homem que o tinha criado – trabalhava na casa, mas entrava e saía pela porta dos empregados.

Era muito fácil para Robert dizer que havia um lugar para Oliver ali, mas nada que qualquer um dos dois falasse ou quisesse poderia alterar a história entrelaçada às paredes daquela casa.

Oliver se sentia um impostor.

Não havia lugar para suas irmãs naquela grande construção. Ah, quando Free tinha passado a noite lá, fora recebida com educação. Ela e a duquesa se deram maravilhosamente bem, na verdade. Mas Free fora uma hóspede, e aquela não era sua casa.

Ela havia soltado uma risada quando Oliver tocara o sino para pedir comida.

– Você mesmo não pode ir buscar? – quis saber ela. – Ser um lorde deixa as pessoas preguiçosas assim?

– Não sou um lorde – informou Oliver.

Ela arqueou uma sobrancelha para ele.

– Pela lei, acho que não. Mas você vive resgatando jovens donzelas e apertando mãos no Parlamento. – Ela revirou os olhos, mostrando o que achava daquilo. – Para mim não tem muita diferença, não.

– Eles veem a diferença – respondeu Oliver bruscamente, pensando em Bradenton.

Mas Free deu de ombros.

– Você está se transformando num deles.

Estava mesmo?

– Você bem que podia ter precisado de resgate no fim das contas – zombou Oliver. – Sou seu irmão mais velho. Você precisa fazer com que eu me sinta útil.

– Não preciso, não – contradisse ela. – Você é um homem feito. Ache você mesmo uma utilidade para si.

Mas sorriu ao falar isso, aconchegando-se ao lado dele como costumava fazer quando era mais nova.

244

Décadas tinham se passado desde que a mãe de Oliver se sentara naquela praça, insistindo em ser reconhecida.

Ainda assim, ver o banco dela gritava para Oliver: *Seu lugar não é aqui.*

Ele suspirou, olhou para o céu, depois abandonou o quarto e aquela vista perturbadora.

Os aposentos de seu irmão ficavam na outra ala da casa, separados dos de Oliver por uma escadaria ampla. Ele foi até lá, prendeu a respiração e contemplou a porta do quarto de Robert.

Por trás das grossas placas de madeira, conseguia ouvir Minnie rindo.

– Não – dizia ela com uma voz que não passava de um murmúrio indistinto –, assim, não. Eu...

Não havia nada a fazer. Oliver estaria interrompendo, não importava o que fizesse. Ele bateu à porta.

A risada cristalina de Minnie desapareceu por completo. Houve uma pausa. Em seguida:

– Pode entrar.

Oliver abriu a porta.

O irmão e a esposa estavam sentados juntos num sofá, dando a impressão de que tinham se afastado alguns centímetros poucos segundos antes. A mão de Minnie estava entrelaçada às de Robert, e suas bochechas estavam coradas. Oliver claramente os tinha interrompido.

Ele crescera sabendo que tinha um irmão, mas descobrir Robert Blaisdell, o duque de Clermont, em pessoa fora uma espécie de revelação. Robert parecia um filhote de passarinho que tinha saído do ninho cedo demais. Ninguém nunca havia lhe ensinado nada de importante. Ele não sabia fechar o punho para dar um soco nem como se desviar de um golpe. Não sabia colocar a isca no anzol nem onde jogá-la para que talvez os peixes escolhessem mordiscá-la.

Também não sabia como escrever uma carta do jeito certo. Tecnicamente, era três meses mais velho do que Oliver, mas este sempre se sentiu como o mais velho.

Veja bem, Robert, é assim que se faz. É assim que se comporta um ser humano decente.

Oliver, por sua vez, sabia como era importante para Robert. Oliver tinha irmãs, pai e mãe. Robert tinha... Bem, ele tinha Oliver e Minnie.

Oliver se sentia um idiota por pensar que deveria incomodar o irmão com algo tão bobo como seus sentimentos rudimentares. Robert tinha outras coisas com que se preocupar.

– Oliver – disse Robert. Fez uma pausa e inclinou a cabeça para o lado. – O que foi?

Robert tinha a misteriosa habilidade de descobrir quando alguém estava incomodado. Como regra, era péssimo em adivinhar o *motivo* do incômodo, mas sempre sabia quando algo estava errado. Era um dom extremamente irritante.

– Robert, eu...

Oliver não sabia como ter aquela conversa. Só sabia que precisava dizer alguma coisa. Atravessou o quarto a passos largos, depois se virou para encarar o casal.

– Sinto que aqui não é o meu lugar – admitiu afinal.

Se por um lado seu irmão era excelente em perceber quando os outros estavam incomodados, por outro era quase impossível saber quando ele estava magoado. Oliver tinha aprendido a procurar pequenos sinais – uma tensão leve nos músculos, o jeito como Robert afastava o corpo. O jeito como a mão da esposa apertava a dele.

– Não quero que você se sinta assim – respondeu Robert por fim. – O que posso fazer?

Oliver balançou a cabeça.

– Não se trata de algo que você está ou não está fazendo. Não sei por que as coisas mudaram. Eu só... Eu preciso estar...

Se ele soubesse como terminar aquela frase, nem estaria naquele quarto. Queria voltar ao tempo em que sentia estar no lugar certo. Voltar ao tempo em que ainda tinha Jane diante de si.

– Sinto que nenhum lugar é o certo para mim.

Robert assentiu e inspirou fundo.

– Faz quanto tempo que você se sente assim? Talvez possamos determinar a causa.

Desde janeiro, era o que Oliver queria responder. Mas, então, se lembrou de Jane. Daquela noite tardia e fatídica, quando ele a convencera a confiar nele e contar os próprios desejos e ambições. Havia sentido o gosto da amargura, sabendo as coisas que não tinha, e reconhecera em Jane alguém que se sentia da mesma forma.

Ele desviou os olhos.

– Acho que sempre me senti assim.

Desta vez, Oliver não teve que se esforçar para ver a reação do irmão. Ele sabia, que inferno, ele *sabia* como Robert era. Tão hesitante, tão cuidadoso, sempre com medo de que alguém fosse abandoná-lo.

– Não é por sua causa – explicou Oliver. – Você sempre fez eu me sentir acolhido. Não importa o que pense, nunca duvide disso. Você é meu irmão e sempre vai ser. É que eu… não sei. E odeio não saber.

– Há algo que provocou isso? – Minnie o observava. – Você parece estar… distante desde que voltou de Cambridge.

Cambridge. Aquela palavra se fechou ao redor de Oliver como punhos, apertando-o com uma nostalgia amarga. *Cambridge*. Aquela era uma palavra que sugeria caminhadas ao longo de jardins durante o dia e de parques durante a noite. E uma mulher que não vacilava diante das declarações de ninguém.

Jane era a mulher mais destemida que Oliver já tinha conhecido. Às vezes, ele pensava que a sociedade era como uma criança pequena tentando enfiar um bloco quadrado e colorido num buraco redondo. Quando não passava, a criança empurrava com mais força. Oliver tinha sido enfiado em buracos redondos com tanta frequência que mal havia percebido que suas bordas ficaram arredondadas. Mas Jane… Jane insistia em ser angular e quadrada. Quanto mais a empurravam, mais quadrada ficava – e mais colorida.

Era bom que Oliver não estivesse apaixonado por ela. Se tivesse sido tolo o bastante para admirá-la àquele ponto, não sabia se algum dia acharia a saída.

– Aconteceu alguma coisa com Sebastian? – perguntou Robert.

– Aconteceu – respondeu Oliver. – Mas… não é o que você está pensando. – Ele se sentou numa cadeira diante deles. – Não sei qual é o problema – admitiu. – Você sempre sabe quem é e o que quer. E agora eu estou todo atrapalhado.

Robert se levantou e cruzou a distância até Oliver.

– Atrapalhado – repetiu. – Entendo. – Colocou a mão no ombro do irmão. – Se está se sentindo atrapalhado, não sei o que posso dizer. Só que… não duvide que há um lugar para você aqui.

Oliver balançou a cabeça.

– Você é meu irmão. – Robert hesitou, depois, com um tom de voz um pouquinho mais baixo, disse: – Eu te amo. Sempre vou amar. Há um lugar para você aqui. Mas você não é obrigado a ocupá-lo.

Oliver ergueu os olhos.

– Pare de ficar chorando pelos cantos – disse Robert, dando-lhe um soco no ombro. – Talvez a questão seja simplesmente que, com a Reforma Eleitoral se arrastando pelo Parlamento, você esteja precisando de um projeto novo. Faz quanto tempo que está trabalhando nisso? Pode ser uma decepção bem surpreendente quando algo por que nos esforçamos tanto vira realidade. Deixa um vazio na nossa vida.

– É exatamente isso. – Oliver fechou os olhos. – Um vazio na minha vida. Só não sei ao certo como preenchê-lo.

Veio uma batidinha às costas dele. Oliver se virou e viu um criado à porta.

– Senhor – disse ele, curvando-se para Oliver. – Chegou um telegrama para o senhor.

– Ah, que maravilha – resmungou Oliver em voz alta. – O que será que Free aprontou agora?

O criado não respondeu, e Oliver aceitou o envelope, confuso.

O papel frágil dentro dele continha três linhas:

NINGUÉM MAIS PARA ME SOCORRER
ESTOU EM NOTTINGHAM
AMANHÃ VOU

Só isso. Essa era a mensagem completa. Parecia abreviada de um jeito curioso, e aquela última linha – Oliver hesitou em chamá-la de *frase*, pois até na linguagem truncada dos telegramas faltavam partes necessárias para o entendimento – não fazia sentido algum. "Amanhã vou…" Quem era aquele "eu"?

Oliver não tinha ideia.

Ele analisou o papel. Não conhecia ninguém em Nottingham. E a única pessoa que lhe mandaria uma mensagem pedindo ajuda, além de sua família, seria…

Ele encarou o papel e releu a mensagem.

Jane Fairfield.

Umedeceu os lábios.

– Robert – falou –, me diga se eu estiver errado, mas agora seria uma hora pouco propícia para sair da cidade, não é?

Havia vários debates acontecendo no Parlamento. Os detalhes estavam sendo definidos todos os dias. Mas a ideia de ficar – de ir a mais um jantar com mais pessoas que o faziam se sentir um estranho dentro da própria pele – lhe parecia insuportavelmente errada.

Free não precisara dele. Nem o tinha chamado. Mas Jane...

– Oliver – disse Robert –, está tudo bem? Não é a sua irmã de novo, é?

– Não – respondeu Oliver, meio atordoado. – Não é a minha irmã.

Ele podia ir até Jane. Se fora ela quem tinha mandado aquela mensagem. Que ideia estúpida. Ele tentou se livrar dela com lógica.

O mundo não girava em torno de Jane, disse Oliver a si mesmo, e *tudo* ia mudar se a votação da reforma perdesse impulso. O que eram os problemas de uma mulher comparados ao mundo todo? Ele nem estava apaixonado por ela. E podia ser que a mensagem nem tivesse vindo dela.

Mas, por um segundo, ele se imaginou vendo-a de novo, passando alguns dias com um bloco quadrado e colorido – dias abençoados sem um único buraco redondo à vista.

– Vou para Nottingham – falou ele.

E, pela primeira vez em meses, se sentiu bem – como se tivesse pegado o caminho de casa após uma longa jornada numa terra desconhecida.

Robert piscou, confuso.

Oliver soltou uma risada, quase tonto de alívio.

– Não sei o que vou fazer lá – continuou. – Nem por que preciso ir, nem quanto tempo vai levar. Mas vou.

– Você vai agora?

Agora lhe parecia uma ótima hora. Uma hora excelente. Afinal de contas, quanto antes fosse, mais cedo voltaria. E talvez, só talvez, quando a visse, pudesse descobrir como ela conseguira evitar a perda de suas forças. Talvez ele precisasse de uma pequena dose do impossível.

Era isso. Ele não estava apaixonado por ela, mas... por Deus, como ansiava por vê-la.

– Vou – disse Oliver – assim que conseguir organizar algumas coisas.

⁓

Ele repetiu o mantra no trem, o entoou no ritmo do *clack-clack-clack* acelerado das rodas.

Não estava apaixonado por ela, estava apenas cumprindo uma promessa.

Não estava apaixonado por ela, estava apenas indo visitar uma velha amiga.

Não estava apaixonado por ela, somente ia corrigir uma injustiça.

O trem rodou a tarde toda, e Oliver se permitiu acreditar em cada palavra.

Não estava apaixonado por ela. *Não* estava.

⁓

Quando ao chegar ele perguntou casualmente na estalagem, disseram que haveria uma festa naquela noite – que começaria dentro de apenas quinze minutos – e que todas as moças solteiras estariam presentes.

– Inclusive – disse a criada – uma herdeira. – Ela piscou para ele. – Ouvi dizer que ela tem uns vestidos medonhos. Eu ia adorar ver isso.

Oliver também. O telegrama *tinha mesmo* sido dela, então. Ela precisava dele. Ele ia vê-la, e esse pensamento o encheu de uma expectativa elétrica. Não estava apaixonado por ela. Só estava sorrindo porque sabia que ela gostaria de ser chamada de medonha.

Não estava apaixonado por ela, apenas ia à festa sem perder tempo desfazendo as malas. Não havia nada de errado naquilo, não é?

Deu desculpa depois de desculpa enquanto se vestia, garantindo que os bolsos do casaco contivessem todas as coisas necessárias caso uma mulher acabasse em perigo – o que se resumia mais ou menos a dinheiro e uma pistola.

Não estava apaixonado por ela, estava somente sendo cuidadoso.

Disse essas mesmas mentiras para si mesmo quando se juntou à multidão na festa. Estava procurando por ela, só isso – era uma atitude perfeitamente normal, não era? Procurar uma mulher que ele tinha viajado uns 160 quilômetros para ver. Era normal que sua respiração lhe parecesse pesada nos pulmões, que os segundos sem Jane lhe parecessem um peso nos ombros.

E então Oliver a viu. As portas do salão se abriram, e ela entrou. Estava trajando um vestido que apertava as curvas de seus seios e se abria na cintura. Era verde – o tipo de verde que um monge talvez usasse num antigo manuscrito erudito para desenhar uma serpente venenosa sussurrando tentações nos galhos de uma macieira.

Outra pessoa talvez pensasse que a franja dourada nos tornozelos dela era espalhafatosa. Talvez torcesse o nariz para a cor do vestido ou para as miçangas brilhantes com que era adornado. Talvez piscasse, aturdida, diante do ornamento extravagante que ela usava na cabeça.

Mas aquela era Jane. Fazia quatro meses desde que Oliver a tinha visto pela última vez. Ela estava absolutamente deslumbrante, desde as sapatilhas enfeitadas com pedras preciosas que apareciam em vislumbres por baixo da barra do vestido até as penas verde que decoravam as tranças nos seus cabelos. Jane. Sua Jane. A respiração de Oliver falhou e, pela primeira vez no que parecia ser uma eternidade, ele sentiu que estava justamente no lugar onde deveria estar. Ali, naquela festa da qual nunca tinha participado, no meio de uma multidão de estranhos.

Passara os últimos meses mentindo para si mesmo.

Estava apaixonado por ela. E não tinha ideia do que fazer quanto a isso.

Capítulo vinte

— Esse vestido é pavoroso – disse a tia de Jane pelo que parecia ser a décima quinta vez. – Quer que todo mundo pense que você é uma...

Ela fez uma pausa, porém, já que não havia nenhuma mensagem social em especial que alguém passava ao trajar um vestido verde no tom das escamas de uma víbora.

– Quer que todo mundo pense que você tem um parafuso a menos?

– Eu não tenho nenhuma necessidade de parafusos – disse Jane. – Então, não vejo qual é o problema em ter um a menos.

A tia ficou muda ao ouvir isso. Encarou Jane, fungou e, por fim, balançou a cabeça.

– Como você espera conquistar Dorling vestida assim?

Jane não se dignou a responder. Recusava-se a falar sobre aquele homem com a tia. Em vez disso, ficou encarando a parede da carruagem, sem expressão. Dorling era responsável por metade do tormento atual de Jane, e sua preocupação com ele era nula. Era quando pensava em Emily – no que tio Titus poderia fazer, no que já poderia ter feito – que ela começava a se preocupar.

Talvez o telegrama não tivesse chegado. E, mesmo se tivesse, o que ela se lembrava de ter escrito no cartão numa pressa violenta não fazia nenhum sentido. Não tinha dado a Oliver a mínima ideia do que precisava, quando precisava, onde deveriam se encontrar, nem qualquer outra informação pertinente – por exemplo, seu próprio nome. Oliver tinha toda uma vida para viver, pessoas para amar, coisas para fazer. Não viria correndo apenas porque recebera um telegrama que poderia ou não ter vindo de uma mulher que ele poderia ou não ter esquecido.

Àquela altura, ele provavelmente já estava casado. Era quase certo que já tinha se esquecido daquela promessa tola. Além disso, não havia tempo suficiente. O telegrama fora enviado pouco antes do meio-dia. Nem sete horas tinham se passado, e o plano de Jane já estava em andamento.

Meu Deus. Tudo ia acontecer naquela noite, não importava se Jane estava pronta ou não. A única pessoa com quem podia contar era ela mesma, suas únicas armas eram dois maços de dinheiro. Um estava preso à sua coxa, e o outro estava enfiado de um jeito meio incômodo entre os seios.

O salão de festas ficava no fim de uma escadaria. O exercício a deixou com muito calor. A cada passo, aquelas notas de dinheiro entre seus seios roçavam a pele. Por um lado, não havia jeito de aquele dinheiro escorregar por acidente, preso como estava. Por outro, ela temia que o maço deixasse uma marca permanente nas laterais dos seios, no formato de uma cédula. Ainda bem que ela não tinha uma pistola. *Isso,* sim, teria doído, enfiado ali.

Então Jane sorriu para a tia, endireitou os ombros e marchou para dentro do salão de festas.

O ar estava fervendo entre aqueles corpos aglomerados, tão quente que Jane quase se sentiu sufocada pela rajada de calor. Tinha menos de meia hora para encontrar Dorling e explicar a ele do que precisava.

Mas não foi Dorling que seus olhos encontraram quando ela examinou a multidão. Foi um homem totalmente diferente.

– Ah – disse ela em voz alta.

Tinha que ser fruto da sua imaginação – aqueles olhos, iluminados por uma piada interna, azul-claros e cintilantes. Aqueles cabelos brilhantes. Aqueles óculos.

Ele trajava roupas escuras com um fraque de cauda longa. Os punhos da camisa, muito brancos, brilhavam nas mangas. Seus cabelos reluziam à luz dos lampiões como um farol luminoso. Ele olhou ao redor, ajustou os óculos no nariz e viu Jane.

Fazia meses desde a última vez que ela o tinha visto, e avistá-lo naquele momento foi como um golpe – um golpe bem-vindo, que quase a derrubou com o peso do alívio que sentiu. Todas as outras pessoas no salão desapareceram. Havia apenas ele – ele e ela –, e a distância e o tempo entre eles pareceram se esvair.

Jane precisou de cada gota de autocontrole que tinha – cada gotinha de compostura – para não atravessar o salão correndo até os braços dele.

Mas... a tia estava observando.

Então Jane esperou recatadamente, tentando ignorar a gota desagradável de suor que desceu por suas costas, tentando não coçar os seios. Ela esperou, falando com outras pessoas enquanto sua mente estava em transe.

Como ele tinha chegado ali tão rápido?

Ah, era *possível*, é claro, que ele tivesse feito isso. Mas precisaria ter pegado um trem quase no mesmo instante em que recebeu o telegrama.

Ela ainda estava aturdida quando a Sra. Laurence se aproximou, trazendo Oliver junto. Jane mal ouviu as palavras de apresentação; não tinha ideia da história que ele havia inventado. Ela apenas assentiu com um meneio estupefato da cabeça quando ele perguntou se poderia caminhar com ela pelo salão.

– Srta. Fairfield – cumprimentou com um sorriso.

– Sr...

Ela ergueu os olhos para ele. Nem conseguia lembrar se ele tinha usado o próprio nome ao se apresentar. Não estava prestando atenção.

– Sr. Cromwell – complementou por fim.

Uma luz divertida surgiu nos olhos de Oliver.

– Você veio – acrescentou Jane.

Ela queria se agarrar ao braço dele.

– É claro que sim. Prometi que viria. – Ele correu os olhos pelo vestido dela. – Que cor profana é essa que você está usando?

– Verde – disse ela. – Verde como a barriga de uma serpente. Ou talvez seja o verde de uma nuvem venenosa de gás cloro.

– E ainda assim ninguém está berrando e tampando os olhos. – Ele abriu um sorriso para ela. – Que belo truque. Como você faz isso?

Ela abriu um sorriso brilhante.

– É simples – falou, ajustando os diamantes ao redor do pescoço. – Já falei para você. É o desafio da herdeira. – Ela sorriu para ele de novo. – Você veio, Oliver. Não acredito que veio. E chegou tão rápido.

– Não falei para você? – relembrou ele com um sorriso. – Você não está sozinha.

– Mas já faz meses. – Ela o olhou. – Só convivemos por algumas semanas. Imaginei que você já estaria...

Mas talvez ele *estivesse*. Jane olhou para Oliver, horrorizada.

– Não estou casado. – Foi só o que ele disse. – Nem noivo. Nem cortejando alguém.

Jane não ia se deixar ficar contente com essa informação. Ela se recusava. Mas a recusa dela não parecia estar funcionando. Uma sensação de leveza tomou conta dela.

Oliver olhou para o vestido com uma expressão aguçada.

– Embora, se eu tivesse percebido que você estava tentando cegar todos aqui presentes, teria trazido antolhos. Como os dos cavalos. – Ele ergueu as mãos dos lados da cabeça numa demonstração. – Iam me impedir de ficar nervoso.

Os dois estavam sorrindo um para o outro, e, pela primeira vez desde aquela manhã, Jane sentiu que tudo ia dar certo. De algum jeito.

– Agora – disse Oliver, dando um passo para mais perto –, há algum lugar onde possamos conversar sobre o que você precisa, ou é melhor combinarmos outra hora?

– Outra hora. – Jane soltou uma risada. – Em quinze minutos, tenho que me encontrar com Sua Senhoria George Dorling. – Ela engoliu em seco. – Com o propósito de fugir para casar com ele.

Algo mudou na expressão de Oliver – algo que tirou todo o humor de seu semblante. Ele deu um passo na direção dela.

– Só por cima do meu *cadáver*.

Ele não estava casado. Jane havia mandado um telegrama sem sentido para ele, listando apenas o nome da cidade, e ele tinha chegado em questão de horas. Ela não era muito boa em entender as intenções das pessoas, mas até ela era capaz de somar dois com dois e encontrar um número maior do que três. Apesar de tudo, pegou-se sorrindo.

Já Oliver inspirou fundo e balançou a cabeça. Olhou para o teto e depois...

– Sinto muito. – Sua voz saiu um pouco rouca. – Foi um exagero da minha parte. – A mão dele se fechou num punho. – É o que você quer?

– Não é nada disso – disse Jane. – É um casamento de mentirinha.

Ele franziu o cenho.

– Ou vai ser. Não tenho tempo para explicar. Preciso subornar meu noivo falso. Veja bem, se ele fingir que fugiu para casar comigo, minha tia vai achar que fui para Gretna Green, na Escócia. Já se ela achar que fugi por conta própria, vai avisar meu tio que estou a caminho. E daí não vou ter tempo para roubar minha irmã.

Qualquer outro homem teria se surpreendido com isso. Oliver apenas assentiu.

– Isso quase não faz sentido algum – disse ele. – Mas entendo que estamos com um cronograma apertado. Imagino que você precise fingir que vai fugir para se casar, e depois...

– Depois vamos até Cambridge. O mais rápido possível.

– Posso cuidar dessa parte. Vou conseguir transporte para nós. – Oliver franziu o cenho. – Se vamos para Cambridge e não queremos que sua tia saiba... não há mais trens saindo hoje à noite. Ela vai saber se ficarmos num hotel na cidade.

– Pedi para minha amiga levar uma mala para mim até o Stag & Hounds, em Burton Joyce. Tinha planejado passar a noite lá e pegar o trem da manhã.

Oliver assentiu.

– Vou pedir que mandem minhas coisas para lá e reservem um quarto separado para mim. – Ele fez uma pausa. – Meu Deus, Jane...

Ele estendeu a mão na direção dela, mas a puxou de volta. Tudo que disse foi:

– É bom ver você. Vá subornar o seu pretendente.

Jane riu.

Ele começou a se virar, depois se voltou para ela.

– Eu não esperava isso.

Ela balançou a cabeça com solenidade fingida.

– Ninguém nunca espera um casamento de mentirinha.

Ele esticou o braço e tocou a mão dela. Jane teve que morder o lábio para se impedir de agarrar Oliver e nunca mais soltá-lo.

– Não foi isso que eu quis dizer – murmurou ele baixinho. – Nunca me esqueci de você. Então por que será que, agora que estou aqui, é como se eu estivesse me lembrando de coisas que nunca soube? – Ele a olhou nos olhos. – Senti sua falta, Jane.

Meu Deus. Ela correspondeu ao olhar dele, desejando que o mundo inteiro sumisse. Todos aqueles sonhos que ela não quisera se permitir lembrar... Todos voltaram numa onda de calor. Mas tudo o que ela disse foi:

– Também senti a sua.

Dorling já estava esperando Jane na saleta onde tinham combinado de se encontrar. Ela parou na entrada e contemplou o homem. Teria se sentido mal por usá-lo, não fosse o fato de ele também a estar usando na mesma medida e ter planejado algo muito pior.

– Dorling – cumprimentou Jane.

Ele se virou, devolvendo um relógio de bolso ao devido lugar enquanto se mexia. Seria errado dizer que ele sorriu. Aquela expressão não se parecia com nenhum sorriso que Jane já tinha visto. Era ensaiado demais, astuto demais.

– Já cuidou de tudo? – perguntou ela.

Quando falara com ele mais cedo, tinha lhe contado apenas o básico. Que precisava ir embora com ele, naquela noite – e os detalhes seriam determinados mais tarde.

Nunca tinha dito com todas as palavras que ia fugir para casar com ele, mas deixara isso bem implícito.

Ele abriu um sorriso para ela.

– Já. Tudo pronto – respondeu. – A senhorita trouxe o dinheiro?

Jane sentia o maço de dinheiro entre os seios.

– Sim. Precisamos conversar.

– Vamos ter bastante tempo para isso na viagem até a Escócia.

– Pois é. É sobre isso que precisamos conversar. Houve um mal-entendido. Não vou me casar com o senhor.

Ele piscou, o sorriso sumindo do rosto.

– Mas já falei para sua… Isto é, mandei uma carta para sua tia. Pense na sua reputação.

Jane soltou um som de deboche. A reputação dela? Durante um ano ela havia cultivado a reputação de uma mulher abrasiva, boba e intragável. Tinha feito isso de propósito. Sua reputação não estava arruinada, mas certamente tinha manchas. Mais uma não faria mal.

– Não tenho tempo para explicar – disse Jane.

– Mas…

– Eu *não* vou me casar com o senhor, mas vou lhe dar dinheiro para fingir que sim. Não é tão difícil assim. O senhor pode não ganhar nada ou pode ganhar uma boa quantia. A escolha é sua.

– Dinheiro? – Ele pareceu impressionado com isso. – De quanto dinheiro estamos falando?

– Quinhentas libras. Basta o senhor sair da cidade hoje à noite e não voltar por três dias. Quinhentas libras para fazer isso, Dorling.

– Mas...

– Nada de negociações. Só dinheiro vivo.

Ele bufou.

– Não era bem essa a escolha que eu queria. Ah, pois bem. Então mostre o dinheiro.

Jane deu as costas para ele. Teve que tirar uma das luvas verdes para enfiar os dedos entre os seios, mas foi maravilhoso tirar o maço de dinheiro do esconderijo e não ter mais aquela coisa incômoda cutucando sua pele. Ela coçou os seios disfarçadamente; em seguida percebeu, tarde demais, que coçar os seios com Dorling por perto, não importava quanto as intenções de Jane fossem inocentes, não era uma boa ideia. Ela se voltou para ele de novo.

Assim que o fez, sua respiração ficou presa nos pulmões. Estava encarando o cano metálico e brilhante de um revólver. Todo o corpo de Jane ficou frio, o mundo se afunilando àquele ponto do tamanho do cano de uma arma. Suas mãos pareciam ter perdido a força. Ela mal conseguiu continuar segurando a luva.

– Detesto ter que fazer isso, meu bem – disse Dorling. – Mas sei matemática básica. A senhorita está me oferecendo quinhentas libras para deixá-la fugir, mas ganharei cem mil se nos casarmos. Realmente, não há como comparar.

Enquanto falava, ele esticou o braço e arrancou o maço de notas dos dedos de Jane.

– Não podemos nos casar com o senhor apontando uma arma para mim – disse ela.

– Não. – Ele soou absurdamente infeliz ao dizer isso. – Mas posso fazer a senhorita ir embora comigo. Sei que isso não passa uma boa impressão, querida, mas na verdade pretendo ser um marido razoável. Um dia, a senhorita vai me perdoar.

– Quer dizer que o senhor vai me deixar usar meu dinheiro para envergonhar meu tio se ele maltratar minha irmã?

Ele abriu um sorriso.

– Ah, a senhorita deve ter ouvido a conversa hoje de manhã. Agora tudo faz sentido. Sinto muito, querida. Dei minha palavra a ele quanto a isso. Se a senhorita não pudesse confiar na minha palavra, por que se casar comigo no fim das contas?

Que pergunta curiosa. Ele parecia não ter noção de que acabara de roubar quinhentas libras dela à mão armada e de que estava propondo privar Jane da liberdade usando um método similar.

– Que bom – zombou Jane – que o senhor é um homem de palavra.

Por sorte, ele não reconheceu o sarcasmo na voz dela. Jane olhou discretamente por cima do ombro, mas não viu nem sinal de Oliver.

E o que ele teria feito? Ela *precisava* de Dorling. Ele tinha que desaparecer para que a tia de Jane achasse que ela havia fugido para casar.

Jane só precisava ser mais esperta do que Dorling e esperar que uma oportunidade aparecesse em breve. Afinal, eles teriam pouco tempo entre a tia acreditar que Jane tinha fugido para se casar e perceber que, na verdade, fugira às pressas para resgatar a irmã.

– O senhor não me dá escolha – disse Jane.

Dorling sorriu.

– Ótimo – respondeu ele. – Então não preciso usar o éter. Vamos pegar a carruagem.

Éter. Jane tentou não reagir.

– É claro.

Ele pegou o braço dela – ela conseguiu não se afastar do toque dele – e a guiou pelo corredor.

Jane não ousou olhar para trás.

– Para onde estamos indo? – perguntou, corajosa. – E que rota vamos pegar?

Quanto mais soubesse, melhor poderia planejar.

Capítulo vinte e um

Ser raptada, refletiu Jane várias horas depois, era mortalmente entediante. Dorling estava sentado à sua frente na carruagem, ainda segurando a pistola. O veículo era todo fechado e nada aparecia nas janelas de vidro da porta além de florestas desfocadas na escuridão da noite. Já fazia um tempo que os dois estavam viajando em direção ao norte, e tudo que Jane queria fazer era bocejar.

– Existe uma estalagem por aqui? Vamos passar a noite em algum lugar?

– Uma hora, sim – respondeu Dorling num tom de voz ríspido.

Jane bocejou de novo e olhou pela janela. Silhuetas de carvalhos grandes e nodosos passavam voando. Ela tentou contar as árvores. Quando chegou a quarenta e sete, a carruagem parou – o que a surpreendeu, pois não havia nenhum sinal de civilização por ali.

– O que está acontecendo? – perguntou.

Mas Dorling parecia estar tão confuso quanto ela. Ele balançou a cabeça e indicou com um gesto que ela ficasse onde estava.

Poucos instantes depois, a porta da carruagem se abriu. O cocheiro não passava de uma silhueta escura e encapuzada bloqueando a entrada.

– Algum problema? – perguntou Dorling.

– Sim – respondeu o homem. – Um dos cavalos está mancando.

Ele tinha um sotaque rural bem distinto. Jane se perguntou, sem muita esperança, se ele aceitaria suborno. Afinal, ela *ainda* tinha aquele maço de dinheiro preso à coxa.

– Pelo amor de Deus. – As narinas de Dorling se dilataram. – Tinha que ser agora… Qual é o seu problema, homem, para que seus cavalos comecem a mancar? Não era para isso estar acontecendo. O que vamos fazer agora?

O cocheiro deu de ombros.

– Venha dar uma olhada.

Dorling correu os olhos para Jane.

– Não sei se é uma boa ideia.

O cocheiro deu de ombros de novo.

– Me dê isso aí, então. Fico de olho nela enquanto o senhor checa o cavalo.

Dorling entregou a pistola e saiu da carruagem. Mas o cocheiro não foi atrás dele de imediato. Ele se virou na porta e, em seguida, com muito cuidado, ergueu um dedo até os lábios.

Jane soltou o ar com força.

– Oliver – sussurrou.

– Shh. Só um instante.

– Pelo amor de Deus – ouviram a voz de Dorling de novo. – Um dos bichos está com uma pedra no casco. Acho que não vai conseguir andar por enquanto. E *agora*, o que vamos fazer? Tem ideia de como isso é inconveniente?

Oliver se virou para o homem.

– Tenho – respondeu com a voz normal. – Tenho uma ideia, sim. Porque não planejava voltar para a cidade com duas pessoas montadas num cavalo só.

Essa fala foi seguida por uma longa pausa.

– O quê? – disse Dorling.

– Duas pessoas montadas num cavalo só – repetiu Oliver. – Não vai acreditar como foi sorte o senhor aparecer. Eu estava procurando transporte e bem ali, logo na saída do salão, havia um homem com um meio de transporte do qual eu sabia que ele não ia precisar. Imagine minha alegria. – Ele balançou a cabeça. – Ainda bem que consegui fazer um acordo com o cocheiro.

– Não estou entendendo – disse Dorling. – Quem é você?

– Eu tinha pensado em me livrar do senhor num lugar um pouco mais afastado da civilização, mas aqui vai ter que servir. Fique com a carruagem, e o cocheiro vai vir buscá-lo amanhã no meio da tarde. O senhor vai estar de volta em Nottingham à noite, o que imagino que vai nos dar tempo suficiente. – Oliver voltou para os fundos da carruagem e começou a remexer no bagageiro. – Há cobertores, vinho e um pouco de comida aqui nos fundos, então o senhor não vai ficar muito incomodado.

– Não pode me obrigar! Tenho uma...

Ele começou a abanar a mão vazia, depois a encarou.

– Pois é – disse a voz de Oliver atrás da carruagem. – Um conselho: na próxima vez que for realizar um sequestro, não entregue sua arma para alguém que não conhece.

Jane abriu um sorriso enviesado.

– Isso é um absurdo! – exclamou Dorling. – Quem é você, e o que fez com o meu cocheiro?

Oliver voltou do bagageiro carregando uma sela.

– Jane, sinto muito, mas vamos ter que dividir um cavalo. Tudo bem?

Jane se pegou sorrindo.

– Como você sabia? Como fez tudo isso?

– É simples – respondeu ele. – Eu disse que você não estava sozinha. Achou mesmo que eu ia abandoná-la?

Ela não sabia o que dizer. Apenas assentiu e observou Oliver enquanto ele selava o cavalo. Era a primeira vez que o via fazendo um trabalho braçal, e ele agia com tanta rapidez e tranquilidade que Jane se lembrou do fato de que ele crescera numa fazenda. Oliver era capaz de discutir sobre política, resgatar garotas impossíveis e selar um cavalo com a mesma facilidade.

Ela havia passado meses pensando nele. Pensando no que talvez teria lhe dito se ao menos fosse corajosa o bastante.

Não ia deixar que mais tempo passasse sem dizer o que queria.

– Não temos muito tempo – disse ele –, mas vai bastar. – Ele montou no cavalo e em seguida esticou a mão para Jane. – Venha. Vamos embora.

– Espere – respondeu Jane. – A arma, por favor.

Ele a entregou para Jane sem questionar. Ela se virou, e o rosto de Dorling ficou branco.

– Por favor – implorou ele. – Não... Não precisa...

Jane revirou os olhos.

– Ah, pare de balbuciar. Quero minhas quinhentas libras de volta.

– Mas elas não significam nada para a senhorita! Para mim, seriam...

– Pois é – disse Jane. – Eu sei o que significariam para o senhor. – Ela apontou a pistola diretamente para a testa do homem. – É por isso mesmo que as quero de volta.

～

Não havia como duas pessoas, ambas trajando roupas de gala, conseguirem andar num único cavalo de um jeito confortável. Às costas de Jane, Oliver apertou os braços ao redor dela pela décima quinta vez em quatro minutos e se remexeu na sela.

A saia de Jane se agitava, volumosa, com a brisa. Algo afiado e proeminente por baixo delas cutucava a coxa de Oliver. As miçangas costuradas no vestido faziam cócegas e eram incômodas.

Apesar disso tudo, a situação não era completamente terrível. Afinal, Jane era quente e macia, e era fácil demais inspirar o perfume dela. Ela cheirava a um sabonete familiar.

Vinte e quatro horas antes, Oliver estava sentado numa cadeira confortável na Casa Clermont, lendo e pensando em como exercer influência nos parlamentares que conhecia.

Agora estava montado num cavalo, só Deus sabia a que distância da civilização, acompanhado de uma herdeira com uma reputação duvidosa, planejando raptar uma garota de 19 anos do tutor. Era como se Oliver tivesse saído da realidade e se encontrasse no meio de um romance de cavalaria medieval, uma história em que, para sobreviver, ele precisaria da própria sagacidade e de uma espada.

Oliver tinha planejado o percurso de sua vida anos antes – o trabalho silencioso que um dia seria reconhecido e uma caminhada lenta até conquistar o poder. Não havia espaço nessa história para os atos ridiculamente impossíveis que ele tinha cometido naquele dia – abandonar Londres sem nem ao menos meia hora de aviso, encontrar Jane e salvá-la de um sequestro.

Haveria bastante tempo para Oliver recobrar o juízo. Ele apertou os braços rapidamente ao redor de Jane, pensando naquele momento deslumbrante quando a tinha visto na escada.

Todas as suas emoções estavam corretas. Ele tinha esperado se apaixonar um dia, só que não daquele jeito. Não por ela. Estava na história errada com a mulher errada. Alguém tinha cometido um engano... e Oliver temia que essa pessoa fosse ele mesmo.

Mas Jane se recostou nele, e, ainda que Oliver pudesse ter escrito uma lista com todos os motivos para Jane ser um engano, ela não parecia ser um.

– Não é justo – disse Jane, ecoando os sentimentos de Oliver de um jeito tão próximo que ele inspirou fundo. – Era para isso ser romântico. Que mulher não quer que um homem corra ao seu auxílio e depois a leve embora em um garanhão impetuoso?

Sim, os dois definitivamente estavam na história errada.

– Eu ia me referir a esse corcel em especial como um "capão sossegado" em vez de um "garanhão impetuoso" – respondeu Oliver. – Esse é o primeiro problema.

– Nos livros – continuou Jane –, o homem sempre segura a mulher com carinho, e ela derrete nos braços dele.

– Meu abraço não é carinhoso o bastante para você?

O braço dele a segurava pela cintura. Mas, quaisquer que fossem as intenções e emoções que sentia – e, por Deus, como elas estavam transbordando –, Oliver não chamaria o próprio abraço de *carinhoso*. Era mais uma tentativa desesperada de impedir que Jane escorregasse da sela até o chão.

– Não sei o que dizer do abraço – respondeu ela. – Mas acho que meu corpo não está *derretendo* junto do seu. É mais como se eu fosse um navio sendo jogado contra as rochas.

Oliver sorriu de novo.

– O atrito é o diabo – falou. – E, além disso, a mulher que quer um abraço carinhoso não deveria usar um arsenal de miçangas. Sem falar nessa coisa que está me cutucando na coxa.

– Humm?

– É difícil pensar em romance com algo tão desconfortável assim tão perto das minhas partes delicadas – explicou Oliver. – Na verdade, tenho que fazer um esforço tremendo só para garantir que minha voz não suba uma oitava. Essa coisa pontuda nas suas saias está ameaçando minha masculinidade.

– Do que você está falando?

Ela esticou a mão para trás e segurou a coxa de Oliver com força – fazendo com que ele desejasse estar numa posição melhor para poder apreciar de verdade.

– Ah. São só quinhentas libras enroladas num maço. Pare de reclamar, Oliver, é melhor do que guardar o dinheiro dentro do espartilho. – Ela suspirou. – As histórias nunca contam que selas feitas para uma única pessoa fazem o traseiro ficar dormente. Por sinal – ela se virou na sela, o suficiente para que Oliver tivesse que a segurar com mais força para impedi-la de cair –, sabia que suas coxas são extremamente duras? E eu achando que o assento da carruagem era desconfortável.

– Você ia gostar ainda menos se minhas coxas fossem feitas de travesseiros – respondeu Oliver.

Ela se recostou nele.

– Humm. Coxas de travesseiro. Neste momento, isso ia ser maravilhoso. Coxas em que eu pudesse fechar os olhos e me afundar. As suas são como troncos de carvalho. Bem pouco propícias para um cochilo.

– Sim, mas é esse o problema. Se minhas coxas fossem de travesseiro, eu teria me abaixado para puxar você para cima do meu garanhão impetuoso e, quando eu tentasse erguê-la no ar, a derrubaria. "Droga!", eu ia reclamar. "Acabei de dar um mau jeito nas costas!"

Jane soltou uma risadinha.

– Todas as histórias estão erradas – disse Oliver.

Ele falou aquilo de forma literal – todas estavam repletas de falsidades e eufemismos. Mas também falou no sentido que estava nas entrelinhas: de que os dois estavam errados por estarem ali.

– Garota impossível.

Mas os lábios dele estavam tão perto da nuca de Jane que mesmo aquele apelido sussurrado pareceu mais um termo carinhoso, em vez de um lembrete.

Uma longa pausa se seguiu. E depois…

– Obrigada. Não falei isso antes, falei? Fiquei espantada demais quando você chegou, e parece que tudo virou de ponta-cabeça. Inclusive eu. Pelo jeito, fui terrivelmente grosseira e, para variar, não era minha intenção.

Ela havia se virado para ele de novo – ou, pelo menos, virado a cabeça na direção de Oliver o máximo que conseguia em cima de um cavalo em movimento. Apesar do desconforto da situação, Oliver estava gostando de tê-la nos braços. Era uma sensação maravilhosa, uma coleção de cheiros complexos. Lavanda, rosa e um aroma cítrico e límpido que lembrava sua casa.

Jane suspirou.

– E aqui estou eu, falando de novo. Não sei o que você tem. Por que é que, sempre que você está perto, parece que não consigo calar a boca?

Os braços dele já estavam ao redor dela. Ele poderia ter apoiado o queixo no ombro de Jane caso se curvasse apenas alguns centímetros. Todas as histórias estavam erradas, mas uma coisa parecia absolutamente correta.

– É porque você está pensando nisso – disse Oliver, e a beijou.

Não havia um jeito bom de beijar uma mulher com quem se estava compartilhando uma sela. O pescoço de Oliver se curvou de um modo desengonçado e ele teve que segurar Jane com força para impedi-la de cair. Mas não importava. Todos aqueles meses desapareceram – aqueles meses longos e escuros sem ela por perto; meses que ele poderia ter passado fazendo *isso*. Abraçando-a. Beijando-a. Explorando cada centímetro delicioso daquela boca.

O cavalo, sentindo a distração de Oliver, diminuiu o passo para um trote de passeio. Mesmo aquela coisa maldita e pontuda nas saias de Jane parou de incomodar tanto. Não havia nada além de Jane e da noite ao redor deles. Grilos cantavam em algum lugar; um pássaro que ainda não tinha percebido a chegada da noite soltou um pio. As mãos dele estavam preenchidas com o corpo dela. Se ele a soltasse, ela poderia deslizar da sela do cavalo.

Se ele parasse de beijá-la, talvez tivesse que pensar no futuro. E não queria contemplar um mundo além daquela estrada, além do beijo de Jane. Então, não parou. Apenas a segurou junto de si e a saboreou.

– Ah – disse Jane quando, por fim, Oliver ergueu a cabeça, alongando sutilmente a torção no pescoço.

Mas ela não fez nenhuma pergunta. Em vez disso, recostou-se em Oliver. Seus cabelos estavam começando a se soltar do penteado pesado. Se aquilo fosse uma história, cachinhos estariam se libertando, pequenas madeixas descendo pelas costas dela. Em vez disso, toda a cabeleira dela estava inclinada para um lado, pendendo como uma árvore meio desenraizada. Às vezes ela tentava colocar o penteado de volta no lugar, mas inevitavelmente ele voltava a se desfazer. Quando Oliver não tomava cuidado, os grampos de cabelo o cutucavam.

– Imagino – disse ela, por fim – que isso compense suas coxas duras e terríveis.

Ele sorriu.

– Eu diria que você já compensou seu dinheiro, mas seria mentira. Ainda temos um longo caminho à frente.

Ela olhou para trás, fitando-o nos olhos.

– E esse caminho é muito longo?

– Tem quilômetros – respondeu Oliver. – Quilômetros e quilômetros de beijos, se seguirmos num trote de passeio como este. Talvez, quando finalmente chegarmos ao Stag & Hounds, eu esteja pronto para parar.

Talvez nunca chegassem lá. Talvez o resto do mundo pudesse manter distância, e os dois pudessem passar o resto da eternidade ininterrupta naquela escuridão, sem nada para fazer além de se beijar. Talvez esse fosse o único enredo daquela história: um beijo que durava a noite toda, sem que a alvorada jamais chegasse.

– Então devemos começar imediatamente.

Ela inclinou a cabeça na direção da dele mais uma vez.

Desta vez, o cavalo parou completamente de andar. Oliver a manteve no lugar com uma das mãos firme na cintura dela e deixou a outra deslizar até seus ombros, acariciando-a com leveza, brincando com a renda no decote dela, com o tecido que ficava por baixo. A pele de Jane estava quente e macia. Quando ele passou a ponta dos dedos na parte superior dos seios, ela soltou uma arfada leve.

Meu Deus, ele não quisera saber que ela era tão responsiva. Não quisera saber, mas, depois de obter esse conhecimento, não conseguiu deixar de explorar. Queria ouvi-la ficar sem fôlego quando ele desvendasse a curva macia de seus seios. Segurando Jane tão perto assim, conseguiu ouvir o gemido quase inaudível que ela soltou. Foi uma vibração no fundo da caixa torácica, que Oliver sentiu na palma das mãos. Ele deslizou mais fundo por dentro do decote, por baixo do espartilho, até achar o lugar onde a pele de Jane mudava da maciez dos seios para a pontinha dura do mamilo.

Ela gemeu de leve.

– O que consigo fazer em cima de um cavalo tem limite – murmurou Oliver no ouvido dela. – E talvez seja melhor assim, porque, se estivéssemos numa cama, acho que eu não conseguiria resistir a trocar minhas mãos pela minha boca.

Ele contornou o seio dela com a ponta do dedo.

Ela desceu a mão pelo ombro dele. Não tocando o tecido, nem tateando com os dedos por baixo das lapelas do casaco. A mão de Jane se dispôs no peito dele, buscando o formato dos músculos, como se o tecido nem estivesse ali.

Não importava onde estavam. Nem o que estavam fazendo, nem que ela estivesse usando um vestido de gala e que houvesse camadas de seda e lã separando a pele deles. O desejo ardia dentro de Oliver, o desejo de beijar cada centímetro do corpo de Jane. O desejo de tocar os lugares que ele não conseguia alcançar naquele momento.

– Meu Deus, Jane. Meu Deus. Me diga para não tirar você desse cavalo.

Ela não fez isso. Apenas fechou a mão no casaco dele e o puxou para mais perto.

Oliver não ia possuí-la na vegetação rasteira à beira da estrada. *Não ia*. Mas, por Deus, como queria. Como a queria, e nem lembrava mais por que isso era uma má ideia.

– Oliver.

Ela disse o nome dele com uma arfada, e isso o deixou louco.

– Meu Deus, adoro quando você diz meu nome assim.

Ela se remexeu, e seu traseiro roçou a virilha de Oliver. Ele rolou um mamilo entre os dedos.

– Oliver – gemeu ela, e ele a beijou com mais força. – Oliver. Não estou só dizendo seu nome.

Ele se afastou dela, respirando com dificuldade.

– É que esse é o terceiro pingo de chuva que sinto.

– Ah, que inferno.

Ele não queria ser interrompido, não pela chuva, não pelos trovões, nem por uma enchente que os varresse. Não queria que aquilo chegasse ao fim. Quando acabasse, ele não sabia se um dia voltaria a acontecer.

Mas Jane tinha razão. Havia começado a chover. Um pingo de chuva frio e molhado caiu no nariz de Oliver, seguido de outro.

Ele soubera que o tempo deles juntos ia chegar ao fim. Provavelmente era bom que tivesse acabado. Nada havia mudado. Ela ainda era... impossível. Completamente impossível. Alguns beijos calorosos não conseguiam afastar a verdade, e ir mais longe apenas faria com que toda aquela situação se tornasse indecente.

Ele queria mais. Por Deus, como queria mais. Queria com a força de quatro meses de anseio desesperado. Fez um esforço para se concentrar naqueles pingos frios e molhados. Imaginou cada um deles levando o fervor embora, afastando pensamentos a respeito dos seios dela sob a mão dele, das pernas dela enroladas em sua cintura.

A chuva não ajudava muito.

A tempestade chegou mais rápido do que o cavalo deles conseguia correr. Num instante, era uma garoa leve. No outro, era como se eles estivessem envelopados numa folha de água. A chuva caiu com uma onda gélida.

Então por que Oliver não tinha sossegado? Por que ainda estava segurando Jane, acariciando-a, tirando as gotas de água que se acumularam na orelha dela com beijos? Por que suas mãos ainda exploravam as curvas dela?

Um raio cruzou o céu num arco irregular.

Ele iluminou a silhueta de construções, não mais tão distantes. Aquele interlúdio já estava chegando ao fim. Mas, ainda assim, Oliver não conseguia soltar Jane. Não conseguia impedir seus lábios de provarem o pescoço dela de novo e de novo. Não conseguia tirar as mãos das coxas dela – especialmente naquele momento em que o vestido estava colado à pele de Jane.

Ele a levou para a estalagem.

Havia mil formas de um homem e uma mulher que chegavam a uma estalagem, encharcados, no meio da noite, arranjarem um quarto juntos. Se Oliver fosse um homem diferente...

Ele ajudou Jane a descer do cavalo.

– Entre – pediu. – Conte ao encarregado alguma história sobre como você...

Oliver não conseguia pensar numa mentira naquele momento. Não conseguia pensar em nada que não fosse Jane.

– Invente alguma coisa. O que quiser. Vou esperar meia hora e entrar com uma história diferente. Mandamos nossas malas por caminhos diferentes, pedimos quartos separados. Não há necessidade de eles nos associarem um ao outro.

– Oliver.

Ele não a olhou. Se a fitasse nos olhos, se vislumbrasse o vestido, grudado na pele molhada dela, nunca a deixaria ir.

Ele engoliu em seco. As palavras seguintes foram mais difíceis de dizer do que tinha imaginado, mas ainda assim conseguiu forçá-las a sair.

– Durma bem. Nos encontramos na estação de trem às sete.

Capítulo vinte e dois

Jane não conseguia manter a calma. O tempo passava, e ela ficava olhando para a porta, esperando para ver os resultados de sua artimanha. Passaram-se quarenta e cinco minutos até que Oliver entrasse no quarto, ainda molhado, mas segurando uma das toalhas que Jane tinha solicitado que deixassem prontas para ele.

– Jane.

A voz dele saiu rouca.

Ele correu as mãos pelos cabelos, transformando-os em espetos úmidos e avermelhados.

Ela ergueu o queixo e o olhou nos olhos. Não havia nenhuma iluminação no quarto, apenas o fogo da lareira. As tênues chamas oscilando faziam os olhos dele parecerem escuros e perigosos.

– O que você acha que está fazendo? – rosnou Oliver.

– Você me disse para contar uma história para o dono da estalagem – disse ela, conseguindo manter o tom de voz calmo mesmo que seu coração estivesse batendo no dobro da velocidade normal. – Foi o que eu fiz.

– Era para ser uma história sobre como você apareceu aqui sozinha e molhada de chuva! Foi isso que eu quis dizer. Não uma história sobre... sobre...

– Sobre como meu amante, o filho de um duque, ia chegar em breve? – Jane arqueou uma sobrancelha. – Sobre como dividiríamos um quarto?

Ele jogou a toalha em uma cadeira e foi até ela.

– Sim – falou. – Eu quero você. Sim, já pensei em possuí-la muitas e muitas vezes nos últimos meses. Sim, eu perdi a cabeça lá fora, Jane. Mas nunca passou pela minha cabeça que você pagasse pela minha ajuda com o seu corpo.

Ela se levantou. Havia trocado o vestido encharcado por uma camisola quente com um roupão bordado por cima. Conseguia ouvir o pulsar do próprio sangue nos ouvidos.

– É isso que você acha? Que estou me oferecendo para você em troca dos serviços que prestou? Não seja idiota, Oliver. – Ela deu um passo na direção dele. – Acha que é o único que passou os últimos meses desejando? O único que fica acordado à noite, olhando para o teto, querendo mais? Olhe para mim. Eu não sou um sacrifício.

O coração de Jane estava martelando, mas ainda assim ela ergueu as mãos e desfez o laço do roupão. Oliver observou aquele pedacinho de seda deslizar até o chão com olhos famintos.

– Olhe para mim – repetiu Jane.

Ela tirou o roupão dos ombros – mal conseguindo respirar – e o deixou cair com leveza. Sua pele formigou no frescor repentino, mas não era frio que ela sentia.

– Não sou um presente – disse ela. – Nem um prêmio que você ganhou. Sou uma mulher, e quero você porque isso vai me fazer feliz.

Ele a estava olhando de cima a baixo. Ela sabia como sua camisola era transparente – o suficiente para que Oliver visse as curvas de seu corpo contornadas pela luz do fogo às suas costas.

Ele umedeceu os lábios.

– Eu tinha todas as intenções de ser um cavalheiro. Ia dormir no chão ou… ou alguma coisa do gênero.

– É isso que um cavalheiro faria? – perguntou Jane.

– Provavelmente.

– Então, os cavalheiros são idiotas.

Ele soltou uma risada.

– Jane. Meu Deus. Você é a mulher mais corajosa que eu já conheci.

Ela deu um passo na direção dele.

– Mal tenho a capacidade de ser corajosa em relação a isso.

Outro passo, até estar perto o bastante para pousar as mãos no peito de Oliver.

– Você sabe o que vai acontecer?

– Só bem vagamente. Os detalhes…

Ela ergueu a mão e, com muita, muita delicadeza, segurou a gravata dele.

– Os detalhes – repetiu –, estou ansiosa para descobrir.

– Então descubra.

Jane desfez o nó da gravata dele, desenrolando o tecido do pescoço de Oliver.

– Viu? – Ela olhou para cima. – Eu não sabia que seu pescoço era assim.

Ela se inclinou para a frente e deu um beijo na cavidade ali. As pontas do colarinho molhado roçaram as bochechas dela.

– Jane. Você vai me matar.

Ela não tinha entendido o que fazer até ouvir a voz de Oliver – aquela rouquidão forte, indicando tão claramente que ele estava no limite do controle. Isso, *isso* era o que ela queria. Matá-lo com cada toque, e fazê-lo adorar cada segundo.

Ela afastou a gola do casaco ainda encharcado. Ele sacudiu os ombros para se livrar da roupa, entregando-a para Jane.

Ela já tinha visto homens apenas de camisa, mas nunca assim. Nunca com o tecido praticamente translúcido por causa da chuva, delineando a curva suave do bíceps e do tríceps. Ela abriu os botões do colete, revelando sem pressa vislumbres através do tecido – a cintura esbelta, o abdômen duro quando ela roçou a mão na camisa.

Oliver só tinha se movido para ajudá-la a tirar as roupas. Ela estava grata por isso. Ele ficou parado, como se entendesse que Jane precisava despi-lo, pouco a pouco. Para se acostumar com a ideia do que ia acontecer. Para deixá-la tocá-lo antes que ele a tocasse também.

A camisa se mostrou um desafio mais complicado. Havia abotoaduras de prata na manga, e Jane precisou de um tempo para conseguir desgrudar aquela coisa molhada do corpo de Oliver, mesmo com a ajuda dele. Mas quando finalmente o livrou da camisa…

Só um vislumbre do corpo dele através da roupa já a tinha deixado de boca seca. A realidade – todos aqueles músculos tensos, aquele rastro de pelos descendo a partir do umbigo, as saliências mais escuras que eram seus mamilos…

Jane esticou o braço e pousou a mão na pele dele.

– Ai, meu Deus – exclamou. – Você ainda está molhado. É claro que ainda está molhado. E gelado.

Ela pegou a toalha que Oliver tinha abandonado e a passou pelos ombros dele. Pelos braços. Sentindo tudo ao secá-lo, todo aquele corpo firme e liso, curvado de um jeito perigoso e ainda assim aguardando, imóvel, permitindo que Jane o explorasse à vontade. Ela secou as costas dele e voltou para a frente.

Ele soltou um sibilo quando ela o esfregou no abdômen.

– Doeu?

– Ao contrário. Foi bem gostoso. – Ele a olhou nos olhos. – Me toque assim de novo.

Ele não tinha se mexido nem um centímetro, mas não estava abrindo mão do controle. Sua pele estava quente sob as carícias de Jane, o tom mudando da palidez para um corado fraco. Ela o tocou, traçou a linha de pelos que sumia por dentro das calças, sentiu os músculos firmes se tensionarem sob seus dedos.

– Estou fazendo isso direito?

– Se você está fazendo... Sim, Jane. Continue assim. Por favor.

Ela subiu a mão para a cintura dele. Para o peito. Quando os dedos dela roçaram num mamilo, ele soltou outro sibilo, e Jane se prolongou um pouco mais na exploração. Oliver respondeu ao toque, com o corpo cada vez mais contraído, mais rígido. A respiração dele saiu trêmula quando Jane pegou o mamilo duro entre os dedos, tocando-o como Oliver a tinha tocado mais cedo.

Ah, se ao menos ela tivesse prestado mais atenção, se tivesse catalogado o que ele havia feito.

O que ele tinha dito mesmo? Que, se estivessem numa cama, ele iria...

Jane se inclinou para a frente e o lambeu.

– Ah, Jane.

As mãos dele se fecharam nos ombros dela.

– Foi... Quer que eu... – Ela se afastou. – Quer que eu pare?

– Me lamba onde quiser.

– Estou me saindo bem?

Ele pegou a mão dela e a colocou no fecho úmido da calça, esticando os dedos dela para que ela conseguisse sentir o membro rígido ali.

– Você está se saindo muito bem – respondeu com rouquidão. – Tão bem que o perigo é que eu termine em algumas estocadas.

Aquela ideia tomou conta dela, fazendo seus pulmões pegarem fogo.

– É mesmo? – ouviu-se perguntar. – Como é que eu levo você a fazer isso?

Os olhos de Oliver encontraram os dela, ardentes e intensos, e todo o corpo de Jane pareceu derreter.

– Você me deixa fazer do meu jeito.

Isso fez com que um lampejo passasse por ela, um raio de pura antecipação. Ele mal a tinha tocado desde que entrara no quarto, mas naquele momento suas mãos deslizavam pela lateral do corpo de Jane, pelos seus quadris.

Ele as apoiou nas coxas dela.

– Vá um pouquinho para trás – pediu, conduzindo-a com uma força mínima.

Jane recuou dois passos e sentiu as pernas baterem na cama às suas costas. E então Oliver se ergueu, levantando a camisola de Jane ao se mexer. O tecido deslizou pela pele dela, passou pela cabeça. Oliver o desenrolou dos braços de Jane e o deixou cair no chão. Ela ficou completamente nua.

Devia se sentir exposta. Fora de si. Mas os olhos de Oliver a devoravam com tanta intensidade que Jane se sentia apenas... poderosa. Desejada. *Pronta.*

– Prontinho – disse ele com a voz rouca. – Agora... Essa é uma boa ideia.

Todo o corpo de Jane estava formigando. Ela não sabia o que Oliver ia fazer – se ia empurrá-la na cama e se afundar dentro dela, ou tocar todo o seu corpo, do jeito que ela havia tocado o dele.

Em vez disso, ele ergueu a cabeça dela e a beijou. Foi um beijo longo e doce, que inebriou os sentidos dela. Um beijo que a fez ter consciência de cada centímetro de sua pele – do fato de que, enquanto se beijavam, Oliver a pegou nos braços, se prensando contra ela. O peito dele. Aquela saliência rija por baixo das calças. As pernas dele, ainda molhadas. Ele a beijou até que cada parte de Jane pedisse mais.

Bem quando ela estava pronta para gritar com uma frustração que não entendia, as mãos de Oliver passearam por seu corpo, seguraram os seios. Ela teve um momento bem breve para reagir – para sentir o polegar dele roçar sua pele sensível com aspereza – antes que ele se curvasse e lhe beijasse o seio.

– Oliver.

As mãos dela se fecharam ao redor dele. Seus joelhos falharam.

– Oliver. Meu Deus. Se o que fiz com você foi parecido com isso...

– Então você vai terminar em algumas estocadas – murmurou ele. – É mais ou menos esse o objetivo.

Ele pegou Jane nos braços e a colocou na cama. Mas não subiu em cima dela como ela esperava.

– Você não precisa tirar as calças?

– Ainda não.

– Mas...

As mãos dele em suas coxas a silenciaram. Era uma pressão quente e insistente, os dedos abrindo as partes mais íntimas dela. Ele se ajoelhou.

– Não para isso – disse Oliver, e colocou a boca entre suas pernas.

Foi completamente eletrizante sentir os lábios dele ali. Como se ele tivesse ouvido, através da tensão nos músculos de Jane, todas as coisas por que ela ansiava. Como se estivesse decifrando o desejo dela com a própria língua.

Jane soltou um gemido.

Oliver entendeu aquilo como um incentivo e abriu ainda mais as pernas dela, e, em seguida, quando ela relaxou contra ele, inseriu um dedo. O polegar da outra mão – e a língua – fizeram algo extraordinário, algo que incendiou todo o corpo de Jane com uma incandescência inexplicável. Outro dedo, esticando-a, depois outro. Era demais.

Não havia como entender toda aquela sensação gloriosa que corria por dentro dela. Era como se os corpos deles estivessem conversando por meio de sussurros que passavam ao longo de cada terminação nervosa. Todos os pensamentos desapareceram. O que restou era luz pura, engolfando Jane.

Ela conteve um grito.

Quando Jane conseguiu respirar de novo, Oliver já tinha se levantado. Ele estava jogando os sapatos longe, tirando as calças, voltando até ela. A cama rangeu sob seu peso.

– Podemos parar aqui – propôs ele com a voz rouca.

Jane esticou os braços para ele.

– Não se atreva.

Ela nunca tinha visto aquela parte dele. As coxas eram duras – nada suaves nem parecidas com travesseiros, graças a Deus, mas musculosas. A ereção dele estava completa. A respiração de Oliver se estilhaçou quando Jane o tocou, explorando-o – explorando aquele membro longo e rijo, que ainda assim tinha certa suavidade.

Ela se aproximou e o lambeu.

– Meu Deus, Jane – Oliver gemeu. – Deixe para a próxima, senão vão ser mesmo só três estocadas.

E logo ele estava em cima dela, abrindo-a de novo, roçando a ponta do membro na entrada de Jane, fazendo com que calafrios percorressem o corpo dela.

– Me diga se for demais.

Ele a penetrou. Houve um indício de dor aguda, chocante em meio à excitação flutuante de Jane. As mãos dela se fecharam nos ombros de Oliver.

Deixe para a próxima, ele tinha dito. Mas tudo era demais para Jane contemplar naquele momento. Talvez não houvesse uma próxima vez. Talvez fosse apenas aquela vez. Aquela única vez que sentiria o próprio corpo se esticando ao redor de Oliver, a dor se dissipando, engolida por uma sensação crescente de certeza em relação a ele. Oliver deslizou para dentro dela, mais fundo, depois ainda mais, e o último vestígio de incômodo desapareceu.

E então restou apenas Oliver – o peso dele, sua respiração, seu corpo sobre o de Jane, unindo-se a ela de um jeito tão íntimo. As mãos de Oliver, erguendo o rosto dela de encontro ao seu, e o beijo dele, quente e doce nos lábios dela. Não haveria nenhuma outra vez.

Só aquela.

Cada estocada fazia com que uma onda de prazer percorresse o corpo de Jane. Ela se sentia extremamente sensibilizada a cada investida, a cada pulsação de Oliver. Ao calor crescente que se expandia entre eles, ao rugido gutural que Oliver soltou quando Jane correu as mãos pelas costas dele.

– Meu Deus, Jane. – Ele perdeu toda a coerência. – Jane. Ah, meu Deus. Jane.

Não eram apenas as investidas dele, mas as dela também. Dos dois. Ela se apossou da situação na mesma proporção que Oliver. Seus corpos se uniam, se afastavam. Jane sentia uma tensão crescendo dentro de si. Diferente da anterior. Mais profunda. Atraída por Oliver. Aquilo a dominou mais uma vez, tomando conta de sua visão.

Oliver investiu com mais força enquanto Jane atingia o orgasmo. Mais e mais forte, até que suas estocadas fossem quase brutais. E, no último instante, ele saiu de dentro de Jane, derramando-se na barriga dela.

Por alguns segundos, Oliver pairou sobre Jane. Eles se olharam nos olhos o melhor que conseguiam na escuridão crescente. Todo o vestígio do frio e da chuva tinha evaporado. Oliver estava próximo, tão próximo. Mais do que qualquer um já estivera.

E então ele se afastou dela, só por um momento. Achou uma toalha, derramou um pouco de água na bacia do lavatório e se voltou para Jane. Não disse nenhuma palavra, mas, com muita delicadeza, a limpou.

– E então? – perguntou por fim com um tom de voz suave. – O que você achou?

Jane balançou a cabeça, sem conseguir encontrar palavras. Tinha sido maravilhoso. Encantador, incrível, potente, prazeroso. Ela não sabia nem por onde começar a descrever o ato. Tinha sido tudo que ela havia imaginado – com uma única exceção.

Ela pensara que fazer amor com Oliver seria uma experiência transcendente. Uma memória que ela poderia guardar e apreciar pelo resto da vida.

Mas não era. Não tinha sido o bastante.

Capítulo vinte e três

Oliver acordou cedo na manhã seguinte. A chuva tinha parado, e, segundo os sinos da igreja, eram apenas cinco horas da manhã. Oliver achava que não tinha dormido mais do que algumas horas. Jane estava deitada ao seu lado, ainda nua, quente e macia.

Ele pousou a mão no quadril dela e tentou não pensar.

Se estivesse pensando racionalmente na véspera, nunca teria feito aquilo. Havia coisas erradas demais naquela situação. Ele poderia listá-las, porém…

Ele a desejava de novo já de manhã. Imediatamente.

Não achou que Jane tivesse qualquer expectativa em relação a ele. E Oliver tinha tomado cuidado. Apesar disso, uma parte dele – uma parte horrível e traiçoeira – desejava ter tomado menos cuidado. Ter feito tudo que pudesse para engravidar Jane, para forçá-los a se unir, de modo que Oliver tivesse o que tanto queria sem ter que tomar tal decisão.

Eu te amo, Jane. Ele passou os dedos pelo corpo dela. *Mas você ainda é a minha garota impossível.*

Era um pensamento triste, especialmente inadequado para uma manhã de maio.

Jane se virou. Os olhos dela se abriram, e ela deu um sorriso sonolento para Oliver.

– Bom dia – disse ela.

Oliver não quisera saber como era aquele som – o cumprimento feliz e sonolento de Jane para ele ao amanhecer.

– Bom dia – respondeu ele com sobriedade.

Jane fechou os olhos com força, depois balançou a cabeça. Quando voltou a abri-los, se sentou.

– Acho que temos que fazer isso agora.

– Jane...

Ela colocou os dedos nos lábios de Oliver.

– Me deixe falar primeiro. Passei os últimos meses pensando nos vários erros que cometi. Eu queria tanto estar com você, e quase não tive a chance. – Ela desviou os olhos e meneou a cabeça. – Passei muitos meses pensando em você, Oliver. Pensando naquele momento no parque quando simplesmente aceitei que, porque você não podia se casar comigo, eu não teria nada. Pensei nisso muitas vezes. – Ela ergueu o queixo. – Não pense no que fizemos como uma ruína. Só garotas sem dinheiro podem ser desonradas de fato. E minha reputação nunca foi um dos meus méritos.

– Jane.

Ele não sabia por que tinha dito o nome dela, exceto pelo ato de dizê-lo. Para ouvi-lo soar em sua própria língua. Todo mundo pensava no nome Jane como uma palavra curta, pequena, mas Oliver sabia a verdade. Quando dizia o nome dela corretamente – quando o sussurrava devagar no começo da manhã, com a dita-cuja deitada a poucos centímetros –, o nome se prolongava. *Jaa-ne.*

Oliver estava intensamente ciente de Jane – da respiração dela, da leve fonte de calor no ar à direita, onde ela estivera deitada. Do que tinham feito juntos na noite anterior. Do que não podiam mais fazer juntos.

Ele tocou o ombro dela com muita delicadeza.

– Sou a última mulher no mundo com quem você quer se casar – murmurou ela.

Não era bem uma pergunta.

Oliver fechou os olhos.

– Sim. Você é a última mulher no mundo com quem eu deveria querer me casar. Então por que você é a única em quem consigo pensar há meses?

Os olhos dela lampejaram.

– Jane. – Ele esticou o braço até ela. – Sinto muito. Eu nunca quis...

– Pare de se desculpar por falar a verdade! – vociferou ela. – É assim que as coisas são, e não adianta chorar por causa disso.

– Mas eu...

– Eu falei para você, já tive bastante tempo para pensar sobre isso. E você tem razão. Se nos casássemos, seria um desastre. Tenho plena ciência do que posso e não posso fazer. Posso fingir ser muitas coisas, mas mesmo que pudesse atuar como uma anfitriã decente, o tipo de esposa de que você precisa, eu não ia querer isso. Cansei de assumir o papel de impostora.

Fazia tanto sentido quando ela falava em voz alta. Era igual à metade das objeções do próprio Oliver. Se fosse uma questão racional, uma parte dele reconhecia e concordava com tudo aquilo. Mas a outra parte...

Bom, Jane estava bem perto dele e estava nua. Isso reduzia a maior parte dos pensamentos de Oliver apenas ao óbvio.

– Andei pensando – continuou Jane. – Na verdade, faz meses que ando pensando no que eu faria quando tudo isso acabasse, quando Emily estivesse a salvo e não fosse mais dependente do meu tio.

Oliver se virou para ela.

– É improvável que eu me case um dia. Até conseguiria arranjar um marido, mas não preciso de um, e não quero os que estão ao meu alcance. – Ela contraiu os lábios com força. – Qualquer homem que fosse respeitável a ponto de eu me apaixonar por ele... Bem, creio que meu nascimento e minha reputação o afastariam. Mesmo que ele pudesse ignorar essas coisas por contra própria, eu não passaria de um estorvo para ele.

A voz dela estava carregada com um tom duro, algo árido e desolado.

– Jane, isso não é verdade.

– Se eu pudesse achar um homem igual a você, mas sem ambição... – Ela soltou uma risada. – Um sol que fosse quente, mas não brilhasse, um peixe que vivesse no ar.

Oliver reconhecia aquele sentimento perfeitamente, o reconheceu como a ponta da lâmina de uma faca cruel.

– Você quer alguém igualzinho a mim, mas o completo oposto.

Que conveniente. Completamente conveniente.

Não era para Oliver se apaixonar assim. Era para conhecer uma mulher, descobrir que os desejos e anseios dela coincidiam com os dele, que os sonhos de ambos se sobrepunham. Ele não queria conhecer uma mulher e descobrir que o ar que ele inspirava parecia vir dos pulmões dela, para depois perceber que os dois não conseguiam respirar ao mesmo tempo.

– Então, é isso. – Jane abriu um sorriso triste. – Uma garota impossível.

Decidi há muito tempo que você e eu deveríamos ser amantes quando tivéssemos a chance. A noite passada confirmou essa minha crença.

Oliver não respondeu. Ah, mas seu corpo, sim. Ele tinha passado de *interessado* para *pronto* com aquelas palavras.

– Estamos aqui – continuou Jane. – Vamos ficar juntos até encontrarmos Emily. Por que não aproveitar ao máximo?

Porque ele não queria concordar com ela. Não conseguia dizer *Sim, Jane, você tem razão, deveríamos ser amantes*. Aquilo ia tirar o que tinha acontecido na noite anterior da terra fantasiosa dos contos de fadas, um lugar onde Oliver conseguia imaginar que era possível descartar os obstáculos entre eles sem pensar duas vezes. Faria com que o que ia acontecer em seguida se tornasse real e, portanto, provisório. Seria um caso. Nada além de um caso.

Jane baixou a voz.

– Fico feliz por ter começado com você.

Ela se inclinou na direção de Oliver.

Ele colocou a mão nos lábios dela, bloqueando o beijo.

– Jane.

Começado deixava implícito que Oliver era apenas o início, que depois haveria outro, e depois outro. Que Jane seria beijada por homens que não eram Oliver. Se ele concordasse, estaria aceitando o fim quando os dois mal haviam começado.

Mas a alternativa... a alternativa era simplesmente impossível.

– Jane – repetiu ele, desamparado.

– Oliver.

Ele se rendeu e encontrou a boca dela.

Se a noite anterior tinha sido um engano, essa manhã era um erro fatal. Oliver conseguia sentir o fim nos lábios de Jane – o indício de um gosto amargo e, por baixo disso, o calor voraz da boca dela, a doçura de Jane.

– Meu Deus, Jane – sussurrou Oliver. – Eu quase perdi você.

As mãos dela subiram para tocar os pulsos dele, primeiro com uma vibração hesitante.

– Eu quase me perdi também.

E ela retribuiu o beijo.

Havia certas coisas que um homem não podia dizer em resposta a uma confissão como a que Oliver tinha ouvido.

Eu te amo, mas...

Quero ficar com você, mas...

Ele não podia dar nada a ela além de requisitos e negações. Mesmo o beijo que lhe deu era consciente em excesso – o excesso dos lábios de Oliver nos dela, acariciando-a, beijando-a, mas...

Sempre havia um *mas*.

Então, Oliver não falou nada. E quando Jane o tocou, não hesitou nem um instante ao reagir. Ela subiu em cima dele, os seios roçando o peito de Oliver, os cabelos fazendo cócegas nos ombros dele. Ele podia fazer aquilo para sempre, se perder em momentos como aquele.

Ele lhe beijou a boca e acolheu de bom grado o peso dela sobre si.

– Oliver.

Ela flexionou os quadris.

Ele podia se perder nela. E, mais aterrorizante ainda, podia se *achar* nela. Estava fazendo isso naquele momento, descobrindo o que significava para ele abraçá-la, tocá-la e mostrar para ela o quanto a apreciava.

– Garota possível – sussurrou Oliver. – Possível demais.

Jane sorriu para ele.

Estavam entrelaçados. Já era tarde demais para impedir que alguém sofresse. Não havia nada mais que pudessem fazer além de aguentar até o fim. Então Oliver deixou que acontecesse. Beijou o pescoço e os seios dela. Conteve a própria excitação, esperando que atingisse o ponto máximo, acariciando Jane até que ela estivesse tão pronta quanto ele. Até que estivesse molhada e desesperada, até que Oliver não conseguisse mais aguentar. Em seguida, ele a guiou para baixo, até o membro dele. Senti-la ao seu redor era uma sensação boa, tão boa.

Era só disso que precisara durante todos aqueles meses. Ele segurou as mãos de Jane enquanto ela descobria o ritmo de que necessitava, a pressão que queria. E, quando ela estava chegando ao ápice, Oliver a tocou bem no lugarzinho que importava e a fez sucumbir. Quando ela ainda estava tremendo, ele a virou e investiu até que todos os seus pensamentos se estilhaçassem e fugissem. Até que não restasse nada além deles dois.

Até que, pelo menos naquele último momento, não houvesse nenhum *mas* depois do *eu te amo* silencioso que Oliver entregou a ela.

Oliver estava nos fundos da casa onde o tio de Jane morava. Tinham passado a manhã fazendo a viagem de trem até Cambridge e chegaram apenas no meio da tarde. Com o calor do começo do verão, os moradores haviam se retirado para dentro de casa, para se refrescar. Pelas contas de Oliver, Dorling deveria estar se encontrando com o cocheiro bem naquele momento. Em algumas horas, tudo estaria acabado, mas por enquanto...

Oliver havia tirado os sapatos e o casaco. Uma trepadeira pequena subia pelas paredes – uns galhos pálidos e doentios, nada em que Oliver confiasse para aguentar seu peso.

Estava começando a sentir a carga dos últimos dias. Era quase como se tivesse sido acordado brevemente no meio da noite e estivesse sendo sugado de volta para o sonho. Sim, ele gostava de Jane. Mais do que queria pensar.

E tinha se oferecido para escalar a parede até o quarto da irmã dela em plena luz do dia.

– Por que sou eu quem tem que fazer isso mesmo? – perguntou.

– Porque – sussurrou Jane ao seu lado – eu estou de saia.

Ele ia levar um tiro. Ou ser preso. Ou...

Ou talvez não fosse acontecer nada disso. Oliver não se sentia assim fazia... hã, anos. Seu coração palpitava, animado. A casa estava silenciosa.

– Não se preocupe – disse Jane. – A horta quase não produz nada porque meu tio não gosta de colocar armadilhas para os coelhos. Se ele vir você, o pior que pode fazer é pedir uma explicação. Uma explicação prolongada.

– E eu vou dizer: "Não se incomode comigo, só estou aqui para roubar sua sobrinha. Não tem nada com que se preocupar. Já fugi com uma delas, então duvido que duas vão me atrapalhar."

– Exatamente.

Ela abriu um sorriso para ele e, de repente, a distância até a janela da irmã não parecia tão longa assim, tampouco a possibilidade de ser descoberto soava tão dolorosa. Oliver subiu na beirada da janela do térreo, a usou como apoio e depois se ergueu até o topo da moldura da janela.

A calha cedeu e Oliver reajustou o próprio peso, passando para as pedras lisas. Subiu pela parede com muito cuidado, até que conseguisse se segurar com firmeza na beirada da janela que Jane tinha jurado pertencer à irmã.

Oliver bateu contra o vidro sem fazer muito barulho e esperou.

Nada. Ele nem ouviu alguém se mexendo dentro do quatro.

– Emily?

Oliver não ousou falar mais alto do que um sussurro, mas sua respiração mal embaçou o vidro da janela. Oliver bateu de novo, desta vez com mais firmeza.

– Srta. Emily.

– Ela não tem o sono pesado – sussurrou Jane alto, logo abaixo dele. – E nunca dorme durante os cochilos da tarde que a fazem tirar.

– Bom, não vejo ninguém aqui dentro. – Ele bateu os nós dos dedos na vidraça. – Emily – tentou de novo, falando um pouco mais alto.

Nada.

Ninguém. Dali, ele conseguia ver a cama, e, apesar de as sombras ofuscarem um pouco a vista, não parecia haver uma pessoa deitada no cômodo.

– Jane – disse Oliver baixinho –, quando seu tio pretendia mandar sua irmã embora?

Ele a ouviu inspirar fundo.

– Não tão cedo – respondeu ela devagar, como se estivesse tentando convencer a si mesma. – Com certeza ainda não. Ele ia querer ter certeza de que eu estava fora do caminho antes de agir. Eu... tenho quase certeza disso.

Mas a voz dela falhou na palavra *quase*, e Oliver desconfiava que ela não tinha tanta certeza assim.

Ele teria suposto que levaria mais tempo, mas também já tinha se enganado.

– Talvez ela tenha saído para passear – sugeriu.

– Não, é claro que não. Titus nunca a deixa sair, e, se ela tivesse saído por conta própria, teria deixado a janela entreaberta.

Oliver testou a ponta da janela. Estava completamente fechada, mas não tinha sido trancada por dentro. Foi difícil conseguir o apoio de que precisava para erguê-la alguns centímetros. A janela rangeu no batente. Mas, por fim, Oliver conseguiu abri-la.

– Ela realmente não está aqui – avisou.

Ele já tinha forçado a abertura da janela. Podia muito bem completar a invasão, e foi o que fez.

– Dê uma olhada no armário – pediu Jane lá do chão. – Veja se a mala dela está aí.

Oliver cruzou o cômodo, andando com o maior cuidado possível na esperança de que o chão não rangesse. Foi bem-sucedido, mas a porta do armário soltou um rangido baixinho de protesto ao ser aberta.

Havia algumas poucas peças de roupa ali dentro, espalhadas na maior desordem, mas nenhuma mala. Oliver voltou para a janela.

– Sua irmã costuma ser uma pessoa organizada?

– Sim.

– Porque alguém remexeu as coisas dela. Parece que a maior parte não está aqui. Não há nenhuma mala, e o resto das roupas está espalhado, como se alguém tivesse saído com pressa.

– Meu Deus. – De onde estava, ele ouviu o medo na voz de Jane. – Na escrivaninha... Veja na escrivaninha dela. Há um cacto verde pequeni-ninho?

– Não.

– Ela se foi mesmo, Oliver. E agora, o que vamos fazer?

Ele não conhecia a irmã de Jane, mas teria entrado em pânico se qual-quer uma de suas irmãs estivesse enfrentando tais dificuldades.

– Dentro de uma hora – continuou Jane –, Dorling vai voltar para Nottingham. É só uma questão de tempo até Titus receber um telegrama. Ele vai saber que eu sumi.

Oliver balançou a cabeça.

– Vou descer. Então vamos conversar de um jeito racional. Para começo de conversa, se ele já levou sua irmã, não importa o que ele venha a desco-brir sobre você. A estratégia muda.

– Certo. – Jane concordou. – Certo.

Oliver começou a descer pela parede. De esguelha, conseguia ver Jane dando voltas no chão.

– Hoje de manhã... O que eu tinha na cabeça?

– Não teria feito nenhuma diferença – afirmou Oliver, balançando-se para conseguir se segurar na lateral da casa.

– Mas se tivéssemos...

– Não poderíamos fazer os trens andarem mais rápido, e pegamos o primeiro que saiu. Não se culpe pelo que aconteceu.

Descer era mais complicado. Oliver não conseguia ver os apoios para os pés, o que fazia com que a descida fosse mais lenta. Mas, quando estava a pouca distância do chão, ele se soltou da parede e pulou.

Ele aterrissou e se virou para Jane. Era errado o que estava passando pela cabeça dele. Deveria estar sentindo toda a solidariedade por ela, pelo que quer que tivesse acontecido com a irmã dela.

Mas Oliver não lamentava nada. Era egoísta, tão egoísta. Não se importava nem um pouco com Emily.

Só conseguia pensar que Jane tinha dito que aquilo ia durar até encontrarem a irmã dela. *Não acabou. Ainda não acabou.* Ele ainda ficaria com Jane.

– Mas se eu...

Oliver pegou a mão dela. *Ainda não acabou. Ainda não acabou.* Ele não deveria estar sorrindo. E, apesar disso, não conseguia esconder o indício de triunfo na própria voz.

– Talvez o pior tenha acontecido – disse ele –, e talvez ela tenha sido internada. Mas não podemos mudar o que aconteceu. A única coisa que precisamos fazer é descobrir para onde ele mandou sua irmã, e a partir daí...

– Titus nunca vai me contar – respondeu Jane. – E, mesmo se contasse, o que faríamos depois?

– Há jeitos de descobrir – afirmou Oliver. – Mas, nesse caso, acho que um caminho direto pode ser melhor. Basta pedir para alguém perguntar a ele. Alguém que consiga descobrir toda a história.

Jane franziu o cenho para ele.

– Mas não existe ninguém assim.

Ainda não acabou. Ainda não acabou.

Oliver abriu um sorriso.

– Na verdade, existe, sim.

~

– Então, como pode ver – disse Oliver para Sebastian –, o que realmente precisamos fazer é encontrar Titus Fairfield e encurralá-lo numa situação em que ele sinta que não tem escapatória. Daí perguntamos onde a irmã de Jane está internada. E depois...

Sebastian estava examinando as unhas enquanto Oliver falava, mas havia um sorrisinho em seu rosto. Ele não parecia bem. Ainda não tinha se barbeado, mesmo que já fossem três da tarde, e seus olhos estavam avermelhados.

Mas, se tinha ficado acordado até tarde na noite anterior, nada além de seu semblante indicava isso.

– E depois o enganamos para fazê-lo contar onde a moça está presa? – Sebastian deu de ombros. – Posso fazer isso. Vou dar uma palestra hoje à noite. Vou convidar o homem, e vamos ver no que dá.

– Obrigada – agradeceu Jane.

Eram as primeiras palavras que ela dizia desde a saudação inicial, mas falou com fervor.

– Muito obrigada, Sr. Malheur.

Mas Sebastian apenas assentiu para ela.

– Não, Srta. Fairfield – respondeu. – Não me agradeça ainda. Oliver não lhe disse que minha ajuda sempre tem um preço?

Jane balançou a cabeça.

– Qualquer que seja, vou pagar...

– Não é esse tipo de preço. Quando precisam da minha ajuda, eu ajudo. – O sorriso dele se expandiu. – Só que ajudo do *meu* jeito.

Capítulo vinte e quatro

A palestra parecia não terminar nunca. Talvez fosse porque Oliver sabia o que estava em jogo. Tinha visto Titus Fairfield sentado numa das últimas fileiras do auditório.

Talvez fosse porque, naquele momento, Oliver não conseguia se forçar a sentir o mínimo interesse no que Sebastian estava dizendo sobre ervilhas e bocas-de-leão e a cor dos gatos.

Talvez fosse porque Jane não estava ali, mas estava por perto. Numa sala ao lado. Tão perto que os metros entre eles pareciam sussurrar sobre todas as coisas que não tinham feito, todos os beijos que não haviam trocado, todos os meses que não passaram na cama.

Não. Não era hora de pensar naquilo. Oliver olhou para Sebastian e tentou fingir que estava interessado. Sebastian sempre se sentia à vontade quando falava com uma multidão, e gesticulava ao falar. Mas, naquele dia, alguma coisa estava diferente. Os gestos estavam expansivos demais, quase ferozes. Como se ele tivesse perdido o equilíbrio e estivesse tentando recuperá-lo.

Ao lado de Oliver, Violet Waterfield, a condessa de Cambury, se inclinou para a frente, e Oliver olhou para ela.

Ele nunca fora próximo de Violet como Robert e Sebastian. Ela fora vizinha de Sebastian, e Oliver nunca tinha sido convidado para ficar na casa dele durante o verão. Ouvira falar dela, mas só a tinha conhecido quando já estava com quase 19 anos. Àquela altura, Violet já era uma condessa, distante e intimidadora.

Mas, naquela noite, ela não parecia intimidante. O jeito calmo de sempre tinha evaporado. A mulher observava Sebastian com atenção absoluta, de olhos arregalados e lábios abertos num sorriso convidativo. Oliver nunca a vira olhar para alguém daquela forma. Observá-la naquele momento era quase um ato intimista – como se Oliver estivesse descobrindo um segredo de Violet. Como se ela estivesse apaixonada e, naquele momento, fosse incapaz de esconder seus sentimentos.

Aquele pensamento era inquietante. Sebastian sempre tinha insistido que ele e Violet eram amigos e apenas amigos – nada além disso. Sebastian olhava para todo mundo que estava presente no auditório, fazendo contato visual até com os homens que estavam sentados no fundo com um olhar carrancudo e de braços cruzados. Estava olhando para todo mundo, *exceto* para Violet, e foi então que Oliver começou a perceber que havia alguma coisa muito errada.

Essa sensação continuou por toda a palestra. Quando Sebastian abriu espaço para perguntas, Violet se sentou na ponta do assento, inclinada para a frente, com todo o corpo focado em Sebastian, assentindo consigo mesma à medida que ele respondia às dúvidas, como se Sebastian soubesse todos os segredos do universo. Isso continuou até o momento em que ele fez uma última reverência, e Oliver abriu caminho até o primo para colocar a segunda parte do plano deles em ação.

– Muito bom, Malheur – dizia um homem, batendo nos ombros de Sebastian. – Sempre aprendo algo novo com você.

– Obrigado – respondeu Sebastian. – Isso é muito importante para mim.

A voz dele soava acolhedora, e ele estava olhando para os lugares certos, mas havia algo mecânico no modo de falar, como se mal estivesse prestando atenção.

Outro membro da audiência segurou a manga dele.

– Malheur, seu verme.

Os olhos do homem estavam semicerrados, e sua mão, fechada num punho ao lado do corpo, como se ele estivesse contemplando dar um soco no rosto de Sebastian.

– Vai para o inferno por tudo o que fez, e espero que queime pelo resto da eternidade.

– Obrigado – respondeu Sebastian com uma voz acolhedora, fitando o homem nos olhos. – Isso é muito importante para mim.

Ele deu um tapinha no ombro do sujeito – um tapinha amigável, como se tivessem acabado de trocar gentilezas – e seguiu em frente.

– Espero que alguém corte esse seu pescoço raquítico – murmurou um homem brusco de bigode para Sebastian.

– Muito obrigado – respondeu Sebastian. – Isso é muito importante para mim.

Era como se ele tivesse sido substituído por um autômato.

Oliver foi até o primo, quase temendo ter que o lembrar do que tinham planejado. Não sabia bem o que faria se falasse com ele e recebesse aquela mesma resposta acolhedora e genérica.

E talvez aquilo fosse esperado. Porque, para cada homem que parabenizava Sebastian por seu trabalho, havia três murmurando insultos na direção dele. Ameaças. Reclamações. Uma mulher colocou a mão nele e o empurrou.

Sebastian tratava todos do mesmo jeito. Abria um sorriso para eles, a expressão parecendo cada vez mais deslocada em seu rosto pálido, abanava a cabeça e agradecia com uma cordialidade e um entusiasmo que soavam ridiculamente sinceros.

Oliver quase soltou uma arfada de alívio quando Violet os alcançou. Ela conhecia Sebastian. Os dois eram amigos fazia séculos. E se a mulher tinha sentimentos por ele...

Violet teve que esticar o braço e segurar a manga de Sebastian para que ele se virasse para ela. A condessa abriu um sorriso grande ao erguer a cabeça, com o rosto iluminado por apenas um eco do esplendor que havia direcionado a Sebastian enquanto ele falava.

– Sebastian – disse Violet.

Sebastian estava sorrindo para todas aquelas pessoas, sorrindo com tanto fervor que Oliver se perguntara se o amigo estava doente. Mas, quando focou em Violet, todo o humor desapareceu de seu rosto, a simpatia sumindo como marcas de giz na lousa.

– Sim? – disse ele, seco.

– Você foi brilhante, Sebastian – disse ela. – Completamente bri...

Ele cambaleou para trás.

– Vá para o inferno, Violet – retrucou ferozmente. – Vá para o inferno!

Ele tinha falado durante um breve momento de pausa nas conversas, de modo que todos que estavam por perto ouviram suas palavras.

Violet fez uma careta.

Oliver foi para o lado do amigo.

– Sebastian – chamou baixinho, preparando-se para uma explosão semelhante.

Mas, quando Sebastian se virou para ele, apenas parecia cansado, sem nenhum traço de ferocidade.

– Ah, Oliver. Talvez eu possa explicar...

– Peço perdão – disse Oliver para a multidão ao redor deles –, ele está bêbado.

– Não estou...

– É como se estivesse – sussurrou Oliver, puxando Sebastian pelo braço. – O que diabos você pensa que está fazendo? *Sabe* o que está em jogo aqui. Sabe o que temos que fazer.

Sebastian abriu a boca para responder, e foi nesse momento que Oliver a ouviu – aquela voz estranhamente desconfiada, da qual ele se lembrava do passeio que tinha dado com Sebastian tanto tempo antes.

– Sr. Malheur? Sr. Malheur? – A voz vinha de trás deles. – O senhor queria falar comigo? Recebi uma mensagem do senhor sobre algo que o senhor queria me contar.

Sebastian e Oliver se viraram juntos. Titus Fairfield estava na frente deles, esfregando uma mão na outra. Ele balançou o corpo, inquieto.

– Talvez não seja uma boa hora, não é? – perguntou.

Meu Deus, como o homem era tapado. Qualquer pessoa com um cérebro saberia que aquela era uma péssima hora – a pior hora.

Mas a máscara impassível no rosto de Sebastian não mudou nem um pouco.

– Sr. Fairfield – cumprimentou ele com um tom de voz ameaçador, completamente em desacordo com as palavras que proferia. – Justamente quem eu queria ver.

– É mesmo?

Até Fairfield parecia duvidar.

– Com certeza. Infelizmente, no momento, estou um pouquinho embriagado.

Oliver respirou fundo. Esse não era o plano que ele tinha combinado com Sebastian. Deu um passo para a frente, esticou o braço, mas o primo já continuava a falar.

– Por sorte, minha amiga Violet aqui vai explicar tudo. Confio nela completamente, então...

– O que você está fazendo? – sussurrou Oliver. – Esse não era o plano.

– Sim – continuou Sebastian. – Imagino que Violet possa dizer qualquer coisa no meu lugar. E uma reviravolta é sempre bem-vinda.

Oliver correu os olhos para Violet. Esperava que ela aparentasse estar ofendida por causa da explosão feroz de Sebastian. Ou, pelo menos, confusa. Mas, em vez disso, ela apenas deu de ombros.

– Vamos lá, Oliver – disse Sebastian, entrelaçando o braço no de Oliver. – Vamos deixar Violet cuidar disso.

~⁓~

– Esse não era o plano – disse Oliver para Sebastian enquanto o primo saía na rua. – Não era isso que nós íamos fazer. Combinamos...

– Vamos, Oliver – interrompeu Sebastian. – Se olharmos para lá agora, Fairfield vai achar que pode falar comigo. E neste exato momento não tenho condições de falar com ele.

– Não se trata de você – esbravejou Oliver. – A questão é...

O primo parou na rua e olhou ao redor. Já estava escuro, com uma leve neblina. Os lampiões da rua tinham sido acesos e estavam fazendo o melhor que podiam para afastar a escuridão com o calor. Mas não era o bastante.

– Faz um bom tempo que não se trata de mim – disse Sebastian, afinal. – Acho que é a minha vez.

E, naquele momento, Oliver olhou para o amigo. Sebastian parecia... *acabado* – era a palavra mais próxima que Oliver conseguia encontrar.

– Violet vai dar conta – acrescentou Sebastian. – Ela gosta da Srta. Fairfield, e é a mulher mais assustadoramente competente que já conheci. Se você estivesse prestando atenção, querido primo, talvez tivesse percebido que mais da metade da população da Inglaterra me quer morto. Acho que tenho o direito de surtar por causa da pressão. Uma vez. Acho que tenho esse direito.

Parecia impossível. Sebastian sempre aparentava ser tão indiferente ao que os outros pensavam dele. Tratava a própria infâmia como uma brincadeira. Ele era...

Oliver tinha acusado Sebastian de esconder a infelicidade na última vez que estivera em Cambridge. Mas tinha desconfiado de uma depressão leve, não... algo assim. Sebastian estava sempre contando piadas, sempre rindo. Quanto de tudo aquilo tinha sido verdadeiro?

Os dois caminharam em silêncio por algumas quadras.

– Sabe, Sebastian – murmurou Oliver –, não vou fingir que entendo o que está acontecendo, mas você deve um pedido de desculpa a Violet.

Sebastian bufou.

– É sério. Na frente de tanta gente, você...

– Você não sabe o que ela fez. – A voz de Sebastian estava trêmula. – O que ela está fazendo comigo.

– Não me importo com o que ela esteja fazendo. Como você pode justificar o que disse? Na frente de todo mundo?

Sebastian deu de ombros e olhou para longe. Não acrescentou mais nada, o que não era do seu feitio.

– Certo – falou Oliver. – O que ela está fazendo?

– Nada – respondeu Sebastian, balançando a cabeça de um jeito irritante. – Ela não está fazendo nada.

Mas o tom de voz dele estava mais agudo do que o normal.

– Sebastian, você não pode me ignorar...

– Todo mundo me odeia. – Sebastian se virou para ele. – Todo mundo. No começo, eram só algumas pessoas. Agora, aonde quer que eu vá, recebo ameaças de morte, vejo pessoas me desejando o mal. Os jornais estão repletos de ódio. *Todo mundo* me odeia, Oliver. Todo mundo.

– Com certeza não é todo mundo.

– Mas são tantas pessoas que não faz diferença – retrucou Sebastian. – Importa mesmo se toda a população inglesa quer me ver desmembrado, ou apenas metade dela? De qualquer jeito, trata-se de uma multidão querendo me ver morto.

Oliver engoliu em seco.

– Achei que você gostava desse tipo de coisa. De incomodar as pessoas, de irritar.

Sebastian jogou as mãos para o alto.

– Em todos esses anos em que você me conhece, Oliver – disse ele, com a voz trêmula –, durante todo esse tempo, alguma vez você me viu fazer uma piada às custas de alguém?

– Hã...

– Alguma vez já fiz algo que não fosse zombar de mim mesmo, me expor ao ridículo para que os outros rissem?

– Bom...

– Sim, eu adoro provocar. – O amigo deu alguns passos para longe, depois voltou. – Mas gosto que *gostem de mim*, Oliver.

Como Oliver nunca tinha percebido isso? Sebastian, o brincalhão. Sebastian, o sorridente. Mas aquilo fazia sentido. Todas as artimanhas astutas de Sebastian e as peças que pregava tinham o objetivo de fazer os outros rirem. Ele caçoava de si mesmo com mais entusiasmo do que qualquer outra pessoa, e, no período em que estudaram juntos, todos o amavam por causa disso.

Oliver engoliu em seco.

– Sinto muito – falou. – Sei... Sei que a reação que você vem recebendo o surpreendeu. Mas ainda assim... O que você acabou de dizer para Violet... Aquilo foi inconcebível.

Sebastian ficou rígido.

– Não vou falar sobre Violet com você.

– Bom, então, eu é que vou falar, porque não vou deixar de dizer isso. Sebastian, acho que Violet está apaixonada por você.

Ele esperara que Sebastian protestasse, que franzisse a testa. Que *pensasse*, talvez, e reconsiderasse.

Em vez disso, ele caiu na risada.

– Não – disse, depois de se recuperar. – Não, ela não está apaixonada por mim.

– Pense um pouco no assunto. O jeito como ela estava olhando para você durante a palestra... era como... Não sei, não consigo descrever...

– Eu sei como ela estava me olhando – disse Sebastian, com um sorrisinho engraçado no rosto. – Acredite, tenho certeza absoluta de que Violet não está apaixonada por mim.

– Não pode ter certeza. Você não viu...

– Posso, sim! – interrompeu Sebastian, revirando os olhos. – Deixe para lá, Oliver. – Abriu um sorriso. – Eu mesmo vou ter que me livrar desse apuro. Mas não tema.

A voz dele ganhou mais força. Ou talvez ele apenas estivesse reencontrando a própria capacidade de mentir.

– Nosso herói destemido, encurralado por todos os lados, pode ter tido um momento de fraqueza. – A voz dele estava grave e retumbante. – Mas é sempre assim. A hora mais escura, de fato, é aquela que vem logo antes...

Oliver o empurrou.

– Pare com isso, Sebastian. Pare de fingir. Você não precisa *me* fazer rir. Mas Sebastian apenas arqueou uma sobrancelha.

– Não preciso – respondeu ele. – Mas é o que vou fazer.

⌒

Jane ficou esperando numa saleta ao lado do auditório por mais de uma hora, cada minuto parecendo mais longo do que o anterior. O barulho da multidão – nunca acima de um murmúrio abafado – era sua única companhia. Quando o volume daquele murmúrio aumentou, foi a única indicação de que o evento tinha terminado e que seu tio logo estaria ali – ou assim Jane esperava. Ela esperou por mais alguns minutos longos depois disso, até que ouviu passos no corredor do outro lado da porta.

– ... não sei ao certo – Jane ouviu o tio dizer naquela voz triste e estrondosa dele. – Me parece um pouco inadequado, na verdade. Tem certeza de que o Sr. Malheur...

– Certeza absoluta – disse uma voz feminina. – Precisamos tratar de uma questão importante...

A porta se abriu. Diante dela estava uma mulher com roupas num tom bem escuro de marrom – a mulher que tinha dado o cacto para Jane no Jardim Botânico. Por um momento, Jane apenas piscou. Não conseguia se recordar do nome da mulher. Em seguida, lembrou. Ela era uma condessa – a condessa de Cambury.

Ela era o tipo de mulher a quem se refeririam como "imponente" em vez de "bonita" – e quase tinha idade o bastante para que tal expressão se encaixasse em seu rosto. Estava perfeitamente arrumada, sem um fio de cabelo fora do lugar, nem um amassado no vestido, embora devesse ter se sentado numa das cadeiras desconfortáveis no salão. Era como se nem a gravidade se atrevesse a desafiá-la.

Sua aparência era formidável, e Jane queria saber como ela conseguia tal feito.

– Bom, Fairfield – disse a mulher, num tom de voz que deixava claro que ela não tinha excluído o *Sr.* do nome por motivos de intimidade. – O que tem a dizer?

– Perdão? – Titus fez uma pequena reverência bajuladora para a condessa. – Eu... Bem... Na verdade achei que era o Sr. Malheur que tinha algo a dizer para mim.

Ele fez mais uma reverência. Ainda não tinha olhado para dentro da sala, nem vira Jane.

– É claro que entendo que ele é um homem ocupado. Naturalmente. Mas...

Com um suspiro, a condessa de Cambury fechou a porta.

– Isso está ficando bem inadequado mesmo. – Titus balançou a cabeça e esfregou uma mão na outra, consternado. – Num aposento, a sós... Eu realmente não acho... Quer dizer...

Uma ideia pareceu lhe ocorrer – uma ideia horrível, a julgar pela palidez que tomou seu rosto e pela forma como ele colocou a mão no próprio pescoço.

– Ah, minha nossa – sussurrou. – O Sr. Malheur certamente vem pensando sobre um programa de reprodução, conversamos sobre isso outro dia... Mas ele não pode estar pensando em começar *comigo*.

Jane teve vontade de gargalhar. Ninguém – nem mesmo alguém tão depravado a ponto de iniciar um programa de reprodução humano – ia olhar para o tio sem graça dela e pensar: *Muito bem, esse aí é um homem que deve participar.*

A condessa de Cambury apenas piscou bem devagar ao ouvir aquele absurdo, depois meneou a cabeça.

– Fairfield – disse ela com um tom de voz ríspido –, se você fosse um caçador nas savanas de antigamente, os leões o teriam matado enquanto andava pelo campo dizendo: "Onde está todo mundo e o que fizeram com as minhas lanças?"

Ouvindo isso, Jane realmente soltou uma bufada divertida.

– O quê?

Titus balançou a cabeça.

A condessa indicou Jane com a mão.

– Não estamos sozinhos.

– Não?

Titus franziu o cenho. Depois, muito devagar, se virou para ver para o que a mulher estava apontando. Seus olhos recaíram em Jane.

Ela imaginara que o tio ficaria envergonhado ou temeroso ao vê-la. Afinal, ela o estava chantageando.

Em vez disso, ele ficou vermelho.

– Você!

Ele apontou o dedo para Jane, deu um passo para a frente. Suas mãos se cerraram em punhos ao lado do corpo.

– Você! – repetiu. – O que fez com a sua irmã?

Capítulo vinte e cinco

Jane precisou de um momento para entender o que Titus tinha dito. O tio avançou para cima dela, o rosto assumindo um tom escarlate intenso.

– O que fez com ela? – exigiu saber. – Vou mandar a polícia atrás de você, vai ver só. Não pode simplesmente aparecer e levar Emily embora só porque quer.

Tudo atingiu Jane num lampejo: Titus não tinha mandado Emily para o hospício. E se ela havia sumido mesmo assim…

Jane não conseguiu se conter. Passara os últimos dois dias tomada de preocupação. Tinha fingido o próprio casamento, havia sido raptada e depois resgatada. Cruzara metade da Inglaterra acreditando que o destino da irmã estava em suas mãos. Tinha sido tão tola quanto Titus. E caiu na risada.

– Pare com isso – ordenou Titus. – E me entregue sua irmã, ou eu vou… eu vou… – Como falhou em pensar numa ameaça adequada, ele semicerrou os olhos ao encará-la. – Ou vou ficar bem aborrecido.

– Não estou com Emily – afirmou Jane. – Só estou aqui porque achei que o *senhor* a tinha mandado para um hospício.

Ele corou profundamente.

– Por que… Hã… Por que você achou isso? Eu certamente… Bem, eu… Isto é, pedi que alguns médicos a *examinassem*, para ver se algo assim era necessário. Ela estava agindo de um jeito tão… tão estranho. Com menos vivacidade. Tive medo de que ela estivesse sucumbindo a uma depressão e estava considerando as opções.

– Escute o que está dizendo. Quando Emily grita, o senhor acha que ela é desobediente. Quando para de gritar, acha que ela está deprimida. Não tem como ganhar assim.

Ele enrubesceu ainda mais.

– Eu só queria ter certeza de que ela não ficaria sem tratamento. Sim, falei com alguns médicos, e sim, um deles disse que estava disposto a diagnosticá-la, se eu pagasse... – Ele pigarreou bem alto. – Mas os outros dois disseram que ela parecia estar com a cabeça no lugar.

Talvez Titus percebesse que estava contando detalhes do plano que não passavam uma boa impressão dele. Fez um meneio de cabeça com rapidez.

– O que quero dizer é que é tudo culpa sua. Foi sua influência. Foi você quem fez isso. E está com ela. Não vai me enganar!

– Emily está consigo mesma – disse Jane. – Como sempre. Isso é o mais engraçado. Eu vim até aqui para resgatá-la e...

Titus abanou a mão para interromper Jane.

– Está dizendo que sua irmã simplesmente *fugiu*? Com as próprias pernas, sem nenhum incentivo da sua parte?

Ele parecia em dúvida.

– Por que não? – perguntou Jane. – Eu mesma fugi, e ela tem quase a minha idade.

– Mas você...

– Sim, eu tenho dinheiro. Mas, até onde sei, o senhor não achou as cem libras que dei a ela. Imagino que, quando ela fugiu, tenha alugado uma carruagem. Ou pegado o trem.

Ele ficou mais vermelho.

– Eu não ia mencionar nada disso. Estava me referindo ao fato de que você é sadia.

Jane sentiu sua paciência acabar. Ela cruzou a sala até o tio. Era mais alta do que ele; como nunca tinha percebido isso? Talvez porque nunca tivesse ficado tão perto do homem, tremendo com anos de ressentimento. Ela bateu com as duas mãos no peito dele.

– Emily *também* é sadia – disse ela com os dentes cerrados. – Ela tem *crises*, só isso. Joana D'Arc tinha crises, e veja só o que ela conseguiu fazer. A única pessoa que tem problemas aqui é o senhor, por ser incapaz de ver isso.

– Não sei do que você está falando.

– Quando acharmos Emily, o senhor vai ver que ela está sã e salva. Que tinha um plano. Que agiu com inteligência e lógica diante da *sua* estupidez. – Jane balançou a cabeça. – Meu Deus, o senhor queria subornar médicos para que ela fosse declarada mentalmente incapaz. De todos os truques mais baixos e sujos...

Ela lembrou um pouco tarde demais que talvez não fosse a pessoa certa para se vangloriar de moralidade em relação a subornar médicos, então apenas fuzilou o tio com os olhos.

– Lógica. – Titus suspirou. – Ela não tem como agir com lógica. Só achei um recado dela avisando que ia se encontrar com o advogado dela. O *advogado*. Ela não tem advogado. Eu saberia se ela tivesse.

Jane sentiu o coração galopar de forma repentina e teve vontade de soltar mais uma risada alta. Claro que Emily tinha deixado um recado para Jane à vista de todos, uma mensagem que o tio nunca seria capaz de decodificar.

– Bom – disse Jane –, então ela provavelmente vai arranjar um. Se o senhor queria declarar que ela era louca...

Ela deixou a frase por terminar.

– Isso não tem lógica – disse Titus. – Primeiro de tudo, ela precisaria de um procurador, não de um advogado, e ele teria que ir atrás de... – Ele fez que não. – Acho que é por aí que tenho que começar a procurar, então. Vou começar a perguntar em Londres. Descobrir se alguém sabe de uma jovem pedindo a ajuda de advogados. – Ele franziu o cenho com uma expressão triste. – Se a encontrar, diga que... que estou disposto a reconsiderar. – Ele engoliu em seco. – Vou assinar uma declaração se ela quiser. Só... só quero que ela esteja a salvo. É só isso que quero. Que sempre quis.

A parte triste era que Jane acreditava nele. Titus queria que Emily estivesse a salvo, e cuidara disso. Havia mantido Emily tão a salvo que a protegera de todo o resto também. Quando ela protestara contra isso, ele a tinha acusado; quando ela parara de protestar e gritar, ele havia questionado por que ela estava tão diferente.

Mas Titus só tinha dado a Emily as coisas que ele mesmo queria. Havia ficado em Cambridge por muitos anos depois de seu tempo na universidade terminar, querendo pensar nas mesmas coisas de novo e de novo. Jane quase sentia pena dele.

Quase. Até se lembrar das cicatrizes de Emily.

– Se eu a encontrar – prometeu Jane –, vou lhe dizer o que o senhor pediu. Mas onde começar a procurar?

Ao falar, ela desviou os olhos para que Titus não visse nenhuma informação no olhar dela.

– Pois é, onde?

Titus assentiu, triste. Em seguida, esticou o braço e com muita leveza deu um tapinha no ombro de Jane.

– Agora eu entendo – falou. – Você realmente se importa com sua irmã. Mesmo que seja de um jeito errado... Entendo que você se importa com ela, do seu próprio jeito profundamente perturbado.

Era quase como se os dois estivessem tendo um momento de solidariedade. Jane assentiu. Ele tirou a mão do ombro dela, depois saiu da saleta em silêncio.

– Imagino que a senhorita saiba que advogado ela foi visitar – adivinhou a condessa de Cambury. – Eu teria dito mais, para forçá-lo a falar. Mas não pareceu necessário. – Ela deu de ombros e em seguida sorriu para Jane. – A senhorita se portou muito bem.

Jane retribuiu o sorriso.

– É claro que sei onde ela está – afirmou. – Bom, pelo menos sei o nome dele. Quer dizer, sei como se pronuncia. E acho que não vai ser muito difícil encontrá-lo.

⁊

Mais cedo naquele dia, em Londres...

Anjan achava que nunca ia se acostumar com o ruído de Londres. Tinha crescido numa cidade muito mais populosa. Era de se esperar, pensou, que Londres não se comparasse. Mas o barulho ali era algo completamente diferente. Nada que Anjan pudesse descrever, exceto para indicar que havia algo *errado* em geral.

Isso o incomodava, essa diferença, mesmo sentado à própria mesa na Lirington & Sons.

Anjan tinha um emprego. Sim, era verdade que esse emprego vinha com uma mesa surrada na sala dos escreventes, apesar do diploma com honras dele e da admissão recente na Ordem dos Advogados. Mas era um começo, e, por aquele começo, Anjan estava disposto a sorrir e sentar junto aos copistas. Uma vez que se tornasse indispensável, as coisas começariam a mudar.

Como se em resposta a isso, George Lirington abriu a porta da sala. Ele contemplou o cômodo por cima da cabeça curvada dos escrivães até que seus olhos recaíssem em Anjan.

– Ei, Batty – chamou. – Estão chamando você.

Anjan se levantou. A Lirington & Sons era especializada em questões marítimas. Haviam contratado Anjan por uma série de motivos – entre os quais o fato de que ele falava híndi e bengali. Ser capaz de entender os marinheiros indianos a bordo dos navios tinha vantagens.

Anjan pegou o caderno.

– É sobre as contas de Westfeld de novo?

Lirington balançou a cabeça.

– Não. É uma moça. Ela está sozinha e quer nos contratar. – Ele olhou para Anjan com curiosidade. – Ela pediu por você usando seu sobrenome completo.

– Me diga que não é a minha mãe.

Ela havia chegado a Londres algumas semanas antes e, mesmo que Anjan tivesse lhe dito, com muita gentileza, que não podia visitá-lo no trabalho... Bom, ela *era* a mãe dele.

– Não, já falei. É uma moça. – Ele contemplou Anjan de novo. – Não sabia que você conhecia moças, Batty. Anda escondendo coisas de mim.

Anjan não tinha percebido que conhecia alguém que pudesse lhe fazer uma visita. Apenas deu de ombros, pegou o caderno e foi atrás do amigo. Passaram pelo arquivo, depois entraram nas salas frontais. A mais próxima da entrada era usada para reuniões com clientes. A porta estava entreaberta alguns centímetros; Lirington entrou por ela e meneou a cabeça para alguém que estava ali dentro, justamente quando Anjan passava pelo batente às suas costas.

Ele ficou paralisado.

Emily – a Srta. Emily Fairfield – estava ali, olhando para a janela.

Ela sempre fora deslumbrante, mas naquele momento deixou Anjan sem chão. Os cabelos dela brilhavam à luz do sol que entrava pelas janelas. Trajava um vestido de musselina azul, bem diferente das roupas de passeio que Anjan já tinha visto. Estas costumavam ter mangas franzidas e cintura

303

mais solta. Já aquele vestido... estava agarrado à cintura de Emily como se tivesse sido pintado sobre o corpo dela. Anjan e Lirington pararam juntos na entrada e soltaram um suspiro conjunto de admiração.

Anjan não sabia o que pensar. Ali estava Emily, depois de todos os meses que tinham se passado. Qual era o significado daquilo?

Lirington – talvez, pensou Anjan, por não conhecer Emily – foi o primeiro a se recuperar.

– Srta. Fairfield – disse ele. – Trouxe o Sr. Batty, como a senhorita solicitou. – Ele foi até uma cadeira e a puxou gentilmente para a moça. – Por favor, sente-se – continuou – e nos diga como podemos ajudá-la.

Emily foi até a mesa, deslizou as mãos pela saia, e depois, com muita elegância – Anjan engoliu em seco com força –, se acomodou na cadeira.

– Batty – disse Lirington sem se virar para ele –, pode pegar um pouco de chá para nós, por favor?

Emily franziu o cenho ao ouvir isso, um indício leve de contrariedade passando por seu semblante.

Quando Anjan voltou com a bandeja, Emily estava sentada adequadamente, parecendo muito à vontade naquela cadeira, como se tomasse o chá da tarde em escritórios todo dia.

– Sabe, Srta. Fairfield – dizia Lirington –, espero mesmo que possamos achar um jeito de ajudá-la, mas receio que talvez isso não seja possível. A senhorita vai precisar de um procurador, é claro, apesar de eu ter algumas sugestões excelentes para oferecer. E nossa especialidade são as questões marítimas. Então, se puder nos contar o que a está afligindo...?

– Se os senhores não puderem me ajudar – disse Emily com calma –, tenho certeza de que me indicarão uma pessoa que possa. Eu esperava que estivessem dispostos a ouvir minha história.

– Mas é claro – concordou Lirington prontamente.

Quando Anjan tinha voltado para a sala, Emily o havia fitado por um instante bem breve – um olhar equilibrado e questionador. Mas, após a fala de Lirington, ela juntou as mãos e as contemplou sem olhar duas vezes para ele.

– Meu tio é meu tutor – falou Emily, afinal. – Tenho um problema de saúde que, segundo o Dr. Russell aqui de Londres, é um transtorno convulsivo. – Os dedos dela estavam brincando com um botão no punho da manga. – Não tem cura, pelo menos nenhuma que já tenha sido descoberta. – Ela deu de ombros. – É incômodo, é claro, mas não é perigoso para mim.

Anjan assentiu, lembrando a crise que tinha visto.

– Meu tio – continuou Emily –, ainda assim, insiste em procurar uma cura. Ele acredita que nenhum homem vai se casar comigo enquanto essa questão não for resolvida.

Ao dizer isso, ela pôs a mão no punho da manga e, muito deliberadamente, abriu o botão.

– Ora essa – disse Lirington.

Mas ele não falou mais nada. Estava encarando a pele pálida do punho de Emily, completamente fascinado com o que via, inclinado para a frente. Anjan queria dar um tapa no amigo ou forçá-lo a parar de olhar para aquele pedacinho de pele.

– Ele permitiu que me dessem choques com correntes galvânicas – continuou Emily, abrindo um segundo botão. – Deixou que segurassem minha cabeça debaixo da água. Houve um homem com uma engenhoca. Ela usava alavancas para aplicar uma força na minha perna quando eu tinha convulsões, uma força que deixava hematomas. – Ela abriu mais alguns botões enquanto falava. – Paramos de usar esse equipamento depois que ele quebrou o meu fêmur.

Os olhos de Anjan encontraram os dela, e ele teve um momento de compreensão. Quando ela dissera que as caminhadas deles eram um *refúgio*, ele apenas a imaginara como uma garota rebelde. Mas aquilo? Aquilo era horrível.

Ela falou com tanta naturalidade que Lirington apenas assentiu no ritmo das considerações dela, como se as coisas que Emily listasse fossem normais. Se Anjan não estivesse prestando atenção, não teria percebido como os dedos dela tremiam enquanto ela abria o próximo botão e erguia a manga, relevando uma cicatriz branca no formato de um círculo perfeito.

– Um médico me queimou com um atiçador de fogo incandescente – acrescentou Emily. – Ele achou que isso ia interromper minhas convulsões. Não interrompeu.

Anjan segurou os braços da cadeira com força. Crueldade, era esse o nome daquilo. Crueldade. E como ele não soubera nada? Tinham passeado juntos durante todas aquelas semanas e Emily nunca dissera palavra alguma sobre o assunto. Anjan dera-lhe um sermão em relação à família, dizendo que obedecesse à vontade do tio.

Ele sentia uma fúria crescendo dentro de si.

– Cavalheiros – disse Emily, ainda calma –, espero que entendam que vou me abster de mostrar para os senhores as queimaduras na minha coxa.

– Srta. Fairfield – disse Lirington, confuso –, está tudo bem, mas não tenho ideia de como podemos ajudá-la. Afinal, é dever do seu tutor providenciar tratamento médico.

– Não está tudo bem. – Anjan se ouviu rosnar. – Nada está bem.

Emily o ouviu e abriu um sorriso.

– Bem, uma possibilidade é entrar com uma petição para mudar meu tutor. Eu esperava que…

– Cuidamos de negócios marítimos – interrompeu Lirington. – Esse problema é com a Chancelaria. – Ele balançou a cabeça. – Por mais lastimável que seja seu sofrimento, não vejo como podemos ajudá-la. Meu secretário, o Sr. Walton, pode lhe dar uma lista, mas realmente sinto admitir que não podemos fazer nada. Agora, se nos dá licença… – Ele se levantou. – Batty, já que você está aqui, acho que podemos falar sobre as contas de Westfeld mesmo. Meu pai está no escritório e…

Ele se virou quando Emily se pôs de pé. Pela primeira vez durante a visita, ela parecia perturbada.

– Mas não conheço esses advogados – disse ela. – Não conheço as pessoas que o senhor vai me indicar. E a situação é urgente demais para ser resolvida com uma moção na Chancelaria. Eu me recusei a fazer o tratamento. E, por causa disso, meu tio vai… Isto é, encontrei cartas que… – Ela engoliu em seco e encontrou os olhos de Anjan. – Ele quer me declarar incapaz. Vai me internar. Nunca vou ser capaz de fazer minhas próprias escolhas.

Anjan engoliu em seco, sentindo-se enjoado. As pessoas faziam piada sobre o hospício, mas as coisas que ele tinha ouvido… Aquele não era um lugar decente para ninguém, muito menos para Emily.

– Ele já se recusa a permitir que eu saia de casa. Quando descobriu que eu estava saindo às escondidas… – ela virou o rosto na direção de Anjan e meneou a cabeça – … ele colocou uma criada para dormir no meu quarto. Nem sequer tive a chance de me despedir.

Lirington balançou a cabeça.

– Sinto muito.

Não era um pedido de desculpa. Ele a estava dispensando.

Anjan não se moveu. Estava enraizado ali, todos os pontos em relação ao que sabia sobre Emily se ligando.

A respiração dela estava mais rápida.

– Minha irmã vai ajudar. Ela já é maior de idade e tem dinheiro suficiente para pagar pelo que for preciso.

– Realmente desejo o melhor para a senhorita – disse Lirington –, mas...

– Fique quieto, Lirington. – Anjan ouviu a si mesmo esbravejar. – Ela nunca pediu a *sua* opinião. Ela veio falar comigo.

– Isso é ridículo.

Mas Lirington franziu a testa e, em seguida, seus lábios se curvaram, como se tivesse acabado de lembrar que, realmente, Emily *havia* pedido por Anjan. Pelo nome dele.

– Não entendo – falou, afinal. – Por que ela faria isso?

Anjan não respondeu.

– Porque eu sabia – disse Emily –, eu sabia que, se viesse aqui, teria a chance de ser ouvida. Que pelo menos o senhor ia escutar minha história. Que ia se importar.

– É o que a senhorita acha? – perguntou Anjan, quase curioso para ouvir a resposta. – Não a vejo há meses. A senhorita desapareceu sem me dizer quase nada. E acha que pode simplesmente aparecer aqui e me dizer que eu me importo?

Ela jogou a cabeça para trás.

– Não seja tolo – retrucou. – Sei que o senhor se importa.

Anjan sentiu um sorriso se espalhar por seu rosto – um sorriso lento e verdadeiro.

– Que bom.

– Uma vez eu lhe disse que, se tivessem arranjado um casamento entre nós, eu não ia reclamar – disse Emily. – Desde então...

Anjan se inclinou para a frente, ignorando o som surpreso que Lirington soltou.

– Nos piores meses dos exageros do meu tio, quando minha irmã foi mandada embora e eu não tinha nada em que descontar minha frustração, imaginei que isso era verdade. Que eu *sabia* que ia me casar com o senhor. Que podia ficar sonhando com isso, não importando o que acontecesse no meio-tempo.

Anjan engoliu em seco.

– E depois descobri que meu tio estava trocando cartas com um hospício. – Ela fechou os olhos. – Eu não podia ficar lá e me arriscar. E, de um jeito estranho, isso foi libertador. Eu podia ir a qualquer lugar, podia escolher o que quisesse. Nada estava escrito em pedra, nem um único detalhe do meu futuro, exceto aquilo que eu mesma desejasse.

Anjan não conseguia tirar os olhos de Emily. Ela sorriu para ele, que se pegou retribuindo o sorriso.

– Então, vim até aqui – disse Emily. – Até o senhor.

Lirington olhou para Emily – olhou de verdade para ela – e em seguida virou a cabeça na direção de Anjan.

– Batty – falou bem devagar –, acho que você anda mesmo escondendo coisas de mim.

Do outro lado da mesa, Emily fez uma careta e bateu com a mão na madeira.

– O nome – corrigiu, pomposa – é *Bhattacharya*. E, já que vai ser meu nome também, é bom que o senhor aprenda a pronunciá-lo direito.

Capítulo vinte e seis

— Minha irmã foi embora por conta própria – contou Jane quando Oliver voltou para o hotel naquela noite. – Sei para onde ela foi e acho que está a salvo.

Jane sorria para ele abertamente, dando amigáveis boas-vindas. Os dois tinham reservado quartos em lados opostos do hotel, em nome do decoro. Mas, logo após Oliver ter voltado da caminhada com Sebastian, Jane tinha escapado pelos corredores e batido à porta dele.

Naquele momento, ela estava sentada na cama de Oliver, com os cabelos soltos, e ele não queria que estivesse em nenhum outro lugar. Queria que o tempo congelasse. Queria que Jane ficasse ali e nunca mais fosse embora. E ela sabia onde a irmã estava.

Talvez fosse a brevidade tão efêmera do caso de amor dos dois que fazia com que cada momento fosse tão precioso.

– Estou tão feliz – disse Jane. – Agora só temos que encontrar Emily.

Foi fácil para Oliver colocar os braços ao redor dela, puxá-la para perto e inalar seu aroma, pensando nela não apenas como possível, mas provável – a única probabilidade que ele conseguia compreender.

Ele se recusava a pensar no fim.

Em vez disso, se aconchegou ao pescoço dela.

– Estou feliz que tudo esteja dando certo – comentou. – Então você ainda vai precisar de mim só mais um pouquinho. Só para garantir.

Ele prendeu a respiração.

– Sim. Se você não se importar.

Ele beijou a orelha dela, puxando-a para mais perto. Não queria soltá-la. Correu as mãos pelos cabelos dela, segurando-os entre os dedos, e sentiu o perfume dela.

– Que carinhoso – comentou Jane.

– Não. Só encantado.

Encantado e atormentado por aquela preocupação no seu íntimo. Uma vez que ela tivesse se reunido com a irmã, uma vez que a ameaça da tutoria do tio se dissipasse, Oliver não teria mais nenhuma desculpa. Conseguia perceber o fim se aproximando, tão perto que sentia o cheiro dele, e não queria abrir mão de Jane.

– Onde ela está?

– Em Londres – respondeu Jane. – Tenho quase certeza disso.

– Que… conveniente – comentou Oliver. – Também preciso ir para Londres.

Mas ele tivera a esperança de que precisassem ir para outro lugar. Obrigações esperavam por ele lá. Fechou os olhos e imaginou tais obrigações – as reuniões negligenciadas, a coluna no jornal que ele poderia escrever sobre as últimas emendas propostas – e depois as afastou do pensamento.

– Mas ainda não estamos lá – comentou. – Estamos aqui. E agora.

– Eu percebi – sussurrou Jane. – O que vamos fazer quanto a isso?

Ele a abraçou mais forte.

– Isto – falou.

E virou o rosto de Jane para si e a beijou.

꩜

– Não sei, Anjan.

A mulher sentada à mesa no lado oposto a Emily vestia um sari roxo e dourado de seda drapeado sobre o corpo. Tinha os olhos de Anjan, escuros, envoltos por cílios impossivelmente longos. O rosto da Sra. Bhattacharya não tinha rugas, exceto pelos sulcos na testa franzida enquanto ela avaliava Emily. Os braços estravam cruzados, e Emily tentou não se agitar diante de tal julgamento.

A mãe de Anjan fungou e olhou para o filho.

– Há alguma coisa errada com ela? Parece doente.

– Ela passou muito tempo dentro de casa.

Anjan parecia estar completamente calmo.

Emily não compartilhava daquele sentimento. Seu estômago estava se revirando e ela usava todas as suas forças para ficar imóvel.

A Sra. Bhattacharya balançou a cabeça.

– E o que seu pai vai dizer quando eu contar para ele que sua futura noiva tem crises? Só queremos o melhor para você. – Ela franziu o cenho para Emily. – Você não podia achar outra garota? Uma boa moça lá da nossa terra, talvez...

– Acho que seria possível – respondeu Anjan com educação. – Mas o pai de Emily é advogado, e o tio dela é instrutor de Direito. Ela pode me apresentar para pessoas além dos pais de Lirington. Nesse sentido, é um casamento vantajoso.

A Sra. Bhattacharya olhou para o filho, semicerrando os olhos.

– É claro que você ia tentar me convencer com esse argumento. Só está sendo *sensato*. – Havia um toque de diversão na voz dela enquanto falava. – Você não se importa que ela seja bonita. E não escreveu para mim dizendo que conseguia falar sobre qualquer coisa com ela. Nada disso tem a ver, certo?

Os lábios de Anjan se curvaram num sorriso verdadeiro.

– É claro – respondeu ele com um tom irônico. – O que poderia ser mais pragmático?

Ela o olhou com seriedade.

– Não sou estúpida, Anjan.

– A senhora me conhece bem demais. Mas já lhe disse que estou apaixonado por ela. Se quero um dia ter influência sobre os ingleses, preciso de alguém que os conheça. Alguém que os conheça e, ainda assim, não queira que eu esqueça quem *eu* sou.

– Esqueça?

– Praticamente todo mundo na Inglaterra come carne e bebe álcool – comentou Emily. – Imagine que seu filho vá a um evento e sirvam um assado para ele. Com quem é preciso conversar antes para garantir que isso não aconteça? Quem vai garantir que servirão limonada em vez de vinho branco no copo dele? Cuidar desse tipo de coisa é dever da esposa. – Ela correu os olhos até Anjan. – Não acho que seu filho jamais fosse esquecer essas coisas, é claro, mas posso ajudar a tornar o caminho mais fácil.

A Sra. Bhattacharya franziu o cenho, considerando.

– E é claro que vamos contratar um cozinheiro indiano.

– Hunf.

A mãe de Anjan parecia um pouco apaziguada. Quando percebeu que sua expressão tinha se suavizado, porém, voltou a olhar para Emily com um propósito renovado.

– Refeição é refeição. Mas e a Índia? Você quer que ele se esqueça da Índia? Que nunca volte para casa, que os filhos dele nunca conheçam as origens do pai?

– Não, é claro que não – respondeu Emily. – Vamos visitar sempre que possível.

– Entendo. Quem é essa garota, Anjan, que quer tudo que você quer? Não sei se acredito nela.

– Mas eu não quero tudo que Anjan quer – corrigiu Emily. – Ele me explicou como as coisas funcionam. Eu quero tudo que a *senhora* quer.

A princípio, essa declaração foi seguida pelo silêncio. Em seguida, a Sra. Bhattacharya inclinou a cabeça para o lado e olhou para Emily.

– É isso que você quer?

– É claro que sim. Não sei nada sobre ser casada com um indiano, sobre educar crianças indianas. A quem mais eu pediria conselhos?

A Sra. Bhattacharya arqueou uma sobrancelha e se virou para o filho.

– Você falou para ela dizer isso.

Anjan tossiu na própria mão.

– Juro que não falei nada, mãe. Eu só disse que é a senhora quem está no comando, mas Emily entendeu o resto por conta própria.

A Sra. Bhattacharya balançou a cabeça, mas seus lábios se contorceram – uma expressão de diversão suprimida que fez Emily se lembrar de Anjan.

– Bom, pelo menos ela sabe como as coisas são.

Anjan sorriu para Emily, e ela se pegou retribuindo o sorriso, perdendo--se na expressão dele...

A mãe de Anjan batucou na mesa de um jeito impetuoso.

– Eu falei que vocês dois podiam sorrir assim um para o outro? Prometi para meu marido que não seria leniente. Ainda há dezessete itens na minha lista. Não estamos nem um pouco perto de terminar.

A lista incluía perguntas sobre como Emily se sentia quanto a hospedar membros da família que fossem até a Inglaterra para prestar concursos públicos, filhos, religião, filhos de novo, as crises de Emily e a história da família dela, filhos...

– Você ama Anjan? – perguntou a Sra. Bhattacharya, por fim.

– Amo – afirmou Emily. – Na verdade...

– Não precisa me convencer – interrompeu a outra mulher. – É claro que ama. Quem não amaria?

Emily sorriu.

A expressão da Sra. Bhattacharya mal se alterou.

– Vamos precisar falar com a sua família sobre o momento mais propício para o casamento.

O sorriso de Emily se iluminou. Anjan tinha lhe dito para não se preocupar, pois, se os dois agissem com respeito, conseguiriam convencer a mãe dele. Mas talvez Emily não tivesse acreditado por completo.

No entanto, a Sra. Bhattacharya ainda não tinha terminado. Ela continuou:

– Você não tem mãe. Quem é responsável por você?

– Eu tenho uma irmã. – Emily fez uma careta. – E um tio. Mas talvez seja melhor se... se...

Ela deixou a voz morrer.

– Do que ela está falando agora? – perguntou a Sra. Bhattacharya, com uma expressão de descrença no rosto.

Anjan se aproximou e se sentou ao lado de Emily.

– Mãe – falou –, pode ser que tenhamos um pequeno problema com o tio dela.

– Problema? Que tipo de problema?

– Não sou maior de idade – admitiu Emily. – Preciso da permissão do meu tio.

Anjan abriu as mãos.

– Ah. – O maxilar da Sra. Bhattacharya ficou firme. – Esse tipo de problema.

Havia uma expressão muito familiar no rosto dela – assombrosamente familiar, na verdade. Depois de uma longa pausa, ela deu de ombros.

– Eu falo com ele. Quando seu pai estava tendo aqueles problemas com o coronel Wainworth, eu dei um jeito.

Mas Anjan balançou a cabeça.

– Não – negou em voz baixa. – Agradeço a oferta, mãe, mas, desta vez, acho que preciso resolver isso sozinho.

Jane estava ao lado da janela, observando a rua lá embaixo. O hotel ao qual Oliver os tinha levado ficava numa região discreta, longe das multidões densas que haviam encontrado na estação de trem. Ele dera um nome falso quando se hospedaram. Tinha subido até o quarto, mas ficara dando voltas de um lado para o outro durante dez minutos antes de, por fim, escrever uma série de recados e chamar alguém para entregá-los.

– Meu irmão – tinha sido a explicação dele. – E um conhecido, que vai consultar a Ordem sobre o paradeiro do… advogado… da sua irmã.

Jane não perguntou por que Oliver precisara pensar por tanto tempo antes de decidir avisar o irmão que estava na cidade. Nem por que ele tinha dado um nome falso no hotel. Nem por que os dois estavam ali, naquele hotel discreto a mais de um quilômetro e meio do centro da cidade. Ela já sabia.

Não era que ele tivesse vergonha de Jane. Ele apenas… não queria que ninguém soubesse sobre o caso dos dois. Só isso.

Então por que a situação a irritava?

Alguns minutos depois, o garoto que Oliver tinha mandado com as mensagens voltara, desta vez carregando uma mala. Nela, havia muitos papéis: jornais, cópias de minutas parlamentares, mensagens, convites. Oliver tinha pedido licença e se retirado para uma escrivaninha, deixando Jane a olhar pela janela e remoer os próprios pensamentos.

Se havia aprendido alguma coisa nos meses desde que conhecera Oliver, era que a melhor forma de enfrentar problemas era com atitudes ousadas. Toda vez que ela havia se acovardado e se escondido ou se encolhido, os problemas dobraram de tamanho. Isso – essa afeição que crescia entre os dois, esse caso de amor que era impossível – era um problema.

Ela queria uma solução ousada.

Mas, em vez disso, o que estava recebendo…

Observar Oliver trabalhar com aqueles papéis era como observá-lo trabalhar para se afastar de Jane. A cada carta que abria, a cada nova emenda que lia, parecia ficar mais distante. Mais ciente do fato de que o cartão que havia recebido o convidava para um jantar do qual Jane nunca faria parte.

Pardais, era o que Oliver tinha dito, não uma fênix. Jane dissera certa vez que ela era flamejante, mas as mulheres que se casavam com homens como Oliver nunca sequer se atreveriam a riscar um fósforo para acender o fogo.

Jane podia fazer isso. Podia simplesmente solucionar o problema com dinheiro – contratar instrutores de etiqueta que a amedrontariam dia e noite até que ela parasse de errar, e contratar uma mulher que seria a única responsável pelo guarda-roupas sem graça, insosso e perfeito de Jane. Tinha dinheiro suficiente para cortar as próprias penas e pintá-las todas de bege. Se ela se esforçasse, poderia se adequar.

Mas, quando pensava numa existência composta por mentiras, tinha calafrios. Bastava uma vez ter vivido assim.

Ela balançou a cabeça e se virou de volta para a janela, de volta para a questão de como encontrar uma solução ousada para aquele problema tão discreto.

Capítulo vinte e sete

— Quem é o senhor?

Anjan tinha sido levado até o escritório pouco iluminado nos fundos da casa. Precisou de um momento para focar a vista no homem que deveria ser Titus Fairfield. Ele era roliço e careca, e estava observando Anjan com uma expressão séria no rosto.

Anjan percebeu que já o tinha visto. Alguns anos antes, outro estudante indiano – que se formara no ano em que Anjan chegara a Cambridge – tinha apontado para aquele mesmo homem e explicado que ele era um instrutor particular. Não alguém com quem pudessem contar, mas alguém que dificilmente aceitaria um aluno indiano. Se soubesse que *aquele* homem era tio de Emily...

Para começar, ele provavelmente não a teria convidado para fazer passeios. Então que bom que não soubera.

Anjan tinha se vestido com cores sóbrias e garantira que sua aparência fosse perfeitamente respeitável. O colarinho estava engomado com tanta rigidez que Anjan sentia as pontas roçarem suas bochechas quando ele virava a cabeça. Ele entregou um cartão de visitas para Fairfield.

– Sou o Sr. Anjan Bhattacharya – apresentou-se – e estou aqui para tratar de uma questão de certa importância.

Fairfield colocou o cartão de Anjan na mesa sem nem olhar.

– Bom – falou com uma voz alegre. – Não vou aceitar nenhum aluno este ano.

Ele tinha um brilho engenhoso nos olhos, como se de algum jeito Anjan não fosse reconhecer que estava sendo rejeitado.

– Tudo bem. Não tenho interesse num instrutor. Fiz a última prova em março – informou. – Mas conheci seu último aluno, John Plateford. O senhor o ajudou bastante.

O Sr. Fairfield não estava esperando bajulação. Ele piscou e foi incapaz de convocar a grosseria necessária para tocar o sino e mandar que pusessem Anjan para fora. Então Anjan se sentou na cadeira do outro lado da mesa. Por um momento, Fairfield apenas o encarou, sem saber qual era a conduta certa naquela situação. Seu orgulho natural, tal como era, ganhou depois de um tempo.

– Sim, Plateford – concordou, alegre. – Ele se formou com honras de primeira classe.

– Mérito do senhor – respondeu Anjan com educação. – Eu também.

Fairfield piscou mais uma vez diante dessa informação, depois balançou a cabeça, como se para se livrar da ideia de que *Anjan* poderia ter obtido a mesma classificação que o aluno dele.

– Agora sou advogado em Londres – continuou Anjan.

Esperou para ver se Fairfield ia ligar a profissão dele à mensagem que Emily tinha deixado.

Mas o homem não entendeu. Continuou sentado ali com o cenho franzido de um jeito tolo para Anjan.

– Alguns dias atrás – acrescentou Anjan depois de uma pausa longa demais –, a Srta. Emily Fairfield foi me procurar.

O tio dela inspirou fundo.

– O senhor? – replicou, chocado. – Por que ela procuraria o senhor?

– Porque eu a pedi em casamento – informou Anjan. – E porque ela queria me dizer que aceitava.

– Ridículo! – Fairfield balançou a cabeça, empurrando a mesa como se dessa forma pudesse rejeitar as palavras que Anjan estava dizendo. – Insanidade! Não é possível.

Anjan poderia listar de quantas formas aquilo era possível – começando pelo beijo de boa sorte que Emily havia lhe dado na noite anterior. Poderia comentar a longa caminhada que tinham feito, discutindo seu futuro juntos. Em vez disso, decidiu agir como se não tivesse entendido corretamente o que o homem queria dizer.

– Eu garanto ao senhor – falou Anjan – que não existe nenhuma proibição.

– Não é disso que estou falando. – Fairfield fez uma careta. – O senhor *sabe*. Quis dizer que não pode casar com ela.

– Quis dizer que não posso casar com ela pelo fato de o senhor se opor.

Fairfield pareceu ficar aliviado por a questão ter sido dita de maneira tão franca.

– Sim. Sim. É isso. Eu me oponho.

– Não culpo o senhor – disse Anjan. – Estou aqui para lhe mostrar que suas objeções são infundadas. Sei que deve estar um pouco preocupado em relação a como sua sobrinha será tratada.

– Certamente. – Fairfield estufou o peito. – Estou preocupado com o tratamento dela.

– Compreendo bem. Meu pai tem um posto muito importante na administração pública. Meu tio é o ajudante de ordens nativo do governador-geral. Sei que o senhor deve estar preocupado que considere sua sobrinha inferior a mim.

Fairfield piscou bem rápido.

– Hã. Bom...

– Não tema – continuou Anjan. – Não penso assim. Terei por ela o mesmo carinho que qualquer outro homem de menor prestígio teria. Podemos ter condições melhores do que as suas, tão humildes, mas sou apenas mais um dos servos de Sua Majestade.

As palavras tinham um gosto apenas levemente amargo na boca de Anjan enquanto ele as falava.

O Sr. Fairfield parecia bem confuso. Ele passou a mão pela cabeça, fazendo uma careta estranha.

– Não era bem isso...

– Ah. É por causa das crises dela, então? O senhor deve temer que ela não tenha sido sincera a respeito disso. Sr. Fairfield, louvo seu desejo de garantir que haja comunicação adequada e decente entre todos os envolvidos antes de entrarmos em um relacionamento permanente. Mas lhe garanto que sei sobre essas crises desde o começo. Nem são dignas de preocupação.

– O senhor não entende.

Fairfield estava começando a ficar pálido.

– Ah. – Anjan se levantou bem devagar, pousando as mãos na mesa. – É porque sou indiano.

Houve uma pausa longa e pesada.

– Não sei ao certo se Emily tem saúde suficiente para se casar – disse o tio, por fim. – Mas, se tivesse, sim, mesmo assim eu recusaria seu pedido. Porque o senhor é... é...

– Da Índia – complementou Anjan, prestativo. – É o nome de um país, não uma doença abominável. O senhor vai ter que aprender a dizer, já que vamos ser parentes.

– Não, não, é claro que não vamos – negou Fairfield, teimoso. – Não vou ter que aprender a dizer nada. Não vou permitir. Não vou.

– Talvez o senhor possa explicar.

– Porque eu conheço a sua raça – rosnou Fairfield. – São fracos e têm dez esposas, e, se o senhor morrer, vai forçar minha sobrinha a se queimar na sua pira funerária.

– Sim – retrucou Anjan. – Porque seria muito melhor fazer com que Emily não tivesse nenhum marido sequer, queimá-la com atiçadores enquanto ainda está viva e submetê-la a choques elétricos. O senhor não tem direito de me condenar quanto a isso, Sr. Fairfield. *Eu*, pelo menos, nunca a fiz sofrer.

Fairfield engoliu em seco.

– Isso é diferente. Ela estava... Está... doente. E... E...

– E o senhor piorou a situação. Sabia que só vi sua sobrinha chorar uma única vez? Foi quando eu disse a ela que o tutor deveria tratá-la como um tesouro precioso.

– Mas...

– Já que estamos falando sobre isso, creio que é necessário esclarecer algumas coisas. Os hindus acreditam na monogamia. Não conheço nenhum hindu que tenha mais de uma esposa. Quando meu irmão faleceu, a esposa dele sofreu com o luto, mas continua viva. – Anjan sentia suas mãos tremerem de raiva. – Não vou alegar que minha raça, como o senhor disse, é perfeita, mas eu *tento*. – Olhou furioso para o homem. – Já vi as cicatrizes de Emily, e é mais do que o senhor pode afirmar.

Fairfield se encolheu diante da raiva na voz de Anjan.

– Eu tive boas intenções – sussurrou.

Anjan se inclinou por cima da mesa até estar a poucos centímetros do outro homem.

– Tenha intenções melhores.

Fairfield se largou na cadeira.

– Eu… – Ele olhou ao redor. – O senhor… o senhor viu as cicatrizes dela?

Anjan assentiu.

– Mas elas…

Anjan assentiu.

– Ela teria que… tirar parte da roupa para mostrá-las para o senhor. – Fairfield parecia perturbado, e Anjan decidiu não contar que não tinha visto *todas* as cicatrizes de Emily. – Disse que, quando Emily fugiu de casa, ela foi procurar o senhor?

– Sim.

– Então ela está… com a reputação arruinada. Precisa se casar.

Ele umedeceu os lábios.

Não havia por que esclarecer com precisão a condição da ruína de Emily.

Por um bom tempo, o Sr. Fairfield não disse nada. Ele moveu os lábios, como se estivesse discutindo consigo mesmo, mas pelo menos parecia estar retrucando. Por fim, endireitou as costas.

– O senhor é indiano – falou, afinal. – Isso não significa que o senhor tem… habilidades de cura especiais? Acho que me lembro de ter ouvido falar sobre isso. Coisas… – Ele fez um gesto. – Coisas especiais. Com uns negócios.

Anjan tinha um diploma de Direito de Cambridge – o mesmíssimo diploma que o Sr. Fairfield tinha conquistado. Anjan teve vontade de rir. Deveria ter corrigido o homem.

– Sim – concordou, por fim. – Eu faço coisas com uns negócios. Como é que o senhor soube?

– Talvez seja melhor assim – disse Fairfield. – Pode ser que o senhor conheça toda uma gama de curas que eu não consegui acessar. No fim das contas, pode ser o melhor para Emily.

Anjan não assentiu. Também não sorriu.

– Ficarei feliz em tentar qualquer coisa que pareça uma boa ideia – falou.

Fairfield pareceu satisfeito consigo mesmo.

– Ótimo, ótimo. Mas, só para garantir, vamos incluir isso no contrato de casamento. Nada de queimá-la viva.

– Bom – disse Anjan com muita generosidade –, o senhor precisa mesmo cuidar da sua sobrinha.

O fim chegou até Jane com tanta rapidez que ela mal percebeu que o estava encarando até o momento já ter passado.

O fim chegou primeiro com felicidade – quando as investigações de Oliver foram prontamente respondidas com uma afirmativa. Existia, sim, um advogado chamado Anjan Bhattacharya. Endereços foram descobertos, recados foram trocados por meio de mensageiros e, duas horas depois, Jane estava no hotel da irmã, voando até os braços de Emily.

Emily estava quase incoerente. Tinha acabado de receber um pedacinho de papel – um telegrama – de Titus, inacreditavelmente.

– Não consigo acreditar – disse Emily. – Não tenho ideia do que Anjan disse para ele, mas ele *concordou*. Eu vou me casar! Ele não vai mais ser meu tutor. Acabou.

Tinha acabado. Jane riu com a irmã – e concordou em ser sua madrinha – e a abraçou e a ouviu descrever as dificuldades de precisar de duas cerimônias de casamento.

Ela ouviu bastante sobre Anjan também.

– Você precisa conhecê-lo quando ele voltar. Vai gostar dele, prometo. Ah, Jane, estou tão feliz.

Havia alguns detalhes que precisariam ser determinados depois – detalhes sobre o contrato de casamento de Emily, o enxoval dela… Esses eram detalhes felizes. Jane voltou flutuando para o quarto de hotel que dividia com Oliver.

Naquele momento havia uma segunda pilha de documentos à frente dele. Entretanto, ele a beijou por um bom tempo, sem pressa.

– Fico feliz que tudo esteja resolvido – disse ele, depois que Jane explicou tudo.

Mas não parecia feliz, e não olhou nos olhos dela quando falou que precisava voltar ao trabalho. Tudo *estava* resolvido… e ele tinha dito que aquele caso só ia durar até encontrarem Emily e garantirem que ela estava a salvo.

Jane foi até o quarto de vestir para trocar de roupa para o jantar. A criada do hotel tinha acabado de desfazer os laços do vestido de Jane quando alguém bateu à porta.

Jane a ouviu ser aberta.

– Sr. Cromwell?

Jane reconheceu a voz de um dos funcionários do hotel e escondeu um sorriso ao ouvir aquele nome falso.

– Pois não?

– Há uma mulher querendo falar com o senhor.

– Uma mulher? – perguntou Oliver. – Não estou esperando nenhuma... Ele deixou a voz morrer.

Jane estava despida até o espartilho. E, mesmo que estivesse vestida, não poderia ter saído daquele cômodo. Anunciar sua presença no quarto de Oliver num momento como aquele... Ela podia não se preocupar muito com a própria reputação, mas a reputação de *Oliver* ainda tinha certa importância.

Houve uma pausa, depois o som de passos. Em seguida...

– Mãe? – disse Oliver.

Mais uma pausa. Quando ele falou de novo, sua voz tinha se transformado de algo veloz e profissional em um tom agoniado.

– Meu Deus, mãe. O que aconteceu?

Jane fez um gesto para a ajudante e a mandou sair pela porta menor dos funcionários. Nenhuma criada deveria ouvir uma coisa daquelas. Tampouco Jane deveria ouvir, mas não tinha para onde ir.

– Só estou aliviada por ter encontrado você a tempo – disse a mulher, a *mãe* de Oliver. – O duque disse... Bom, deixe para lá. Realmente não acho... Oliver, me escute, não consigo falar coisa com coisa. É que...

– Respire fundo. Vá com calma. Me conte.

A voz da outra mulher falhou.

– É Freddy.

– O que aconteceu com ela? Podemos cuidar dela, consultar os melhores médicos, dar a ela...

– Eles a acharam na cama um dia e meio depois de ela falecer.

– Não. – Mas Oliver não parecia estar negando o fato, apenas rejeitando as palavras por reflexo. – Não pode ser verdade. Eu a vi faz tão pouco tempo. Ela parecia um pouquinho doente, mas...

– Foi uma apoplexia. Disseram que ela não sofreu.

– Ah, mãe. – A voz de Oliver soava abafada. – Eu deveria ter dito alguma coisa para a senhora quando a vi, ter dito que ela não estava muito bem. Deveria ter pedido para a senhora vir até aqui e...

– Chega disso. Eu disse para ela que a amava na última vez que a vi. Nós duas tínhamos nossas diferenças, mas também vivemos bons momentos.

– A voz da mulher tremia. – Não se culpe. A situação já é triste o bastante sem isso.

Depois, não houve mais palavras por um bom tempo, só algumas fungadas. Os sons de uma família dando – e recebendo – conforto.

Oliver tinha mencionado sua tia Freddy na livraria muitos meses antes. Era uma das primeiras coisas a respeito dele que haviam atraído Jane – que ele falara de uma mulher que obviamente tinha as próprias peculiaridades com tanto respeito e afeto.

Era como se alguém tivesse sussurrado para Jane que, se ele podia amar uma idosa geniosa, teimosa e estranha, poderia gostar *dela*.

E tinha gostado.

– Vai ser amanhã – disse a mãe de Oliver. – O enterro. Todos vieram para Londres. Laura e Geoffrey, Patricia e Reuven, Free e seu pai. Vamos jantar juntos hoje à noite.

– Vou estar lá, com certeza.

Houve uma longa pausa.

– E, Oliver, a mulher que está hospedada com você...

Jane congelou.

– Que mulher?

– Não seja bobo. Você se hospedou aqui com um nome falso. Nunca usou meu sabonete, e ainda assim alguém aqui se lavou com a minha combinação de maio. Senti o cheiro assim que entrei. Só quero que você saiba... Não vai haver muita gente presente, só a família e alguns amigos. Se ela é importante para você, se ela lhe der consolo, leve-a para o jantar.

– Mãe.

– Não vou apertar sua bochecha na frente dela, e se está preocupado em servir de exemplo para sua irmã...

– Mãe, por favor.

– ... não se preocupe. Free provavelmente vai lhe dar um sermão melhor do que eu seria capaz.

Aquilo foi seguido por uma longa pausa. Oliver devia saber que Jane estava ouvindo. Devia estar imaginando o que ela estava pensando, o que acharia de tudo aquilo. Jane envolveu o próprio corpo com os braços e desejou. Mesmo que não fosse durar. Mesmo que eles nunca mais se vissem depois daqueles dias juntos, mesmo que ele se casasse com uma pardalzinha perfeita no mês seguinte.

324

Naquele momento, Jane queria ser a pessoa que consolaria Oliver.

– Eu vou...

– Pense nisso, Oliver.

Jane mordeu o lábio e desviou os olhos, tentando não sofrer. Os dois tinham feito um acordo no fim das contas. E Oliver estava triste. Realmente não havia lugar para Jane na vida dele, e ela levou apenas um momento – um momento esmagador – para perdoar a pequena dor que Oliver estava lhe infligindo.

– Vou ver – foi só o que ele disse.

Capítulo vinte e oito

Oliver sabia o que ia acontecer no instante em que fechou a porta após sua mãe sair. Ele não queria se virar. Não queria ter que olhar para Jane e ver o que tinha feito.

Mas se virou. Foi atrás dela e a achou ainda sentada num banco no quarto de vestir. Ela usava apenas anáguas e um espartilho enquanto encarava o nada. Quando Oliver entrou, ela olhou para ele.

– Que bom – disse ela. – Você está aqui. Imagino que precisamos…

Ela deixou a voz morrer e baixou a cabeça, olhando para o colo.

– Jane.

Oliver sentiu um nó na garganta ao encará-la.

– Preciso que alguém me ajude a pôr o vestido. – Ela apontou para uma roupa de seda azul com laços vermelhos. – Aquele ali.

– Jane…

– Não vou falar sobre isso com você vestida assim – declarou ela.

Então Oliver a ajudou a se vestir. Foi agonizante roçar a mão na pele macia dela. Querer beijá-la no ombro enquanto alisava o tecido sobre ele. Ele queria tantas coisas com ela… mas desconfiava de que aquilo, o ato de pôr aquele vestido, era o fim, não um começo.

Quando ele terminou da melhor maneira possível, Jane se virou para encará-lo.

– Eu posso…

Não. Ele não tinha como se inocentar.

– Explicar? – completou Jane. – Não precisa explicar nada. Já explicou. Sou a última mulher no mundo com quem você se casaria. Está triste por causa da sua tia. Por que me apresentaria para sua família? Você não disse nada que eu já não soubesse.

Oliver deu um passo para a frente.

– Não é essa a questão.

– Não é?

A voz dela revelava dúvida, apenas o suficiente.

– É essa a questão – admitiu Oliver. – Mas é muito mais. Eu te amo, Jane.

Ela inclinou a cabeça para o lado.

– *O quê?*

– Eu te amo. E, se deixasse você fazer parte disso, se levasse você comigo nesse momento, não sei se um dia conseguiria deixar você ir embora. Você seria parte de mim. Parte da minha família.

Ela já era. Para uma parte de Oliver, era como se ele ainda estivesse numa estrada de terra sombria com Jane. Sem ninguém mais por perto – só os dois contra o resto do mundo.

Ela ainda não tinha dito nada.

– Eu quero isso – confessou Oliver. – Quero tanto que dói. Venha comigo, Jane. Não como minha amante, mas como minha noiva.

Ela não disse nada.

– Sei que vamos enfrentar problemas, mas juntos podemos resolvê-los. Minnie pode ajudar você. Ela pode fazer com que a duquesa viúva de Clermont a treine. E…

– Me treine? – ecoou Jane. – Por acaso sou um cavalo?

Oliver fez uma careta.

– Não. É claro que não. Mas com algumas aulas…

– Algumas aulas de quê? – O queixo de Jane estava empinado, mas seus lábios tremiam. – Aulas de como agir, como me comportar, como me vestir? É disso que você está falando?

Ele não podia retrucar.

– Me diga, Oliver, quanto tempo você acha que vai levar até eu aprender a morder a língua? A falar baixinho? A me vestir como todo mundo?

– Eu… Jane…

– Se você quer um pardal, case com um. Não peça isso a mim.

Ele fechou os olhos.

– Eu sei. Eu sei. É uma coisa horrível de se pedir. Mas...

Ele fez uma pausa, tentando organizar os pensamentos. Tentando explicar.

– Tive que aprender a ficar calado. Alguém com as minhas origens precisa ter um cuidado especial. Meu irmão pode defender as causas que quiser, mas eu tenho que ser cauteloso. Para garantir que, quando as pessoas pensarem em mim, pensem num homem sensato. Alguém igual a elas. Alguém que...

– Alguém que não tem uma esposa terrível – completou Jane, com a voz embargada.

– Sim – sussurrou Oliver.

E, vendo um lampejo passar pelos olhos dela, fez que não.

– Não. Não foi isso que eu quis dizer. É só o que todas as outras pessoas vão pensar.

Jane se levantou.

– Mas tudo bem, porque eu... – Ela parou, mordeu o lábio, depois balançou a cabeça. – Não, deixe para lá. Você acabou de saber que sua tia faleceu. Não quero piorar a situação.

– Diga logo – rosnou ele. – Dispenso a sua piedade.

Ela ergueu o queixo.

– Mas tudo bem que você não queira uma esposa *terrível* – disse Jane –, porque eu estava esperando um marido com um pouco de coragem.

Ah, aquilo doeu. Ele não estava escolhendo entre aceitação e Jane, entre um salão de festas cheio de amizades alegres e aquela estrada obscura a sós com Jane. Estava escolhendo entre uma longa estrada obscura com Jane e uma sem ela.

– Você não estudou em Eton – disse Oliver. – Não estudou em Cambridge. Não passou *anos* transformando a si mesma no tipo de pessoa que se encaixaria nesses lugares e, portanto, seria capaz de fazer a diferença. Não me diga que não é preciso ter coragem para fazer isso. Não me diga uma coisa dessas. – A voz dele aumentava de volume a cada palavra. – Não me diga que não foi coragem o que me fez insistir de novo e de novo, depois de cada tentativa deles de me barrar. É preciso ter coragem para ser quem eu sou, droga.

Ela o olhou. Era como se estivesse enxergando *através* dele.

– É mesmo, Oliver? – Ela apoiou uma das mãos no quadril. – Você precisou de coragem para abandonar Clemons e deixar que os outros garotos fizessem o que fizeram? Precisou de coragem para cogitar a proposta de

Bradenton de me humilhar? Nossa! Coragem não é mais o que costumava ser.

Aquelas palavras foram como facadas no estômago de Oliver. A pior parte, porém, era que ele estava vendo as mãos de Jane, tremendo. Os olhos dela, arregalados e cheios de mágoa. Por mais que ela o tivesse atacado, ele a tinha machucado na mesma medida. E nem podia dizer que havia sido sem querer.

– Foi o que eu pensei – acrescentou Jane, dando as costas para Oliver. – Vou mandar alguém vir pegar o resto das minhas coisas.

Ela passou por ele.

Oliver queria tocá-la – lhe pedir para não ir embora. Pegá-la pelo braço quando ela passou. Fazer qualquer coisa.

Não fez. Jane foi embora e Oliver não a impediu. Ele deixou aquele momento passar – o último momento que tinha para pedir desculpa e salvar tudo – e não sabia ao certo se foi por coragem ou covardia.

⁓

O enterro de Freddy foi um evento tranquilo. Não havia muitas pessoas que conheciam a tia de Oliver – apenas o garoto que entregava as compras dela, algumas senhoras que a visitavam e a família.

As irmãs de Oliver tinham ido até Londres – Laura com o marido e a sobrinha mais nova de Oliver, um bebê que choramingou durante toda a cerimônia, e Patricia com o marido e os gêmeos. Free também estava lá. Ela passou um longo tempo olhando para o caixão da tia, sem dizer nada. Correu a mão ao longo da borda enquanto chorava em silêncio.

Parecia errado que tia Freddy estivesse deitada ali, numa igreja. Ela teria detestado aquele tipo de exposição num lugar estranho. Teria detestado os olhos de todos fixos nela – mesmo se fossem apenas os olhos das poucas pessoas que a conheciam. Freddy talvez fosse a única pessoa no mundo que teria suspirado de alívio com a ideia de ser enterrada a sete palmos abaixo da terra num caixão minúsculo. Quando a cova foi preenchida, Oliver colocou suas flores sobre ela.

– Prontinho – sussurrou. – Agora, ninguém vai machucar você.

Depois do enterro, retiraram-se para o pequeno apartamento de Freddy com o advogado dela.

Oliver tinha passado todos os Natais de que se lembrava ali. Tinha sido uma tradição que surgira por conta da necessidade. A mãe de Oliver não quisera que Freddy ficasse sozinha no Natal, e Freddy se recusara a sair de seus aposentos para ir até New Shaling. Portanto, toda a família sempre ia para lá – mesmo quando o espaço ficou pequeno demais para acomodar todo mundo.

Estavam em grande número naquele momento, a ponto de não haver cadeiras o bastante para todos. Oliver e as irmãs, seus sobrinhos, seus pais... O pai de Oliver ficou de pé perto de uma parede, e Reuven se sentou com os filhos no chão.

Tinha sido uma surpresa descobrir que Freddy *tinha* um advogado. Aliás, Oliver nem imaginara que a tia teria escrito um testamento. Freddy não possuía muitas coisas para repartir, e ouvir os poucos pertences dela serem distribuídos com um comentário curto parecia cruel.

– Este testamento – disse o advogado – foi feito na semana passada.

Ele pegou vários pedaços de papel – bem mais do que Oliver teria imaginado que seriam necessários, dadas as circunstâncias.

Mas, ainda assim, estavam falando de Freddy. O preâmbulo – prolongado e contestador – fez com que todos trocassem olhares, sem saber ao certo se era aceitável sorrir tão logo depois do falecimento dela. Soava tanto como Freddy que era quase como se ela estivesse presente. Durante uma página, ela ralhou sobre o que esperava de cada um deles – o legado que deveriam honrar, as expectativas que tinha.

E então o advogado pigarreou e começou com as disposições.

Tia Freddy deixara algumas poucas heranças de família e uma miniatura da mãe para Serena Marshall, sua irmã.

– "Para Oliver, meu sobrinho, eu deixaria uma parte dos meus bens mundanos, mas não acho que seriam úteis para você. Em vez disso, deixo-lhe algumas mantas que fiz ao longo dos anos e guardei para mim mesma. São muito melhores do que qualquer coisa que você compraria nas lojas hoje em dia, e não há um único ponto feito por uma máquina nelas. Cuide-se para ficar sempre aquecido. À medida que você envelhecer, vai perceber que está mais suscetível a resfriados."

Oliver sentiu um nó na garganta. Freddy tinha investido tanto tempo e energia nas mantas que fazia que era como ganhar um pedacinho dela de lembrança.

– "Para Laura e Patricia, deixo o resto do dinheiro que herdei quando criança, para que seja dividido igualmente entre as duas. Também deixo o resto dos meus bens domésticos para que sejam divididos entre elas de acordo com o que desejarem. Em especial recomendo estes: minha faca de aparar, que raramente precisa ser afiada; o guarda-roupas que usei nas últimas décadas; e minhas peças de porcelana."

Laura e Patricia se entreolharam por cima dos braços de seus respectivos maridos.

– Isso não pode estar certo – disse Laura, por fim. – Imagino que a quantia na conta de Freddy não valha muito, mas se desfazer de todos os pertences sem...

As duas olharam para Free, que estava sentada na cadeira olhando para o chão. Oliver lamentava por ela. Por Freddy. Pela briga que as duas tiveram e que nunca fora resolvida, a briga que havia feito Freddy excluir a sobrinha favorita por completo do testamento.

– Estávamos brigadas – disse Free baixinho. – E não quero... Não é disso que se trata.

Não. Não se tratava dos pertences. Tratava-se de saber que ela não tinha sido perdoada.

– Não – negou Patricia –, é fácil. Vamos dividir as coisas igualmente entre nós três. Tenho certeza de que era isso que tia Freddy ia querer. Que ela está desejando ter feito nesse momento.

O advogado ajustou os óculos e olhou para as duas.

– Mas há uma disposição em nome da Srta. Frederica Marshall.

Com isso, todos olharam para ele. Laura deu de ombros para a irmã, como se dissesse: "Não tenho ideia do que poderia ser."

– "Por último, chego a Frederica Marshall, minha afilhada, sobrinha, nomeada em minha homenagem e flagelo da minha existência. Há muitos anos, como tenho certeza de que todos sabem, ela foi presunçosa o bastante para insistir que eu saísse deste apartamento, que encarasse o mundo e vivesse uma aventura, mesmo que fosse algo trivial como comprar uma maçã. Depois que ela foi embora, tentei sair."

Free soltou a respiração com um som trêmulo, bem parecido com um soluço.

– "Descobri que eu era incapaz de fazer algo assim" – leu o advogado. – "Por algum motivo, não conseguia passar pela porta. Mas fiz o melhor que pude para conseguir e, por esse motivo, deixo os rendimentos da minha grande aventura e o conteúdo do meu baú para a Srta. Frederica Marshall. Desconfio de que ela fará melhor uso deles do que eu jamais fiz."

Free olhou para cima.

– Rendimentos? – repetiu em voz baixa. – De que rendimentos ela está falando?

– Trata-se dos rendimentos do patrimônio da Srta. Barton – informou o advogado. – São os direitos autorais dos vinte e cinco volumes que foram publicados até hoje, sem contar os quatro que estão em processo de publicação.

Frederica piscou.

– *Vinte e cinco* volumes? – repetiu.

Oliver sentiu uma dor aguda e repentina. Ele sabia qual autora tinha escrito vinte e cinco volumes, um depois do outro, num período curto. Houvera apenas vinte e três em janeiro, mas... A irmã dele foi até o baú da tia, abriu a tampa e pôs a mão ali dentro.

Havia maços de papel preenchidos por completo pelos rabiscos quase ilegíveis de Freddy. Free pegou um deles e o colocou na mesa.

Oliver sabia – sabia com absoluta *certeza* – o que veria naquelas páginas.

– *A Sra. Larringer e o batalhão galês* – leu Free.

Ela pegou outro maço.

– *A Sra. Larringer e a condessa francesa. A Sra. Larringer vai para a Irlanda.* – A voz dela falhou. – Quem é a Sra. Larringer?

Mas Oliver sabia. Se a irmã dele folheasse aquelas páginas por tempo suficiente, a Sra. Larringer ia chegar até a China, a Índia, passando por todos os mares do mundo. Ele se lembrava de ter zombado daqueles livros com Jane, caçoando da ideia de que a autora claramente nunca tinha ido mais longe do que Portsmouth.

Ele estava errado. A autora nem tinha chegado tão longe assim. Tinha vivido a maior parte da vida num espaço pouco maior do que 9 metros quadrados. E tivera tantas aventuras secretas guardadas dentro de si que todas tinham jorrado para fora quando ela permitira. Era quase impossível compreender a enormidade do segredo de tia Freddy. A Sra. Larringer tinha viajado pelo mundo – fumado cachimbos da paz com indígenas, feito amizade com um bando de pinguins, sido capturada por baleeiros e conquistado a própria liberdade.

E durante todo esse tempo Freddy estivera sentada num quartinho minúsculo enquanto observava a porta, com a esperança de que no dia seguinte seria capaz de pôr o pé para fora.

Talvez ela tivesse conseguido.

⁓

Foi uma lista curta.

Jane tinha comprado um maço inteiro de papel – lindo, cor de creme – e se assegurado de que o tinteiro estava cheio.

Sua intenção era preencher páginas e mais páginas com seus planos. Contudo, no fim das contas, a lista que conseguiu criar era minúscula.

"O que vou fazer agora" era o título que havia escolhido.

Uma coisa não estava na lista: Jane não tinha nenhuma intenção de se submeter a outra rodada dolorosa do mundo social, dispondo-se a ser julgada para, no fim, declararem que ela deixava a desejar. Bailes, saraus e festas podiam parecer lindos em teoria, mas na vida real eram exaustivos e dilacerantes. Em vez disso, os desejos de Jane eram simples.

"Fazer coisas boas."

"Expandir meu círculo de amizades."

"Manter as amizades que já tenho."

Depois de um longo momento de reflexão, acrescentou um último item.

"Provar que Oliver está errado."

Aquilo merecia estar na lista. Em quarto lugar mesmo, decidiu Jane – ele não era digno de maior importância no futuro dela –, mas merecia estar ali. Por enquanto…

Ainda machucava. Jane sofria com a mágoa. Tinha passado a tarde com a irmã, planejando os detalhes do casamento. Havia sorrido tanto que sentia que sua boca ia rachar por causa do esforço.

Machucava.

Mas, mesmo por baixo do sofrimento, Jane sentia uma claridade refrescante. Estava aliviada por ter conhecido Oliver, aliviada por ter rompido com a pessoa que costumava ser. Com a fachada que se agarrara a Jane com mais força do que Jane tinha se agarrado a ela. Jane não ia assumir outro papel, muito menos por causa do pedido de um homem que alegava amá-la.

Ele a tinha magoado, mas ela trataria aquela mágoa da mesma forma que sempre fizera: como nada mais do que um ato de propagação.

334

Jane estava no limiar de algo ainda melhor. E sabia justamente por onde começar: com amizade.

Ela pôs a lista de lado e puxou outra folha de papel para perto.

Queridas Genevieve e Geraldine,

Na última vez que nos correspondemos, vocês estavam em Londres e eu, em Nottingham. As circunstâncias mudaram, e agora estou na cidade. Ficaria feliz se pudéssemos renovar nossa amizade...

Capítulo vinte e nove

Oliver ainda estava atordoado quando chegou à Casa Clermont. Ignorou as condolências do irmão e se retirou para seus aposentos.

Muitos meses antes, Oliver tinha comprado um livro. Na época, sua intenção era folheá-lo, mas depois outros acontecimentos tinham tomado precedência. O livro fora relegado ao fundo do baú de Oliver e, quando ele por fim voltara de Cambridge, fora largado numa estante. Oliver procurou entre os livros, verificando as lombadas empoeiradas, até achar a obra que estava procurando.

A Sra. Larringer sai de casa.

As páginas ainda estavam frescas, a encadernação de couro, sem nenhuma marca. Oliver sentiu um nó na garganta ao abrir o livro na primeira página. Ali estavam as palavras de Freddy, os pensamentos dela. Oliver o tinha comprado sem saber. Mal conhecera a tia. Ele alisou as páginas e chegou ao primeiro capítulo.

"Durante os primeiros 58 anos de sua vida, a Sra. Laura Larringer viveu em Portsmouth, de frente para o porto. Ela nunca se incomodou com o destino dos navios que partiam dali e se importava com a volta deles somente quando alguma embarcação trazia seu marido, voltando de uma viagem comercial. Ela nunca teve nenhum motivo para se importar."

Oliver engoliu em seco, imaginando o que a tia vira da própria janela, com o que tinha sonhado, o que havia desejado.

"Naquele dia, a Sra. Larringer ficou em sua sala de estar. Mas as paredes da casa pareciam estar mais grossas e o ar, sufocante. Por quase sessenta anos, ela jamais sentira a mínima curiosidade em relação ao mundo da porta para fora. Mas, naquele momento, o mundo além das paredes da casa parecia chamá-la. *Vá embora*, murmurava. *Vá embora.*"

Isso era algo que Freddy teria entendido. Não surpreendia que aquele trecho parecesse tão realista.

"Ela inspirou fundo, arrumou uma bolsa e depois, com grande esforço, o esforço de uma mulher se desprendendo de tudo que já conhecera, a Sra. Larringer colocou um pé para fora da porta, sob a luz calorosa do sol de maio."

Oliver fechou os olhos e pensou na tia. Pensou nela colocando a ponta do pé para fora da porta e sentindo o coração palpitar. Lembrou-se dela dizendo que estava tentando, que um dia ia conseguir. Que um dia iria até o parque e faria um passeio gostoso...

Oliver esperava que ela tivesse conseguido sair antes de falecer. Mas não era mais tão simples assim. O que Freddy não conseguira fazer de um modo, dera um jeito de fazer de outro. De alguma forma, a solteirona mais reprovadora e rígida que Oliver conhecia, que dava sermão a todos sobre tudo...

De alguma forma, aquela mulher tinha conseguido fazer com que milhares de pessoas sonhassem com aventuras. Tinha feito muito mais do que qualquer um imaginara. A mulher que havia ralhado com Oliver no próprio testamento sobre resfriados tinha sido mais corajosa do que todos imaginaram.

Ele se lembrava da última vez que a tinha visto. *Sua mãe estava disposta a segurar a brasa*, tinha dito Freddy. *Mas você, você é como eu*. Na época, Oliver apenas havia rido. A tia nunca saía de casa, enquanto ele tinha uma carreira agitada e diversificada. Freddy o alertava constantemente sobre qualquer alteração na rotina, por menor que fosse, enquanto Oliver fazia coisas novas. Ele não era como Freddy.

Você se lembra da dor e se encolhe.

Ele não se encolhia. Ou será que sim?

Não por medo de sair na rua, isso, não. Mas...

Oliver fechou os olhos e respirou fundo. Ele tinha se encolhido diante de muitas outras coisas.

Como Jane. Quando a conhecera, mal tinha conseguido observá-la. Ela violara os preceitos da alta sociedade sem pensar, e ele havia se encolhido ao vê-la. Jane certamente estava disposta a segurar a brasa.

Mas Freddy tinha razão. Houvera uma época em que o próprio Oliver tinha segurado a brasa. Por exemplo, quando começara a estudar em Eton. Naqueles primeiros anos, tinha insistido em receber o que merecia. Tinha declarado em voz alta que era tão bom quanto qualquer outro garoto, e que estava disposto a lutar para que isso continuasse sendo verdade. O que havia mudado, e quando tudo dera errado?

"Mas as paredes da casa pareciam estar mais grossas, e o ar, sufocante." Oliver quase conseguia sentir as paredes que tinha construído se fechando ao seu redor. Nem percebera que elas estavam ali, de tão silenciosamente que as havia construído. E ainda assim, quando esticava os braços, ali estavam elas. Freddy tinha insistido que Free precisava ficar dentro de casa, que precisava usar chapéu. E Oliver havia dito a mesma coisa. Tinha olhado para a irmã, para o rosto dela brilhando em meio a uma centena de mulheres no Hyde Park, e, em vez de sentir orgulho do que ela havia conquistado ou felicidade pelo que tinha acontecido, ele se sentira cansado. Tentara convencê-la a não estudar em Cambridge.

Aquele cansaço que sentia era antigo, o cansaço de um cachorro idoso deitado sob o sol de verão, observando filhotes brincarem. Como se a exuberância pertencesse apenas aos mais novos. Oliver conseguia se lembrar vagamente de um eco desse sentimento. Uma época durante a qual ele tinha insistido – de novo e de novo – que era tão bom quanto qualquer outro, e que não ia mudar de acordo com o que eles queriam, que faria com que *eles* agissem conforme a *sua* vontade.

Ele virou a página do livro, mas as palavras ficaram desfocadas à sua frente.

Estava fazendo a pergunta errada a si mesmo. Já tinha sido como Free, pouco disposto a recuar ou aceitar um "não" como resposta. A pergunta não era quando as coisas tinham mudado. Era esta: quando ele tinha decidido apenas aceitar as regras da sociedade, jogar aquele jogo rigorosamente como havia sido imposto por aqueles que já detinham poder?

Tinha acontecido anos antes, em Eton.

Quando ele por fim tinha aprendido a calar a boca. Quando descobrira que conseguia ir mais longe mordendo a língua e sendo paciente do que se revoltando com punhos e gritos.

Tivera que aprender a ficar calado, era o que tinha dito para Jane. Mas, a certa altura, ficar em silêncio não dava mais conta do recado. Se ele nunca aprendesse a falar, de que adiantaria conquistar o poder? Era apenas para continuar a agir da mesma forma?

"Com grande esforço, o esforço de uma mulher se desprendendo de tudo que já conhecera, a Sra. Larringer colocou um pé para fora da porta, sob a luz calorosa do sol de maio."

Oliver precisou de um momento para se lembrar de quem costumava ser – aquela pessoa que achara ser fruto da imaturidade, o garoto que tinha deixado de lado ao se tornar adulto. Antes, ele jamais teria pensado que sentia *vergonha* de suas origens. Ainda assim…

Como acabara aceitando as regras que costumava odiar e adotando-as para si mesmo? Antes, ele se irritava quando as pessoas lhe diziam que era um filho ilegítimo. Zangava-se quando diziam que ele nunca ia conquistar nada, que seu pai não valia nada. Mas como *ele* se atrevera a dizer para a mulher que amava que ela não era nada? Que ela era terrível?

Ele começara a se importar mais em se tornar o tipo de pessoa que podia mudar as coisas do que com a mudança em si. Tinha abandonado Jane e, ao fazer isso, havia lhe dito todas as coisas que as outras pessoas costumavam jogar na cara dela: que ela era inadequada, danificada, terrível.

O que ele sentia por ela não era apenas a pequena luxúria das necessidades fisiológicas não atendidas. Ele amava Jane. Amava tudo em relação a ela, desde a ferocidade de sua devoção à irmã até o jeito como sacudia os ombros quando estava montada num cavalo com Oliver. Amava o jeito que ela sorria. Amava o modo como ela se recusava a ficar envergonhada apenas porque outra pessoa não gostava de seu comportamento.

Ele amava Jane. E sempre ia amá-la.

Amava a pessoa que tinha se tornado por causa dela – um homem que era capaz de impedir raptos e de invadir casas quando era necessário; que conseguia encarar Bradenton e vê-lo como um inimigo que precisava ser derrotado, em vez de um lorde poderoso a quem precisava agradar a todo custo.

E ele quisera transformar Jane em nada só porque era o que tinha feito consigo mesmo.

Ele achara que precisava de um pardal – uma mulher comedida e respeitável que precisava do dinheiro de Oliver na mesma medida em que Oliver precisava do *pedigree* dela.

De repente, ele conseguia ver como sua vida seria com aquela mulher que não tinha escolhido. Aquela esposa tão comedida nunca diria abertamente que o pai de Oliver era grosseiro e se portava mal. Ela ia apenas insinuar isso com uma fungada. Talvez sugerisse que, no ano seguinte, eles considerassem deixar o Sr. Marshall sênior em casa durante uma temporada, já que ele se sentiria muito mais à vontade com seus iguais.

Ela daria filhos a Oliver – e os criaria para serem criaturas caladas e bem-comportadas assim como ela mesma, levemente envergonhadas das origens do pai.

– Sim – ele conseguia imaginar um deles dizendo –, talvez a mãe dele não fosse das melhores, mas pelo menos nosso avô era um duque. Isso deve ser levado em conta.

Nunca falariam de sua tia Free – ousada demais, atrevida demais, *tudo* demais. Até Patricia, casada com um judeu, ou Laura, que administrava uma loja de especiarias, seriam suspeitas. Cedo ou tarde, a esposa enigmática de Oliver sugeriria que talvez todos seriam mais felizes se simplesmente fingissem que a família de Oliver não existia.

Jane tinha entendido muito bem: Oliver trocara coragem por ambição.

E, se ele não corrigisse a situação – se não aprendesse a suprimir aquela lembrança da dor e não se arriscasse a segurar as brasas à sua frente –, ficaria para sempre preso nas correntes do próprio silêncio. Já tinha aberto mão de tanta coisa: Jane, Free... Até mesmo naquela vez com Bradenton, deixara que Jane falasse na maior parte do tempo. Nem tinha dito para Bradenton cara a cara que ele era nojento.

Com isso, pelo menos uma coisa ficou clara. Oliver se levantou. Ainda não sabia como ia acertar as coisas com Jane, mas Bradenton...

Bradenton lhe devia um voto, e Oliver ia cobrá-lo.

Ele soltou o livro, pegou o casaco, desceu a escadaria e foi até a entrada principal.

E com grande esforço – com o esforço de um homem se desprendendo de tudo em que havia se transformado – Oliver colocou um pé para fora da porta, sob a luz calorosa do sol de maio.

∽

Meia hora depois, Oliver foi levado até o escritório do marquês de Bradenton. O homem parecia estar terrivelmente irritado. Ficou balançando a cabeça, sentado à mesa, enquanto batia com o cartão de visitas de Oliver na madeira.

– Eu estava 75% decidido a não aceitar receber você – falou.

– Não duvido disso – comentou Oliver. – Mas a curiosidade foi maior.

– Mas, então – corrigiu Bradenton –, me lembrei de que o Parlamento vai votar, e que quero preparar um discurso. Sobre fazendeiros e governantas. Imaginei que seria útil consultar minhas referências.

Era para aquilo ser ofensivo?

– Não me venha com insinuações – disse Oliver. – Nem com alfinetadas dissimuladas. Vai precisar da saliva para votar a favor da extensão do direito ao voto.

– Só pode estar brincando – disse Bradenton com uma risada. – Depois do que fez comigo, acha que vai conquistar meu voto?

– É claro que não – respondeu Oliver. – Como eu poderia conquistar seu voto? O senhor é um marquês, e eu sou apenas um entre cem homens. Um entre mil. – Ele deixou que o sorriso se espalhasse no rosto ao bater com os dedos na mesa. – Um entre, digamos, cem mil homens.

Bradenton franziu o cenho.

– Cem mil?

– Mais do que isso, na verdade. Por acaso o senhor foi ao Hyde Park algumas semanas atrás? Eu fui. A alegria era contagiante, o ar era de exuberância. O povo se reuniu. O povo venceu. Eu li as estimativas da multidão no jornal do dia seguinte, e, sim, este foi o menor número que vi sendo enaltecido: cem mil homens.

Bradenton se remexeu com desconforto na cadeira.

– É bem como o senhor falou antes – disse Oliver. – O senhor é um, e eu sou um entre cem mil. O *senhor* parece encontrar conforto nisso. Não entendo por quê. – Oliver se inclinou para a frente e abriu um sorriso. – Afinal, as chances realmente não estão a seu favor.

– Não me importo nem um pouco com os protestos da ralé. – Mas Bradenton estava falando com um tom de voz baixo, recusando-se a fitar Oliver nos olhos. – Ganhei minha cadeira na Casa dos Lordes por nascimento. *Não preciso* acatar o que os plebeus desejam.

– Então não vai se importar quando as manchetes anunciarem que a Reforma Eleitoral foi barrada de novo, e que desta vez por uma margem que incluía o marquês de Bradenton.

Os olhos do outro homem se arregalaram, e ele inspirou fundo. Mas, um momento depois, balançou a cabeça com veemência.

– Eu não seria o único.

– Não. Mas pense como seu nome ia ficar bonito nas manchetes. *Bradenton barra reforma*. O senhor não concorda que soa bem?

Bradenton cerrou os punhos.

– Pare com isso, Marshall. Não tem graça!

– É claro que não tem. O senhor não se importa com os protestos da ralé. Quando eles se reunirem do lado de fora da sua casa, com mais gente do que o senhor consegue contar, vai rir na cara deles.

– Cale a boca, Marshall – rosnou Bradenton. – Cale a boca.

– Isso, boa ideia. Diga isso para eles enquanto gritam. "Calem a boca." Pode ser que funcione. Talvez obedeçam. Ou talvez parem de falar e comecem a jogar pedras. Sabia que estavam tocando o hino da França no fim da manifestação?

– *Cale a boca!* A polícia vai jogar todos na prisão.

– Ah, eu vi a polícia no dia da manifestação da Liga da Reforma – comentou Oliver. – Eram preocupantes dois policiais. Seriam uma bela barricada, aqueles dois homens de uniforme azul sozinhos na frente da sua casa, brandindo os cassetetes enquanto encaram uma multidão de milhares. Pode ser que consigam impedir o ataque por um milésimo de segundo.

– Cale a boca!

– Não – murmurou Oliver –, o senhor tem razão. Os dois não iam durar muito. Porque mais da metade dos policiais também não pode votar.

Ele deixou que o silêncio se prolongasse. Bradenton se recostou na cadeira, respirando com força.

– Então, veja bem, Bradenton, o senhor *vai* votar a favor da extensão do direito de votar. Porque são cem mil como eu contra um, o senhor, e não vamos mais ficar calados.

– Cale a boca – repetiu Bradenton.

Mas suas mãos tremiam, e sua voz estava fraca.

– Não – respondeu Oliver. – Essa é a questão. O senhor me mandou calar a boca por todo esse tempo. Me mandou seguir suas regras. Cansei de ficar calado. Agora é a sua vez.

Capítulo trinta

— Quero algo grandioso.

Jane estava acomodada no sofá na sala de estar dos aposentos que havia alugado em Londres. Sentada ao seu lado estava Genevieve Johnson.

– Quero algo *gigantesco*. Algo que seja tão extravagante e impossível de ignorar, como meus vestidos. Mas, desta vez, quero que tenha um propósito.

– O que você tem em mente? – perguntou Genevieve. – E onde é que eu entro na história?

Jane engoliu em seco.

– Uma vez você me disse que queria ter um marido apenas porque se divertiria muito gastando o dinheiro dele com obras de caridade. O que acha de usar o *meu* dinheiro?

Genevieve piscou, aturdida.

– Ah, minha nossa – exclamou, inclinando-se para a frente. – Sou toda ouvidos.

– Estou lhe oferecendo um posto – disse Jane. – Um posto pago entre os conselheiros do Fundo Beneficente Fairfield.

Os olhos de Genevieve se arregalaram.

– Que ainda não existe – acrescentou Jane –, mas logo vai existir. Não quero economizar. Quero *agir*. Quero fazer as coisas acontecerem.

– Que tipo de coisas?

Jane deu de ombros.

– Eu sempre quis um hospital. Ou uma escola. Ou talvez um lugar que seja um hospital e uma escola ao mesmo tempo, que estabeleça padrões para o resto do país. Para que possamos impedir charlatões de conduzir experimentos médicos em pessoas inocentes, por exemplo.

Os olhos de Genevieve brilhavam.

– Um hospital de caridade – falou –, que tenha a reputação de grandes avanços médicos. Um lugar que as pessoas vão brigar para patrocinar, para fazer parte dele. Ah, vou ter que começar a anotar.

– Vou pedir para trazerem papel.

Mas, assim que Jane pegou o sino, a porta se abriu.

– Srta. Fairfield – disse o lacaio –, tem uma visita.

– Quem é? – quis saber Jane.

De repente, porém, ela sabia. Atrás do lacaio, viu uma forma. Seu coração parou, e depois começou a bater de novo, martelando com um peso intenso que parecia despedaçar a serenidade dela. Jane se levantou, uma das mãos apertando a outra, quando Oliver surgiu do corredor obscuro. Os óculos dele brilhavam na luz de fim de tarde. Seus cabelos pareciam ser feitos de fogo. Mas não foi o rosto dele que conquistou a atenção de Jane, nem a expressão direta e exigente em seus olhos.

Ele entrou e de repente – muito de repente – Jane não conseguia mais respirar.

– Oliver.

Só conseguiu dizer aquela palavra, e nada mais.

– Jane.

– O quê… – Ela engoliu em seco, alisou a saia e balançou a cabeça. – Oliver – repetiu por fim, forçando a palavra a sair. – Em nome de tudo que é mais sagrado, qual é a cor do seu colete?

Oliver sorriu. Não, apenas dizer que ele *sorriu* não era o bastante. A expressão em seu rosto era como a luz do sol no fim de uma caverna sombria – completamente ofuscante.

– Sabia que, no caminho até aqui – comentou –, três conhecidos me pararam e todos me fizeram justamente essa pergunta?

Jane balançou a cabeça, incapaz de agir.

– O que você disse para eles?

– O que acha? – Ele abriu um sorriso para ela. – Eu disse que era fucsina.

– E então? O que eles responderam?

A voz de Jane estava baixa, enquanto seu coração batia a mil por hora.

– E achei bem libertador, de um jeito meio estranho – continuou Oliver. – Como se eu tivesse feito uma declaração.

Ele olhava Jane nos olhos, focado completamente nela.

– De que jeito, exatamente, você se sentiu libertado?

Ela mal reconhecia a própria voz.

– Jane, você não é uma praga. Não é uma doença. Não é uma peste nem um veneno. Você é uma mulher linda, brilhante e destemida, a mais maravilhosa que já conheci. Eu nunca devia ter insinuado que você não era suficiente. A culpa é toda minha. Não achei que eu fosse forte o bastante para estar ao seu lado.

Jane não ia chorar. Não ia abraçar Oliver nem permitir que ele voltasse a fazer parte de sua vida sem questionar nada apenas porque ele percebeu que sentia saudade dela. Ele a tinha feito sofrer demais para isso.

Ele deu mais um passo para a frente, depois pôs um joelho no chão.

– Jane – falou –, você me daria a honra de ser minha esposa?

Jane não sabia o que pensar. Estava toda atrapalhada por dentro. Balançou a cabeça, se apegou à única coisa que entendia.

– Mas e a sua carreira? – perguntou. – Como fica a sua carreira?

– Eu quero uma carreira. – Oliver engoliu em seco. – Mas não desse jeito. Não quero uma carreira em que eu tenha que morder a língua enquanto os outros homens criticam as mulheres por usar renda em excesso. Não quero uma carreira em que precise ficar calado enquanto minha irmã caçula depõe na frente de um magistrado pelo crime de falar alto demais. Não quero uma carreira em que o preço do meu poder seja o silêncio a respeito das coisas que são mais importantes para mim. – Ele curvou a cabeça. – Não quero que você tenha que mudar. Que precise ser menos do que é. Não vou pedir para você mudar por mim, porque percebi que preciso de você justamente do jeito que você é.

Jane levou a mão à boca.

– Não preciso de uma esposa calada. Preciso de você. De uma mulher ousada, que não vai me deixar esquecer quem sou e que vai me dizer sem rodeios quando eu errar.

Jane não sabia o que dizer.

– Precisei de você para me dar um susto e me fazer perceber o maior erro que já cometi na minha vida. Para me fazer reconhecer meus medos, pôr a mão no fogo e segurar as brasas.

A voz dele estava rouca.

– Preciso de você, Jane. E te amo mais do que consigo dizer.

Atrás de Jane, Genevieve fez um barulho.

– Acho melhor eu me retirar – comentou.

Oliver piscou, surpreso.

– Ah, meu Deus. Srta. Johnson. Nem vi a senhorita aí.

Genevieve sorriu.

– É Srta. Genevieve. E eu percebi. – Ela acenou para Jane. – Volto mais tarde. Com papel e ideias.

Ao dizer isso, ela saiu pela porta.

Oliver olhou para Jane. Ele se remexeu, o joelho dolorido, e depois se sentou no chão.

– Há mais uma coisa que preciso contar para você.

Jane assentiu.

– Você tinha razão sobre a minha coragem. Sei precisamente quando a perdi. – Ele soltou a respiração com força. – Eu tinha 17 anos. Meu irmão se formou um ano antes de mim. Ele já tinha ido estudar em Cambridge, e fiquei sozinho em Eton no último ano. Achei que não era nada demais. Estava errado.

Ele fechou os olhos.

– Havia certo professor. Ele ensinava grego e fez questão de me ensinar um pouco mais do que isso. Toda vez que chegava aos ouvidos dele que eu tinha falado alguma coisa, ele me expunha no meio da aula. Me mandava traduzir na frente de todo mundo textos que nenhum de nós jamais tinha visto. E, quando eu gaguejava e errava, ele dizia para todos quanto eu era burro. Estúpido. Terrivelmente ignorante.

Ele cruzou os braços ao redor do próprio corpo.

– Eu podia revidar contra os outros garotos, mas contra um professor que estava agindo com o poder que lhe era dado, eu não podia fazer nada. À medida que o semestre continuou, a situação piorou. Meus castigos pararam de ser apenas um constrangimento. Eu estava longe de ser o único garoto a sofrer castigo físico em Eton, e ele nunca ia além do limite. Mas, quando acontecia todo dia, toda vez que eu falava alguma coisa…

Jane foi até o lado de Oliver, depois, muito devagar, se sentou no chão com ele.

– Qualquer coisa é tolerável quando temos como revidar, mas quando

348

precisamos ficar calados e só aceitar... é dilacerante de um jeito que não consigo descrever. – Ele inspirou fundo. – Dei desculpas e mais desculpas conforme fui ficando mais calado. Eu estava sendo pressionado. Me forçaram a calar a boca. Era temporário, eu ia parar quando saísse de lá. Mas, lá no fundo, eu sempre soube a verdade: não era corajoso o bastante para continuar a falar. Aprendi a calar a boca de um jeito tão impactante que nunca mais consegui desaprender.

– Meu Deus, Oliver.

– Não parece grande coisa. Mas uma experiência como essa é como um treinamento: nos faz ficar enjoados quando abrimos a boca, nos obriga a nos conter.

Ela apoiou o braço ao redor do ombro de Oliver, e ele se virou para ela.

– Não quero que sinta pena de mim – pediu Oliver. – Quero que saiba o quanto eu amo e admiro você. Porque tentaram lhe fazer isso também, mas você não permitiu.

Jane sorriu.

– Não mexeram comigo até eu ter 19 anos. Tive um tempo a mais para me acomodar no meu jeito de ser.

– Na última vez que eu a pedi em casamento, pedi para que você mudasse. – Ele inspirou fundo. – Desta vez, vou fazer melhor. Me deixe ser aquele que vai apoiá-la. Que acredita que você não precisa ser menor do que é. Que contribui com sua magnificência em vez de pedir para você se diminuir.

Jane correu a mão pelas costas de Oliver.

– Acho que você me deve um pedido de desculpa mais decente.

Oliver olhou para ela.

– Sinto muito. Agi como um canalha. Eu...

Jane colocou os dedos nos lábios dele.

– Não quis dizer que era para você usar as palavras, Oliver.

Ele precisou de um momento para entender. Um sorriso longo e lento se espalhou por seu rosto. Ele a segurou com um braço, e depois, muito, muito devagar, esticou a mão e tocou Jane na bochecha.

– Jane – murmurou. – Eu te amo. – Ele ergueu o queixo dela. – Eu te amo. – Inclinou-se, seus lábios tão perto dos dela que, se voltasse a falar, as bocas iam se tocar. – E nunca mais vou falhar com você.

Aquele sussurro fez com que seus lábios se tocassem. E então ele repetiu. De novo e de novo, um beijo tão doce que Jane não queria que terminasse.

– Muito bem – sussurrou.

– O que está bem?

– Isso – disse Jane, deslizando para mais perto dele. – Eu perdoando você. Amando você. – Ela se inclinou junto dele e ergueu a cabeça para outro beijo. – Casando com você.

Ele a tomou nos braços.

– Ótimo.

Epílogo

Seis anos depois

Oliver estava no canto, encostado à parede, observando o ambiente ao seu redor. Havia uma multidão no salão principal. Ele tinha desistido de contar quando o número chegara às várias centenas.

Às vezes, era estranho lembrar que ele *tinha* um salão principal. Havia comprado a casa com Jane quando se casaram e, de vez em quando, até naquele momento, ele estranhava o fato de ter um cômodo grande o bastante para acomodar a casa onde tinha crescido. Aquele ali tinha um projeto magnífico: grandes janelas de vidro na frente se abriam para um parque. O brilho das luzes acesas em outras janelas era vagamente visível do outro lado da praça.

As janelas, de fato, eram a parte mais bela do salão. Afinal, Jane estava na frente delas, emoldurada, o centro das atenções.

O vestido daquela noite era extraordinário. Seda com listras roxas e verdes. Brocado dourado, talvez um pouco exagerado para os gostos da moda. Rubis pesados ao redor do pescoço.

A época em que todos faziam caretas para Jane se fora. Já estavam acostumados com ela. Suas roupas não passavam de uma simples curiosidade. Ela era importante demais para ser ignorada.

Afinal, naquele evento, um sarau musical beneficente para o Hospital das Crianças, *Oliver* era o cônjuge gracioso e sorridente.

Lá na janela, Jane conversava animadamente com um barão, apresentando-o para o homem barbudo ao seu lado – um dos jovens e sérios protegidos de Jane, um rapaz para quem, se Oliver recordava corretamente, Jane pagara o curso de medicina. Ele escrevia sobre ética médica.

– Marshall – chamou uma voz.

Oliver se virou. Era o Excelentíssimo Sr. Bertie Pages, um dos colegas de Oliver no Parlamento.

– Pages – cumprimentou Oliver com um aceno de cabeça.

– Belo discurso hoje – elogiou o homem.

Oliver abriu um sorriso.

– Um pouco forçado para o meu gosto, mas eficaz.

– É o que o senhor sempre diz – respondeu Oliver. – Se é para ser uma crítica gentil, já faz tempo que parou de fazer efeito.

– Não... Não. – O outro homem se virou e esticou o braço. – Quando o senhor anunciou que ia se casar com ela, achei que tinha cometido um erro. Um erro grave. Ela era...

– Ela *é* – corrigiu Oliver.

– Espalhafatosa demais – disse Pages. – Radiante demais. Aquele vestido que ela está usando não tem sutileza nenhuma. Nada que ela faz ou veste é sutil. E ainda assim...

– Foi por isso mesmo que me casei com ela. É melhor o senhor completar esse *e ainda assim* logo, porque ela *é* minha esposa.

– E ainda assim o hospital dela atraiu algumas das mentes mais brilhantes da nação. O simpósio que ela patrocinou sobre ética médica teve um efeito extraordinário no mundo. As pessoas prestam atenção nela.

Oliver sorriu.

– E o senhor só conquistou o respeito das pessoas como marido dela.

No fim, tinha sido fácil conseguir atenção para a campanha parlamentar de Oliver. Jane já tinha cativado o interesse de todo mundo com seus planos. Os vestidos que ela trajava apenas faziam parte de sua personalidade. Ela fascinava todos – e, uma vez que começara a fazer as coisas acontecerem, tinha conquistado o respeito relutante das pessoas.

– Como o senhor sabia? – quis saber o homem.

Oliver deu de ombros.

– Eu já a tinha visto em ação e sabia do que ela era capaz. Mas vamos lá, chega disso. Há alguém que quero apresentar ao senhor.

Apresentações foram feitas e apertos de mão foram trocados. Oliver determinou que aquele tinha sido um trabalho bem-feito e soltou o copo numa mesa próxima. Em seguida, cruzou o salão. Ninguém sabia disso – ninguém além de Oliver –, mas, por baixo daquele vestido listrado de seda, a barriga de Jane estava crescendo. Em alguns meses, ficaria óbvio que ela estava gerando o segundo filho deles. Mas por enquanto...

Ele foi até ela. Por Deus, como era maravilhosa. Estava de costas para Oliver, deixando à vista a nuca, naquela noite adornada com ouro e diamantes. A cintura implorava que Oliver a tocasse. Ela falava com grande animação com as pessoas ao seu lado.

– Toda essa teoria é excelente, mas precisa ter alguma repercussão – dizia Jane. – É correto dizer que os médicos devem agir pelo bem de seus pacientes, mas e se não fizerem isso? Quem determina o que acontece depois? É isso que preciso que os senhores considerem. Depois, levamos o tema para o Parlamento.

– Por falar no diabo – disse o médico ao lado dela.

Jane se virou.

– Ah. É você.

Mas, a despeito das palavras, ela estava cintilando ao olhá-lo – o sorriso de uma mulher que se sentia verdadeiramente à vontade em seu papel – e pegou a mão de Oliver, entrelaçando seus dedos aos dele.

– Você trouxe Bertie Pages? Quero apresentá-lo a Anjan. – Ela chegou mais perto. – Emily disse que Anjan está cogitando se unir a você no Parlamento.

– Eu sei. Falei com ele mais cedo. Já está resolvido.

Oliver indicou o lado oposto da sala, onde o colega conversava com seu cunhado. Emily estava ao lado do marido, sorrindo.

– Como você é eficiente – comentou Jane.

– De vez em quando.

Oliver sorriu.

A janela emoldurava Jane. Qualquer outra pessoa pensaria que a decoração no salão era um pouco estranha. Havia, afinal, uma pequena coleção de plantas numa mesa perto da janela: seis até então. Um cacto para cada aniversário de casamento que tinham celebrado juntos, e mais um que Jane trouxera consigo quando se casaram. Para a celebração de dez anos, Oliver pretendia comprar um saguaro para Jane – mas isso ia demandar certo esforço. Enquanto isso...

– Vim ver se você está cansada – disse Oliver. – Depois de todo esse trabalho, tenho certeza de que, quando terminar, você vai precisar descansar.

Durante os primeiros meses da gravidez, ela se sentira exausta. Precisara de cochilos e massagens nas costas, e Oliver não se importara nem um pouco em ajudar.

– Já faz um tempo que não me sinto cansada – disse Jane. – Mas, sim, depois que terminarmos, vou...

Ela deixou a voz morrer devagar.

Encontrou os olhos de Oliver, viu o sorriso dele. Sua mão, entrelaçada na do marido, ficou imóvel por um momento. Muito deliberadamente, ele passou o polegar pelos dedos dela.

Ela respondeu ao sorriso dele com outro.

– Agora que você falou – disse –, *vou* estar bem cansada mesmo depois disso tudo. Pode ser que eu precise de uma ajudinha para subir a escada.

O indicador dela traçou uma linha de resposta na lateral da mão de Oliver.

– Sim – respondeu ele. – Posso dar um jeito nisso. – Ele se inclinou e depositou um beijo na testa dela. – Até depois.

Obrigada por ter lido *O desafio da herdeira*. Espero muito que tenha gostado!

Quer saber quando meu próximo livro for lançado? Você pode se inscrever na minha newsletter de lançamentos (em inglês) em www.courtneymilan.com, me seguir no Twitter em @courtneymilan ou curtir minha página no Facebook em http://facebook.com/courtneymilanauthor.

As resenhas ajudam outros leitores a encontrarem livros. Aprecio todas as resenhas, sejam positivas ou negativas.

Você acabou de ler o segundo romance da série *Os excêntricos*. Os outros livros são *O caso da governanta*, um conto que se passa antes do primeiro volume, *O segredo da duquesa*, *A conspiração da condessa* e *O escândalo da sufragista*, além do conto especial de Natal *A Kiss of Midwinter*. Espero que goste de todos!

Você provavelmente não quer saber o que está acontecendo com Sebastian neste livro. Provavelmente não se importa com o segredo que ele está escondendo. Se for o caso, sem dúvida não quer ler uma das primeiras cenas de *A conspiração da condessa*, o próximo livro da série. Por isso, haja o que houver, não vire esta página. Se virar, não diga que não avisei.

COURTNEY MILAN

LEIA UM TRECHO DO PRÓXIMO
LIVRO DA SÉRIE OS EXCÊNTRICOS

A CONSPIRAÇÃO DA CONDESSA

Capítulo um

O sol da manhã queimava implacavelmente, ferindo os olhos de Sebastian enquanto ele os corria pelo jardim. Um caramanchão de rosas refletia a luz matinal, e o orvalho cintilava nos canteiros de flores. Era belíssimo, e talvez Sebastian até pudesse apreciar a vista, se não fosse o latejar persistente em sua cabeça. Se não soubesse a verdade, imaginaria que estava sofrendo com os males do álcool. Mas fazia quarenta e oito horas que não tomava nada mais forte do que um chá. Não, era outra coisa que o atormentava, e, diferente de algumas garrafas de vinho, não podia ser curada com um elixir eficaz.

Ele ia precisar de algo muito mais forte do que uma dose de qualquer coisa que o boticário podia oferecer para mudar a sensação.

Soubera aonde estava indo desde o começo. Violet estava na estufa; ao contornar os arbustos, ele a viu sentada num banquinho, analisando uma série de vasinhos com terra. Ela havia engatado as botas ao redor das pernas do assento. Mesmo dali, Sebastian conseguia ouvi-la assobiando alegremente consigo mesma. Ele sentia o estômago embrulhado.

Ela não ergueu os olhos quando Sebastian abriu a porta, nem quando ele cruzou a estufa até ela. Estava tão concentrada naqueles vasinhos de argila à sua frente, com uma lupa na mão, que nem tinha ouvido Sebastian entrar.

Meu Deus. Ela parecia tão alegre sentada ali, e ele ia estragar tudo. Tinha concordado com aquela farsa quando ainda não entendia o que significaria. Quando apenas significava assinar seu nome e ouvir Violet falar, duas coisas que não pareciam exigir esforço nenhum.

– Violet – chamou baixinho.

Ele a viu voltar a si – piscando com rapidez, soltando lentamente a lupa que estava segurando antes de se virar na direção dele.

– Sebastian! – cumprimentou.

Havia um tom contente em sua voz. Então ela o havia perdoado pela noite anterior. Mas o sorriso que abriu morreu aos poucos quando viu a expressão dele.

– Sebastian? Está tudo bem?

– Eu queria pedir desculpa – disse ele. – Deus sabe que preciso me desculpar por ontem à noite. Eu nunca devia ter falado com você daquele jeito, e muito menos em público.

Ela descartou a desculpa com um aceno de mão.

– Entendo que você está sob pressão. Francamente, Sebastian, depois de tudo que fizemos um pelo outro, algumas palavras rudes não significam nada. Mas havia uma coisa que eu precisava contar para você. – Ela franziu o cenho e bateu a ponta dos dedos nos lábios. – Vejamos…

– Violet. Não se distraia. Me escute.

Ela se voltou para ele de novo.

Nenhuma outra pessoa considerava Violet bonita. Sebastian nunca tinha entendido isso. Sim, o nariz dela era grande demais. A boca, larga demais. Os olhos eram um pouco afastados demais um do outro, o que fugia do padrão vigente de beleza. Sebastian via todas aquelas coisas, mas de certa forma nunca haviam significado nada para ele. De todas as pessoas no mundo, Violet era a mais próxima dele, e isso o fazia estimá-la de jeitos que não queria compreender. Era sua amiga mais querida, e ele estava prestes a acabar com ela.

Sebastian ergueu as mãos, rendendo-se a todo o mundo.

– Violet, não posso mais fazer isso. Cansei de viver uma fraude.

O rosto dela ficou completamente inexpressivo. Ela esticou a mão, alcançando a lupa e apertando-a com força contra o peito.

Sebastian estava arrasado.

– Violet.

Não havia ninguém que ele conhecesse melhor, ninguém com quem se importasse mais. A pele dela tinha ficado da cor das cinzas. Ela continuou sentada olhando para ele, completamente sem expressão. Ele só a tinha visto daquele jeito uma vez. Nunca imaginara que seria ele quem a deixaria naquele estado de novo.

– Violet, sabe que eu faria qualquer coisa por você.

Ela fez um ruído curioso na garganta, meio soluço, meio engasgo.

– Não faça isso. Sebastian, podemos dar um jeito…

– Já tentamos – interrompeu ele com tristeza. – Sinto muito, Violet – sussurrou –, mas acabou.

Ele a estava arrasando, mas a última coisa que prestava nele também fora arrasada, e não tinha mais nada para oferecer a ela. Sorriu, triste, e correu os olhos pela estufa. Pelas diversas prateleiras, cheias de vasinhos minúsculos, cada um com um rótulo. Pela estante de livros no canto, aguentando o peso de vinte volumes com capa de couro. Por cada evidência que ele ficava esperando que o resto do mundo descobrisse. Por fim, pousou os olhos em Violet – a mulher que conhecera durante toda a sua vida e que amara por metade dela.

– Vou ser seu amigo. Seu confidente. Vou apoiá-la quando você precisar de ajuda. Vou fazer qualquer coisa por você, mas há uma coisa que nunca vou fazer de novo. – Ele inspirou fundo. – Nunca mais vou apresentar seu trabalho como se fosse meu.

A lupa deslizou dos dedos dela e caiu na calçada de pedras abaixo do banco. Mas era resistente – como Violet – e não se quebrou.

Sebastian se abaixou e a pegou.

– Aqui está – falou, devolvendo-a a Violet. – Você vai precisar dela.

Nota da autora

Fiz o melhor que pude para garantir que o enredo deste livro fosse fiel à história da Reforma Eleitoral de 1867, que expandiu o direito de votar para muitos dos homens da classe trabalhadora (mas não para todos).

A manifestação que descrevi no Hyde Park realmente contou com a participação de mais de cem mil pessoas e de fato assustou o governo – o que resultou numa expansão muito mais liberal do direito de votar do que tinha sido contemplado antes. Se você quiser ler um relato surpreendentemente sarcástico sobre o evento publicado no jornal *The Daily News* em 7 de maio de 1867, está reproduzido no meu site: http://www.courtneymilan.com/heiresseffect-dailynews.php (em inglês).

O artigo não cita um grupo de mulheres no parque, mas menciona, *sim*, com palavras pouco enaltecedoras, uma mulher com chapéu de marinheiro que supostamente gritou com a multidão sobre direitos igualitários para todos. Desconfio que qualquer mulher que falasse alto o bastante para ser ouvida numa multidão daquele tamanho seria descrita com palavras pouco enaltecedoras, então imaginei que ela foi tão razoável quanto os homens.

Hoje entenderíamos a doença de Emily como epilepsia parcial simples. Na época, contudo, a epilepsia era muito pouco compreendida. O Dr. Russell (a quem Emily se refere no livro como um dos médicos que a tratou) talvez fosse quem melhor entendia a doença. Foi um dos primeiros a adotar o "método numérico" em relação à epilepsia.

Você pode ler o livro dele sobre o assunto aqui: http://bit.ly/150aVdY (em inglês).

De qualquer modo, Russell, por mais avançados que seus estudos fossem, acreditava que não era epilepsia se não houvesse perda de consciência, e é esse o motivo para Emily dizer que suas crises não são epilépticas.

Se algum dia você experimentar a necessidade de sentir mais gratidão pela medicina moderna, considere pesquisar sobre os tratamentos que eram testados em epilépticos. Encontrei todos os tratamentos que Emily vivenciou no livro mencionados em diversos textos médicos da época.

Uma observação sobre a escolaridade de Anjan: nos dias de hoje, seria difícil alguém ainda estar na universidade estudando para as provas de fim do curso em janeiro e já estar atuando como advogado em maio, mas na Inglaterra da época era perfeitamente possível. Quando Anjan diz que vai se formar, é naquele momento mesmo, no primeiro trimestre. O último ano dos estudantes não chega a fechar doze meses. Anjan está estudando para a prova final, que é chamada de Law Tripos e se refere a uma série de testes extenuantes que determinam se um aluno vai se formar com honras, e que honras serão essas. Essa prova aconteceria perto da Páscoa. Anjan teria que voltar para Cambridge para a formatura, mas era só uma questão de formalidade.

Sobretudo, ele não precisava de um diploma para ser aceito na Ordem dos Advogados. Os requerimentos variavam, dependendo de a qual ordem britânica a pessoa desejava se associar, mas normalmente era exigido que os membros da ordem atestassem o caráter dela, que ela passasse num teste básico e que "frequentasse" um dos Inns of Court (associações profissionais para advogados na Inglaterra). Em outras palavras, a pessoa tinha que jantar com um grupo de advogados algumas vezes numa dessas associações. Em muitos casos, era possível substituir dois anos da educação em Oxford por essas reuniões sociais. Anjan, que sempre planejava as coisas com cuidado, já teria cumprido todos os requerimentos para se associar à Ordem no ano anterior à formatura.

Em relação a tentativas de representar a experiência de Anjan adequadamente, li uma série de relatos escritos por alunos indianos que estudaram na Grã-Bretanha da metade até o fim do século XIX e fiz o melhor que pude para expressar como a vida de Anjan teria sido. O mais famoso desses relatos é, obviamente, a autobiografia de Mahatma Gandhi.

Mas também me inspirei bastante nas descrições de como era a vida em Cambridge escritas por S. Satthianadhan, que frequentou a universidade mais ou menos no mesmo período que meu personagem fictício, Anjan Bhattacharya, teria estado lá.

Satthianadhan nunca falou abertamente sobre racismo, mas em algumas ocasiões parecia que ele estava murmurando conselhos nas entrelinhas. Ele elogiava os ingleses de um jeito bem exagerado, quase como um alerta. Num trecho em especial (parafraseado), dizia: "Os ingleses podem parecer umas bestas, mas é porque acham que são melhores que nós. Finja que eles têm razão e serão simpáticos com você."

Reproduzi esse trecho no meu Tumblr, para quem quiser ler, neste link: http://bit.ly/12j72Ch (em inglês).

Uma última observação em relação a Anjan: algumas pessoas podem achar que é exagerado dizer no epílogo que Anjan estava interessado numa carreira política em 1874. Mas o primeiro indiano a se tornar membro do Parlamento, Dadabhai Naoroji, foi eleito em 1892, aos 67 anos. Em 1874, Anjan teria 27 – jovem o bastante para que, se começasse a investir naquele objetivo, quando chegasse aos 50 e poucos anos já encontrasse a barreira rompida.

Por fim, preciso repetir o que falei na Nota da autora em *O segredo da duquesa*: esta série efetivamente reescreve a história científica da evolução e da genética. Apesar de os experimentos de Mendel com ervilhas terem acontecido em 1830, a importância deles só foi entendida muitos anos depois. Nesta série, presumi que ter Darwin e alguém proeminente trabalhando com genética no mesmo lugar e época ia acelerar o ritmo do avanço científico.

Agradecimentos

Tenho uma dívida gigantesca com Robin Harders, Megan Records, Rawles Lumumba, Keira Soleore, Leah Wohl-Pollak, Martha Trachtenberg e Libby Sternberg por várias formas de edição e revisão, e por aguentarem a mim e a minha incapacidade de entregar um livro quando digo que vou entregá-lo, ao mesmo tempo que me responderam com comentários extraordinariamente cuidadosos em um período extraordinariamente curto. Eu não seria capaz de produzir livros como este sem vocês e sinto profunda gratidão pela ajuda.

Agradeço também a Kristin Nelson, minha agente, por seu apoio incansável, e ao resto da equipe da agência dela por todas as formas como me ajudam: Angie Hodapp, Lori Bennett, Anita Mumm e Sara Megibow. Gostaria de agradecer a Melissa Jolly pelo apoio que me deu. E, por fim, a Rawles de novo, por tudo que fez nas últimas semanas para tornar minha vida mais fácil.

Rose Lerner merece um agradecimento especial pelo café da manhã em Seattle em janeiro, no qual ficamos reclamando de... Bem, de tudo, incluindo algumas das limitações do subgênero. Anjan é um resultado direto dessa conversa. Obrigada, Rose, por me forçar na direção que eu precisava seguir. (Se você gosta de romances de época, fique de olhos nos livros da Rose.)

Estou em dívida com Rozina Visram por seus vários livros documentando a vida de asiáticos na Grã-Bretanha de antigamente. Minha irmã, Tami, me ajudou com alguns itens de pesquisa ao me providenciar acesso supersecreto a fontes a que eu não teria acesso. Shh, não contem para a universidade dela.

Também preciso mencionar minhas amigas, pois sem elas eu teria virado uma poça de covardia em algum momento no segundo mês de escrita deste livro. Tessa Dare, Leigh LaValle e Carey Baldwin me deram amizade muito além do que deviam, o Laço que Não Deve Ser Nomeado que me permitia reclamar quando eu precisava reclamar e me fazia escrever quando eu precisava escrever. Há dezenas de outras pessoas que responderam a perguntas, me deram conforto e em geral foram simplesmente incríveis ao longo desta jornada, espalhadas por vários encontros editoriais e e-mails individuais: Kris (tanto Kris+ quanto Kris 1/a), Delilah, Rachel, Elisabeth, Elizabeth, Heather, Marie, Tina, Joan, Becky... A esta altura, estou percebendo que listar pessoas pelo nome é uma empreitada inútil. Se eu te esqueci, você é incrível e eu não presto.

E chegamos a você. Você vem por último, mas está longe de ser menos importante. Obrigada por ter lido este livro. Obrigada por falar sobre meus livros com as pessoas, por compartilhá-los com amigos. Obrigada por lê-los e apreciá-los. Obrigada por tudo que faz, porque, sem você, nem sequer existiria um livro.

CONHEÇA OUTROS LIVROS DA SÉRIE OS EXCÊNTRICOS

O caso da governanta

(apenas e-book)

Conheça a história dos pais de Oliver, um dos protagonistas de *O desafio da herdeira*, o segundo volume da série Os Excêntricos

Há três meses, Serena Barton foi dispensada de seu cargo de governanta. Como não consegue arranjar outro trabalho, ela volta à casa para exigir uma compensação do duque de Clermont, o homem mesquinho, egoísta e cruel que a demitiu.

Porém quem Serena mais teme não é ele, e sim Hugo Marshall, seu impiedoso capanga. O formidável ex-pugilista conquistou a infame reputação de cuidar dos negócios sujos do duque. Se Clermont encarregá-lo do caso dela, Serena estará perdida. Mas ela não pode desistir – não com todo o seu futuro em jogo.

Hugo é um homem de ambição implacável, e foi graças a essa característica que se transformou no braço direito de um duque. Quando seu chefe lhe ordena que se livre da incômoda governanta, por bem ou por mal, ele encara o pedido como um serviço qualquer.

Infelizmente, Serena não desiste por bem – mas, depois que ele a conhece melhor, descobre que não será capaz de fazê-la desistir por mal. Só que a vida pela qual Hugo sempre lutou depende de ela ir embora, e agora ele precisa decidir se isso é mais importante do que a mulher que está começando a amar...

O segredo da duquesa

A Srta. Minerva Lane é tímida, se veste com discrição, usa óculos e prefere passar despercebida. Afinal, na última vez que se tornou o centro das atenções, as coisas terminaram mal – tão mal que ela precisou trocar de nome e mudar de cidade para escapar de seu passado escandaloso.

Robert Blaisdell, o duque de Clermont, é um homem forte e honrado. Mesmo sendo nobre, ele não se conforma com os privilégios da vida aristocrática. Quando viaja para o interior para lidar com uma questão importante, sua posição o obriga a esconder a real razão de sua visita.

A última coisa que Minnie deseja é chamar a atenção do duque. Só que, quando os dois se encontram por acaso, é exatamente isso que acontece. Fascinado pela inteligência dela, ele não se deixa enganar pelas aparências e fica determinado a descobrir seus segredos antes que ela tenha a chance de revelar os dele.

CONHEÇA OUTRO LIVRO DA EDITORA ARQUEIRO

Projeto duquesa
SÉRIE DINASTIA DOS DUQUES
Sabrina Jeffries

Lydia Fletcher é uma mulher notável. Casou-se três vezes. Com três duques. E deu a cada um deles um herdeiro, tornando-se, assim, mãe de três duques. Agora, viúva pela terceira vez, ela quer assegurar a presença de todos os seus filhos no velório de seu último marido.

Seu primogênito, Fletcher Pryde, o duque de Greycourt, se transformou, após uma infância difícil, em um homem com um coração inacessível, uma riqueza invejável e a fama um tanto injusta de libertino. Concentrado em expandir sua fortuna, ele nem pensa em casamento.

No velório de seu padrasto, Grey conhece Beatrice Wolfe, a protegida de sua mãe, uma jovem encantadora e deliciosamente franca, e fica desconcertado ao descobrir quanto eles têm em comum. Mas ela também já desistiu do amor há muito tempo, e não é o arrogante duque que vai fazê-la mudar de ideia.

Então ele concorda em ajudar a pobre mãe enlutada a preparar a atrevida moça para ser apresentada à sociedade. Assim que ela conhece de perto o verdadeiro Grey, se vê incapaz de resistir a seus encantos.

CONHEÇA OS LIVROS DE COURTNEY MILAN

Os Excêntricos

O caso da governanta (apenas e-book)

O segredo da duquesa

O desafio da herdeira

Para saber mais sobre os títulos e autores da Editora Arqueiro,
visite o nosso site e siga as nossas redes sociais.
Além de informações sobre os próximos lançamentos,
você terá acesso a conteúdos exclusivos
e poderá participar de promoções e sorteios.

editoraarqueiro.com.br